Marie Jenn

EL CHICO DE ARRIBA

wattpad
by Montena

Ta reimpresión: El papel utilizado para la impresión de este libro ha sido fabricado a partir de madera procedente de bosques y plantaciones gestionadas con los más altos estándares ambientales, garantizando una explotación de los recursos sostenible con el medio ambiente y beneficiosa para las personas.

Penguin Random House Grupo Editorial

El chico de arriba

Primera edición en España: junio de 2023
Primera edición en México: junio de 2023
Primera reimpresión: marzo de 2024
Segunda reimpresión: enero de 2025
Tercera reimpresión: octubre de 2024

ISBN: 978-607-383-244-1

Impreso en México – *Printed in Mexico*

A mis lectores, por apoyarme siempre.
A mi familia, por creer en mí siempre.
Y a mi papá, un beso al cielo por todo el amor
que me diste mientras estabas conmigo.
Te extraño.

1

Mi mamá siempre me decía que era una persona muy curiosa y, como tal, algún día iba a encontrarme algo muy malo. ¿Sabes aquella típica frase: «la curiosidad mató al gato»? Pues yo creía que había sido para mí. O mejor dicho, eso creía mi madre.

Para mí era muy divertido contemplar a las personas de la calle desde mi balcón, curiosear lo que pasaba allí. Mi habitación era pequeña, aunque suficiente para que cupieran mis cosas y los muebles, pero el principal atractivo era el hermoso balcón donde podía ver lo que pasaba fuera del edificio donde vivía. No era exactamente un balcón, ya que tenía unas escaleras de emergencia junto a la pared, pero era suficiente para mirar hacia la famosa esquina de la calle donde siempre solían ocurrir cosas. Ya fueran percances de bicicletas, personas cayéndose e incluso accidentes de coches. No muy fuertes, claro, pero siempre había algo nuevo e interesante que ver. Yo creía que ese lugar tenía alguna especie de mal augurio.

Vivir en la ciudad, y más aún en la calle principal, tenía sus ventajas. Gracias a la ubicación de mi balcón se podían apreciar aquellas cosas. A pesar de estar en el tercer piso, no solo veía la calle, sino también el extenso panorama que incluía algunos parques cercanos.

Lo nuevo de aquel día era un camión de mudanzas que estaba justo al lado de mi edificio. Sabía que el único apartamento libre era el que estaba encima del nuestro, en el cuarto piso, así que las personas que subían las cajas y demás cosas serían nuestros nuevos vecinos. En un edificio antiguo como este y de pocas familias, todos sabían sobre todos. Mis padres me habían asegurado que ya habían conocido a la familia y estaban muy emocionados por su mudanza. Según ellos, la pareja tenía tres hijos adolescentes de aproximadamente mi edad. Ni siquiera los conocían aún y mis padres ya me habían insistido en que entablara amistad con ellos. Como si fuera tan fácil para alguien como yo, tímida, conocer a nuevas personas.

Faltaba una semana para que comenzaran las clases y planeaba quedarme en casa y leer buenos libros en el tiempo que me quedaba. También pensaba salir con mi mejor amiga, aunque no iba a negar que añoraba estar en casa y leer un buen libro en el sillón de mi balcón mientras el sol del atardecer me bañaba.

Vi como dos señores, de edad mediana tirando a mayores, subían algunas cajas pequeñas y les indicaban a unos hombres que subieran los muebles sin dañar nada. También estaban con ellos dos chicos jóvenes y una chica. Los tres ayudaban a sus padres cargando varias cajas cada uno. Me quedé espiando hasta que lograron subir todas sus cosas. Lo malo de ese antiguo edificio era que no existía ascensor y tenías que usar las escaleras sí o sí, a menos que pudieras entrar volando por la ventana. Solo era posible para los vampiros, seres que obviamente no existían. Y, si hubieran existido, aquí el sol y el calor eran insoportables, por lo que no habrían sobrevivido ni dos horas a este clima infernal.

El sonido de alguien tocando la puerta de mi habitación antes de abrir me sacó de mi ensoñación. Y la única persona en esa casa que tenía aquella manía era mi madre. Nunca esperaba una respuesta mía para abrir la puerta y, ya que no me dejaba usar pestillo, no tenía otra opción más que aguantarme sus repentinos asaltos.

—El almuerzo ya está listo, cielo.

Asentí.

—Ya voy, mamá —respondí alejándome del balcón.

Había estado ahí durante horas viendo a los vecinos de arriba llevar sus cosas. Ya estaba cansada de acecharlos, me había pasado toda la mañana leyendo y solo me había distraído cuando vi el camión de mudanza aparcar en la acera. Cuando bajaron dos chicos de mi edad, mi atención se concentró en ellos y dejé de lado la lectura. Después de actuar como una acosadora, solo quería comer y seguir leyendo. Aquellas semanas de vacaciones me las había pasado vagueando y no iba a ser menos ese día.

Después de almorzar con mis padres, entré de nuevo a mi habitación para leer un poco antes de echarme una siesta. Era una rutina que jamás rompía, ni siquiera cuando me moría de sueño, más aún cuando el libro era tan interesante; que en aquella ocasión iba sobre ángeles caídos, arcángeles y una protagonista pelirroja exasperante. Tomé mi libro de la cama y fui a mi balcón. Fuera había un pequeño sillón en el que podía echarme si así lo deseaba y una maceta con mi planta favorita: la buganvilia. Las flores moradas sobresalían de la maceta y le daban un aspecto hermoso a mi pequeño pero acogedor balcón.

Definitivamente, aquel era mi lugar favorito en todo el apartamento.

Me senté en el pequeño sillón, abrí el libro y retomé la lectura. A los pocos minutos, sentí que algo me caía en la cara. Eran gotitas de agua. Maldije por dentro. Iba a llover. ¿En verano? Era normal, claro, pero había comprobado el tiempo en el móvil y no había indicios de lluvia. Miré el cielo, pero no había nubes negras; estaba completamente despejado.

Agudicé el oído cuando escuché el sonido de una algarabía lejana que venía de arriba. Eran unas voces masculinas y una femenina. Dejé mi libro sobre el brazo del pequeño sillón para mirar hacia arriba en busca de la fuente del sonido.

Un grito agudo después de una risa chillona me sobresaltó.

Traté de ignorar aquello sentándome de nuevo en el sillón. Abrí de nuevo el libro y continué con la lectura, aunque tenía sed. Hacía mucho calor y el vestido corto que llevaba puesto era demasiado caluroso para mí. Con una mano sostenía el libro y, con la otra, me daba aire, aunque era inútil, el calor seguía siendo insoportable a pesar del viento que me golpeaba el rostro.

En un instante estaba leyendo y, al siguiente, el agua estaba cayendo sobre mí. Me aparté rápido, lo suficiente para que no me llegara al cuerpo. Pero solté un grito al ver que mi libro no se había librado; estaba todo empapado, con la cubierta y todas las hojas mojadas. Rápidamente, miré arriba, pero solo atiné a ver una mata de pelo marrón antes de que esa persona corriera a esconderse.

«Maldita sea».

Enojada, entré a mi habitación y fui al baño a por una toalla para secarme el pelo. Era lo único que tenía completamente empapado, pero algunos mechones se me escurrían en el vestido y también me lo mojaban. Me dirigí a la cocina, donde estaba mamá preparando una tarta, mientras me secaba el pelo, que chorreaba por el suelo salpicándolo todo a mi paso. La interrumpí y la asusté con las pintas que tenía.

—Dios mío, Ruby. ¿Qué te ocurre, tienes mucho calor? —preguntó mamá con una sonrisa divertida en la cara. Al ver que no se la devolvía, se puso seria—. ¿Qué ha pasado, hija?

Apreté las manos en puños, arrugando la toalla.

—El vecino de arriba me ha tirado agua —respondí con la voz peligrosamente tranquila. Me estaba conteniendo demasiado y, en cualquier momento, explotaría.

Mi mamá me miró y comenzó a reírse a carcajadas.

La miré horrorizada.

—¡Mamá, gracias por el apoyo! —me enfurruñé—. Me ha arruinado el libro.

Se puso seria.

—Son cosas de jóvenes, hija. Habla con el chico para que te lo pague. Pero mientras tanto, pon el libro al sol para que se seque antes.

—Oh sí, me las va a pagar —susurré.

Me fui de allí escuchando la risa de mamá y sus palabras entrecortadas. No le hice ni caso, me encaminé hacia el cuarto de la lavandería y cogí un cubo grande, lo llené con agua y, para más diversión, le eché jabón líquido. Con la mano lo revolví hasta que se creó espuma y las pompas de jabón empezaron a saltar.

Salí de mi apartamento, no me importaba la pinta que tenía, pues las ansias de venganza me consumían. Subí las escaleras hasta el siguiente piso con el cubo de agua; fue una tarea difícil porque pesaba, pero logré llegar sin que se derramara. En cada piso solo había un apartamento, por lo que en la cuarta planta solo vivían ellos, la familia que se acababa de mudar. Toqué la única puerta que había y dejé el cubo a un lado para que la persona que abriera no lo viera.

Una adolescente, al parecer menor que yo, me abrió la puerta, sonriéndome alegremente. Al ver mi ropa y mi pelo mojado, abrió mucho los ojos. Parecía avergonzada.

—Hola —dije.

No sabía cómo seguir. Gracias al espionaje, me había enterado de que la chica tenía dos hermanos mayores. No estaba segura de quién había sido el culpable, así que la miré con sospecha.

—Soy tu vecina de abajo y resulta que la habitación donde duermo da a la de alguno de tus hermanos. —Me señalé el pelo—. Uno de ellos me ha tirado agua.

La chica se puso roja, parecía no saber dónde meterse. Era alta, más que yo, pero la cara tierna que poseía demostraba lo joven que era.

—Lo siento, mis hermanos y yo estábamos jugando. Pero sé que ha sido Kem, mi hermano mayor. —Delatarlo hizo que las mejillas se le pusieran mucho más rojas, como si no hubiera querido decirlo.

—¿Puedo hablar con él? —dije tratando de mantener la compostura.

Estaba tan enojada con el tal Kem que iba a golpearlo si no me pagaba por el libro que me había arruinado.

—Sí… sí, claro —titubeó.

Escapó de allí dejando la puerta semiabierta y se fue tan rápido como se lo permitían los pies. Unos segundos después, escuché voces en tono bajo mientras hablaban y se acercaban. Luego la voz de la chica se silenció y apareció un chico en la puerta. Me miró malhumorado, como si yo fuera un fastidio.

—¿Eres Kem?

—Sí. —Alzó una ceja, sus ojos verdes me inspeccionaron de arriba abajo de manera aburrida—. ¿Quién eres tú?

Miré su pelo castaño y sonreí con malicia.

—Tu vecina de abajo. —Tomé el cubo de agua, que tenía al lado, y lo lancé a su cuerpo—. ¡Ahora toma eso tú!

Me había vengado y qué bien me sentía. El chico que tenía delante estaba empapado. Me miró sorprendido y, segundos después, su sorpresa se convirtió en furia. Me encogí por dentro, nadie me amilanaría después de hacer semejante cosa. Estaba orgullosa de mí por devolverle la jugada sin sentirme mal. Porque se lo merecía.

—¿Qué te pasa, loca? ¡¿Por qué rayos me has tirado agua?! —gritó el chico, sus ojos verdes me miraban con ira. Estaba tan molesto como yo lo había estado cuando arruinó mi libro.

Reí al verlo todo empapado y las pompas de jabón volando a nuestro alrededor. Él solo me observaba con rabia; tenía las cejas fruncidas y la boca apretada.

Si las miradas matasen, yo ya habría estado a varios metros bajo tierra.

Levantó la mano y se la pasó por la cabeza tratando de arreglarse el pelo empapado.

Comencé a analizarlo con más detenimiento, era algo que me gustaba hacer, mi vena curiosa siempre saltaba hasta en el peor de los escenarios. El chico era muy guapo y también muy alto. Me sacaba por lo menos una cabeza y media. Yo era una persona de estatura media, pero él era mucho más alto que la mayoría. Tenía que echar la cabeza hacia atrás para poder mirarlo a los ojos, que eran de un bonito color verde. Parecía un poco mayor que yo, tal vez un par de años más. Su pelo mojado era castaño, pero estaba oscurecido por las gotas de agua que caían por todo su cuerpo. Iba vestido como si estuviera a punto de salir; con una camiseta negra algo suelta, vaqueros y zapatos. A través de su camiseta empapada, pude ver algunos músculos en sus brazos y otros pocos en su abdomen.

—Y ahora me debes mi libro —señalé sin darle tiempo a decir nada más—. Oye, mis padres me lo compraron en tapa dura, así que debes comprarlo igual. Te recomiendo que lo encargues en la librería, porque muchas veces no lo tienen en stock...

Kem me detuvo.

—¡Eh, espera! —exclamó—. Yo no te debo nada. ¡Me has tirado agua y casi me quedo ciego por el jabón! Eres tú quien me debe algo. Estaba a punto de salir a una cita.

Fruncí el entrecejo.

¿De verdad no entendía nada o se hacía el idiota?

—Pero tú has empezado —repliqué. Estaba furiosa porque el chico no aceptaba lo que había hecho, y peor aún, parecía perdido en el tema, como si no lo hubiera hecho—. ¡Tú me has tirado un cubo de agua desde tu balcón!

Frunció el ceño, claramente estaba confundido por mis palabras.

—No sé de qué diablos hablas.

—Sé que fuiste tú.

—De verdad, estás más loca de lo que pensaba. —Negó con la cabeza.

A nuestros pies había un charco de agua espumosa. Me avergoncé inmediatamente al ver todo el altercado que había ocasionado solo porque había querido vengarme. Rogaba para que sus padres no se encontraran allí y vieran ese desastre, porque si no iba a tener aún más problemas.

—Yo no estoy loca, no soy quien les tira agua a sus vecinos sin motivo alguno.

—Me acabas de tirar agua —dijo como si fuera obvio, hablándome como si fuera tonta.

Sentí que el rostro caliente me ardía.

—Mi motivo ha sido la venganza. ¿Qué me dices del tuyo?

Él parecía mucho más exasperado que yo.

—Por enésima vez: yo no te he tirado agua.

Además de fastidioso, era un mentiroso.

Se adentró en su apartamento dejando la puerta abierta y caminó hacia la cocina. Como la distribución de todos los apartamentos era igual, supe que estaba entrando en el cuarto de la lavandería, que se encontraba al lado de la cocina. Aproveché mi soledad para observar con curiosidad el apartamento de esta familia que se acababa de mudar. Había unas pocas cajas esparcidas por el suelo del salón, pero la mayoría de los muebles ya estaban en su lugar. No alcancé a ver más al fondo porque la puerta no me lo permitía y porque segundos después de mi inspección, apareció el chico con una toalla en la mano para secarse el cuerpo.

—¿Sigues aquí?

Lo miré mal.

—No me iré hasta que me pagues el libro.

—Joder —maldijo—. Estoy a punto irme, ¿no puedes volver otro día? ¿O nunca?

—Claro. —Sonreí con ironía—. No volveré jamás si me pagas mi libro. Ahora.

—Has sido tú quien ha venido a mi casa para arruinarme la ropa. No te debo nada.

—Pues que yo sepa, el agua no arruina la ropa, pero sí un libro. Y todo por ti. —Parecía tan desconcertado con mis palabras que decidí explicarme mejor—. Estaba abajo, en el balcón de mi habitación, y de la nada me has tirado agua. Mi libro se ha arruinado, está todo mojado.

—No he sido yo —murmuró, mirando detrás de él. Cuando giró su rostro hacia mí, hizo el amago de una sonrisa sarcástica—. Mis hermanos estaban en mi habitación colocando algunas macetas con plantas en el balcón y, al parecer, se les ha ido la mano al regar las plantas y te han mojado. Pero no he sido yo.

¿Regar las plantas?

Lo miré sin saber si creerlo o no. Aunque ahora me daba cuenta de que eran dos chicos quienes se habían mudado y lo sabía gracias a mis dotes de espionaje. Aunque la hermana menor de Kem me había dicho que había sido él.

¿Habría mentido para encubrir a su otro hermano? ¿O era Kem quien mentía?

Me miró entre divertido y enojado. Sí, menudo dilema, pero esa fue su expresión mientras me observaba.

—Oye, yo no tengo la culpa de no saber quién me ha tirado el agua. Solo sé que ha sido alguien de aquí y estaba en la habitación que tiene balcón —dije empezando a dudar de mi venganza.

De repente, me sentí avergonzada por haberme confundido con el culpable.

—Pero ¿y si fue mi hermana? —se preguntó a sí mismo, reflexionando, pero parecía más burlón que pensativo. Me miró—. ¿Te ha sobrado agua? Porque puedes echársela a mis hermanos y así no tendrás dudas de que has cumplido con tu pequeña venganza.

Era un sabelotodo.

—No me interesa quién ha sido —dije tratando de ahuyentar mi vergüenza, pero sin éxito, empezaba a sentir el rostro cada vez más caliente—. Ya me he cobrado mi venganza, mi trabajo aquí está hecho. Ya nos veremos por ahí, adiós.

Giré más rápido que nunca y me fui de allí. Estaba avergonzada por haberle tirado agua a la persona equivocada y no quería quedarme más tiempo. Cogí mi cubo vacío con la dignidad casi intacta —porque si lo perdía, mamá me mataría— y caminé hacia las escaleras. Antes de bajarlas para ir hacia mi apartamento, la voz del chico me detuvo.

—¿Ya no quieres tu libro?

Me giré tan rápido que me sujeté del pasamanos de la escalera para no caerme.

—Claro que sí. ¿Me lo pagarás, verdad?

Se encogió de hombros.

—Yo no te he tirado el agua ni he arruinado tu libro, no soy yo quien debe pagarte. Pero ¿sabes qué? Me siento benevolente, vuelve aquí más tarde o mañana y te entregaré tu libro. Nuevo, el que quieras. Tú solo escoge.

Por la mirada malévola que había en su rostro, supe que no estaba ofreciéndome un trato como sus palabras parecían mostrar. Sino que era todo lo contrario, en sus ojos verdes vi la misma furia que sentía yo cuando había subido.

Kem se iba a vengar de mí si volvía. Tal y como yo me había vengado.

—Lo he pensado mejor —dije tratando de sonar calmada—. No quiero nada tuyo. Han arruinado mi libro y me he vengado, yo misma me compraré uno nuevo.

—Si eso deseas...

—Sí.

Parecía molesto por mi respuesta. Había frustrado su intento de venganza hacia mí y eso era más que suficiente. Bajé los últimos escalones hacia el descansillo en la escalera, pero me detuve cuando oí unos pasos bajando de arriba. Luego escuché la voz de la hermana de mi mejor amiga, que resonó en el lugar.

—¿Estás listo, Kem? Mierda..., ¿qué te ha pasado?

—Una loca me ha tirado agua. Eso es lo que ha pasado.

2

Cuando entré a casa, lo primero que hice fue esconder el cubo de plástico en el armarito de la limpieza, en la lavandería. Luego entré a la cocina, con expresión seria, tratando de no parecer culpable. Mi mamá me esperaba allí, mirándome como si supiera exactamente lo que había hecho. Tenía las manos ocupadas, estaba metiendo unos bizcochitos en el horno.

—¿Has hablado con el vecino? —preguntó.

Se limpió las manos en el delantal celeste. Llevaba el pelo castaño igual que el mío, recogido en lo alto de su cabeza. Me mostró una sonrisa satisfecha.

Mamá amaba hacer postres y pasteles, era uno de sus pasatiempos favoritos, y a mí me encantaba ayudarla cada vez que podía. Solo que en esta ocasión la había abandonado únicamente para cometer mi venganza. Y no había salido tan bien como esperaba.

—Sí —respondí sin mucha convicción.

—¿De verdad? —Mamá parecía muy sorprendida.

Ella sabía lo tímida que era, pero ese día fui más abierta que nunca, no había titubeado ni un poco al hablar con ese chico. Estaba satisfecha conmigo misma, aunque no hubiera cumplido mi verdadero cometido. Tendría que ahorrar el dinero que me daban mis padres para comprarme el libro. Mientras tanto, dejaría que se secara al sol; y si eso no funcionaba, pues lo leería en e-book. No me entusiasmaba, prefería tener el libro físico en las manos, poder oler las páginas, añadir notas adhesivas y sentir la textura del papel.

—No me va a pagar el libro. Ese idiota me lo ha arruinado y no me quiere comprar otro. Ha dicho que volviera a su casa más tarde o mañana, pero sé que es mentira…

Me di cuenta de que había cometido un error cuando mamá gritó de alegría.

—¡Genial! —Señaló el horno—. Son para los nuevos vecinos, puedes ir tú a llevárselos.

—No —refunfuñé, negando con la cabeza e implorando con mi mirada—. Ni loca volveré allí.

—Ruby… —me regañó—, debemos darles la bienvenida.

Yo ya se la había dado al tal Kem arrojándole un cubo con agua, estaba segura de que ya no quería nada más de mí. Ni siquiera los deliciosos bizcochitos de mamá. Apostaba a que me los tiraría a la cara si se los regalaba. O tal vez los pisoteara. Haría cualquier cosa para vengarse. Había visto en sus ojos el mismo odio que sentí yo cuando vi mi libro mojado y arruinado. Kem iba a hacerme pagar, de eso estaba segura.

—Tal vez deberías dárselos tú, mamá, ya que tú los has preparado.

Me miró con una sonrisa conocedora.

—Tienen tres hijos de tu edad, tal vez deberías hacerte su amiga. Trata de olvidar el asunto del agua y conócelos mejor. —Se encogió de hombros—. Podréis ir al cine o salir a pasear un poco. Solo conoces a Amber, ya es hora de que conozcas a más gente. ¿Qué mejor oportunidad que esta?

En realidad, era la peor, pero no iba a discutir con mi madre. Era una pérdida de tiempo.

—Como sea, mamá —acepté reacia, no tenía otra salida—. Cuando estén los bizcochos, me avisas.

Me alejé de la cocina para leer en mi habitación, pero cuando me acerqué al balcón, comprobé el desastre que el agua había ocasionado. Mi precioso libro de tapa dura estaba empapado, seguía sin secarse a pesar de haberlo dejado bajo el sol. Las páginas se encontraban todas arrugadas. Mi desilusión se hizo enorme.

Ese idiota de Kem era el único responsable.

Cuanto más lo pensaba, más segura estaba de ello. Tal vez habría parecido confundido, pero eso solo afirmaba su culpabilidad. Además ¿por qué iba a mentir su hermana? Lo había delatado. Eso me tenía que bastar.

Mamá apareció en mi habitación para avisarme de que los bizcochos ya estaban listos. Por muy reacia que fuera a ir a la casa de los vecinos otra vez, nada podía salvarme de esta situación. Tenía que obedecer a mi madre a toda costa, si me negaba una vez, sería ella misma quien me llevaría de las orejas y eso aumentaría mi humillación.

Cogí la bandeja que mamá me tendió con una sonrisa.

—Llévalos cuanto antes.

Me sentía como una niña siendo forzada a hacer amigos en el jardín de infancia. Mierda. De verdad, iba a volver a ese apartamento. Había pasado solo una hora y rogaba para que Kem no estuviera. Al parecer, iba a salir y yo esperaba de corazón que lo hubiera hecho.

—Ahora vuelvo, mamá —dije con un retintín en mi voz. Intentaba parecer alegre cuando en realidad estaba molesta.

Mi mamá me palmeó el hombro al pasar mientras se quitaba el delantal. Me había cambiado de ropa minutos atrás a algo mucho más cómodo que un vestido. Ya que iba a anochecer, había escogido ponerme un short veraniego y una camiseta sin mangas. Llevaba el pelo recogido en lo alto de la cabeza; esta era mi ropa usual para estar en casa antes de dormir.

Con las pintas que llevaba, subí al apartamento de arriba y toqué el timbre. Los diez bizcochitos con chispitas de chocolate me tentaban. No me comí ninguno porque había hecho más para nosotros. Papá y yo éramos fans de sus postres, sobre todo de estos.

Esperé unos segundos más antes de que abrieran la puerta.

Joder.

Mi sonrisa elaborada pasó a ser una mueca de rabia.

—¿Tú otra vez? —pregunto Kem mirándome con diversión. Lo primero que vio fueron los bizcochitos en la bandeja y luego sacó la cabeza por la puerta, como buscando algo—. ¿Ya no traes agua para tirármela de nuevo?

Entrecerré los ojos.

—Si quieres, espérame un ratito y vuelvo con el cubo.

—No hace falta —contestó, entornado los ojos—. Una vez ha sido suficiente.

—No sé yo… —murmuré, recordando mi libro mojado.

Nos quedamos en silencio un rato, sopesándonos con la mirada. De toda su familia, solo él podría haberme abierto la puerta. Gracias, joder. Pero supuse que no había nadie más, pues dentro no se oía ruido.

—¿Qué te trae de nuevo por aquí? —preguntó.

Levanté mi bandeja de bizcochitos.

—Mi mamá ha horneado esto para ti y tu familia. —Se la tendí, pero él no hizo amago de tomarla, sino que me miró extrañado.

—¿Para nosotros? —Asentí. Kem hizo una mueca—. No tendrán un ingrediente raro, ¿no? ¿Veneno tal vez?

Fue mi turno de entornar los ojos.

—No tienen nada, están muy buenos. Son la especialidad de la casa.

—Permíteme dudar de ti.

—¿De verdad crees que tienen algo? —Cuando asintió convencido, me reí—. Te juro que no tienen nada. Tómalo como una ofrenda de paz. Estamos empatados, ya no quiero más problemas contigo. Así que toma, coge la bandeja.

Kem estaba tan reticente que solté un suspiro de frustración.

Tomé un bizcocho de la bandeja y le di un mordisco. Mastiqué despacio bajo su atenta mirada, mientras sentía la deliciosa esponjosidad del interior salpicado de chocolate. Creo que gemí, pero es que estaba tan rico… Con unos bocados más me lo terminé.

Él seguía mirándome, pero esta vez divertido.

—Parece que están muy deliciosos —fueron sus primeras palabras.

Asentí.

—Y no me he muerto, así que no tienen veneno. ¿Ves? —Volví a ofrecerle la bandeja—. Ahora tómalos y dáselos a tu familia de parte de mi mamá.

Pero solo tomó uno y lo mordió. Levantó las cejas al masticar.

—En realidad, está delicioso —dijo entre bocado y bocado. En menos de un minuto, ya se lo había terminado—. Veo que tu mamá es una artesana muy talentosa.

De un momento a otro, sentí que ya no estábamos hablando de postres, sino de otra cosa. Le tendí la bandeja por tercera vez y, por suerte, la aceptó. Quería salir de allí cuanto antes.

—De nada —dije retrocediendo para irme—. Uh, tengo que volver a mi casa, adiós.

—Adiós —se despidió.

Oí su risa detrás de mí mientras bajaba las escaleras tan rápido que tuve que sujetarme al pasamanos para no caerme. Algo en su expresión me hacía ser consciente de mi cuerpo y del suyo. Como una corriente que me invadía cada vez que sus ojos verdes contemplaban directamente los míos.

Era una calidez que no quería sentir, así que hui sin mirar atrás.

Un par de días después, mi mejor amiga y vecina anunció que haría una fiesta. ¿El motivo? Las clases comenzaban el próximo lunes y solo nos quedaba este fin de semana libre.

Había conocido a Amber varios años atrás, cuando éramos pequeñas y salíamos a jugar todos los días desde que su familia y ella se habían mudado. Como yo era la única niña en el edificio, nos hicimos grandes amigas y hasta el día de hoy somos inseparables. Íbamos al mismo colegio y estábamos juntas siempre que podíamos. Sabíamos todo la una de la otra, éramos confidentes y compartíamos secretos todo el rato. Ella era como la hermana que nunca tuve.

Ya le había contado lo del incidente con el chico de arriba y ella solo se había reído. A mí no me había parecido nada gracioso, estaba más que furiosa. ¿Es que nadie iba a pensar en mi libro?

Amber decía que debíamos ser sus amigas y, de paso, intentaría algo con él. Ada, su hermana mayor, y ella lo habían conocido unos días antes y estaban de acuerdo en que era el chico más guapo que habían visto. Era verdad, pero no dejaba de ser un imbécil y eso contrarrestaba todo su atractivo.

Las hermanas se volvían un poco locas cuando había chicos guapos alrededor, por eso estaba segura de que su intención era otra al organizar la fiesta. Yo sabía que no solo aprovechaba que no estaban sus padres para darle la bienvenida al nuevo semestre, sino que apostaba a que era una excusa para invitar a Kem y coquetear con él. Conocía a Amber.

Todavía no les había pedido permiso a mis padres, pero estaba completamente segura de que me dejarían ir. Conocían a Amber desde hacía años y la apreciaban, se alegraban de que fuera su amiga. Sí, era obvio que mis padres no conocían a la verdadera Amber, la loca que siempre hacía travesuras o se metía en problemas.

Mi amiga bajó a mi apartamento para llevarme a rastras al suyo, no literalmente, pero tuvo que insistirme mucho. Quería que viera los nuevos vestidos que se había comprado y, de paso, ayudarla a escoger uno para la fiesta. Sus padres estaban de viaje y la habían dejado con Ada. Gran error, porque ella era mucho más alocada que Amber. Tenía veinte años, tres más que nosotras, pero se comportaba como si tuviera tres menos. Yo no le caía muy bien, pero no podía hacer nada, era la hermana de Amber y tenía que soportarla.

Ya en su habitación, mi amiga sacó sus tres últimas compras y las colocó sobre la cama. Llevaba el pelo negro recogido en una coleta bien peinada. Parecía muy emocionada por escoger un vestido.

—He comprado estos, quiero verme bien, pero que parezca que no me he arreglado mucho, ¿entiendes? —preguntó ella mirando sus atuendos extendidos sobre la colcha.

Ya llevábamos así varios minutos y era incapaz de decidir. Tomó el vestido negro de la derecha. Tenía pequeñas lentejuelas en el escote, la espalda descubierta y la falda le llegaba hasta la mitad de los muslos. También sacó del armario unos tacones altísimos del mismo color. Combinaban bien, eran abiertos, perfectos para el verano. El problema era la altura. La plataforma era tan grande que, si me los hubiera puesto yo, me habría caído sin dar ni un paso. Jamás me había puesto unos tacones tan altos. Solo de verlos, me dio vértigo.

—Son altísimos, ¿podrás caminar con ellos?

—Claro que sí, no son tan altos —señaló encogiéndose de hombros. Me estremecí al verla calzándose en ellos.

—¿Están bien estos? —dudó estudiando el vestido y caminando con sus tacones como si nada.

Me encogí de hombros. Ya se había probado los tres vestidos y me había hecho la misma pregunta todas las veces. Estaba empezando a aburrirme verla probarse ropa.

—Me gusta mucho, creo que ese es el correcto —respondí sincera.

Me eché sobre su cama mirando el techo.

Asintió.

—Sí, creo que tienes razón. Me pondré este —replicó satisfecha y sonriendo. Sus ojos brillaban de emoción. Se le notaba superfeliz por la fiesta—. ¿Tú qué te pondrás?

La verdad, no tenía ni idea, pero no me preocupaba. Antes de la fiesta, escogería cualquier vestido de mi armario. No sería nada tan sofisticado ni elegante como los de Amber, pero sí suficiente, al final todos terminarían borrachos y nadie se fijaría en mi ropa.

No era la primera fiesta en casa de Amber y siempre venían nuestros compañeros de instituto. Algunos de ellos invitaban a sus amigos y, al final de la noche, ya no se podía ni respirar por la cantidad de gente. Los apartamentos no eran tan grandes como para acoger a más de treinta personas en un mismo espacio. Las cosas se descontrolaban y luego era un caos. Esa era siempre mi señal para irme y aquella vez no sería para menos.

Amber se quitó los tacones de una patada y se sentó a mi lado en la cama. Sentí su mirada penetrante, me volví hacia ella aterrada. Cuando Amber estaba muy callada, es que quería decir algo y no sabía cómo. La conocía tanto que me preparé para ello.

—Hoy he hablado con Dan —confesó.

Gemí por dentro.

Dan era mi exnovio y también el mejor amigo de Amber. Era una completa mierda, mi mejor amiga también era la de mi ex. Nuestra situación había funcionado bien cuando Dan y yo estábamos juntos, pero cuando lo dejamos, Amber se encontró entre la espada y la pared. No sabía a quién apoyar o cómo hacer para mantener una estabilidad. Pero Dan me había hecho mucho daño y eso ella tampoco podía ignorarlo.

—No quiero hablar de él —murmuré. Me coloqué un brazo sobre la cara para escapar de su mirada.

—Es importante, Ruby. —Por su tono de voz, me temí lo peor.

Me levanté poco a poco para ganar tiempo mientras trataba de no mostrar mi dolor.

—¿Qué pasa?

No parecía querer decírmelo porque se tomó su tiempo para hablar. Aquellos segundos se me hicieron eternos. Aunque no quería insistir, prefería que no lo alargara y lo soltara de una vez. Me estaba poniendo nerviosa.

Amber puso una mano sobre la mía. Sus ojos marrones me miraron con cierto temor y disculpa.

—Va a regresar.

—¿Qué? —pregunté sin aliento.

—Volverá a vivir con su mamá. Vendrá aquí, al edificio.

«¿Aquí? ¿Al edificio? ¡Imposible!».

Y a la vez no.

Dan se había mudado un año antes. Se fue a vivir con su papá cuando sus padres se divorciaron. Pero iba a volver…

Para vivir aquí, de nuevo.

Como en los viejos tiempos.

3

Para la fiesta de mi mejor amiga escogí un vestido blanco que me llegaba hasta la mitad del muslo. Tenía un estampado de flores azules que hacía juego con mis ojos. Por desgracia, debía prescindir del sujetador porque el escote era bajo y de tirantes. No me avergonzaba, tenía incorporado un pequeño relleno que me sujetaba bien. Caminé libre hacia el piso de Amber, calzada con unas sandalias blancas con tacones bajos.

En realidad, esperaba que esta fiesta me subiera el ánimo después de la inesperada noticia del regreso de mi exnovio.

Cuando entré, me arrepentí un poco de mi elección de ropa. Las chicas iban vestidas como si estuvieran en un club, con vestidos estrechos y tacones muy altos, como los de Amber.

Me abrí paso entre la gente para llegar al salón. El apartamento era un caos y ni siquiera era medianoche. La música no sonaba tan fuerte, el barullo general venía de los que jugaban a videojuegos o juegos de mesa entre gritos y risas. Si alguien perdía, bebía cerveza u otra bebida alcohólica. Quería quedarme y verlos jugar, pero había demasiada gente y no conocía ni a la mitad.

Como no encontraba a Amber por ningún lado, continué mi camino.

Me detuve en la puerta de la cocina. Aluciné con lo que ocurría en el pasillo de las habitaciones. Un chico y una chica conversaban frente a frente, eran Kem y Ada. No quería quedarme ahí parada, verlos juntos no debía sorprenderme, pero así era. Recordé que Ada había bajado a verlo cuando lo conocí tras el incidente del cubo de agua y que él había dicho que tenía una cita importante. ¿Con ella?

Pues viéndolos, sí lo parecía.

—Chisss —susurró alguien detrás de mí, y me asusté. Cuando me giré, encontré a una sonriente Amber—. ¿Espiando?

Traté de disimular.

—Iba a entrar a la cocina y los vi, solo un segundo.

—Al final, Kem ha venido, pero no ha traído a su hermano. —Hizo puchero—. Ada está hablando con él y yo estoy aquí, sola.

—Pues ya he llegado para hacerte compañía.

Amber desestimó mis palabras con una mano.

—Me refería a ser la cita del hermano de Kem. ¿Te imaginas? —Soltó una risita mirando detrás de mí—. Hermanos con hermanas. ¡Sería genial!

No sonaba ni de cerca tan genial como ella creía. Al contrario, sonaba extraño.

—¿Y por qué no ha venido?

—Ha dicho algo sobre cuidar a su hermana.

Amber se encogió de hombros y luego se echó el pelo ondulado hacia atrás. Parecía que se había pasado horas maquillándose. Yo solo había elegido máscara de pestañas, delineador y un tono suave en los labios. Me sentía una niña a su lado. Pero a Amber no parecía importarle mi aspecto y me tomó de la mano.

—¿Quieres ir a bailar? También tengo alcohol en la cocina. Ada ha comprado bastantes botellas en el supermercado.

—Paso.

Si mis padres se enteraban de que había tomado alcohol, no dejarían que me volviera a juntar con Amber. Además, no me gustaba mucho el sabor de la cerveza ni de cualquier otra bebida alcohólica.

—¿Tienes idea de quiénes son estas personas, Am? —pregunté.

Apostaba a que no conocía a la mitad de la gente de la fiesta.

—Creo que son amigos de Ada —dijo, eso explicaba por qué parecían mayores que nosotras—. También he invitado a algunas personas del colegio. —Con los tacones era mucho más alta que yo y aun así se empinó para echar un vistazo hacia el salón—. ¿Vamos allá? Están jugando *beer pong* y quiero jugar hasta emborracharme.

Por fuera me reí, pero por dentro me asusté. Sabía lo salvaje que era Amber y podía emborracharse tan rápido que no la paraba nadie. En casos como aquel, debía ser paciente y tratar de mantenerla bajo control.

Nos acercamos a los jugadores de *beer pong* y ella fue directa hacia el centro de la mesa. Empezó a jugar mientras yo miraba cómo se divertía. Socializar y jugar con personas que no conocía no era mi fuerte, se notaba a leguas. Amber y yo éramos tan opuestas que a veces me sorprendía la cantidad de años que llevamos siendo mejores amigas.

Verla tan entretenida entre personas que yo no conocía me hizo preguntarme qué pintaba yo en todo aquello. Podría estar leyendo en mi cama o viendo una película, cualquier cosa que no fuera estar allí, rodeada de extraños.

Me giré hacia Amber para decirle que saldría un rato, pero estaba demasiado concentrada en hablar y jugar con los desconocidos. Me dirigí a la cocina sin decirle nada pues sabía que estaría vacía.

Estaba hecha un desastre. La encimera estaba llena de botellas de licor y vasos de plástico vacíos. Entre las bebidas alcohólicas encontré una botella de refresco de cola sin abrir. Era perfecta para la sed que tenía.

Tomé un vaso de plástico limpio y le eché varios cubitos de hielo de la nevera, luego me serví el refresco observando la espuma que se desbordaba. Contenta con eso, tomé un sorbo. Con el vaso aún en la mano, decidí dejar de esconderme y volver a la fiesta. Antes de que pudiera salir de la cocina, choqué con alguien y me tiré toda la bebida encima.

«Demonios».

Salté cuando sentí algunos cubitos de hielo adentrarse en mis pechos.

«Mierda».

—Joder, lo sient… —La voz del chico se detuvo al verme, cuando levanté la mirada del desastre que había ocasionado en mi vestido, me horroricé. Era Kem, que había chocado conmigo—. Ah, eres tú.

Lo dijo de manera tan irónica y burlona que de inmediato pasé de estar conmocionada a furiosa. Este chico tenía un problema conmigo cuando debía ser al contrario.

—Cuidado por dónde caminas —fueron mis primeras palabras.

Miré hacia abajo, a mi vestido arruinado. Me arrepentí de no haberme puesto sostén. Tenía el pecho pegajoso y la ropa empapada. Me sentía fatal y me crucé de brazos para no mostrar más piel de la que ya se transparentaba por la tela mojada.

—Has sido tú quien ha aparecido en mi camino —dijo.

—¡Tú estabas entrando! —exclamé ofuscada—. Tendrías que haberte fijado.

Me miró de arriba abajo, en un lento recorrido que terminó de nuevo en mis ojos. Su sonrisa se hizo grande.

—Supongo que ahora sí estamos en paz. —Me señaló—. Tú me mojaste primero, ahora soy yo quien te ha mojado.

Mi mente pervertida, gracias a todos los libros que había leídos, interpretó mal sus palabras. De inmediato, me puse colorada en cuanto mis pensamientos corrieron libres en la dirección equivocada. No pude evitar fijarme en sus ojos verdes, la mirada que me dedicaba hizo que mis mejillas se sonrojaran mucho más.

—Serás idiota. —Fue lo único que dije.

No dejé caer los brazos. Mantenía una presión férrea alrededor de mi cuerpo. Me preguntaba lo rápido que podía esquivarlo y salir de ahí sin caerme. ¿Un minuto? ¿Dos? ¿O cinco?

—Solo he dicho que estamos en paz. ¿Eso me hace un idiota?

Alcé la barbilla.

—No admitir que tú me tiraste el agua te hace un idiota. Un grandísimo idiota —añadí con guasa.

Kem me inspeccionó unos segundos, al parecer tenía algo en mente.

—Sí, fui yo —aceptó en tono aburrido después de un rato, como si admitirlo no fuera la gran cosa. Pero para mí lo era—. ¿Eso es lo que querías oír?

Decidí imitar su postura relajada. Me encogí de hombros.

—Por ahora es suficiente.

Y continué mi camino. Hacía rato que había dejado de importarme la fiesta, no había durado ni una hora y ya quería irme. Eso era suficiente para mí. Estaba toda mojada de refresco, quería ducharme y meterme en la cama.

—Eh, Bizcochito. —La voz de Kem me hizo girar el rostro rápidamente al oír ese apodo.

—¿Me hablas a mí? —pregunté confundida, mientras él se apoyaba en el marco de la puerta de la cocina, era una postura relajada.

—¿A quién más? —respondió—. Tú eres la única aquí.

—No me llamo Bizcochito.

—No sé tu nombre, así que para mí te llamarás Bizcochito. —Por primera vez lo vi sonreír con deleite, como si en realidad disfrutara fastidiándome—. Te has ganado ese apodo, me comí todos los que me trajiste.

—¿Todos? —repetí sorprendida—. Te dije que eran para ti y tu familia.

—Pero estaban deliciosos, no pude evitarlo.

De nuevo, sus palabras hicieron que mi mente se fuera en otra dirección. Me sonrojé muchísimo.

—Me llamo Ruby, no Bizcochito.

—Como digas, Bizcochito.

Estaba divirtiéndose a mi costa y eso me enfureció mucho. Empezaba a ponerme de los nervios. Yo solía ser una persona muy paciente, pero este chico me la tenía jurada desde el principio.

—Tú te has ganado el apodo de idiota y, sin embargo, no te llamo así.

—Llámame como quieras. —No parecía preocupado por el insulto. No sabía si reírme o llorar de rabia.

—Prefiero no tener que llamarte ni hablarte. —Le sonreí—. Adiós, idiota.

Salí apresurada sin apartar los brazos. A unos pasos de la puerta, me giré y vi que Kem me seguía observando. Sonrió cuando nuestros ojos se encontraron, pero decidí sacarle el dedo corazón antes de salir.

Fue bueno, porque antes de mirar al frente, Ada estaba acercándose a él.

4

La cosa más extraña sucedió cuando me desperté a la mañana siguiente.

La puerta de mi balcón estaba cerrada, tal y como la dejaba cada noche. Eso no era lo insólito de la situación, sino el papelito que reposaba en el sofá donde me sentaba a leer. Allí, en el asiento, había una nota. Cuando la levanté para leerla, no reconocí la letra. Tampoco tenía firma, pero solo la podía haber escrito una persona.

> Quieras o no, tendrás que hablarme. Planeo comprarte el libro que dices que te debo. Cuando estés lista, búscame. Sabes dónde encontrarme, Bizcochito.

—Idiota —dije en voz alta pensando en Kem.

Miré arriba y me pregunté en qué momento habría bajado por las escaleras de emergencia para dejarme aquella nota. Era algo extraño y traté de no darle mucha importancia, por lo que la dejé y volví a mi habitación.

Una vez vestida, subí al apartamento de Amber para hablar con ella. Admitía que me moría de la curiosidad por saber qué había ocurrido la noche anterior en la fiesta. En el desayuno, mamá me había contado que la policía había venido porque algunos vecinos se habían quejado. Yo caí como un tronco en la cama, ni siquiera me molestó el fuerte ruido, dormí como un bebé. Era un privilegio tener el sueño pesado y no despertarse por cualquier mínimo ruido.

Ada me abrió la puerta. Tenía la cara manchada del maquillaje corrido y unas ojeras enormes. Aun así se veía hermosa, el pelo corto y el flequillo la hacían parecer más estilizada.

—Hola, Ada —saludé sonriente. Ella me miró con expresión de dolor.

—Ah, Ruby —murmuró frunciendo el ceño—. Amber está en su habitación.

Sin volver a dirigirse a mí, se fue hacia el pasillo dando tumbos mientras se sujetaba la cabeza.

Caminé hacia la habitación de Amber y abrí la puerta sin tocar. Gran error, el panorama me dejó un poco asqueada. Había latas de cervezas por doquier y supuse que el líquido derramado en el suelo era licor. Ella dormía plácidamente en el suelo, justo al lado de esos charcos.

Su habitación era un gran desastre asqueroso.

Corrí hacia ella y la desperté.

—¡Amber! —exclamé. No me importaba que también tuviera resaca o que le doliera la cabeza—. Por Dios, estás durmiendo en el suelo.

Amber gimió como si algo le doliera mientras apretaba los ojos.

—Mierda. ¿Podrías hablar más alto? —murmuró con sarcasmo y la voz ronca—. Me va a estallar la cabeza.

Bueno, Amber seguía siendo la misma incluso con resaca. La sacudí por los brazos y la obligué a levantarse. Con mi ayuda, se apoyó en mí y colaboró sin rechistar, caminamos a paso lento hacia su cama. Seguía con el mismo vestido de la noche anterior, pero por supuesto, estaba todo arrugado.

—No sé en qué momento me he caído al suelo —musitó.

Aparté la torre de ropa que había sobre su cama para que se recostara, pero me di cuenta de lo que había encima. Vómito. Fruncí el ceño, asqueada.

—Oh, Amber. Eso es muy asqueroso —dije tapándome la nariz—. El colegio empezará en un par de días, tienes que limpiar tu habitación. Está hecha un desastre.

Donde fuera que mirase había desorden y suciedad. Amber observó la mancha de vómito en su cama con expresión asqueada, muy parecida a la mía.

—Ah, ya sé en qué momento decidí dormir en el suelo. Espera, espera, ¿colegio? —Se apoyó en la pared—. ¿Qué demonios es eso?

La miré mal.

—Es aquella institución donde tenemos clases, Am, y empieza en dos días.

—Maldita sea, ni me lo recuerdes. —Hizo una mueca despectiva—. Eso debería llamarse infierno y no escuela.

—Ahora mismo esto es el infierno. —Me erguí, señalé la puerta del baño de su habitación con autoridad—. Anda a ducharte, estás hecha un verdadero desastre.

Amber asintió, caminó hacia el cuarto de aseo y cerró la puerta detrás de ella. Como sabía que tardaría mucho en ducharse, decidí esperarla en el salón. No iba a quedarme más tiempo en su asqueroso dormitorio.

De camino, la habitación de Ada estaba abierta. Ella estaba sentada en la cama con el móvil en la mano y tecleando algo. Carraspeé para llamar su atención. Levantó la mirada y me estudió con curiosidad.

—Mi mamá me dijo que alguien llamó a la policía por el ruido, ¿qué pasó? —pregunté, estaba intrigada de verdad.

Ada bajó el móvil.

—Ah, vinieron, despejaron el apartamento, echaron a todo el mundo y dieron por terminada la fiesta.

Alcé las cejas.

—Oh.

—Sí. No sé quién sería el idiota. Lo bueno es que nos divertimos bastante. Pude conocer mejor a un tipo superguapo. ¿Ya has visto al vecino del cuarto piso?

La miré divertida. Conocía a Ada desde hacía tantos años como a Amber y, aunque no éramos amigas ni por asomo, sabía cómo era. Siempre que conocía a un chico decía que era el más guapo que había visto. Su defecto era engancharse muy rápido y luego quedarse con el corazón roto cuando su relación de pocos días terminaba. Bueno, cada persona tenía sus vicios, ¿no?

En este caso, lo suyo superó todo. ¿Ya estaba tan colada por Kem el idiota? Al parecer sí, le brillaron los ojos al mencionarlo.

—Lo vi un par de veces. —Fue todo lo que dije.

—Vive aquí, en nuestro edificio, justo abajo —murmuró sonriente señalando. Como si no lo supiera. Quería entornar los ojos y callarla, pero aguanté su diatriba—. Se llama Kem Woods y tiene diecinueve años, es un año menor que yo, pero no me importa. Es guapísimo. Dios mío, debería ser ilegal tener esa cara y salir a la calle. El otro día me invitó a quedar, pero no pudimos por un inconveniente que tuvo. Pero ayer cuando vino a mi fiesta estuvo todo el rato conmigo, no se separaba de mí ni un segundo. Creo que le gusto.

Vale. Esto estaba sucediendo. Ada se había vuelto loca por el vecino idiota que me había puesto un apodo rarísimo.

—Guau, no puedo creerlo, estás tarada. El tipo es un completo imbécil —respondí, cruzándome de brazos. Me indignaba que estuviera ciega por ese tipo solo por ser guapo—. Me tiró agua, me mintió a la cara diciendo que no era él y al final confesó que sí.

Ada entornó los ojos dramáticamente.

—No me jodas, Ruby. Él jamás haría eso. Sería su hermana y se echó la culpa él mismo porque es muy bueno.

Que Ada defendiera a ese chico ya era demasiado.

—Creo que Amber ya ha salido de la ducha —dije al escuchar que una puerta se cerraba y aproveché para escapar de aquí—. Nos vemos luego.

Me giré sin esperar su respuesta y volví a la habitación de Amber.

—Creo que tu hermana está loca —confesé, Amber limpiaba el suelo con un trapo—. Dice que Kem, nuestro vecino, es muy guapo y que quiere tener sus bebés.

Amber rio sin dejar de limpiar.

—¡No ha dicho eso!

—Eh, algo así. Solo parafraseo.

Mi mejor amiga negó con la cabeza.

—Ada está fatal. Cree que cada chico guapo será su próximo novio. No le hagas caso, ya se le va a pasar este enamoramiento.

—¿Y tú? —pregunté con curiosidad—. Ayer estabas coqueteando con los amigos universitarios de tu hermana. Fue algo muy incómodo de ver.

Amber se puso roja. Tenía la piel radiante debido a la ducha que se había dado.

—¡Oh, Dios, qué vergüenza! Estaba borracha y no sabía lo que hacía —dijo pasándose una mano por el pelo mojado—. ¡Gracias por evitarlo, mejor amiga!

Me encogí de hombros.

—Para eso estamos —respondí a su sarcasmo.

—Tonta.

—Oh, cállate y limpia —murmuré.

Me reír al verla sufrir con toda la montaña de ropa que había encima de su cama. Me apiadé de ella y me acerqué a ayudarla. En realidad, para eso sí estaban las amigas, para ayudar a recoger después de un fiestón.

Horas después, salí del apartamento de mi mejor amiga. Ya había ayudado a Amber a que su habitación y su casa estuvieran decentes y estaba cansada del arduo trabajo. Ordenarlo todo había requerido un enorme esfuerzo por parte de las dos. Ada ni siquiera había movido un dedo cuando le dijimos que nos ayudara, solo se quedó recostada en la cama y con el móvil en la mano, riéndose de vez en cuando.

Mientras bajaba a mi apartamento, pasé por la puerta del idiota y justo en aquel preciso momento alguien la abrió. Caminé más rápido hacia las escaleras, pero entonces escuché la última voz que hubiera querido oír.

—¡Qué agradable sorpresa encontrarte, Bizcochito! —exclamó Kem a mis espaldas.

Me giré desinteresada, pero escaneé al dicho de más o menos mi edad que estaba a su lado. Nos miraba con atención y tenía el mismo color de ojos que Kem y ese pelo marrón oscuro que también caracterizaba a su hermana, pero en él era un poco más ondeado. Era alto, casi igual que Kem, por lo que tuve que levantar la cabeza para observarlos a los dos.

—Te presento a mi hermano, Kylan, ella es…

—Ruby —lo corté.

No quería que su hermano también me llamara así. Sería humillante si lo hiciera.

Kylan sonrió de lado con un poco de timidez.

—Hola, Ruby —me saludó.

Kem lo miró con el ceño fruncido, luego negó con la cabeza.

—Bueno, estamos yendo a almorzar, ¿quieres unirte a nosotros?

Noté la diversión en sus ojos. Era obvio que se estaba burlando de mí. El día anterior habíamos discutido, esa mañana me dejó una nota en el balcón y entonces me invitaba a almorzar con ellos. No podía creerlo. Tenía que ser una broma.

—No, gracias, debo almorzar con mis padres. —La educación ante todo.

Kem asintió.

—Nuestros padres se han ido con Kara a almorzar y nos han dejado solos.

Alcé las cejas, confundida.

—Kara es nuestra hermana menor —aclaró Kylan viendo la duda en mis ojos.

De pronto, sonó un móvil. No era el mío, porque siempre lo tenía en vibrador, así que miré a Kylan, pero él no hizo amago de sacar su teléfono, por lo que me centré en Kem. Él sacó su móvil del bolsillo y le sonrió como idiota a la pantalla.

—Bueno, debemos irnos —dijo Kem, guardándolo y metiéndole prisa a su hermano—. Ya nos veremos por ahí, Bizcochito.

Asentí, resignada. Si conseguía que me llamara por mi nombre sería una gran hazaña.

—Estaremos en el mismo colegio —murmuró Kylan de pronto. Me sonrió y se soltó de su hermano, que lo tenía agarrado por el hombro.

—¿Qué? —pregunté como tonta.

¿Cómo sabía él en qué colegio estaba yo? Pero Kem solo empujó a su hermano hacia las escaleras y le lanzó una mala mirada.

—Adiós, Bizcochito. Vámonos, Ky.

Kylan respondió al empujón y los dos fueron así hasta las escaleras. Por dentro, rogué para que Kem se cayera, pero luego me sentí mal por tener esos feos pensamientos.

Me despedí con la mano y esperé unos segundos para bajar a mi casa, no quería toparme con ellos de nuevo. Una vez a salvo en mi hogar, por fin reaccioné.

¡Oh, Dios mío! Kylan, estaría en mi colegio, que empezaba dentro de dos días.

Dan, mi exnovio, iba a volver en cualquier momento.

¿Había tocado fondo ya o todavía podían torcerse más las cosas?

Apostaba a que sí.

5

Si los días fueran personas, definitivamente el lunes sería la más desagradable. Casi todo el mundo odiaba los lunes, incluida yo, y más aún cuando tenía que ir a clase y hacía un bochorno infernal. Para empeorar la situación, el condenado uniforme del colegio. No me disgustaba, la combinación de colores me gustaba mucho, el problema era tener que usarlo en verano, era más caluroso que cualquier otra ropa. Una hora después de ducharme, ya estaba sudando. La falda a cuadros era de un material grueso, incómodo para la estación, y no soportaba las medias hasta las rodillas.

Ada nos llevaba en coche al colegio, ella conducía mientras Amber y yo nos quejábamos en la parte trasera de lo horrible que era volver a clase, de los uniformes y del horario. Ese semestre solo compartíamos un par de clases y me apenaba no estar siempre con ella.

Cuando llegamos al colegio, Ada aparcó cerca de la puerta de entrada. Desde la ventanilla podía observar a todos los estudiantes con sus uniformes. Bajé del coche, agarré el bolso y seguí a mi amiga.

Al entrar por la puerta, un sentimiento de decaimiento me embargó.

«Hola de nuevo, cárcel».

Este era mi último primer día.

—¿Nos vemos luego? —preguntó Amber, sacando el nuevo horario de su bolso—. Tengo que correr a Matemáticas, ese profesor me odia.

—Sí, me mandas un mensaje —respondí mientras ella andaba a paso ligero por el pasillo.

—¡Suerte! —gritó dándose la vuelta un segundo.

Le deseé lo mismo, pero ella ya estaba corriendo otra vez.

Seguí su camino, pero sin prisa. Aún tenía que ir a mi taquilla y guardar algunos libros que había traído. Después, me dirigí a mi primera clase de la mañana: Literatura. Era mi asignatura favorita porque nos pedían hacer exactamente lo que más me gustaba: leer. En el aula, decidí sentarme en primera fila a esperar a que el profesor llegara. No había casi nadie, por lo que saqué el móvil y comencé a jugar.

—Ruby —dijo una voz a mi lado. Levanté la mirada y me encontré con unos ojos verdes.

«Ay, madre mía».

—Hola, Kylan. ¿Estás en esta clase?

Al instante quise retractarme por aquella obvia pregunta, pero la sonrisa que me dedicó me tranquilizó. Guardé el móvil mientras señalaba el asiento vacío que había a mi derecha y le pedí que se sentara, cosa que aceptó.

Quería darle una oportunidad porque no parecía un idiota como Kem. Me había dado buena impresión y, hasta el momento, me caía mucho mejor que su hermano.

—¿Y qué tal? —preguntó sonriendo.

—Uh, bien. —Hice una mueca al darme cuenta de que podía ser honesta con él para que la conversación no terminara en un mutismo incómodo. Cuanto más habláramos, menos momentos silenciosos e incómodos ocurrirían—. Aunque ya estoy harta del uniforme. No han pasado ni dos horas y ya me quiero ir.

Kylan asintió para darme la razón.

—En mi anterior colegio no usábamos uniforme, para mí es todo un reto. Aunque lo prefiero así, ya no tengo que escoger cada día lo que quiero ponerme.

—Bueno…, en eso tienes toda la razón. Ya estoy acostumbrada, si tuviera que utilizar ropa normal, tardaría horas en elegir.

Kylan rio y nos quedamos callados. Intenté pensar en algo de que hablar.

—¿Y quién te ha traído?

De nuevo una pregunta tonta, pero su respuesta fue de lo más graciosa.

—Mi mamá tuvo que traernos —dijo, intuí que se refería a su hermana menor y a él. Kem no estaba en edad de ir al colegio—. Kem es quien nos suele llevar a clase, pero hoy no le apetecía. Ha decidido dormir y no lo culpo, yo también hubiera preferido quedarme en mi cama.

Dejó la mochila en el suelo, a sus pies. Cuando levantó la vista, noté que había varios chicos que entraban al aula y lo miraban fijamente. Kylan suspiró:

—Es un poco incómodo ser el nuevo.

Alcé las cejas.

—Yo también hubiera preferido dormir más. Y no te preocupes, ser el nuevo no es tan malo. Sobre todo si tienes amigos. —Me encogí de hombros—. Me tienes a mí.

Kylan me dedicó una sonrisita que perduró tanto que la conversación murió. De inmediato nos sumimos en otro silencio incómodo.

Esta vez no sabía qué más agregar, nunca se me había dado bien rellenar los silencios. Mucho menos con alguien a quien acababa de conocer.

—¿Kem es buen hermano? —pregunté.

No sabía por qué había preguntado eso, pero sentía curiosidad. Gracias al cielo que a él no le pareció extraña la pregunta.

—Sí, a veces es un idiota, pero es el mejor hermano del mundo —respondió sonriendo.

En lo primero estábamos de acuerdo.

Cuánto me hubiera gustado tener una hermana, pero Amber era lo más parecido a una y estaba feliz con ella.

Entonces, entró el profesor de Literatura y comenzó la clase. Nos pidió a todos que dijéramos nuestro nombre y lo que habíamos hecho en verano, la típica presentación del primer día. Me quise arrancar los ojos, pero la hora se pasó rápido porque el profesor se embarcó en detallar cómo había pasado sus propias vacaciones.

A la hora de la salida, me encontré con Amber en el aparcamiento. Estaba al lado del coche, sonriendo como tonta. Ada ya estaba dentro, sentada detrás del volante y revisando su móvil.

¡Qué ganas tenía de que Amber cumpliera dieciocho y Ada dejara de venir! Era una mierda que fuera nuestra conductora, me sentía como una niña. Sus padres le habían prometido regalarle un coche, siempre y cuando aprobara el examen de conducir. Su hermana le había ayudado y dentro de poco sería el gran día.

—¿Adivina con quién voy a Filosofía? —preguntó cuando me acerqué a abrir la puerta del coche. No me dejó adivinar—. ¡Con el hermano de Kem! Se llama Kylan y es guapísimo, tiene nuestra edad y es supergracioso.

La miré divertida cuando soltó un suspiro. Igual que Ada, parecía haberse colado por unos ojos verdes. Tal vez, al final sí que se emparejarían hermanos con hermanas.

—Yo también tengo una clase con él.

—No sé por qué no fue a mi fiesta —dijo con aire pensativo mientras yo me subía al asiento trasero—. Yo invité a Kem y a sus hermanos, supongo que solo se animó a ir él.

Me encogí de hombros.

—Pues sí, debe de ser —dije sin preocupación. Ya habría una próxima vez para hacer una fiesta e invitarlos a todos—. Tu cumpleaños se acerca, ¿qué piensas hacer?

Amber sonrió, extendió el brazo para subirse a mi lado, pero vio algo frente a ella que la hizo detenerse.

—¿Qué pa...? —comencé a preguntar, pero no me dejó terminar. Salió del coche sin responderme, dejando la puerta abierta.

—¡Amber! —gritó Ada desde su asiento al ver a su hermana dirigirse hacia la puerta del colegio corriendo—. Mierda. ¿Qué se le ha olvidado ahora?

—Nada, creo que ha visto a... —no terminé la oración.

La vi correr y detenerse frente a un chico que reconocí inmediatamente, Kylan. De espaldas, no podía verla con claridad, pero jugueteaba con el pelo. Segundos después, el chico sonrió y los dos se acercaron caminando.

Amber subió al coche y se sentó pegada a mí para que nuestro vecino también entrara.

—Kylan vendrá con nosotras —anunció sonriendo.

—Eh, nos volvemos a ver —lo saludé.

Me sonrió de lado.

—Hola, Ruby.

Ada dijo un escueto hola, arrancó el coche y salió rápido del aparcamiento.

—Oye, Kylan, ¿por qué no fuiste a mi fiesta? —preguntó Amber mirándolo de lado.

—¿Qué fiesta? ¿A la que la policía llamó la atención el viernes? —preguntó. Tanto Amber como yo asentimos. Kylan se sonrojó—. Porque no me invitaron.

Amber jadeó.

—¡Claro que sí! Ada le dijo a tu hermano que vinieras tú también. ¿No te lo dijo?

La aludida miró por el espejo retrovisor, nuestros ojos se encontraron un segundo, luego asintió.

—Yo se lo dije a Kem.

—Pues no me comentó nada, solo que saldría un momento. —Kylan parecía tan confundido como nosotras tres.

Fruncí el ceño.

—¿Eso te dijo?

Kylan asintió.

—Ese pedazo de idiota... —murmuré entre dientes. Al ver las cejas alzadas de Kylan y la mirada extrañada de Amber, sonreí con las mejillas rojas—. Lo siento.

Amber rio como loca. Kylan se encogió de hombros.

—No te sientas mal por decir la verdad.

Amber habló mientras el coche giraba a la derecha, ya estábamos acercándonos a nuestro edificio.

—¿Sabes? El sábado es mi cumpleaños y lo celebraré a lo grande. Estás invitado, Kylan.

—Ah, pues gracias.

Cuando llegamos, bajamos del coche y Ada se fue, parecía que tenía que ir a otro sitio. Nosotros tres subimos por las escaleras conversando acerca de nuestro primer día.

Al llegar al tercer piso, me detuve, era mi parada.

—Nos vemos mañana, chicos —dije—. Adiós.

Me despedí con la mano y entré a mi apartamento. Estaba cansada y lo único que quería hacer era llegar a mi habitación y dormir. No estaba de humor para ver a las personas en la calle o leer en el balcón. El primer día de clases me había agotado.

Mis padres no estaban porque ambos trabajaban hasta entrada la noche. Mamá era la secretaria de papá, así se conocieron. Mi padre tenía una empresa de maquinarias de hospital, necesitaba una ayudante y, cuando mamá se presentó, todo encajó. Entonces ambos manejaban la empresa, casi siempre estaban ahí en vez de en casa. Pero no les reprochaba nada, eran los mejores padres y los amaba. Además, me gustaba estar sola en casa y tener mi espacio después del colegio.

Entré a mi habitación y dejé el bolso en el suelo. Me quité los zapatos negros de un tirón y aproveché para abrir la puerta del balcón, quería que entrara aire, el calor seguía siendo insoportable.

Antes de que pudiera retroceder para volver a mi habitación, me detuve en el umbral de las puertas corredizas de vidrio. Fuera, sobre el sillón, había una nueva nota. Sabía que no era la misma que la anterior porque esta era de un color diferente.

Miré hacia arriba, pero la luz del sol no me permitía ver nada. Aun así, me esforcé. No tuve suerte.

De nuevo había recibido una nota cuando yo no estaba...

¿Cómo rayos había tenido Kem la oportunidad de bajar?

Y lo más importante, ¿por qué se molestaba en dejarme notas en el balcón? Bien podría decírmelo a la cara.

La tomé con fuerza y la apreté entre los dedos al leerla.

Que tengas un buen primer día, Bizcochito.

Eso era todo. No había más.

Entré a la habitación y decidí guardarla en el cajón de la mesita de noche, junto con la primera.

Si Kem seguía haciendo esto, se llevaría una buena reprimenda por bajar hasta mi balcón.

Me desperté al sentir mucho calor. Al abrir los ojos no podía distinguir nada. Ya se había hecho de noche, por lo que todo estaba oscuro. Me levanté algo desorientada. No solo me había despertado el bochorno, sino también un ruido extraño.

Con cuidado, puse un pie en el suelo y caminé con sigilo hacia donde provenía el sonido: mi balcón. Me asomé justo a tiempo para ver una sombra moverse. Abrí la puerta corrediza antes de que esa persona se fuera por donde había venido.

—Alto ahí —dije con ímpetu.

Pillé a Kem en el primer escalón de las escaleras de emergencia. Me crucé de brazos, agradecí no llevar ya el uniforme del colegio, sino una camiseta de tirantes y un short de algodón negro. No me importaba estar descalza, solo quería entender por qué estaba ahí. Kem se giró despacio, se tomó su tiempo, como si no lo acabara de descubrir invadiendo mi propiedad. Me sonrió de lado, alzando las cejas. Mi ceño se profundizó.

—¿Qué mierda haces aquí? —pregunté.

Chasqueó la lengua y saltó del primer escalón al suelo con chulería.

—Ah, no creía que fueras una chica de groserías. ¿Esa es la manera de saludar a tu vecino, Bizcochito?

—Eres tú quien está en mi balcón en plena noche —enfaticé—. Y no me vengas con preguntas tontas. Dime ahora mismo qué hacías colándote.

—Solo he pasado a saludar.

—¿Mientras dormía?

—Por eso me estaba yendo, pero has aparecido tú.

Sonreí, alzando las cejas.

—Imagina que me creo todo lo que dices, ¿por qué vendrías a mi habitación para saludarme? No somos amigos. —Nos señalé—. Te odio, tú me odias. Ni siquiera deberías estar aquí ahora mismo. Vete.

No le sentó muy bien que lo echara, porque se acercó un paso más en mi dirección con aire intimidante.

—No te odio.

—Pues yo a ti sí.

—¿Por arruinar tu libro?

—Entre otras cosas.

—¿Puedo saber cuáles?

—Eres un idiota —dije—. Eso es suficiente para odiarte.

Kem parecía frustrado.

—No he venido para pelear. Solo quería... —no terminó de hablar, miró el suelo unos segundos y, cuando levantó la mirada, negó con la cabeza—. Ni siquiera sé por qué he venido, pero no importa. Ya me voy.

Me sentía mal, creo que me había pasado un poco con él.

—Lo siento —murmuré antes de que diera media vuelta para irse—. En realidad, no te odio por ser idiota, solo por lo del libro.

Pasaron unos segundos antes de que se riera con suavidad. Oírlo me produjo escalofríos. Había sido una carcajada baja, como si quisiera disimularla.

—Yo también odiaría a la persona que estropeara algo mío.

—En eso estamos de acuerdo.

Su rostro pasó de divertido a preocupado.

—Lo siento —se excusó con verdadero arrepentimiento.

Era la primera vez que me pedía disculpas por lo que había hecho. Aquello era un gran progreso entre ambos. Una auténtica ofrenda de paz.

—Prometo compensarte, de verdad —añadió.

—Vale.

—Es lo mínimo que puedo hacer.

—Eso es lo que he tratado de decirte desde aquel día.

Me senté en el sillón largo, Kem lo hizo casi en el extremo.

Por lo menos, en ese momento manteníamos una conversación civilizada, cosa que me sorprendía. Al fin y al cabo éramos vecinos, llevarnos bien era el gran primer paso.

Desde donde estábamos, podíamos oír el sonido sutil de los pocos coches que transitaban la calle y el canto de los grillos en los jardines. El cielo se encontraba lleno de estrellas, una vista maravillosa que había apreciado sola durante tanto tiempo que me sentí extraña por hacerlo con Kem.

—¿Qué tal te ha ido en tu primer día de clase? —preguntó—. Kylan me ha dicho que estuvo bien y que comparte una clase contigo.

Asentí.

—Sí, Literatura.

Un corto silencio se sucedió, pero fue cómodo, no como los que había compartido con su hermano.

—¿Sabes? —pregunté un momento después—. Me he dado cuenta de que no sé nada de ti, solo tu nombre.

—Bueno, eso se puede arreglar. —Se acomodó para sentarse con las piernas estiradas a ambos lados del sillón, de manera que podía mirarme de frente—. ¿Qué quieres saber?

Me encogí de hombros.

—Pues lo básico. Tu edad, qué haces por la vida y si tienes más hermanos.

Sus ojos verdes me analizaban.

—Bien, aquí va. Tengo diecinueve años, trabajo por mi cuenta y solo tengo dos hermanos menores.

Alcé las cejas, la información nueva era que trabajaba. La curiosidad me picó.

—¿A qué te dedicas?

Kem negó con la cabeza, divertido. A mí no me parecía que lo fuera.

—Ah, no. Basta de preguntas, ahora dime tú.

Entrecerré los ojos, lo que había dicho me alteraba. ¡Si solo había respondido a una!

—¿Qué, te da vergüenza? —presioné divertida, pero entonces se me ocurrió una cosa—. Espera, ¿eres prostituto o algo así?

Kem me miró como si estuviera loca y luego comenzó a reírse a carcajadas. Lo miré molesta.

—Ah, serás imbécil.

Las risas de Kem aún no cesaban. Me quedé mirándolo mientras él seguía desternillándose a mi costa. Aproveché su distracción para observarlo detenidamente, mis ojos bajaron por su cuerpo. Tenía algunos músculos y se notaba que entrenaba en el gimnasio. Pero no solo eso, su cara era atractiva, muchísimo. Aquellos ojos verdes tenían una profundidad en la que podrías perderte durante horas.

No me di cuenta de que Kem había parado de reír hasta que me encontré con su mirada. Me estudiaba ligeramente divertido, pero en aquellos ojos había una chispa de algo más.

—¿Qué? —pregunté al ver que no decía nada.

Se deslizó sobre el asiento para acercarse a mí, nos quedamos cara a cara. Su rostro estaba a unos centímetros del mío. Intenté escapar retrocediendo, pero mi cuerpo me lo impidió, estaba anclada en el sitio. Mi respiración se agitó.

—Sigue mirándome así y no me haré responsable de lo que pase luego.

Parpadeé.

—¿Me tirarás agua? —pregunté con ironía.

Kem inclinó la cabeza hacia un lado, como si en realidad se lo pensara. Yo lo había dicho como una broma.

—No, pero yo necesitaré que me tiren agua para calmar esto.

Retrocedió tras decir aquellas palabras y me dejó con la boca abierta.

¿Qué rayos había pasado?

Esto era lo más cercano a un coqueteo que habíamos tenido en nuestra poca experiencia de conocernos. De las peleas habíamos pasado a esto.

—¿Qué «esto»? —quise saber.

Se levantó del asiento y volvió hacia las escaleras de emergencia. Iba a huir. Caminé detrás de él y, antes de que pusiera un pie en el primer escalón, lo sujeté del brazo.

—¿De qué hablas? —insistí.

Dio la vuelta tan rápido que tuve que soltarlo y dar un paso atrás, mi espalda chocó con la pared. No sentí dolor alguno, la impresión de sentirlo tan cerca opacó cualquier otra sensación.

—¿De verdad no lo entiendes? —susurró.

Intenté apartar la mirada, pero resultaba imposible. Esos ojos verdes eran demasiado para mí. Abrí la boca y, antes de que pudiera decir algo, alguien llamó a la puerta de mi habitación y la abrió.

—¿Ruby?

La voz de mamá me hizo saltar. Mi corazón empezó a correr una maratón al saber que Kem estaba aquí y mamá había entrado.

—Vete —dije con urgencia en un susurro cuando mamá encendió las luces.

Kem, por suerte, escaló enseguida los peldaños sin hacer sonido alguno. Cuando miré hacia arriba, él entraba en su casa. Antes de desaparecer, me lanzó una última mirada.

La cara me ardía cuando mamá salió al balcón.

—Hola, cariño, pensé que estabas durmiendo —dijo.

Saludé a mamá con un beso en la mejilla.

—No podía por el calor, mamá, así que he salido un rato a tomar el aire.

—Sí, estás ardiendo. Estás sonrojada.

«Mierda».

Traté de convencerme de que estaba así porque mamá había entrado de improvisto y casi había pillado a Kem, no por las palabras de este.

Sí, por supuesto, era eso.

Aunque, en realidad, mi corazón sabía la verdad.

6

La mañana siguiente desperté igual de desganada que el lunes para ir al colegio. Amber me animó cuando sugirió que después podríamos ir a una nueva cafetería. Estaba cerca de casa, a un par de calles, y vendían el mejor pastel de chocolate que había probado en su vida. Como sabía que Amber amaba los dulces tanto como yo, acepté su propuesta. Volveríamos con Ada, nos cambiaríamos de ropa, porque apestaba ir en uniforme a cualquier lugar que no fuera el colegio, y luego iríamos a merendar dando un paseo. No tenía el permiso explícito de mis padres, pero no tenían problema en que saliera con Amber.

También había invitado a Kylan a que viniera con nosotras. No sabía cómo sentirme con ello. Me caía bien y sería interesante tener otro amigo, solo que al parecer Amber no lo veía así. Le gustaba mucho.

Amber y yo quedamos para almorzar. La cantina estaba abarrotada, pero nos colamos en la fila y conseguimos recoger antes la comida.

—¿Has visto a Kylan? —me preguntó mientras caminábamos ya con nuestras bandejas a una mesa vacía.

Fruncí el ceño.

—Hum, no.

Amber se detuvo abruptamente y chocó con un chico, que le soltó una maldición por empujarlo y casi tirarle el almuerzo. Pero mi amiga ni se inmutó, su rostro estaba fijo en el mío.

—¿Cómo que no? —preguntó alzando la voz—. ¡Le dije que irías a buscarlo!

Alcé las manos.

—No lo hiciste. ¿Y por qué rayos prometes algo que no voy a hacer?

Un chico se metió entre nosotras para pasar. Amber y yo nos volteamos hacia el tipo, indignadas.

—¡Cruza por otro lado! —le exclamó Amber sobresaltada—. ¿No ves que estamos discutiendo?

El otro se alejó de nosotras al oír el tono mordaz de mi amiga.

Amber entornó los ojos y luego se alejó, la seguí.

—¿Vas a buscarlo?

—Sí, lo siento, Ruby. Pensé que te lo había dicho. —Señaló una mesa—. Busquemos un sitio para dejar mi bandeja y luego encontraré a Kylan.

Después de deambular unos pocos segundos, nos detuvimos frente a una mesa vacía. Am dejó la bandeja.

—Enseguida vengo —dijo alejándose. Un segundo después se giró hacia mí—. ¡Que nadie toque mi comida!

Le mostré mis dos pulgares hacia arriba para hacerle saber que la había oído. Desenvolví el sándwich que había comprado en el puesto de comidas y le di un buen mordisco. Lo devoré en cinco minutos mientras esperaba a Amber y a Kylan.

De un momento a otro, una sombra se posó a mi lado. Creí que serían ellos, pero mis ojos se toparon con los de otra persona.

Henry Davis.

Era el mejor amigo de Dan y también había sido parte de nuestro grupo. Había estado muy unido a Amber, hasta que le confesó que estaba enamorado, ella lo rechazó y se distanciaron. Cuando Dan se mudó de ciudad, perdimos el contacto. Supuse que, dado que el otro volvía, querría regresar a nuestro grupo. Era más que bienvenido por mi parte, la verdad. Henry era demasiado noble y tierno, además de gracioso y de llevarse bien con todo el mundo.

Amber no se alegraba mucho cuando le recordaba a Henry. Nunca le había gustado más que como amigo, así que verlo aquí la disgustaría, pero seguía siendo mi amigo y no quería dejarlo de lado.

—Hola, Henry —saludé con una sonrisita.

Él carraspeó e imitó mi gesto.

—Hola, Ruby. Quisiera saber si me puedo sentar contigo.

Parpadeé tratando de elaborar una buena respuesta, no sabía si aceptarlo o no. No quería que Amber se sintiera incómoda, pero tampoco quería rechazarlo. Fue el segundo amigo que hice en el colegio después de Amber.

—Eh, ¿no te esperan tus amigos? —le pregunté, señalando una mesa donde estaban sentados sus amigos del equipo de baloncesto.

—La verdad es que no, no me esperan.

Oh, bueno. Había bastantes sillas para que él se sentara, por lo que no quise negarme. No mientras no tuviera una buena excusa.

Asentí imperceptiblemente. Eso no contaba como aceptar del todo, ¿o sí?

Pocos segundos después, Amber apareció con Kylan. Mi mejor amiga miró a Henry, luego a mí, y me frunció el ceño disgustada.

—Hola, chicos —dije con un fingido entusiasmo—. Sentaos, por favor.

Amber me estaba aniquilando con la mirada, pero no le hice caso.

—Kylan, te presento a un amigo, él es Henry.

Henry le sonrió y se dieron el típico saludo de chicos, el apretón de manos junto al choque diagonal con los hombros. Nunca lo entendería. Lo sorprendente fue que ambos se cayeron muy bien, de inmediato se enzarzaron en una conversación. Miré a mi mejor amiga, que se comía el sándwich furiosa, aplastándolo entre las manos con fuerza.

—Oye, Amber, se te ha caído la servilleta —dije con un tono de voz enérgico, pero disimulando mientras señalaba el suelo.

Entrecerró los ojos, pero miró hacia abajo. Al no ver nada, se dio cuenta de que era una excusa solo para acercarme y hablar sin que los chicos se enteraran. Empujó la bandeja hacia mí:

—¡No puedo creer que aceptaras que Henry se sentara con nosotros! Sabes muy bien que no me gusta. Ay, Dios mío —susurró en voz baja.

En ese momento, el susodicho miró a Amber, sin dejar de responder una de las preguntas de Kylan. Ella cerró los ojos y suspiró. Yo me reí nerviosa.

—Oh, vamos, tía. No pude negarle el asiento. Es nuestro amigo desde hace años y no quería que se sintiera mal al rechazarlo. Tal vez ya no siente lo mismo por ti y quiere retomar la amistad, no se lo niegues. Sabes lo buen chico que es.

Amber frunció los labios.

—Tal vez tengas razón. —Suspiró.

En ese momento, Kylan y Henry nos sonrieron. Fruncí el ceño al ver esos mohínes extraños. Habían congeniado muy rápido.

—¿Qué? —pregunté.

Kylan me sonrió.

—He invitado a Henry a ir a la cafetería con nosotros.

El aludido asintió entusiasmado.

—Me muero por probar ese delicioso manjar —dijo, mirando fijamente a Amber. Me tapé la boca para ahogar una carcajada—. El chocolate es mi sabor favorito.

Kylan sonrió, ni se había enterado de que el otro estaba centrado en Amber. Ella le frunció el ceño molesta y luego me miró alzando las cejas, como si quisiera decirme lo innegable.

Nos esperaba una larga tarde.

Kylan había estado a punto de decirle a Henry que nos reuniéramos en casa, pero Amber lo había cortado antes de que pudiera darle la dirección exacta. No quería que supiera dónde vivía, juraba que la acosaría también allí. Yo no estaba segura de que Henry actuara así, pero era su elección y quedamos directamente en la cafetería.

Como siempre, Ada no nos dirigió la palabra en el coche. Estaba más concentrada en conducir y mirar el móvil en los semáforos en rojo que en hablar con nosotros. Amber sabía que su hermana iba a salir por la tarde, así que prefirió callarse lo nuestro y no contárselo.

En cuanto llegamos, nos bajamos antes de que Ada partiera. Nosotros tres subimos a nuestros respectivos apartamentos y media hora después nos encontramos todos en el vestíbulo.

Escogí ponerme zapatillas en lugar de sandalias para estar más cómoda, combinando con una falda de mezclilla y una blusa de tirantes. El camino a la cafetería era corto, así que caminar no era un problema. Durante los cinco minutos de recorrido conversamos amenamente. Cuando llegamos, Henry ya nos esperaba en la puerta con las manos metidas en los bolsillos del pantalón.

Amber lo vio y soltó un suspiro, se acercó a saludarlo y eso hizo que Henry le sonriera.

—Hola, Amber.

Me adelanté a ella para saludarlo, pues aunque Amber respondió, no se detuvo al abrir las puertas de la cafetería llamada Dolce Casa.

Los demás entramos detrás de ella, que miraba alrededor buscando una mesa disponible, el lugar estaba abarrotado. Me sorprendía que fuera nueva y ya estuviera llena. Eso significaba que el lugar era muy bueno, como Amber había comentado. Siguió andando por delante de nosotros. Kylan le hablaba a Henry de su clase de matemáticas mientras yo los oía, cuando choqué con Amber.

—Ay —me quejé mirándola con una interrogación dibujada en la cara, pero tenía los ojos clavados en algo que había delante de ella.

Kylan y yo miramos en aquella dirección.

Frente a nosotros, estaban Ada y Kem sentados a una mesa, sonriéndose el uno al otro. Amber carraspeó para llamar su atención. Su hermana la miró fastidiada cuando la vio. En cambio, Kem parecía sorprendido y confundido, como si no supiera qué hacíamos ahí.

Al instante, se recostó en el sillón y se alejó de Ada. Aunque puso una considerable distancia entre ellos, todos nos habíamos dado cuenta de que sus manos habían estado peligrosamente cerca sobre la mesa y de que sus brazos se habían rozado.

Kem me miró fijamente. Intentó hablar, pero la voz le fallaba.

Solo dos palabras rondaban por mi mente: «Qué incómodo».

7

Amber saludó a su hermana en el tenso silencio que se había formado. Intenté no hacer contacto visual con nadie y miré el lugar con atención. Estaba lleno y, por desgracia, no había mesas disponibles. Sin embargo, mi amiga parecía feliz de encontrar caras conocidas y se apoltronó en una silla al lado de su hermana.

«Mierda».

—¿Te gustaría sentarte aquí? —me susurró Kylan al oído.

No tuve más remedio que asentir. No podía negarme a sentarme con ellos.

Acabé entre Kylan y Henry. Levanté la cabeza y un par de ojos verdes me devolvieron la mirada. No la desvié, quería saber si Kem sería capaz de hacerlo, pero no. Nos quedamos mirándonos fijamente unos segundos. Me preguntaba qué se le pasaba por la cabeza.

Estaba inquieta por haberlos encontrado, cosa que no tenía sentido. Decidí ignorar esa punzada que sentía en el pecho, a pesar de tener los ojos de Kem fijos en mí.

El carraspeo de alguien llamó mi atención. A regañadientes, giré la cabeza. Ada nos miraba molesta, parecía que su cita se había arruinado.

—Creía que te quedarías en casa —dijo Kem mirando a su hermano.

Kylan estaba a mi lado y, como los asientos estaban muy juntos, nuestros hombros se rozaban ligeramente.

—No, le prometí a las chicas que vendría aquí. —Se encogió de hombros—. Amber dijo que tienen la mejor tarta de chocolate.

Amber saltó emocionada cuando el chico la mencionó y lo miró.

—¡La mejor! Es demasiado deliciosa...

—Ah, deliciosa como... —murmuró Henry, interrumpiendo a Amber.

Todos lo miraron con el ceño fruncido. Yo le di un codazo y me miró aterrado. Parecía que iba a decir algo que no quería que fuera en voz alta.

Amber entornó los ojos, molesta por la interrupción.

—Papá nos trajo ayer —comentó Ada mirándose las uñas—. Por eso he venido con Kem. Acabamos de llegar también.

Una camarera se acercó. Se le veía un poco estresada por la cantidad de gente que había. Amber pidió cuatro porciones de pastel de chocolate y Ada, otras dos más dos *mocha frappuccino*. La chica se alejó a paso rápido, dejando la mesa sumida en un incómodo silencio que nadie se atrevía romper.

Recorrí con la mirada a todos los presentes. Henry fue el único que decidió hablar.

—¿Por qué parecéis todos incómodos?

Entrecerré los ojos por su pregunta tan directa.

—No estamos incómodos —respondí con una sonrisa.

Por lo menos, no quería estarlo. Era una sensación que me molestaba. Especialmente cuando Ada y Kem eran los culpables.

—¿Eso crees, Bizcochito? —murmuró Kem mirándome fijamente.

«Demonios».

Varias cosas sucedieron a la vez. Kylan se tensó a mi lado, Ada frunció el ceño y miró a Kem interrogante. Amber abrió los ojos como platos, pasándolos de Kem a mí y Henry… nos miraba con un gesto pícaro.

—Te dije que no me llamaras así —refunfuñé.

Ya no estaba incómoda, sino fastidiada. ¿Con qué derecho me llamaba así delante de mis amigos? Creía que ese apodo no saldría de nosotros.

Kem sonrió, estaba divirtiéndose con esto.

—Y yo te dije que así te quedabas. Me gusta, te queda fantástico.

A mi lado, Kylan puso una mano sobre la mía, que reposaba en la mesa, e intervino:

—No te preocupes, Ruby. Kem puede ser muy fastidioso e idiota. —Sonrió—. Pero te vas a acostumbrar.

Alcé las cejas hacia Kem a modo de interrogatorio. Tenía la cara tensa, pero solo tenía ojos para su hermano y su mano sobre la mía. Le sonreí con sorna para molestarlo aún más.

—A ver si lo entiendo… —dijo Henry alzando las manos—. Tú… —señaló a Kem con una sonrisa—, llamas a Ruby «Bizcochito». ¿Se puede saber por qué?

Su pregunta no era condescendiente, sino curiosa. Su voz tenía un tono ligeramente divertido.

Los ojos verdes de Kem impactaron con los míos mientras le respondía a Henry.

—Eso es algo entre ella y yo.

Me aparté del contacto de Kylan, entrelacé las manos y apoyé en ellas la barbilla. Miré divertida a Kem, recordando el cubo de agua que le había tirado encima como venganza. Jamás olvidaría aquel momento. Parecía que él estaba pensando en lo mismo, porque me guiñó un ojo mientras me sonreía de lado. Entorné los míos, pero aun así le correspondí su gesto.

Ada intervino poniendo una mano en el hombro de Kem.

—¿Qué pasó para que le pusieras ese apodo?

—Debió de ser algo muy bueno —señaló Henry.

Kem asintió, pero no les respondió. Yo también estaba de acuerdo con él, ese asunto era algo entre nosotros. No quería que todos se enteraran de que mi madre había hecho bizcochos para su familia y que él se los había comido todos.

Minutos después, la camarera se acercó con una gran bandeja. Cuando terminó de dejarlo todo, se alejó apresurada. Miré mi porción de pastel de chocolate embobada. Me encantaba, era uno de mis postres favoritos, y este tenía una pinta deliciosa, la cobertura incluso se deslizaba por los lados.

—Tu cara es todo un poema, Ruby —se burló Ada riendo.

Iba a hablar, pero Kem se me adelantó.

—Se ve que estás hambrienta —comentó mirándome.

A mi derecha, Kylan me dio un codazo e hizo que me desconcentrara.

—No les hagas caso —susurró.

—Jamás se lo hago a los idiotas —musité en voz baja acercándome a su oído.

Kylan soltó una pequeña carcajada haciendo que todos en la mesa nos miraran con curiosidad. Amber parecía un poco fastidiada por lo cerca que estaba del chico.

Ignoré a todo el mundo y cogí la cucharilla para probar un bocado del delicioso pastel. Al cortar un pedazo y llevarme el bocado a los labios, gemí de gusto. El chocolate se me deshacía en la boca mientras mi paladar saboreaba el manjar.

A mi lado, Kylan se atragantó y Kem carraspeó. Ignoré a todos mientras seguía masticando despacio, disfrutando del sabor.

—¿Está buena la tarta, chicos? —preguntó Amber con las cejas levantadas esperando nuestras respuestas. Asentí, no podía hablar porque tenía la boca llena.

—Sí, tan buena como tú —murmuró Henry en voz tan baja que solo yo lo escuché.

Eso hizo que me atragantara al intentar reírme con la boca llena. Los chicos se alarmaron al ver mi rostro. El bocado se me había ido por el otro lado y me estaba ahogando delante de todos. ¡Qué vergüenza!

—¡Ruby! —gritó Amber—. ¡Tu cara está roja!

—Obvio, tonta, se está atragantando —dijo Ada.

—¡Ayudadla! —gritó mi mejor amiga. Kylan a mi lado me daba palmadas en la espalda—. ¡Así no, tonto! ¡Levanta los brazos, Ruby!

Kylan me obligó a levantar ambos brazos. Sentí mi cara caliente y los ojos llenos de lágrimas no derramadas. La garganta me quemaba y creía que en cualquier momento me iba a morir. No podía respirar y el llanto me impedía ver nada.

—¡Golpea su espalda! —exclamó Amber.

Sentí un fuerte golpe en la espalda que hizo que el aire entrara de nuevo a mis pulmones. Inhalé con fuerza mientras tragaba. Cerré los ojos aliviada de saber que no iba a morir atragantada por un pedazo de pastel.

Estaba segura de que el chocolate me mataría, pero no así.

Henry a mi lado seguía sobándome la espalda.

—Lo siento —dijo cuando abrí los párpados, lo miré agradecida—. No quería golpearte, pero era necesario.

—Gracias —susurré con la garganta ardiendo.

—Fue mi culpa. —Su rostro estaba afligido. Me pareció muy tierno con sus mejillas sonrojadas y sus sinceros iris color miel.

—Solo yo me puedo atragantar así. —Negué entornando los ojos, intentaba verle el lado divertido, aunque casi había muerto.

—En eso tienes razón, Bizcochito. —Escuché la voz de Kem. Lo miré con una sonrisa tensa porque había presenciado mi momento estúpido—. Eres única.

Me sonrojé por su comentario, pero no dije nada. Me quedé mirando mi trozo de pastel de chocolate como si fuera el culpable de todo. Nunca más volvería a comer delante de un amigo, porque me harían reír y no podría comer con tranquilidad. Especialmente frente a Kem o Kylan. No podría con tanta tensión.

Después de mi incidente, todos apuraron sus meriendas para irnos a nuestras respectivas casas. Dejé que Henry se comiera lo que quedaba del mío, no quería que sucediera lo mismo. Cuando todos estábamos listos, salimos a la calle, esta vez en un cómodo silencio.

Amber y yo estábamos de acuerdo en regresar a casa en el coche de Ada porque no queríamos caminar las pocas cuadras de vuelta bajo el tormentoso sol de verano.

Me acerqué al coche de Ada, pero vi que Kylan se iba con su hermano.

—¿No irás con nosotras? —le pregunté.

—No, yo regresaré con mi hermano. Id vosotras con Ada.

—Vale.

Kylan sonrió.

—Nos vemos mañana, Ojazos.

Fruncí el ceño.

—¿Qué?

—Es tu apodo. Te lo has ganado hoy.

Los hermanos Woods tenían un serio problema con los nombres.

—¿Me he ganado un apodo? —repetí—. ¿Puedo saber por qué?

Él se me acercó, invadiendo mi espacio personal, pero no se pasó de la raya.

—Porque cuando ves comida, se te ilumina la cara —susurró—. Son preciosos.

«Vaya».

Estaba muy halagada con sus palabras, pero me sentí incómoda por la intensidad con la que me miró al decirlo. No estaba acostumbrada a recibir tanta atención de un chico. Solo mi exnovio me había tratado así y ya no estaba.

Le di las gracias mientras me alejaba un par de pasos. No sabía qué más decir, la situación se había vuelto muy rara. No me sentía bien, solo lo veía como un amigo.

Por el rabillo del ojo, vi a Kem acercarse a nosotros con el ceño fruncido.

—Te estoy esperando, Kylan, ve al coche. Tengo que hablar con Ruby.

Kylan hizo una mueca por el tono de voz de su hermano mayor, pero le hizo caso. Me dio un beso de despedida en la mejilla y se fue hacia el coche, que estaba a unos metros de nosotros con las puertas abiertas.

Kem, frente a mí, se metió las manos en los bolsillos del pantalón. A mi espalda estaban Henry y Amber conversando mientras esperaban a Ada, que había entrado al baño en la cafetería, para que abriera las puertas del coche.

—¿Se puede saber de qué hablabais? —preguntó.

Lo miré sorprendida.

—¿A ti qué te importa? —me burlé.

No era de su incumbencia, así como yo tampoco tenía derecho a saber por qué Ada lo había invitado a él. Por mucho que me molestara y no entendiera el motivo.

Él soltó un suspiro, tratando de controlarse.

—¿Quieres venir con nosotros? —preguntó más dócil.

—No, iré con Amber y Ada —respondí—. De todos modos, gracias.

No sé qué había cambiado entre nosotros, pero la supuesta tregua que teníamos se había roto. Podía percibir la tensión. Sin despedirme, me di la vuelta y me acerqué al coche de Ada, que ya salía de la cafetería.

Henry también venía con nosotras, nos había pedido que lo acercáramos y Ada, a quien todo le resbalaba, aceptó. Amber no estaba muy contenta, pero no podía decir nada porque no era su coche. Todavía.

Dejamos a Henry a unas manzanas antes de nuestro edificio, ya que vivía por ahí, y luego nos encaminamos a nuestro lugar. Al llegar, el coche de Kem ya estaba en el aparcamiento y no había nadie en él. Me dirigí a mi casa y me despedí de las chicas.

Al meter la llave en la cerradura de la puerta, revisé la hora en el móvil. Eran las seis y media, me quedaban unos treinta minutos para hacer lo que quisiera antes de que llegaran mis padres. Lo primero que vi al entrar fue el maletín de papá y el bolso de mamá sobre el sillón del salón.

—¿Mamá? —pregunté alzando la voz.

Salió de la cocina, llevaba un delantal encima de la ropa de casa. La miré extrañada.

—¿Qué haces aquí tan temprano? ¿Y papá?

Mamá sonrió alegre.

—¿No te lo dije, cariño? —sonó emocionada—. Los Woods vendrán a cenar. Por cierto, ¿dónde has estado? Quería que me ayudaras a preparar las cosas, pero ya lo he hecho todo yo.

—He salido con Amber un rato, mamá. Pero ¿de qué hablas? —dije aterrada al escuchar el apellido—. ¿Cómo que vienen aquí?

Esto tenía que ser una pesadilla, acababa de salir de una para entrar a otra.

—¿Me olvidé de comentártelo, cariño? Creí que te lo había dicho por la mañana. Ayer me topé con ellos, los nuevos vecinos, y son muy buenas personas y amables. Quería invitarlos a comer con nosotros.

Abrí los ojos, alarmada.

—¡Mamá! —exclamé.

Me llevé las manos a la cara. No quería que Kylan y Kem estuvieran aquí, mucho menos para cenar con nuestros padres, sería demasiado incómodo. Me detuve a pensar unos minutos, recordando que había estado con ellos unos minutos antes y no me habían dicho nada. Tal vez ellos no vendrían, solo el matrimonio. Era una probabilidad y me aferré a ella.

—Los Woods... ¿vendrán con sus hijos?

Mamá se dio cuenta de mi actitud.

—Claro que sí, ¿por qué preguntas?

Suspiré, resignada.

—Por nada. ¿A qué hora vendrán?

—En media hora.

Me fui corriendo al darme cuenta de que tenía solo treinta minutos para ducharme, vestirme y, si quedaba tiempo, maquillarme lo suficiente para tener mejor aspecto. Quería estar presentable después de aquel bochornoso momento en la cafetería.

Invertí diez minutos en ducharme, luego otros diez en elegir la ropa y vestirme, y los últimos diez en peinarme y ponerme un poquito de rímel en las pestañas. Cuando pasó media hora, el timbre del apartamento sonó, alertándome de que nuestros invitados ya habían llegado. Porque si no, ¿quién más sería?

Como era otra calurosa noche de verano, elegí ponerme un vestido sencillo y corto, y unas sandalias planas para estar más cómoda. Me recogí el pelo en una trenza que reposaba a un lado de mi hombro.

Mi mamá me esperaba en la cocina cuando salí de la habitación.

—¡Oh, Dios mío, han llegado puntuales! —susurró—. Ruby, llévate mis cosas y las de papá a la habitación. Date prisa, cariño.

Agarré las cosas y corrí por el pasillo mientras ella abría. Las voces se escucharon más alto cuando entraron. Dejé las cosas de mamá en la habitación y fui al despacho, donde estaba papá, sentado a su mesa. Le dije que los Woods habían llegado y lo acompañé al salón.

Los padres de Kem y Kylan ya estaban sentados en el sofá de dos plazos y los hijos y la hija, en el tresillo.

Mamá hizo las presentaciones, por lo que saludé primero a sus padres con la mano.

Kem y Kylan me miraban fijamente. Intenté no ruborizarme mientras les decía hola como si no nos hubiéramos visto unos minutos antes. La hija se parecía mucho a sus hermanos, tenía el mismo pelo castaño oscuro y esos característicos ojos verdes que parecían haber heredado de su madre, que era preciosa. Eran todos guapísimos y al conocer a sus padres entendí por qué.

La sonrisa de la hermana parecía ser sincera cuando la saludé.

—Hola, Ruby —dijo ella.

—Hola, tú eres Kara, ¿cierto?

—Sí —respondió señalando a sus hermanos—. La hermana menor de estos tontos.

De inmediato me cayó muy bien, por el simple hecho de decirles «tontos» sin reparo alguno. Reí con ella. Era divertida y parecía que yo le agradaba.

Papá nos indicó que pasáramos al comedor y nos sentáramos a la mesa. Fui la primera en ir, no quería tener que elegir mi lugar y luego estar incómoda. Por lo que me senté al lado de mamá, pero ella negó y señaló hacia el asiento vació que había entre Kara y Kem.

Dibujé una mueca, pero le hice caso y me senté sin rechistar para no armar un escándalo. Kylan, al ver que ya no había lugar de este lado, se sentó al otro, quedando así frente a mí.

—Nos volvemos a encontrar —susurró Kem acercándose a mí con disimulo mientras nuestros padres conversaban—. Esto será divertido, Bizcochito.

Entorné los ojos. A él parecía divertirle todo, especialmente cuando tenía que ver conmigo.

—Sí que lo será —murmuré con sarcasmo.

Y no me equivoqué.

8

Intenté no estar nerviosa mientras mi madre servía la comida en la cocina. Quise ayudarla para alejarme del comedor y calmar la ansiedad, pero me lo impidió. Alegó que debería conversar con los chicos de mi edad. Le dije que uno de ellos me había tirado agua el primer día que se habían mudado, pero solo me frunció el ceño para que volviera a la mesa. Me centré en mi padre, que les contaba algo a los señores Woods. No quería girarme hacia Kem, podía sentir su mirada quemarme el oído derecho.

Cuando mamá terminó de servir los platos, rezamos tomados de la mano. Kem tomó la mía con suavidad y la entrelazó con la suya, me apretó con fuerza mientras papá bendecía la mesa. Cuando todos dijeron «amén», quité la mano y, con disimulo, me limpié en la servilleta. Estaba sudando por el calor que hacía y por haberle agarrado la mano a Kem durante unos largos segundos que me parecieron interminables.

El silencio se instaló en la mesa cuando todos procedieron a probar un bocado del delicioso estofado de mamá. Miré mi plato lleno y me metí una cucharada a la boca sin levantar la mirada. Mastiqué con delicadeza y sin prisa, no quería que se repitiera lo de la cafetería.

Kem se inclinó hacia mí.

—No vayas a atragantarte de nuevo, Bizcochito —dijo sonriéndome con diversión.

Parecía que se burlaba. Lo miré con los ojos entrecerrados, a mí no me hacía gracia. Podría haber muerto, de verdad.

—Ja, ja —respondí con ironía.

Lo ignoré y procedí a comer otro bocado. Esta vez mastiqué con normalidad.

Abrí los ojos alarmada al sentir una mano rozarme la rodilla a propósito. Aquella sutil caricia me dejó vibrando. Levanté la mirada y me topé a Kylan mirándome con curiosidad. Intenté hablar, pero de nuevo, la comida que masticaba no pasó, sino que quedó atorada en mi garganta.

Tosí como loca.

A mi izquierda, Kara me golpeó la espalda, un poco ruda, para que el aire entrara. Inhalé y por fin pude respirar. Levanté la vista sintiendo que las mejillas me ardían. En la mesa, todos me miraban sorprendidos, habían visto mi altercado. Papá habló, rompiendo el tenso silencio.

—Bueno, a veces Ruby se emociona con la comida —bromeó, algo tan característico en él.

Lo miré mal, pero solo me sonrió divertido. Kara me tendió un vaso del refresco que mamá había hecho.

Le di las gracias y apuré el vaso, me lo tomé de un trago. De nuevo, sentí un suave roce, pero esta vez en mi brazo. Miré a Kem, sonreía divertido.

—Quita la mano de ahí antes de que tenga otro accidente.

Kem la retiró rápidamente. Kylan me miró con el ceño fruncido.

—¿Estás bien, Ojazos? —preguntó, preocupado de verdad.

Sonreí por su apodo. Era gracioso escucharlo. A mi lado Kem se enderezó en su asiento.

—¿Ojazos? —repitió—. Es el mote más estúpido que he escuchado —murmuró con sorna. Solo quería que lo escucháramos nosotros, pero sus hermanos también lo hicieron.

—El tuyo también es tonto —respondió Kylan.

Luego probó otro bocado de su plato y masticó sin apartar la vista de Kem, como si lo desafiara. A mi lado Kara rio en voz baja, parecía ser la única que disfrutaba con esto.

—No lo es —lo rebatió Kem. Dejó los cubiertos sobre el plato para concentrarse en su hermano. Nuestros padres estaban en su propia burbuja conversando sin hacernos caso—. El apodo «Bizcochito» es perfecto para Ruby. Los bizcochitos son deliciosos, dulces por fuera y esponjosos por dentro.

Me quedé paralizada ante eso, con el tenedor suspendido muy cerca de la boca. Levanté la mirada y vi a Kem observar con desafío a su hermano. Kylan estaba con los ojos muy abiertos por esa declaración, como si no pudiera creer que lo hubiera dicho delante de todos.

—Un gran apodo, ¿eh? —Kara trató de aligerar el ambiente entre sus hermanos.

Ellos no le hicieron ni caso, seguían mirándose fijamente. Yo no quería intervenir, pero lo creí necesario.

—Eh, gracias, eso fue muy… dulce de tu parte —murmuré confundida—. Qué amable eres, Kem.

—¿Amable? —repitió él—. ¿No querrás decir guapísimo, supersexi, el mejor chico que has conocido?

—Entonces, no estaría hablando de ti —Kylan interrumpió sonriendo—. Has dicho todo lo que no eres.

—Los celos no te pegan, Ky —dijo Kem moviendo la cabeza.

Kylan alzó una ceja. Luego me miró con una verdadera sonrisa coqueta de lado.

—Tu mamá cocina delicioso, Bizcochito —dijo él sonriéndome y haciendo hincapié en mi apodo.

Hice un mohín al notar lo que pretendía. Pareció lograrlo cuando Kem dibujó una mueca y soltó los cubiertos sobre la mesa, mirando mal a su hermano. Kylan le sonrió:

—¿Qué decías acerca de los celos, hermano?

Kara volvió a reír, mostrándome una vez más que a ella todo eso le parecía gracioso. Yo entorné los ojos al darme cuenta de que se comportaban como unos niños caprichosos.

Traté de ignorarlos mientras comía. Después de algunos bocados, fui consciente de que su duelo de miradas había llegado a su fin y disfrutaban de la cena como si no hubiera pasado nada.

Nuestros padres nos incluyeron en su conversación al ver que nosotros estábamos callados.

—Ruby, ¿y tú qué deseas estudiar al terminar el colegio? —preguntó con curiosidad la señora Woods.

Terminé de masticar mi bocado y tragué antes de responder. Todos me miraban atentos, esperando mi respuesta. Aunque ni yo misma estaba segura.

—Medicina —contesté automáticamente.

Era una carrera que había soñado estudiar cuando era una niña, pero ya no me convencía mucho. Mis padres estaban orgullosos de mi elección, así que no me atrevía a decirles que había cambiado de opinión. No quería que se sintieran decepcionados, así que opté por callarme y seguir dando la misma respuesta cada vez que alguien me preguntaba. No sabía qué otra cosa podría hacer. Estaba estancada entre estudiar Medicina o buscar algo más en los siguientes meses.

La señora Woods y su esposo me miraron sorprendidos, pero admirados por mi decisión.

—Interesante elección —murmuró Kem para que solo yo escuchara. Decidí ignorarlo.

—¿Y a qué universidad deseas ir? —me preguntó el señor Woods, mirándome con atención.

Sentí una mano tocarme la rodilla. De nuevo. Me giré y miré a Kem, pero él se hacía el distraído mientras se terminaba el plato tan tranquilo. Con la mano derecha sujetaba el tenedor y con la otra me acarició la piel. Pero ese simple gesto hizo que todo mi cuerpo sintiera escalofríos.

Con disimulo, dejé los cubiertos sobre la mesa y bajé las manos para quitar el dedo de Kem de mi muslo.

Un carraspeo me hizo levantar la cabeza. Kylan me devolvió la mirada con curiosidad. Le sonreí para hacerle saber que todo estaba bien, mientras por dentro estaba incómoda. Quería que esta cena acabara cuanto antes.

Con un gesto triunfante, le respondí al señor Woods, que esperaba mi respuesta con tranquilidad.

—A la Universidad Estatal de Medicina —respondí con una sonrisa ensayada.

—Oh, increíble —murmuró el señor Woods impresionado—. Aunque esa universidad está algo lejos, ¿no?

Hice una mueca.

—Sí.

Después de eso, la cena pasó entre conversaciones de nuestros padres y algunas preguntas que nos hacían a nosotros. Kem no volvió a ponerme la mano sobre la rodilla y estaba agradecida por ello. Me ponía nerviosa, y más aún cuando presionaba su dedo contra mi piel desnuda.

Era un atrevido y quería estar a solas con él para poder golpearlo y reprocharle lo que hacía. O para hacer todo lo contrario.

«Mierda». Mi mente estaba hecha un lío.

Acabada la cena y tras una sobremesa que se me hizo interminable, los señores Woods se despidieron de nosotros, no sin antes prometerles a mis padres que los invitarían a su casa.

Le rogaba a Dios para que eso nunca sucediera.

No podría soportar de nuevo estar en una mesa junto a Kem, Kylan y nuestros padres. Me volvería loca.

Antes de que Kem se fuera, se despidió de mí con un beso en la mejilla y pegó su boca a mi oído.

—Deja la puerta de tu balcón abierta —susurró.

Unos escalofríos me recorrieron el cuerpo, pero los ignoré. Debía hacerlo.

—Sigue soñando —respondí.

Me di la vuelta y me acerqué a Kylan para despedirme. Su sonrisa destelló cuando me miró. Presioné un beso sobre su mejilla, como me había hecho su hermano, pero no sentí ni un atisbo de escalofríos. Nada.

—Nos vemos mañana —dije.

Kylan asintió.

—Hasta mañana, Ojazos.

Suspiré. Mis padres me habían puesto mi nombre en vano. Al final, estos chicos iban a llamarme como se les antojara.

Después de ayudar a mamá a ordenar todo y limpiar la mesa, me despedí de ella y papá. Me metí en la habitación para dormir. Al día siguiente, tenía clases y no quería levantarme cansada.

Me puse el pijama y luego entré al baño para lavarme los dientes y la cara.

Cuando salí, fruncí el ceño al ver la puerta de mi balcón abierta. Me pareció muy extraño porque yo la había cerrado.

Me acerqué y, antes de que pudiera echar el pestillo, unas manos me presionaron y me dieron la vuelta. Quedé frente a un pecho cubierto por una camiseta negra y pegada al cuerpo. Sentí su aroma antes de levantar la mirada y toparme con los ojos verdes de Kem. Me miraba con picardía, sonriéndome de lado.

—Hola, Bizcochito —saludó acercando su cara a la mía. Intenté apartarme, pero me inmovilizó entre sus brazos contra la pared—. Te dije que no cerraras la puerta. Ahora lidia con las consecuencias.

Fruncí el ceño ante sus palabras.

—¿Qué consecuencias...? —empecé a preguntar confundida, pero no terminé.

Los labios de Kem presionaron mi cuello y perdí la capacidad de hablar al sentir sus labios en mi parte más sensible.

En ese momento, lo perdí. Cuando sentí su respiración en el cuello, no pude controlarlo. Una fuerte carcajada salió de mi boca. Kem se detuvo y mi cuerpo vibró por la intensidad. Lo empujé para poder contener las carcajadas. Mi punto débil estaba entre mi cuello y mi clavícula, por lo que cuando Kem rozó esa zona, no pude evitar estallar.

Kem frunció el ceño al verme descojonada.

—No entiendo qué es tan gracioso —murmuró. Su rostro estaba confuso por mi reacción.

Al principio, cuando Kem se acercó a mí, mi pulso se había acelerado, al igual que mi respiración. Mi corazón latió a toda velocidad, pero cuando su aliento chocó con mi cuello, todo el nerviosismo que sentía desapareció para ser reemplazado por las risas. El cosquilleo era demasiado intenso como para detener mis carcajadas.

—Me has hecho cosquillas —admití.

Todavía estaba afectada, por ello me llevé la mano a la zona afectada y palpé, aún podía notar esa sensación de estremecimiento.

—Lo siento —se disculpó, pero no supe si por acercarse tanto a mí o por hacerme cosquillas.

Me abracé a mí misma y me alejé aún más de él. Caminé hasta el balcón y me apoyé en la barandilla. Kem imitó mi acción, colocándose a una distancia prudencial, como si unos instantes antes no hubiera estado tan cerca de mí.

—Kem… —murmuré sin saber cómo continuar.

Preferí mirar el cielo que mirarlo a él. Estaba despejado y las estrellas y la luna brillaban. Se sentía paz, pero mi cuerpo por dentro estaba todo revolucionado solo por esos breves segundos de cercanía.

—Nosotros no…, es decir…

No tuve que decir más, él lo entendió.

—Lo sé. Somos amigos —dijo sonriéndome—. Aunque siempre estemos peleando quiero ser tu amigo, Ruby.

—¿Solo amigos? —repetí.

Haberme besado no contaba con ser solo amigos. Aunque estar cerca de él me revolucionaba y hacía que mi cuerpo entero entrara en una catarsis, también quería que solo fuera amistad, de momento. Haber salido de una relación hacía unos meses hizo que mi cordura volviera. Enarqué las cejas:

—¿Ya no soy «Bizcochito»?

—Lo sigues siendo, Bizcochito —dijo sin dejar su sonrisa de lado, esta vez sus ojos pícaros me miraron—. Y no, no quiero ser solo tu amigo. Pero por ahora tendrá que bastar.

Me sonrojé.

—Concuerdo con eso. Creo que las cosas van muy rápido y…

—Lo entiendo. —Me puso un mechón de pelo tras la oreja, sin apartar los ojos de los míos—. Iremos a tu ritmo.

Asentí, satisfecha con su respuesta.

—Bien.

Miré hacia mi habitación. Si continuaba mirando a Kem tan fijamente en ese reducido espacio, las cosas no irían lentas para nada, por lo que señalé hacia mi cama con una sonrisita.

—Yo… debo irme a dormir.

—Tienes razón, mañana tienes clases.

Se alejó de la barandilla, pero se detuvo antes de dar un paso más allá. Abrí la boca para preguntarle qué sucedía, pero me sorprendió cuando me dejó un beso en la mejilla. Fue tan rápido y suave que no pude reaccionar.

—Descansa, Bizcochito.

Trepó por las escaleras hacia su piso, subió con agilidad y rapidez. Me quedé un momento estática, mirando el lugar por donde se había ido.

Después de recibir un beso en la mejilla, los amigos no sentían lo que yo en ese momento.

Tal vez por eso no podríamos serlo.

9

Los días se fueron pasando rápidamente. No volví a ver a Kem durante la semana. Tampoco dejó notitas en mi balcón ni volví a oír su nombre cada vez que me encontraba con Kylan.

Aquel distanciamiento me vino bien para despejarme la mente y para tratar de borrar los recuerdos y las sensaciones que su piel había dejado en la mía. Ese pequeño acto había ocasionado un volcán de emociones dentro de mí. No verlo apaciguó esos sentimientos.

El problema era que Amber iba a montar un fiestón por su cumpleaños, y por supuesto, había invitado a los hermanos Woods. No podía olvidar el grandísimo detalle de que tanto ella como su hermana estaban locas por ellos.

Amber había convencido a sus padres de alquilar una discoteca toda una noche y ellos habían tirado la casa por la ventana. El local era grande, de dos pisos. Los progenitores de Amber eran mucho más liberales que los míos, incluso habían aceptado que hubiera alcohol. De verdad, no habían escatimado en gastos para la celebración.

Todo estaba casi listo para el sábado, Amber estaba ansiosa de que llegara rápido. Incluso tenía preparado su vestido y todo lo que se pondría ese día.

La mañana del día señalado, aparecí en la puerta de su apartamento con un regalo para ella. Le había comprado una cadena de amistad que había visto en una tienda vintage. Era bonita, tenía un colgante que era medio corazón roto y en el reverso se leía «mejores amigas». Lo había mandado a personalizar para que nuestros nombres aparecieran debajo. Amber lloró al verlo.

—¡Es el mejor regalo que he recibido! —exclamó.

Me abrazó con fuerza y empezó a reír cuando vio que yo llevaba la otra parte. Lo unimos y observamos las letras grabadas.

—Es muy hermoso, Ruby. ¡Gracias!

—No llores más que me harás sollozar a mí también —dije aguantando las lágrimas—. Hoy son tus dieciocho años, ¡ya eres legal! Tenemos que estar felices, no andar llorando como ahora.

—Tienes razón. —Secándose las lágrimas, se levantó de la cama y se llevó con ella el collar para colocárselo mientras se miraba en el espejo—. Nunca más me lo quitaré.

Le sonreí a través del reflejo. Antes de que ninguna pudiera hablar, la puerta de su habitación se abrió y Ada metió la cabeza.

—Ya ha llegado la maquilladora, Amber.

Volvió a cerrar la puerta.

—¿Maquilladora? —repetí levantándome de la cama. Amber sonrió de felicidad.

—Me tengo que ver perfecta para esta noche, así que mamá ha contratado a una maquilladora.

—Pero aún no es hora de la fiesta, falta muchísimo.

Acabábamos de almorzar y la fiesta sería a las once de la noche, eso eran muchas horas que esperar.

—Sí, pero no sé cuánto tiempo tardaré en estar lista. Tengo que hacerlo todo con anticipación, quiero que esta noche sea perfecta.

—Pues sí, no todos los días cumplimos dieciocho.

Era mi momento para volver a casa. Yo tampoco sabía cuánto tiempo tardaría en prepararme, pero no iba a empezar hasta pasadas las seis de la tarde. Había tiempo de sobra.

—Sí, y quiero lucir perfecta para Kylan.

—Te gusta mucho, ¿no? —pregunté con curiosidad.

—¡Sí! —Soltó un suspiro—. Es muy guapo y tiene unos preciosos ojos verdes. Espero que esta noche me invite a bailar. —Me miró, cruzándose de brazos—. ¿Y qué me dices de ti?

—¿Yo qué?

—Estás interesada en Kem. —No era una pregunta.

Al principio me mostré recelosa por aquella declaración, luego traté de desestimarla con una risa nerviosa, rogando para que ella no notara mis nervios.

—Por ahora solo somos amigos. Sabes que no quiero entrar tan rápido en una relación después de Dan.

Amber asintió, estaba de acuerdo.

—Eso está bien, tómate tu tiempo. —Su sonrisa creció—. Es curioso el apodo que te puso. ¿Puedo saber por qué?

En ese momento dudé.

Acababa de regalarle un collar sobre nuestra amistad, pero no me atrevía a contarle lo que de verdad sentía. No podía hacerlo. No cuando su hermana también estaba interesada en Kem y parecía hacer todo lo posible por gustarle.

—Tonterías suyas.

Traté de no bajar la mirada, no quería mentirle, pero era mi deber parecer desinteresada.

—Él no se comporta así con mi hermana.

Me moría por preguntarle lo que había entre Ada y Kem, pero no quería avivar más sus sospechas.

—Pues conmigo sí. —Me dirigí a la puerta de espaldas—. Tengo que irme a casa, te dejo para que estés perfecta para tu noche. Si necesitas algo, avísame.

Ella no parecía dispuesta a dejar el tema.

—¿Sabes? Desde Dan, no te he visto nerviosa cerca de otro chico y el hermano de Kylan te pone así.

Un escalofrío me recorrió el cuerpo al escuchar el nombre de mi ex. Aún lo quería y pensar en él me ponía nerviosa, porque me recordaba que vendría pronto. No sabía cuándo, pero el colegio ya había empezado y su madre y su padrastro no aceptarían que perdiera muchas clases. Así que su regreso debía de estar a la vuelta de la esquina.

—Kem no me pone nerviosa —mentí sin mirar a Amber.

Amber rio.

—¡Mentirosa! —exclamó—. Él te pone muy tensa y punto. Mejor dicho, él te pone, a secas. No lo niegues. Pero solo te quiero dar un consejo, de hermana a hermana. Ada está interesada en él y parece que él también en ella. No te ilusiones, Ruby. —Apreté los labios al oírla—. Pero no te preocupes, Dan regresará y tal vez todo vuelva a ser como antes.

Negué.

Lo mío con Dan estaba más que terminado.

Nada iba a ser como antes.

A las once en punto de la noche, ya estaba lista para irme. El padre de Amber también había contratado un coche para llevarnos a la discoteca. Mi mejor amiga se lo había rogado, así tendría más tiempo junto a Kylan. Yo también estaba invitada a unirme y, como no tenía transporte, acepté sin dudar.

Me miré al espejo una última vez y me alisé el vestido negro. Ese color nunca fallaba. Sonreí al ver mi reflejo, la prenda tenía algunas lentejuelas a lo largo del escote que lo resaltaban. Era de tirantes finos y la falda me llegaba hasta la mitad del muslo. Lo había combinado con unos tacones del mismo color. Por primera vez, me sentía muy bien con ese tipo de calzado, quería verme bien para la fiesta. El vestido en sí no era tan ajustado, pero se amoldaba a mi cuerpo y de paso reafirmaba mis curvas.

El pelo me llegaba a la cintura, me lo había dejado lacio desde la raíz hasta la mitad y luego lo había ondulado en las puntas. Había tardado más de una hora en peinarme, así que me puse fijador para que durara toda la noche.

Mi madre tuvo que ayudarme con el maquillaje. Me pintó los párpados con sombras oscuras y delineador grueso para que mis iris azules resaltaran. Y vaya si lo había logrado. Mientras me miraba en el espejo, me sentí diferente. Estaba más hermosa y más sexi. Con una última repasada de labial rosado, salí de la habitación para despedirme de mis padres. Amber me había enviado un mensaje diciendo que en cinco minutos partiríamos.

Tomé el móvil y lo guardé en mi bolso de mano color negro.

Bajé las escaleras con cuidado de no resbalar para no matarme. Cogí el móvil para decirle a Amber que ya estaba lista, pero me detuve a mitad de camino, a la altura del primer piso. Oí unas voces que provenían del vestíbulo del edificio.

—Ya sabes cómo son las chicas, debemos esperarlas porque al parecer se… Guau… —dijo Kylan al contemplarme.

Apreté el móvil. Kylan me analizaba sorprendido, me recorrió todo el cuerpo hasta que clavó de nuevo los ojos en los míos. Por otra parte, se le sonrojaron las mejillas cuando lo pillé mirándome de ese modo.

—Estás hermosa —dijo.

Su reacción me había puesto tensa, pero aun así forcé una sonrisita agradecida. Parecía un poco mortificado por haberme escaneado.

—Gracias —murmuré.

Bajé los últimos escalones mientras Kem se daba la vuelta. Había estado de espaldas, frente a su hermano, y se giró al oír mi voz.

No me caí de las escaleras solo porque apretaba con fuerza el pasamanos. No me había sentido ni un poco tensa cuando la mirada de Kylan barrió todo mi cuerpo, tomándose su tiempo para examinarme. Fue todo lo contrario con su hermano, sentí en mi interior una revolución de hormonas que traté de mantener a raya mientras descendía hasta pararme frente a ellos.

Él estaba increíblemente guapo, vestía un jean oscuro y una camisa blanca de manga larga, pero remangada en los antebrazos, lo que hacía que se le notaran los brazos y los músculos. Traté de cerrar la boca al darme cuenta de que lo miraba con admiración.

—Estás preciosa —susurró él casi sin aliento.

Yo también había aguantado la respiración con su intenso escrutinio. Pero cuando Kem dijo aquel halago, las mejillas se me pusieron rojas. Bajé la vista al suelo un momento, no podía continuar mirándolo a los ojos con tanta intensidad como me observaba él a mí.

—¿Amber aún no está lista? —preguntó Kylan, agradecí su intervención.

—Ha dicho que estaría aquí en cualquier momento, bajará enseguida.

—El coche ya ha llegado. —Kem señaló afuera, a la calle—. Solo la estamos esperando.

Revisé mi móvil, Amber solo me había mandado un emoji sonriente como respuesta.

No tuvimos que esperar mucho, segundos después oímos pasos que bajaban por las escaleras. El sonido de tacones resonaba por todo el vestíbulo. Cuando me di la vuelta, vi a mi mejor amiga bajando las escaleras. Estaba espectacular e impactantemente hermosa.

Me pareció oír un suspiro de Kylan.

Sonreí al notarlo. A ella le gustaba, tal vez después de todo sí tenía una oportunidad con él.

Mi pelinegra favorita estaba ataviada con un vestido rojo y muy ajustado que le llegaba por encima de la rodilla. Lo más impresionante de este era la pequeña abertura que tenía en el lado derecho y mostraba su pierna bronceada. Amber estaba más que hermosa, estaba sexi. La maquilladora había hecho un excelente trabajo en su cara, le había puesto labial colorado y le había delineado los ojos marrones, que se veían muy grandes y expresivos.

Me pareció lindo ver que, como yo, aún llevaba puesto el collar que le había regalado. Lo portaba con orgullo.

Bajó los últimos escalones con mucha elegancia, con unos tacones muy bonitos y altos de color plateado.

—¡Estás preciosa! —exclamé admirándola.

Amber corrió para achucharme, mientras su hermana Ada saludaba a Kem. Aparté la mirada de ellos para centrarme en mi mejor amiga. Pero ella me dio las gracias y pasó rápidamente a Kylan, quien la abrazó deseándole un feliz cumpleaños.

Me hizo gracia que sus mejillas con colorete se ruborizaran todavía más.

De reojo, vi a Ada y su pequeño vestido azul.

—¿Vamos? —nos instó Amber—. El coche ya está fuera.

Eran más de las once de la noche y seguramente la fiesta ya habría comenzado. Por pura tradición, Amber llegaría tarde a su propia celebración de cumpleaños.

Cuando nos acercamos al coche y el conductor contratado nos abrió la puerta, me asusté al ver que solo había dos filas de asientos, con tres plazas en cada una. Sí o sí alguien tendría que ser la discordia. Dado que los Woods estaban tonteando con las hermanas Peters, supe que yo iba a ser la que sobrara.

No lo pensé más y me senté en el último asiento de la fila trasera. Dejé que ellos decidieran cómo iban a organizarse en función de mi elección.

Casi protesté cuando Kem se sentó a mi lado. Ada parecía molesta por ello y esa nimiedad me hizo sentir bien, aunque mantuve una expresión estoica, mirando la ventana.

—De nuevo juntos, Bizcochito —susurró.

No dije nada.

Observé en silencio a Ada sentarse junto a Kylan y Amber delante de nosotros. Podía verles la nuca, pero aun así me mantuve concentrada en la ventanilla. Mientras el coche arrancaba, me resistí a mirar a Kem, ni siquiera lo hice de reojo. Era suficiente con sentir su cercanía y el calor de su cuerpo. Nuestros brazos se rozaban cada vez que el coche giraba en alguna calle o se detenía en algún semáforo. Sentí que este viaje se me haría eterno.

—¿No me vas a hablar? —preguntó Kem en voz baja.

Me volví hacia él. Estaba extrañamente tranquilo, sonriéndome, pero no tenía la misma picardía de siempre.

—¿De qué quieres hablar? —pregunté.

Esta vez no me sentí intimidada de estar bajo su intensa mirada. Se encogió de hombros. Luego negó con la cabeza y se colocó un dedo sobre los labios, como si pensara sus siguientes palabras.

—No lo sé. —Se hizo el misterioso con esas palabras, pero luego soltó—: Tal vez quieras contarme si es verdad que tu novio volverá.

10

No logré responder la pregunta, y no por falta de ganas, sino porque Amber giró la cara y me incluyó en su conversación con Kylan. Por dentro, se lo agradecí enormemente. Lo que Kem había dicho no tenía sentido y a la vez sí. Era cierto que Dan volvería. ¿Cuándo? No lo sabía, pero la palabra que eligió el Woods para referirse a él me sorprendió. Dan ya no era mi novio, me lo dejó muy claro cuando se fue sin despedirse. Pero eso no era lo más asombroso de todo, sino que lo supiera. ¿Cómo se había enterado Kem?

Intenté participar en la conversación con mi mejor amiga, pero la pregunta seguía aguijoneando mi mente. Kem no volvió a hablar y eso es otra cosa que agradecí.

Cuando llegamos al club, fui la última en bajar, pero Kem estuvo allí para ayudarme. Me dio la mano y con su apoyo pude descender del alto escalón del coche. Rápidamente, me solté al notar que todos caminaban hacia la puerta.

Me posicioné al lado de mi mejor amiga para entrar a su fiesta.

Lo primero que noté fue que el club era gigante. Amber ya me había comentado que contaba con dos pisos y tenía una pista enorme de baile en la planta baja. Y era verdad.

La música sonaba, el lugar ya estaba lleno de gente. Muchos eran amigos de Ada y conocidos de Amber, aunque sabía que ella había invitado a varios compañeros del colegio.

Me abrí paso entre las personas sintiéndome extraña, la pregunta que Kem me había hecho me había dejado atontada. Esa era información que solo sabían Amber y su hermana Ada, nadie más. Bueno, y quienes nos habían visto juntos en el colegio, pero Kem no estudiaba, así que no se había enterado por ahí. A menos que Amber se lo hubiera dicho al hermano menor, pero estaba segurísima de que ella no me traicionaría así. La única sospechosa era Ada.

La cumpleañera nos dirigió a un reservado exclusivamente para nosotros, el cual contenía una barra para pedir bebidas gratis. Me dirigí allí entusiasmada y me senté en el asiento del extremo. Esperé a que se acercara el barman y le pedí un cóctel. Era muy temprano para beber, pero me dio igual. Amber y los demás también parecían entusiasmados con aquel detalle y pidieron diferentes tipos de bebidas alcohólicas.

Solo por esa noche, éramos libres de hacerlo.

Me bebí el contenido del vaso en largos tragos. Estaba delicioso, por lo que me pedí otro más. Amaba a los padres de Amber por eso.

Minutos después, nos acomodamos en los sillones del reservado para estar más cómodos, cada uno con una bebida en la mano. Los hermanos Woods tenían una botella de cerveza mientras que Ada y Amber tenían bebidas de colores, como yo.

Los invitados no tardaron en percatarse de que la cumpleañera estaba con nosotros, por lo que irrumpieron en el reservado para felicitarla. Muchos de ellos eran amigos del colegio y personas que solo ella conocía.

Dirigí mi mirada hacia el extremo del club donde un DJ se subía a la tarima en donde reposaban sus equipos de mezcla.

En ese momento, la música que sonaba a bajo volumen aumentó. Sonaba pop inglés, el género que más me gustaba. Tenía muchas ganas de bailar, pero no me atrevía. No cuando Amber estaba rodeada de personas. Después de unos minutos de verla conversar mientras yo me terminaba el segundo cóctel a sorbos, ella vino hacia mí.

—Ven conmigo —casi me gritó en el oído debido a la música.

Me tomó del brazo y nos dirigimos a la barra en la que minutos antes habíamos estado. Se sentó en el taburete y le pidió al barman dos chupitos, luego se giró hacia mí:

—Tengo algo que decirte.

Enarqué las cejas con curiosidad, esperando a que hablara.

—¿Qué pasa?

Ella negó con la cabeza.

—Primero debes beberte eso —anunció.

El barman dejó delante de nosotros dos vasos muy pequeños con un líquido transparente. Amber me tendió uno, lo tomé con cuidado y me lo acerqué para olerlo. Gran error, me entraron ganas de toser. Esto era tan puro que no estaba acostumbrada a tomarlo. Antes había tomado cócteles, no una bebida pura. Amber sonrió.

—Hoy es mi cumpleaños y quiero celebrarlo a lo grande, nena. Así que, por ser mi mejor amiga, debes celebrarlo como yo. —Levantó su vaso—. Prometamos tomar lo suficiente para divertirnos y hacer cosas de las que mañana estaremos avergonzadas. Total..., lo importante es pasarlo bien.

Sonreí negando con la cabeza.

—Siempre se te meten ideas muy malas a la cabeza, Am.

Mi mejor amiga se encogió de hombros.

—Ahora nos toca emborracharnos. —Acercó su boca al vaso y me miró—. Por nuestra diversión —dijo chocando su vaso con el mío.

Repetí su mismo brindis, riéndome. Luego me llevé el vaso a la boca y, aguantando la respiración, me bebí el líquido de un trago. Sentí la quemazón en mi garganta al instante. Mi cara se arrugó con disgusto.

—Ahora que has bebido... —dejó la frase a medias, de manera misteriosa—. Ahora sí debo decírtelo.

—No le des más vueltas, Am. Suéltalo ya.

Amber hizo una mueca, miró su vaso vacío y empezó a girarlo.

—Dan está de vuelta —dijo sin levantar la mirada.

Me quedé quieta. Esperaba haberla oído mal, pero no, ella seguía en esa misma posición, con la cabeza gacha como si estuviera avergonzada, sin despegar su mirada del chupito.

Iba a replicar, pero alguien posó su mano sobre mi hombro y me sobresaltó.

—Rayos, Bizcochito, solo soy yo —dijo una voz muy conocida—. Bueno, mi hermano y yo.

Me giré y vi a Kem y a Kylan con rostros sonrientes. No pude devolverles la sonrisa, estaba demasiado anonadada como para mostrar alguna emoción que no fuera sorpresa. Gracias a la interrupción, Amber solo tenía ojos para Kylan. Intenté que nos fuéramos a un lugar más privado para que me explicara lo que acababa de soltarme así como así, pero Kem me tomó del brazo.

—Espera, hemos venido a invitaros a bailar.

Amber le lanzó un gesto coqueto a Kylan.

—¡Sí, obvio! —Se bajó del asiento para acercarse a él—. ¡Vamos a bailar!

Quise escapar de este momento, pero no pude. Estaba atrapada. Amber parecía no querer seguir hablando conmigo del tema, porque tomó la mano de Kylan. Aparté la mirada de ellos y me distraje. Vi a alguien que me interesó, que podría sacarme de este momento.

—¡Henry! —grité con fuerzas para que me escuchara.

Después de volver a chillar su nombre, se giró hacia mí. Sonrió cuando me vio junto al amor de su vida, Amber, y vino hacia nosotros a paso apresurado. Me acerqué a mi amiga y le susurré al oído:

—Me debes una explicación, tía.

Ella hizo una mueca. Henry se acercó y vi que en su mano traía una rosa. Amber sonrió a medias mientras él tomaba su mano y se la llevaba a sus labios para depositar un beso sobre ella, luego le tendió la flor. Mi mejor amiga la tomó sin decir nada.

La vi sonreír una milésima de segundo, pero rápidamente adoptó de nuevo una expresión de seriedad.

—Gracias, Henry. Qué amable de tu parte.

El aludido sonrió, sus pupilas brillaban de alegría.

—Todo por ti. Feliz cumpleaños. —La miró de arriba abajo, pero sin morbosidad, solo estaba contemplándola—. Estás muy hermosa.

Amber solo le sonrió.

En ese momento, apareció Ada con una amiga. Se había perdido unos minutos y ya había regresado. Su sonrisa se iluminó cuando se detuvo en Kem. Gracias a la interrupción de Henry, nadie volvió a mencionar lo de bailar, sino que todos tomamos asientos en los sillones del reservado.

Al principio nadie habló, pero luego Ada y su amiga se incorporaron al grupo y todo cambió. Ellas pidieron bastantes tragos y nos sirvieron a todos, por lo que media hora después todos estábamos bastante achispados.

Amber bailaba y conversaba a un lado con Kylan, mientras yo los observaba. Henry estaba sentado a mi lado, parecía un poco fastidiado de ver a Amber con otro chico, pero no hizo nada para impedirlo. Se puso a charlar conmigo, sin embargo, de vez en cuando los ojos se le iban a mi mejor amiga. Amber parecía disfrutar muchísimo con Kylan. Kem y Ada hablaban tranquilamente más allá y la amiga de esta última había desaparecido.

Media hora después, dejé mi copa en la mesita que había frente a mí. Era el quinto cóctel que tomaba en la noche y ya empezaba a sentir los efectos del alcohol. Estaba mareada y, cuando quería caminar sentía que todo estaba desencajado, como si fuera a cámara lenta.

Me reía a carcajadas por todo y de la nada, las palabras que pronunciaba no se entendían ya que las arrastraba. En resumen, estaba bastante pedo. Yo y todos nuestros amigos. Incluso Henry parecía más emocionado. No tuvo reparo ni vergüenza alguna cuando se levantó y se acercó a Amber para pedirle un baile. Kylan estuvo muy de acuerdo, porque los dejó solos para venir hacia mí y sentarse en el lugar que había dejado libre el otro.

Miré a Amber divertida. No parecía importarle que su compañero de baile fuera Henry, estaba tan borracha como yo. Incluso en un momento colocó los brazos alrededor del chico, que parecía extasiado.

—¿Quieres bailar conmigo? —preguntó Kylan.

Sí, desde que había llegado, así que no me lo pensé mucho. Acepté su mano y él me llevó hacia la pista de baile de verdad, no a un lado del reservado, como estaban mis amigos. Nos alejamos de los demás.

Parecía que muchas personas se habían colado al club, porque este estaba repleto y ya no veía a nadie conocido.

Con mucho atrevimiento y copas de más, me pegué a Kylan y comencé a bailar al ritmo de la música que sonaba, una alegre y movida canción de pop en inglés. Él no desaprovechó el momento y bajó sus manos a mi cintura siguiendo mi compás. No era la mejor bailarina del mundo, pero sabía moverme, al igual que Kylan, aunque él parecía más experto que yo.

En un momento, sentí sus manos bajar hasta mis caderas. Levanté los ojos para mirarlo, su cara inocente lo delataba. Sus iris verdes estaban desenfocados, él también estaba tan borracho como yo, por lo que no dije nada y seguí bailando.

Sonreí intentando aparentar normalidad, pero el rostro de Kylan bajó hacia el mío. Estaba tan cerca que pude ver un pequeño lunar cerca a sus labios.

—Ya te lo había dicho, pero estás hermosa, Ojazos.

Me reí.

—Gracias. —Coloqué mis manos en su hombro para sostenerme. Las luces estroboscópicas me habían mareado más de lo que ya estaba—. Pero me gustaría que me llamaras por mi nombre. Odio los apodos.

Kylan, en vez de responder, volvió a pegar mi cuerpo al suyo, sujetándome la espalda baja. Una corriente de electricidad me recorrió el cuerpo, más intensa donde sus manos reposaban. No traté de alejarme, él tampoco.

En un momento de distracción, vi a Kem en la barra sosteniendo un vaso y mirándonos fijamente. Le sonreí con torpeza sin dejar de bailar. El alcohol que me recorría las venas me desinhibía. Pero mi sonrisa decayó al ver a Ada tirando a Kem de la mano a la pista de baile. Ella no reparó en Kylan ni en mí, estaba demasiado centrada en Kem.

Ambos comenzaron a bailar cerca de nosotros.

Traté de no mirarlos, pero me era imposible. Ada estaba demasiado borracha y ni siquiera podía bailar al ritmo. Kem tenía que sujetarla de la cintura para marcar el compás y sostenerla.

No quería hacerles caso, así que seguí bailando con Kylan, que me sonreía con demasiada felicidad. Cuando aparté la mirada, vi el momento exacto en que Ada se cayó de rodillas al suelo. Abrí los párpados sobresaltada ante la escena. Kem se agachó junto a ella y la cargó en sus brazos.

Entorné los ojos al verlos así.

No les hice ni caso, Kylan había notado aquello por lo que frunció el ceño, pero tampoco se movió. Sus manos aún estaban en mi espalda baja y nuestros cuerpos, pegados.

—Creo que Amber debería ayudar a su hermana —comentó Kylan al oído.

Sentir su aliento en mi oreja me envió escalofríos por todo el cuerpo. Me encogí de hombros.

—Ella está igual de borracha.

Por suerte, dos amigas de Ada se acercaron y se la llevaron a los baños. Kem se quedó en su lugar mirando fijamente cómo se iban. Luego se dio la vuelta hacia nosotros.

Seguí en lo mío hasta cuando la canción cambió a una más lenta. Esta vez rodeé el cuello de Kylan y él colocó sus dos manos en mi cintura.

Estaba divirtiéndome mucho con él porque era un muy buen bailarín.

Los ojos verdes de Kylan me observaban con atención, le sonreí con complicidad, pero de un momento a otro, alguien lo apartó.

Fruncí el ceño al ver a Amber frente a mí.

Casi maldije al notar que parecía molesta. Y no solo eso, sino que venía acompañada.

—¿Qué...? —comencé a preguntar, pero me quedé muda al ver a la persona que iba a su lado.

No era ni más ni menos que Dan. Mi exnovio.

11

Con cierto nerviosismo, me alejé de Kylan. Retrocedí varios pasos con la mirada fija en Dan. Había cambiado tanto en seis meses... Su pelo castaño estaba más corto y su cuerpo, más definido. Incluso había adelgazado y formado músculos en los meses que no nos habíamos visto.

Me temblaron las piernas al verlo ahí. Lo había extrañado mucho. Quería achucharlo con fuerzas mientras él me rodeaba con sus brazos, como lo había hecho muchas veces tiempo atrás, pero mantuve mi orgullo. Dan me había dicho que no podía seguir en una relación conmigo porque deseaba estar un tiempo a solas y poder reorganizar su vida después del divorcio de sus padres. Decidió pasar un tiempo con su padre y no supe más de él, hasta ese momento. No se había despedido, ni había llamado ni mandado mensajes. No había intentado comunicarse conmigo de ninguna manera.

Seis meses de silencio de su parte y ahí estaba, parado frente a mí.

Antes de ser novios, habíamos sido mejores amigos, pero ni así era digno de mi cariño. No se merecía que corriera a abrazarlo y a decirle lo mucho que lo había extrañado en todo este tiempo. Tomé a Kylan del brazo y me lo llevé a rastras detrás a cualquier lugar que fuera lejos de Dan.

Fuimos hasta la puerta del club y salimos. Al instante, solté a Kylan. Alzó las cejas al verme caminar, o mejor dicho, tambalearme de un lado a otro. Aún sentía los efectos del alcohol en mi sistema. Ver a Dan me había espabilado un poco. Pero solo eso.

Mi mente aún seguía confusa por todo.

—Así que ese es tu ex... —dijo metiéndose las manos en los bolsillos delanteros de su pantalón.

Asentí. Era incapaz de hablar.

Y tampoco podía creer que Dan hubiera venido a la fiesta de nuestra mejor amiga.

Así que a eso se refería Amber cuando dijo que Dan había vuelto... No solo a la ciudad, sino también a nuestras vidas.

Dan era el mejor amigo de Amber y yo su mejor amiga. Nos habíamos conocido en el edificio y, como habíamos coincidido también en las clases del colegio, habíamos acordado incluir a Dan en nuestro grupo. Bueno, Amber lo había decidido y yo acepté al ver que era un gran chico. Pero todo se complicó cuando empezamos una relación. Para Amber no era fácil ser la mejor amiga de la ex de su mejor amigo. Era una mierda. Ella siempre se sentía entre la espada y la pared.

Intenté calmarme, pero me era imposible. Desde ahí se podía oír el jaleo de la música que salía del club. Kylan observaba cada uno de mis movimientos, por lo cual no podía pensar con claridad. Estaba nerviosa, haber visto a Dan me había dejado inquieta. Creía haberlo olvidado durante las vacaciones, pero no era así. Todavía podía sentir ese dolor amargo de cuando me había dejado.

La puerta del club se abrió de golpe y escuché varios pasos, pero no me giré. Kylan se acercó a mí de forma protectora. Me di la vuelta para afrontar a quien fuera que estuviera frente a mí. No era una persona, eran varias.

Dan, Kem y Amber salieron por las puertas del club. Fue Kem quien corrió hacia mí.

—¿Estás bien? —dijo con suavidad, pero mirando de reojo a Dan. Al parecer, ya se podía imaginar quién era—. ¿Quieres irte?

Amber abrió la boca, sorprendida.

—Pero es mi fiesta —dijo consternada y me miró suplicante—. Ruby, no te vayas. Te juro que no sabía que vendría, yo no lo invité. Lo que te dije antes era porque sabía que llegaría hoy, pero no tenía idea de que se presentaría aquí.

Dan carraspeó.

—Estoy aquí, ¿sabes? —murmuró—. Y fue Ada quien me invitó, por cierto. Me dijo que Ruby quería hablar conmigo, por eso he venido. Pero ya veo que no es así... —dijo mirando a Kem, tan cerca de mí.

No quería irme de la fiesta, pero tampoco quería lidiar con Dan.

Era muy bajo por parte de Ada haberlo invitado y haber dicho aquello. Esa chica necesitaba unas palabras mías. No tenía derecho a mentirle. ¿Qué tenía en el cerebro?

—No me iré —hablé en voz alta dirigiéndome a Kem, pero mirando a Amber con una sonrisita—. Es el cumple de mi mejor amiga.

No había mejor explicación que esa para quedarme.

Me acerqué a ella rápidamente y la abracé. Aproveché para acercarme a su oído.

—Sabes que a pesar de todo te quiero mucho, ¿verdad? —dije sonriéndole.

Ella entornó los ojos, pero aun así me devolvió el gesto. Estaba más borracha que yo.

—Por supuesto, nena. Yo también te quiero mucho —respondió—. Y lo siento por mi hermana. No sé por qué lo ha hecho, pero lo vamos a averiguar. Ahora está un poco indispuesta en el baño, pero hablaré mañana con ella cuando esté sobria.

Le apreté la mano.

—Gracias.

Amber y yo caminamos tomadas de la mano hacia el interior del club. Ella me dirigió a la pista de baile, pero al llegar ahí, el DJ detuvo la música y tomó un micrófono.

—Bueno, chicas y chicos, ¡es hora de que empiece la verdadera celebración! —dijo con voz alegre.

Todos en el club gritaron ante eso, vitoreando y silbando. Amber miraba hacia el DJ fijamente con curiosidad, pero no dejaba esa sonrisa de felicidad extrema. Bloqueé de mi mente a Dan y a cualquier otro chico para disfrutar del momento. Ya eran casi las dos de la mañana.

—Así que invito a Amber a subir aquí. ¡Ven aquí, cumpleañera!

Amber se sorprendió cuando una luz casi nos ciega al enfocarnos, pero le hizo caso al DJ. Conmigo agarrada de la mano, caminó hacia la cabina. Estaba casi al fondo de la discoteca, pero logramos pasar cuando la gente de la pista de baile nos abrió paso. Antes de subir a la plataforma, mi amiga me soltó la mano y trepó con la ayuda del chico. Me quedé parada abajo, muy cerca de ellos. Gracias al cielo la plataforma no era tan alta y, a pesar de lo bajita que era yo, no tuve que levantar la cabeza y romperme el cuello para poder mirar a Amber.

—Bien, preciosa. Primero queremos empezar de la mejor forma. Tu hermana Ada ha ayudado a tus padres a organizar todo esto y ahora quiere dedicarte unas palabras. —El DJ miró alrededor, como si buscara algo. Pareció encontrarlo en su campo de visión porque señaló con la vista al frente—. ¡Ada, allí estás, chica! Ven aquí.

Me giré en esa dirección y vi a Ada al lado de Kem, no muy lejos de nosotros. Entorné los ojos por instinto, cada vez que la miraba estaba al lado del vecino de arriba. Parecía no querer separarse de él ni por un segundo.

Ya estaba más repuesta, caminaba con decisión hasta la plataforma del DJ. Sus tacones sobresalían en el lugar al ser tan llamativos y estar enfocados por las luces estroboscópicas. Con ayuda del DJ, subió también con su hermana. Le quitó el micrófono al chico y sonrió hacia todo el público. Muchos de sus amigos la vitorearon.

—Muchas gracias por invitarme a subir, Roy —exclamó con alegría y desenvoltura, no parecía tener vergüenza de hablar frente a mucha gente. A diferencia de mí, yo tenía pánico a hablar en público—. Quiero agradecer a todos los presentes aquí por haber asistido a esta celebración de mi hermanita y sus dieciocho años...

Me desconecté del todo al sentir unas manos presionar mi cintura desde atrás. El aroma de esa persona inundó mis sentidos y me alertó de quién era. Por un minuto, dejé mi mente en blanco y sentí ese tacto, como lo había querido sentir en secreto varias veces desde que lo había conocido. Me quedé quieta esperando, no sé qué, pero llegó. Sentí su mano recorrer mi espalda hasta mi cuello, lo acarició antes de presionar sus labios ahí. Y esta vez no me dio un ataque de risa, sino que suspiré levemente. Me giré, con ello perdí el contacto de su boca, pero logré mirarlo a los ojos.

—Kem —exhalé el aire que estaba conteniendo.

Me sentía acalorada y no sabía si era por sus labios en mi cuello o por el alcohol que había bebido. Lo que sí sabía era que estaba en llamas y quería apagar el fuego cuanto antes. Y sabía que la única manera era que Kem volviera a presionar sus labios sobre mí.

No me importaba la gente que me rodeaba ni los que estaban en la plataforma hablando. Un líquido caliente fluyó por mis venas cuando Kem acercó su cuerpo al mío, apretando todas las partes correctas de nuestra anatomía.

—Ruby, estás preciosa —me susurró en el oído.

Sonreí al escucharlo. Parecía decir mi nombre en los momentos serios y este era uno de ellos. No sabía qué me pasaba, solo que sentía algo muy fuerte hacia él.

No me importaba hacer algo vergonzoso para apagar el fuego que había en mí. El alcohol me había nublado los pensamientos y las acciones razonables. Estábamos en un club repleto de gente, pero eso me daba igual.

Kem bajó sus manos a mis caderas y yo llevé las mías detrás de su cuello, haciendo que bajara un poco su cabeza. Sentí que sus labios tocaron la comisura de mi boca, depositando ahí un suave beso.

Me estremecí.

—No sabes las cosas que me haces, Bizcochito.

Volví a la realidad cuanto escuché los gritos y silbidos de muchas personas. Sentí que mi cara se puso caliente. Miré a Kem, su cara estaba iluminada por una luz blanca muy fuerte. Abrí los ojos como platos al darme cuenta de lo que era. Me giré y me solté del agarre de Kem, mirando hacia la tarima avergonzada. Amber me mostró una mueca divertida, su hermana Ada me asesinaba con la mirada.

Roy, el DJ, sostenía el micrófono.

—Al parecer, alguien ya se estaba divirtiendo —dijo. Todo el público silbó y gritó cosas que mis oídos bloquearon—. Ven aquí, te estamos esperando, mejor amiga de la cumpleañera.

A paso rápido, caminé hacia ellos y, sin ayuda de nadie, me subí a la plataforma. El DJ me indicó que dijera unas palabras para mi mejor amiga. Con una sonrisa incómoda de borracha, tomé el micrófono que Roy me tendía. Hablé de cuando nos conocimos y cómo nos hicimos amigas a muy temprana edad.

Había bebido licor, por lo que no me daba tanta vergüenza hablar frente a todos nuestros amigos, incluidos los de Ada y muchos más desconocidos.

Minutos después de mi borracho discurso, volví a bajarme de la plataforma y me escabullí entre la gente. Amber me siguió de cerca. Fuimos juntas al reservado en el que habíamos estado antes.

—¿Qué rayos ha sido eso? —preguntó Amber sentándose en el gran sillón negro. La imité y me coloqué a su lado.

—No sé de qué hablas, Am —dije haciéndome la desentendida.

Al ver su cara, solo pude reírme. Seguía aturdida por el alcohol, solo por eso solté lo siguiente:

—Kem se ha acercado y ha intentado besarme.

Amber abrió los ojos como platos, luego se rio a carcajadas.

—¿Y tú no? Por favor, estabais tan pegados que parecía que os ibais a comer el uno al otro.

Esta vez fue mi turno de partirme de la risa, pero volví a ponerme seria cuando aparecieron Kem, Kylan, Henry y Dan en el reservado.

Quise morirme al verlos caminar hacia nosotras. Henry se acercó a Amber y tomó su mano para llevársela a un lado. Antes de irse, mi mejor amiga le lanzó un último vistazo a Kylan. Yo me quedé mirando incómoda hacia la pista de baile, tratando de ignorar a los tres chicos.

Dan fue quien se me acercó.

—Ruby, creo que debemos hablar.

Hice una mueca, pero acepté. Eso era cierto, había tantas cosas que debía explicarme que no podía quedarme más con la duda.

—No lo creo —aseveró Kem interponiéndose entre Dan y yo—. Ruby está borracha y les prometí a sus padres llevarla a casa sana y salva.

—Tú no... —empecé a decir al darme cuenta de que mentía.

—No ahora, Bizcochito —me interrumpió él, mirándome ferozmente—. Creo que deberíamos ir a casa.

Dan alzó las cejas.

—¿A casa? ¿Qué, vivís juntos? —se burló él.

—No, pero Ruby y yo somos vecinos. Vivimos en el mismo edificio —sonrió mirándolo fijamente.

Dan borró su mueca burlona.

—Yo también vivo en ese edificio. En el primer piso para ser exactos —informó.

Kem parecía molesto con ese hecho.

—Bueno, niños, es hora de irnos —aclaré mirando a Kem y luego a Dan—. Quiero volver a casa.

Me disculpé de Amber con un gesto, Henry y ella estaban atentos a la escena. Me fui a despedir de ellos, pero mi amiga se alejó de mí.

—¡No! —exclamó—. Yo también me iré con vosotros.

Fruncí el ceño.

—¿Estás segura, Am? —Según mi reloj, eran más de las dos de la mañana. Amber era una persona fiestera y sabía que podría aguantar más que eso.

—Sí, yo iré con vosotros. —Parecía más interesada en Kylan que en Henry—. La cumpleañera necesita dormir, estos tacones me están matando.

—¿De verdad quieres irte de tu propia fiesta?

Solo habíamos cantado el «Cumpleaños feliz» cuando el DJ lo había anunciado a medianoche. No había partido el pastel ni le había dado un mordisco.

—Sí, prefiero irme a casa. Avisaré a Ada. —Se alejó con Henry detrás de ella.

Quince minutos después, absolutamente todos estábamos en un taxi rumbo a nuestro edificio. Era de lo más incómodo del mundo. Kem había llamado a un Uber XL para que cupiéramos. Por desgracia, cuando Amber le comentó a su hermana que iría a casa, Ada tuvo la valentía de venir con nosotros.

El coche donde íbamos estaba lleno de incomodidad. De tan tenso que estaba el ambiente, creo que no se podría haber cortado ni con un cuchillo ni con una sierra.

Amber sonreía y hablaba con Kylan, también recibía la atención de Henry. Su actitud me dio a entender que ellos tres eran los únicos que no sentían el ambiente cargado. Pero Kylan se giró de su asiento un par de veces para mirarme y dedicarme una sonrisita, lo que hacía que la situación fuera más tensa debido a Kem, que miraba mal a su hermano, y Ada, que miraba a Kem fijamente.

Amber a mi lado parloteaba sin parar sobre la gran noche, Kylan asentía algunas veces mientras que Henry la escuchaba con una sonrisa en el rostro.

En la parte delantera, Ada parecía dormir una siesta sobre el hombro de Kem, que de vez en cuando le quitaba la cabeza para que no chocara con su hombro. Parecía tener la cabeza muy pesada porque no dejaba de caer sobre él.

Dan estaba sentado a mi lado. Hizo caso de mis palabras y no me habló en todo el camino a casa. Fue difícil permanecer a su lado sin tocarnos ni rozarnos, pero me alegré de que así fuera. Estaba ansiosa por bajarme del coche y librarme de aquella confusa sensación en el cuerpo.

Para mí fue un alivio llegar treinta minutos después a casa por la pequeña desviación que hicimos para dejar a Henry en la suya.

Al llegar a nuestro edificio, bajamos del coche y caminamos por la silenciosa calle hasta entrar al vestíbulo. Amber parecía tener una máquina en la boca, porque no dejaba de hablar ni de coquetear con Kylan, que parecía poco interesado en ella.

Cansada de los tacones, me los quité. Me importó muy poco andar descalza.

Antes de poder subir las escaleras, Dan me tomó del brazo.

—¿Ya podemos hablar, Ruby?

Le fruncí el ceño.

—¿Qué es tan importante que debemos hablar ahora y no mañana? —pregunté bostezando—. Me muero de sueño y solo quiero dormir.

Dan suspiró resignado, pero supo entenderlo.

—Sí, tienes razón, es tarde. —Apretó los labios—. Uh, mañana hablamos, Ruby.

Escuchar mi nombre de sus labios en vez del apelativo cariñoso que usaba conmigo, «amor», fue un tremendo choque para mí.

Subí las escaleras sin despedirme de él.

Caminé con Amber a mi lado, Ada estaba dormida y Kem la llevaba en brazos. Intenté no mirarlos fijamente mientras subíamos las escaleras. Al llegar a mi piso, me despedí de Amber y Kylan con una sonrisa cansada. Entré a casa y enseguida pude escuchar los ronquidos de papá.

Caminé de puntillas hasta mi habitación y luego hasta el baño, donde me quité la ropa y me desmaquillé para poder dormir tranquila.

A pesar de estar muy cansada, mi mente no dejó de rememorar lo sucedido esa noche. No pegué ojo hasta la mañana siguiente.

12

Al día siguiente, mis padres quisieron saberlo todo acerca de la fiesta. Me desperté con dolor de cabeza, así que les dije que hablaría sobre eso más tarde. No estaba de ánimos para hablar en ese momento. Estaba demasiado avergonzada por lo que había ocurrido en el club.

Había bailado con Kylan y me había restregado contra él, luego casi había besado a Kem. Mejor dicho, lo había intentado él. ¿Me convertía eso en una tonta sabiendo que Ada estaba interesada en él? Estaba segura de que no, pero casi. Nosotras dos no éramos nada, ni siquiera amigas, pero había códigos de chicas que yo no quería romper.

Intenté no pensar en ello, pero mi mente reproducía una y otra vez el momento del casi beso. Definitivamente, había estado muy borracha como para dejar que aquel acercamiento tuviera lugar sin haber dicho nada.

Después de almorzar y haber hablado hasta el cansancio con mis padres, decidí ir al apartamento de Dan. Necesitaba hablar con él antes de que empezaran las clases el lunes. Quería empezar tranquila y sin escapar de alguien, especialmente de mi ex. No cuando era el mejor amigo de Amber y teníamos que vernos sí o sí. Aunque no lo quisiera.

Toqué la puerta del primer piso esperando a que Dan me abriera. Después de unos segundos, lo hizo. Intenté sonreír, pero no lo logré. Verlo me causaba mucho nerviosismo. La última vez que nos habíamos visto antes de la fiesta fue porque él quiso terminar la relación. La anterior a esa habíamos pasado una noche increíble antes de que se fuera. Fue una despedida, pero no lo supe hasta el momento en que partió.

Dan sonrió al verme. Yo no pude hacerlo.

—Hola, Ruby —saludó haciéndose a un lado—. Pasa, por favor.

Entré en su apartamento y no pude evitar mirarlo. Su pelo estaba mojado, como si se acabara de duchar, y tenía buen aspecto. Su cuerpo había cambiado, estaba más tonificado, un año atrás era muy delgado. Estaba tan guapo que temí que se me cayera la baba. Intenté concentrarme en otra cosa. Como las cajas que había en el suelo o las maletas en un rincón del salón.

—¿Te vas a mudar? —señalé las cajas.

—No, son algunas cosas que traje de la casa de mi papá —respondió encogiéndose de hombros.

Hablar de su partida hacía que la conversación fuera incómoda, pero traté de mostrar madurez y no titubeé al mirarlo a los ojos.

—¿Cómo está? —pregunté.

—Bien. —Sonrió con tristeza—. Lo voy a extrañar mucho, así que he prometido ir a visitarlo una vez a la semana. Mamá está de acuerdo.

Había visto a su madre algunas veces cuando me la cruzaba en el edificio. Para ella había sido un golpe muy feo haberse divorciado y mandar a su hijo con su exesposo una buena temporada mientras ella trataba de sanar, pero me alegraba saber que estaba bien. La señora Mandy siempre había sido buena conmigo, me trataba muy bien a pesar de todo. Aunque también fue duro verla siempre y no haberle preguntado por él.

—Y tu mamá, ¿dónde está? —pregunté, noté que la casa estaba extrañamente silenciosa.

—Ha salido —carraspeó llevándose una mano al cuello. Señal de que estaba nervioso—. Se ha ido al supermercado.

Asentí. Eso significaba tiempo a solas para nosotros.

—¿Qué querías hablar conmigo? —Fui directa al grano. Quería irme de allí cuanto antes.

—Primero siéntate, por favor.

Me llevó al comedor y sacó la silla para que me sentara. Sonreí en agradecimiento. Lo que más me gustaba de él era su caballerosidad y su ternura, dos cualidades que apreciaba en los chicos.

—¿Quieres algo de beber? —preguntó—. Tengo zumo de naranja, agua, y hum, un poco de leche de avena.

—Zumo, por favor —respondí de inmediato.

Dan asintió y fue a la cocina. Varios segundos después, volvió con dos vasos de zumo de naranja. Me tendió uno, nuestros dedos se rozaron cuando lo tomé. Agarré el vaso con fuerza y lo aparté rápidamente.

Dan alzó las cejas.

—Tenía sed —justifiqué mi arrebato.

Era verdad, tenía la boca muy seca gracias a todo el alcohol que había consumido la noche anterior. Dan sonrió mostrando sus hermosos hoyuelos, mi debilidad. No pude evitar que me trasportaran al pasado, cuando Dan y yo aún estábamos juntos. Anhelé poder volver tiempo atrás y que todo fuera distinto.

Sin darme cuenta, me había acercado peligrosamente a él, que estaba sentado en diagonal a mí. Su cara estaba a unos centímetros de la mía, nuestros labios casi se juntaban. Escuché su suspiro antes de sentir un líquido frío mojarme la parte baja del estómago y mi regazo, y el sonido de los cristales rotos.

Me alejé al instante al ver el vaso roto de Dan en el suelo.

—Rayos, amor, no quise... Mierda, Ruby, lo siento. Yo no... —balbuceó Dan.

Intentó secarme la ropa con unas servilletas, pero era imposible. La mancha anaranjada del zumo se hizo cada vez más grande al expandirse por mi pecho.

—No te preocupes. —Tomé la servilleta de sus manos y me levanté, aparté la silla con fuerza y esta cayó contra el suelo con un fuerte golpe—. Iré a mi casa...

—Espera, no te vayas —me rogó con suavidad—. Te puedo prestar mi ropa...

Hice una mueca al recordar cuando usaba camisetas de Dan, cosa que a él le encantaba.

—No creo que... No creo que sea buena idea —tartamudeé.

—Por favor. —Intentó con otra táctica—. Quiero hablar contigo y necesito hacerlo ahora, antes de que te vayas y decidas que no quieres saber nada más de mí.

Medité sus palabras durante varios segundos.

—Bien —acepté resignada.

Dan sonrió y me tomó de la mano para llevarme a su habitación.

Al entrar, los recuerdos de nuestra primera vez me golpearon. Él besándome, tocándome, acariciándome... Eran demasiadas memorias de nosotros amándonos como para poder borrarlas de golpe.

—¿Esto está bien? —preguntó levantando una camiseta negra grande.

Asentí, cualquiera me bastaba.

Me la pasó, la tomé y me alejé de él al instante. Necesitaba espacio.

Salí de ahí y decidí usar el baño del pasillo. Me saqué la camiseta empapada y me puse la de Dan. Era enorme, casi me rozaba las rodillas y me cubría el short, cosa que agradecí aunque parecía que no llevara nada debajo. De ninguna manera iba a quitarme el pantalón mojado, no importaba lo manchado que estuviera del zumo de naranja.

Salí del baño varios minutos después de limpiarme las piernas y el estómago con una toalla mojada para quitar los restos de zumo. Tuve que lavarme con jabón un par de veces para no sentirme pegajosa.

Dan me esperaba en el salón, sentado y viendo la televisión. Al oírme, apagó la televisión y nos sumió a los dos en un silencio tenso.

Después de varios segundos, decidí sentarme en el otro extremo del sofá, tan alejados que soltó una fuerte carcajada. Lo conocía tanto que sabía que esa risa era irónica, burlona.

—¿Qué es tan gracioso?

—Hace unos meses éramos novios y no podíamos quitarnos las manos de encima y ahora ni siquiera puedes mirarme a los ojos —dijo sonriendo con tristeza.

Si quería empezar de aquella manera, pues bien.

—No es mi culpa, ¿sabes?

La cara de Dan fue de decaimiento.

—Tienes razón. Es mía. Te dejé después de hacerlo sin decirte que me iba durante un tiempo. Suena horrible y me he sentido muy mal por ello. Pero los meses que hemos estado separados me han servido para pensar. Quería encontrarme a mí mismo mientras escapaba del divorcio de mis padres, pero irme no fue lo correcto. Me he dado cuenta de que mi lugar es contigo. Fui un idiota y lamentaré el resto de mi vida haberte dejado, pero quiero que sepas que aún te amo y quiero… —No pudo continuar porque el timbre del apartamento sonó.

Dan frunció el ceño. Miré hacia la puerta cuando un golpe nos sobresaltó. Alguien estaba desesperado por que le abrieran la puerta. ¿Sería su madre? Imposible. Ella tenía llave.

Dan se levantó para abrir la puerta revelando quién estaba tras ella.

Me llevé una enorme sorpresa al ver a Amber, Kylan y Kem en el umbral, mirándonos a Dan y a mí.

Amber abrió los ojos como platos cuando me acerqué y se dio cuenta de que vestía la camiseta de Dan. En cambio, los Woods me observaron sorprendidos.

Me centré en la mirada de Kem, parecía molesto y su cara se tensó.

—No es lo que parece —afirmé mirando a mi amiga.

Me daba igual lo que pensara Kem, pero tenía que hablar con ella. Si no, sabía que diría algo muy vergonzoso y eso sería peor.

Ella alzó una ceja.

—Parece que Dan te ha prestado su ropa. —Sonrió mirándome pícaramente. La fulminé con la mirada, pidiéndole que se callara ya mismo. Levantó las manos—. Solo digo lo que veo.

—¿Qué haces aquí, Ruby? —preguntó Kem mirándome con el ceño fruncido.

A su lado, Kylan miraba a Dan y a mí con la sorpresa marcada en su cara.

No quería darle explicaciones a Kem, no tenía por qué hacerlo. No éramos nada. El acercamiento que hubo entre nosotros la noche anterior no había significado nada.

Opté por ignorar su pregunta y fijarme en Amber.

—¿Qué hacéis aquí? —pregunté.

—Tu mamá nos ha dicho que estarías en casa de Dan. —Se encogió de hombros—. Me encontré con Kem y Kylan y me propusieron ir contigo al cine y luego a comer, pero vemos que estás muy ocupada. —Levantó las cejas sugerentemente.

Dan se rio.

—Solo estábamos…

—Así es, estamos muy ocupados —interrumpí a Dan. No quería que diera explicaciones, por lo menos delante de Kem—. Tal vez lo del cine o salir a comer puede ser otro día, ¿verdad?

Esta vez se lo pregunté directamente a Kem. Mi instinto me decía que era él quien había tocado con fuerza a la puerta y yo no quería darle el gusto de fastidiarme la tarde.

—No, Bizcochito, no puede ser otro día —respondió Kem—. La invitación es para ahora, en este momento.

—Entonces no iré, lo siento.

No lo sentía en realidad. Imité tu postura y me crucé de brazos, invitándolo a desafiarme. El tenso silencio nos invadió, pero no aparté la mirada de los iris verdes de Kem. Él esperaba a que cambiara de opinión y yo le retaba a decir algo.

—Hemos interrumpido algo, ¿verdad? —Kylan rompió el silencio reformulando la pregunta.

Fruncí el ceño al ver desilusión en sus ojos.

—Algo así —respondí. Al ver el rostro caído de Kylan, me apresuré a decir—: Dan y yo estábamos teniendo una conversación pendiente, o algo así.

Dan rio, tal vez recordando el momento en que derramó todo el zumo de naranja en mí por su nerviosismo cuando estábamos acercándonos demasiado.

—Más bien algo así —dijo él.

Kem y su hermano fruncieron el ceño. Amber nos miró con una sonrisa feliz en la cara, era nuestra admiradora número uno. Nos amaba como pareja. ¿Qué mejor para ella que su mejor amigo y su mejor amiga volvieran a ser novios de nuevo?

—Bueno… —dijo Amber alargando la última vocal y mirándonos a todos—. Nosotros debemos irnos, dejemos a estos tortolitos en paz.

—Am… —advertí.

No quería que Dan pensara que quería volver con él. Tal vez intentar besarlo fue el peor error, pero no debía ser débil. Habíamos terminado y él tenía mucho que explicarme. No le podía poner las cosas tan fáciles si él no me daba explicaciones claras.

—Ya, ya. —Amber sonrió sin culpa—. Nos vemos luego, chicos. Cuidaos —dijo con dobles intenciones, levantó las cejas después de guiñarme el ojo.

Le saqué el dedo medio mientras se alejaba. Kylan nos sonrió incómodo y se alejó detrás de Amber, pero Kem simplemente se quedó parado frente a nosotros.

Me miró suplicante.

—Ruby, no…

—Lo siento. —Le cerré la puerta en las narices, sin dar un portazo, claro.

Dan me miraba divertido, parecía ajeno a lo que hubiera pasado entre Kem y yo.

—Extrañaba a Amber.

—Veo que ya te ha perdonado que no te hayas comunicado con ella en todo este tiempo.

Mi exnovio hizo una mueca.

—Sí, lo hizo. Pero yo no...

—No necesitas darme explicaciones sobre eso. —Lo corté levantando una mano—. Solo de lo que en realidad importa.

Dan asintió y me hizo una seña para que me sentara en el sillón, caminé delante de él y le hice caso. Me acomodé con las rodillas flexionadas debajo de mi cuerpo y esperé a que él tomara la palabra.

Después de unos segundos buscando las palabras correctas, habló:

—Sé que te hice mucho daño, a los dos nos lo hice, pero quiero que sepas que estoy muy arrepentido. Yo jamás quise hacerlo a propósito. Cuando intenté remediarlo, el daño ya estaba hecho. Te había alejado cuando en realidad te necesitaba. Sé que fui un idiota, y... Déjame hablar primero, amor —dijo al ver que yo abría la boca para interrumpirlo. Me quedé callada esperando a que terminara de hablar—: Y también sé que la jodí, arruiné lo nuestro. Pero te prometo que no lo volveré a hacer, quiero otra oportunidad, Ruby. Sigo enamorado de ti, no he podido olvidarte. Y por eso quiero regresar contigo.

Alcé las cejas al escuchar esa declaración. Me quedé quieta unos segundos, analizando todo lo que había dicho. Cuánto me hubiera gustado haber escuchado esas palabras después de que se fuera. Había llorado en mi almohada todas las noches pensando en él y en cuánto lo extrañaba.

Pero entonces, después de intentar superarlo, era demasiado tarde.

El daño que me había hecho era irreparable.

—Dan, yo no sé si puedo...

—Chisss —susurró Dan acercándose a mí. Presionó un dedo sobre mis labios con delicadeza—. No quiero que me contestes ahora. Piénsalo bien antes de decirme tu respuesta.

13

Después de aquella gran declaración, decidí regresar a mi casa. Agradecí que mis padres no estuvieran cuando entré al apartamento, así no tuvieron que verme con la ropa de Dan. Habría sido algo muy difícil de explicar y no estaba con ánimos para ello. Entré a mi habitación y me bañé, demorándome mucho más que de costumbre. Bajo el agua de la ducha pude ordenar mis ideas y pensar con claridad.

Al final decidí que debía tomarme las cosas con calma en lo referente a Dan. Empezar desde cero, ser amigos, y poco a poco ir viendo si las cosas se daban bien. Aún lo quería, pero no estaba lista para lanzarme de nuevo a sus brazos y ser felices. Algo dentro de mí me detenía.

Decidí seguir con mi rutina habitual de cada día. Cogí mi libro de la mesita de noche y salí al balcón para leer la historia que me tenía muy enganchada. Me recosté en el mueble y abrí las páginas.

Ni siquiera había leído un párrafo cuando alguien aterrizó a mi lado.

—Bizcochito. —La voz sedosa de Kem sonó a mi lado. Ni siquiera me sorprendí por ello.

Cerré el volumen frustrada por no poder leer con tranquilidad y me giré hacia él.

Me quedé muda al verlo impresionante con su pelo despeinado y húmedo, como si se acabara de duchar. Como yo.

Vestía una camiseta negra algo pegada al cuerpo, que resaltaba sus brazos y tórax, y un short hasta las rodillas. Todo él era tan masculino... Un escalofrío me recorrió cuando mi mente evocó el momento exacto en que casi nos besamos.

Era un recuerdo que jamás podría salir de mi cabeza.

—Eh, ¿Ruby?

La voz de Kem me sacó de mis descarados pensamientos. Levanté la mirada a sus ojos verdes. Sonreía con picardía al darse cuenta de que contemplaba su cuerpo.

—¿Disfrutando de las vistas, Bizcochito?

Me desvié al cielo. Los edificios frente a nosotros mostraban una panorámica preciosa a esa hora de la tarde.

—Pues… De hecho, sí —respondí señalando hacia donde miraba.

Kem rio, pero sabiamente no dijo nada. Nos quedamos unos segundos en silencio.

Él lo rompió enseguida al hacerme una pregunta que me dejó descolocada:

—¿Por qué llevabas la ropa de ese chico? —Me miraba con intensidad, como si buscara una respuesta en mis ojos con tan solo ese gesto—. ¿Acaso vosotros…?

Lo miré, esperando a que terminara la frase. Lo retaba a que lo hiciera. Quería decirle cuatro cosas a Kem por ser un entrometido y preguntar cosas que no le incumbían para nada.

—¿Qué? —inquirí cruzándome de brazos—. Por favor, termina esa oración. Quiero oírte.

Kem apretó los párpados como si tratara de calmarse. Y pareció funcionar porque, al abrirlos, me miró con más tranquilidad.

—Sé que no tengo ningún derecho —dijo—. Pero no podría soportar saber que ese chico te ha tocado, besado o todas las cosas que yo quiero hacerte.

Los vellos de mi piel se erizaron al escuchar eso. Lo miré atónita.

—Kem…

—No. No digas mi nombre en ese tono, Bizcochito. No podría soportar saber algo así. —Se llevó las manos a la cabeza y se despeinó pasando los dedos por las sedosas hebras de su pelo. Estaba aún más guapo.

Antes mi debilidad era Dan, pero ahora todo había cambiado. Empezaba a sentir cosas por Kem y ni siquiera me había esforzado por ello. Había ocurrido de un momento a otro, entre las bromas y las miradas, todo había cambiado. De improviso. Y todo parecía ser más profundo de lo que nunca había sentido.

—No pasó nada —susurré, la cara de Kem se suavizó al escucharme—. Ni siquiera sé por qué te lo estoy aclarando, Kem. No te debo explicaciones.

Me interrumpió al reírse con pocas ganas.

—Por Dios, Bizcochito, hasta un ciego podría ver lo que ocurre. Lo que siento por ti y lo que sucede entre nosotros.

Apreté los labios.

—¿Sí? —Me crucé de brazos—. ¿Qué sucede entre nosotros? No hay nada.

Aparte de mis celos hacia Ada y sus celos hacia Dan, nos gustábamos, sí. No podía negar ese hecho, pero tampoco podía lanzarme a la piscina porque tenía miedo a ahogarme.

Hacía poco que había terminado una relación y esa persona estaba de vuelta con la intención de recuperarme, así que estaba más allá de confundida.

—Sigue diciéndote eso hasta que te lo creas, Bizcochito.

Entrecerré los ojos.

—Y tú repite esto: «Soy un idiota».

Kem chasqueó su lengua.

—Yo solo señalé lo que en realidad pasa entre ambos, Ruby. Si tú no lo quieres ver, está bien. Pero te lo voy a demostrar —dijo con voz segura y caminando hacia mí. Cuando estuvo a centímetros de mi cuerpo intenté levantarme, pero los brazos de Kem me tenían presionada contra el respaldo del sillón—. ¿Sientes eso?

Sus ojos fijos en los míos y su cuerpo rodeándome me hicieron sentir escalofríos. El corazón me latía desbocado por la cercanía, pero aun así negué.

—No.

Kem sonrió.

—¿Y esto? —preguntó mientras bajaba su cabeza a mi cuello.

Esta vez no me reí, sino que sentí las vibraciones de su respiración contra la parte sensible de mí. Un torrente de emociones me sacudió, pero aun así volví a negar con la cabeza sin articular palabra. Temía que la voz me fallara.

—¿Estás segura, Bizcochito? Entonces tal vez sientas esto.

Sin miramientos, Kem bajó sus labios a los míos, estaban tan cerca que se rozaban. Su respiración agitada iba al mismo ritmo que la mía. Pero era tan terca que no quería admitir nada, o tal vez me gustaba ese juego.

—¿Sabes? —susurró—. Tienes mucho más autocontrol que yo, así que no me detendré ahora.

Fruncí el ceño ante sus palabras, pero no pude hacer más.

Los labios de Kem se estamparon contra los míos sin previo aviso.

Esta vez no había alcohol de por medio ni gente a nuestro alrededor. Dejé que Kem me besara y nos sumimos en una espiral de deseo y desesperación. Levanté los brazos para rodearle el cuello mientras él me tomaba de la cintura. Sus labios se movían en sincronía a los míos.

Me estremecí cuando sus manos subieron por mi cuerpo en una lenta caricia. Una la colocó detrás de mi cuello y la otra en mi cintura, rozándome con suavidad.

Decidí dejarme llevar. Entreabrí los labios para recibirlo e hice lo mismo que él. Me incliné y suspiré satisfecha mientras nuestros labios se movían despacio, como si fuera una caricia de nuestras bocas. Estaba con el pulso a mil y con los cinco sentidos vertidos en este beso. Una vorágine de emociones atravesaron mi ser al sentir la suave presión en los lugares correctos de nuestros cuerpos.

Las manos me picaban por querer tocarlo, así que lo hice. Con el corazón en la garganta debido al nudo de emociones, coloqué mis brazos en sus hombros y las manos en el nacimiento de su pelo. Era tan suave que enredé los dedos y continúe disfrutando de este beso con Kem.

No podía negar lo que pasaba entre nosotros.

Así que ya no iba a hacerlo.

14

Aquella noche apenas pegué ojo. Mi corazón seguía latiendo fuertemente, aun cuando Kem se había ido. Se había despedido de mí con otro beso que me había dejado volando en las nubes. Había pasado gran parte de la noche y la madrugada rememorando una y otra vez todas las sensaciones que había percibido en todo el cuerpo cuando sus labios estuvieron sobre los míos. Era imposible dejar de pensar en ello, por lo que dormí poco. Estaba inquieta, esperando a que fuera el día siguiente solo para volver a verlo.

Ya no podía negar lo que sucedía entre nosotros.

Me gustaba Kem y, aunque también me gustaba discutir con él y llevarle la contraria, lo hacía porque cada vez que sus iris verdes interactuaban conmigo, mis sentimientos aumentaban.

Aunque esta vez ya no iba a negar lo que sentía.

Me pasaba algo raro con él.

Desde que tenía uso de memoria, me gustaba cantar. Era un don que no tenía idea de quién había heredado, solo sabía que me gustaba. Hacía mucho que no lo hacía, probablemente meses. Nada me motivaba, pero desde que había conocido a Kem, mis ganas de cantar habían despertado, como si hubieran estado en un letargo demasiado largo como para despertar.

Solía tararear en voz alta cualquier canción que se me metiera en la cabeza, muchas veces mis padres me oían, pero no me avergonzaba. A decir verdad, eran los únicos que alguna vez me habían escuchado cantar. Nadie más lo había hecho. Me daba mucha vergüenza que cualquier otra persona lo hiciera. Ni siquiera mi mejor amiga lo sabía. Había sido muy sutil para guardar este secreto por años y que nadie me descubriera.

Y después de aquel beso, por primera vez en meses, empecé a entonar una canción en español que me gustaba mucho mientras me preparaba para el colegio. Mi sonrisa de oreja a oreja no se vio afectada ni cuando, al bajar las escaleras para encontrarme con Amber, la vi de pie junto a Kylan conversando.

Su hermana Ada no estaba por ningún lado.

En cuanto llegué al vestíbulo, ella se dio la vuelta y gritó. Alzó algo que tenía en la mano y lo agitó en el aire.

—¿Adivina qué? ¡Ya tengo mi carnet!

Corrí a abrazarla. Sabía cuánto estaba esperando Amber este momento y por fin había llegado. Salté de alegría con ella.

—¡Genial! —grité—. ¡Felicidades, Am!

Kylan parecía divertido al vernos chillar de la emoción.

Amber entrelazó mi brazo con el suyo, luego le hizo una seña a Kylan mientras salíamos del vestíbulo del edificio.

—Ven, Ada me ha dejado el coche. Ahora yo seré la conductora designada.

Amber estaba tan emocionada como yo. Había recibido clases de conducción de un profesor particular y también había practicado mucho con Ada. Yo la había visto en acción muchas veces, por lo que me subí al asiento copiloto con mucha confianza mientras Kylan abría la puerta de atrás y se sentaba en medio.

—Eh, ¿es seguro que conduzca ella? —me preguntó señalando a Amber. Ella inmediatamente le frunció el ceño y le sacó la lengua con descaro.

—Claro que sí, soy muy buena conductora, por eso me aprobaron el carnet. Además, iré despacio porque soy nueva. —Sacó unas gafas de sol del estuche de la guantera y se las puso—. ¿Qué tal me veo?

Noté que no solo tenía ese accesorio, sino también el collar que le había regalado por su cumpleaños, lo portaba con orgullo. Yo también lo llevaba y lo toqué con suavidad al mirarla.

—Estás espectacular —murmuré sincera—. Pareces Toretto, de *Fast & Furious*.

Kylan comenzó a reírse a carcajadas. Noté que Amber sonreía de lado después de entornar los ojos ante mi broma. Sujetó el volante con las dos manos, pero no arrancó. Se quedó en aquella posición mientras miraba algo en el espejo retrovisor.

—¡Ahí estás! ¡Ven, sube, Dan! —gritó ella hacia mi ventanilla abierta.

Me giré en redondo y vi a mi exnovio sonriéndonos incómodo. Luego abrió la puerta trasera para sentarse junto a Kylan. Cerré los párpados y eché la cabeza hacia atrás, sabía cuáles eran las intenciones de Amber. Iba a llevarlo al colegio con nosotros, probablemente hasta que terminara el curso.

—Hola, Ruby —saludó en el silencio que se formó.

—Hola, Dan —murmuré intranquila y sin molestarme en mirarlo.

Amber nos observaba atenta, parecía feliz con nuestra escasa interacción. Al parecer, quería juntarnos de una manera u otra, y aquello me molestaba demasiado. Íbamos a tener una seria conversación ella y yo. Debía entender que, por mucho que nos quisiera juntos, no era decisión suya.

—¿Por qué has tardado tanto? Creía que no querías venir con nosotros —comentó Amber arrancando el coche—. No quería que te perdieras verme conducir.

—Lo siento, no quería despegarme de la cama. Es muy cómoda y suave —respondió a la ligera, pero podía sentir su mirada quemándome la nuca—. Y me alegro por ti, Am, por fin conducirás.

Amber se rio y yo decidí ignorar a todos mirando por la ventanilla. Ya me sabía el camino de memoria, pero como no quería lidiar con Dan, tenía que observar las casas y los árboles pasar como si fuera lo más interesante del mundo. Me sorprendió que Am condujera tan bien, se detenía en los semáforos y cedía el paso siempre que podía. Iba seria y no se giraba ni siquiera un segundo a echarnos un vistazo, tenía la mirada centrada al frente.

—¿Crees que te tocarán clases con nosotras? —preguntó Amber al detenerse en un semáforo en rojo—. Yo espero que sí. Te extrañé en las vacaciones, idiota.

Dan rio.

—Apuesto a que sí.

—¡Pues sí que te he echado de menos! —exclamó Amber incrédula—. Pero apuesto a que Ruby más.

Entrecerré los ojos ante sus palabras. Se le veían las intenciones a la legua, pero mis gustos habían cambiado. Ya no estaba enamorada de Dan. Alguien más ocupaba mi corazón.

El ambiente se había puesto incómodo después de decir esas palabras. No quería que Dan pensara que tenía una oportunidad conmigo. Sí, podía haberlo extrañado mucho y querido que volviera conmigo, pero ya no deseaba nada de eso. Lo apreciaba y eso no iba a cambiar, pero solo podía aspirar a una amistad con él. Y pretendía que Dan fuera consciente de ello.

Diez minutos después, llegamos al colegio. Me bajé al instante del coche de Amber.

Una ola de calor me golpeó, sentí el aire caliente en todo mi cuerpo, como si estuviera entrando en un horno. Como pude, caminé con paso rápido hacia las puertas del colegio, anhelaba sentir el aire acondicionado que había dentro.

Al entrar, por fin pude respirar con tranquilidad.

Sin esperar a mis amigos, caminé a mi primera clase del día, Literatura. Me sentaba con Kylan, el hermano de mi actual ¿novio? No, demasiado rápido. No éramos novios ni tampoco amigos. Simplemente éramos dos personas que se estaban conociendo y que, después de tantos coqueteos e insinuaciones, se habían besado.

La verdad era que no conseguía describir lo que pasaba entre Kem y yo. Lo único que sabía era que teníamos una fuerte atracción el uno por el otro y que lo aprovechamos besándonos. Kem era un experto en ello y yo disfrutaba plenamente de lo que me enseñaba.

La noche anterior se había ido cuando nuestros labios estaban muy hinchados de tanto morrearnos. Era algo adictivo y me hacía feliz. Por fin había podido fijarme en otro chico después de mi última ruptura.

Kem y yo habíamos acordado vernos de nuevo ese día y de la misma forma. Él bajaría por el balcón hasta el mío.

Sonreí como una tonta al pensar en eso y en lo que vendría después de verlo.

—¿Qué es tan divertido? —preguntó una voz que me sacó de mis pensamientos impuros. Levanté la mirada hacia Kylan, parecía confundido.

«Pues los besos de tu hermano. Y también la costumbre que tiene de colarse en mi balcón por las noches».

—Nada —respondí con una voz demasiado chillona.

Juntos caminamos hacia nuestra clase de Literatura para un día largo y agotador.

Al finalizar las clases, salí rápida del aula y fui a mi taquilla. Dejé los libros de las asignaturas de las que no tenía deberes y luego salí al aparcamiento. Caminé a paso ligero hacia el coche de Amber, los demás ya se encontraban ahí. Pero eso no fue todo. Vi también a Kem recostado sobre su coche, al lado del de mi amiga. Las gafas de sol le cubrían los ojos verdes, pero aun así podía sentir su mirada sobre mí.

Me acerqué a él.

—Hola, Bizcochito —saludó con voz ronca.

Me había acostumbrado tanto a oír aquel apodo de sus labios que simplemente sonreí. Lo miré de arriba abajo sin importarme parecer una pervertida. Todo en él era perfecto. Era guapísimo a más no poder y él lo sabía. Aprovechaba su belleza para hacerme suspirar.

—Hola.

Me crucé de brazos al ver que Kylan, que estaba conversando con Amber, caminó hacia nosotros en cuanto me vio allí con su hermano mayor.

—Ahora sí puedes irte, hermano, ya has visto a Ruby —le dijo con voz cortante y mirándolo fijamente. Lo observé confundida y me explicó—: Quería verte antes de irnos.

Kylan parecía enfadado.

—No solo eso —dijo Kem metiéndose las manos en los bolsillos delanteros del pantalón—. También la llevaré a casa.

Por el rabillo del ojo, noté que en ese momento Dan y Amber estaban acercándose. Al parecer, lo habían escuchado todo.

—No lo creo —repuso Dan. Se metió en la conversación como si hubiera sido invitado—. Ella viene con nosotros. ¿Quién eres tú de todas formas? Ruby es mi novia y viene conmigo.

Abrí la boca para objetar aquella declaración absurda, pero Kem fue más rápido. Soltó una carcajada sin gracia y miró a Dan con cara de pocos amigos.

—¿Tu novia? Por Dios, no seas iluso, hombre. —Kem caminó hacia la puerta del copiloto y la abrió—. ¿Bizcochito?

Mis mejillas se colorearon de rojo al notar la mirada de todos sobre mí, esperando mi próximo movimiento. Estaba tentada a mandarlos a todos al diablo e irme sola caminando. Era obvio que este espectáculo entre Kem y Dan era solo para medir al otro, pero debía ser astuta para salir bien parada. Por eso alcé el mentón y pasé la mirada de Kylan a Amber y, por último, a Dan, a quien no le dediqué más que un vistazo.

—Lo siento, me voy con Kem —dije, aunque no lo sentía en realidad.

Caminé frente a ellos hacia el coche de Kem y, con su ayuda, me senté dentro. Cerró la puerta con cuidado detrás de mí y rodeó el vehículo para subirse también.

—Has tomado una buena decisión, Bizcochito. No te arrepentirás.

Solté un suspiro.

—Más te vale —murmuré entre dientes.

La interacción entre nosotros después del beso de anoche ni siquiera se sintió incómoda. Nuestras palabras y conversaciones fluían como siempre, aquella química entre nosotros era demasiado fuerte como para que un beso la apagara. Congeniábamos tan bien que a medio camino y a mitad de la conversación, Kem se detuvo en un semáforo. Se quitó las gafas de sol y me miró con inocencia.

—¿Vamos a por unos helados?

No podía rechazar su oferta por dos razones. Una: amaba el helado con todo mi ser. Dos: me moría de calor y necesitaba cuanto antes una buena dosis de algo frío y con sabor a chocolate. Cuando acepté, me ofreció aquella sonrisa que me puso los vellos de punta.

Después de unos pocos minutos de viaje, Kem aparcó en la acera, en la puerta de una heladería frente a un bonito parque y nos bajamos. En el camino, recibimos algunas miradas de personas curiosas, yo lo atribuí al hecho de estar utilizando uniforme escolar mientras que él vestía ropa normal. ¿Acaso la gente pensaría que era mi hermano mayor? Porque las cosas se tornarían muy extrañas si nos besáramos aquí, a la vista de todo el mundo.

Por suerte, Kem simplemente me guio hacia el establecimiento. Bajo el escaparate, estudié todos los sabores que podía a través de la vitrina. Había tantos gustos y colores que mi indecisión cobró vida. Mi vena dudosa saltó al instante. No podía escoger solo uno, sería imposible.

—¿Qué te apetece? —preguntó Kem.

Se colocó a mi lado, rozando su brazo con el mío. Por un momento, los escalofríos me recorrieron todo el cuerpo con aquel toque, pero miré al frente y me centré en escoger un sabor. Al parecer Kem sintió mis dudas, porque me tomó de la cintura y pegó su boca a mi oído.

—Puedes escoger todos los que quieras.

La dependienta detrás del mostrador nos miró.

—Buenas tardes, ¿qué os pongo?

Me mordí el labio, estaba indecisa entre cuatro. Elegí un helado de cucurucho de dos bolas: pistacho y limón. Era una rara combinación, pero era la primera vez que iba a ese sitio y me encantaba experimentar y probar nuevos sabores.

Kem se pidió dos bolas de chocolate. La dependienta vertió un poco de caramelo sobre nuestros helados, cosa que los dejó más apetecibles todavía.

No esperé a que Kem pagara para comer, de inmediato empecé a devorar mi helado sin tapujos.

—Gracias —murmuré entre bocado y bocado.

La sonrisa de Kem hizo que mi corazón diera un vuelco. Inmediatamente, comenzamos a caminar hacia el parque, cruzamos la calle y nos dirigimos hacia una zona de césped que estaba vacía. Nos sentamos allí, bajo la sombra de un árbol, para terminarnos la merienda mientras conversábamos.

—Dan es tu exnovio —soltó Kem entre bocados, cambiando drásticamente de tema.

—Sí —respondí.

No dejé de saborear mi helado de pistacho. No creí que me gustaría tanto, pero estaba fascinada. Amaba la combinación de dulce y salado que me había quedado. Podría decir que estaba a punto de convertirse en mi sabor favorito, entraba directo al top uno desplazando al helado de Oreo.

—Ha vuelto a la ciudad para seguir viviendo con su mamá —expliqué.

Kem alzó una ceja, para nada estaba impresionado.

—Sigue enamorado de ti.

—Eh, sí —tartamudeé.

De un momento a otro, dejé de comer para mirarlo. Por extraño que resulte, Kem parecía tranquilo mientras degustaba su helado de chocolate.

—Pero yo no siento nada por él. Solo lo veo como un amigo.

Quería aclararlo antes de que tuviera ideas erróneas, seguro que Amber le había hecho creer lo que no era. Kem me miró satisfecho, sonriéndome de lado.

—Es bueno oírlo.

Me reí.

Todo estaba bien entre nosotros.

Continuamos nuestro paseo por el parque, mientras seguíamos comiendo los últimos bocados de nuestros helados. Charlamos un poco antes de detenernos al lado de una papelera para tirar nuestras servilletas usadas y los botes de helado que ya no quedaba.

—Tienes algo aquí —susurró Kem inclinándose hacia mí.

Miraba mis labios.

—¿Dónde?

Me llevé un dedo a la boca, pero Kem no me lo permitió. Me apartó la mano con delicadeza y posó su dedo pulgar en la comisura de mis labios. Lo limpió con extrema atención, mirándome tan de cerca que creí que volvería a besarme.

Estábamos a unos segundos de juntar nuestros labios cuando oí un gemido gutural.

No era una persona, sino un animal.

Rápidamente, me alejé de Kem al oír por segunda vez aquel sonido de profundo dolor.

Tanto él como yo estábamos confundidos. Miramos a todas partes, pero no había nada que nos diera una pista de qué era aquello. Agudicé el oído cuando lo escuchamos por tercera vez.

Miré con atención hacia las áreas verdes, entonces vi algo que se movía entre las bolsas de basura. Fruncí el ceño cuando me di cuenta de que era un cachorro diminuto que apenas podía caminar. Corrí hacia él y Kem me siguió.

A un par de metros de donde habíamos estado, había un cachorro de color caramelo. Tenía la mirada triste, la patita malherida y el pelaje manchado de sangre seca, parecía estar sufriendo. Estaba temblando con tanta fuerza que me agaché.

—Está lastimado —murmuré con la voz apretada.

Me dolía verlo así. Busqué en su cuello, pero no tenía collar ni placa que indicara que era de alguien. Parecía un cachorro de unos pocos meses que había sido atropellado, o mordido por algún perro más grande que él. No estaba segura.

—Hay que llevárselo.

Kem se agachó a mi lado y lo cargó entre sus brazos. El cachorro estaba tan indefenso que se puso a temblar sin dejar de llorar.

Kem maldijo al verlo así. Yo también lo hice en mi mente. ¿Qué clase de persona podría hacerle esto a un animalito?

Era un poco más grande que mi mano y se veía demasiado desprotegido y delgado, hasta se le notaban las costillas. Se me partió el corazón. Las lágrimas se acumularon en mis ojos al verlo en ese estado.

—Debemos llevarlo a un veterinario —dije con la voz rota. Kem asintió.

Caminamos de vuelta al coche con paso lento para no ocasionar más dolor al cachorrito. Me subí y cerré la puerta tras de mí. Kem también se subió y dejó al pequeño en mi regazo. Buscó algo detrás de su asiento, tomó una camiseta y me la entregó para que cubriera al pequeño.

—¿La clínica más cercana? —preguntó.

Revisé el móvil.

—A cuatro manzanas. —Kem asintió encendiendo el coche.

Dos horas después, el veterinario le había curado las heridas al cachorrito y lo había bañado, estaba limpio y olía muy bien. Por desgracia, nos dijo que su salud era delicada y que tuviéramos mucho cuidado con él. Nos recetó varias medicinas para el dolor y nos instó a traerlo de nuevo para una revisión y ponerle las vacunas necesarias. Por su tamaño y peso, el cachorrillo tenía solo cuatro meses y necesitaba con urgencia una familia que lo adoptara. Alguien debía darle todo el amor y cuidado que le habían negado al abandonarlo en la basura.

Era una pena, Kem no podía quedárselo porque sus padres eran muy estrictos con respecto a tener animales en casa, igual que los míos. De momento, el perrito no tenía un lugar donde quedarse.

Estuvimos discutiendo qué hacer con él hasta que a Kem se le ocurrió una brillante idea, nótese el sarcasmo. Quería que el cachorro viviera de polizón en mi dormitorio mientras le buscábamos una familia.

—No. —Fue mi respuesta inmediata—. Imposible. Mi madre entra en cualquier momento a mi habitación sin tocar la puerta y podría morirse si lo ve. O peor, podría matarme a mí.

Kem hizo un puchero.

—¡Oh, vamos! Yo iría a cuidarlo para que no te destroce la habitación mientras tú estás en el colegio —me rogó—. Tus padres trabajan todo el día, te apuesto a que ni siquiera entrarán. Lo podríamos poner en el balcón mientras tanto. Es verano, así que ahí estaría perfecto. Te juro que funcionará.

—No lo sé, Kem.

—Bizcochito, es la mejor idea. Mis padres están casi todo el día en casa porque trabajan desde ahí. Es horrible. No podría estar con el pequeño Kiwi ahí.

Fruncí el ceño.

—¿Kiwi? —pregunté confundida.

—El cachorro —respondió como si fuera obvio—. Su pelo es del color de la cáscara del kiwi. Lo sé, no me digas nada, soy un genio con los apodos.

—Ay, Dios mío… —Entorné los ojos, no podía creer que tuviera esas ocurrencias en los peores momentos—. Concentrémonos primero en dónde va a vivir. Luego le pondremos un nombre.

Kem frunció el ceño.

—El nombre ya está. Ya lo he bautizado como Kiwi y eso no va a cambiar. Ahora veamos lo importante, estará contigo por las noches, cuando te vayas al colegio bajaré a tu habitación y le echaré el pestillo a tu puerta. Le daré de comer y jugaré con él hasta que tú llegues por la tarde. Suena como un gran plan, ¿no?

Ver su gesto inocente y sus iris verdes entusiasmados me hizo querer aceptar al instante. Pero antes tenía que pensar con claridad su propuesta. Era cierto que mis padres trabajaban todo el día fuera de casa. Pero aun así, el miedo a que nos descubrieran me impedía dar una respuesta. Miré al cachorrito en los brazos de Kem, y luego levanté la mirada. Sonreí mientras sacudía la cabeza.

No podía negarme ante la imagen de Kem sosteniendo al perrito de ojos agradecidos.

—Está bien. —Asentí. La cara de Kem se iluminó con una sonrisa—. Con una condición. —Kem asintió con seriedad esperando—. Ven aquí.

Kem sonrió con picardía, pero hizo lo que le pedí.

Se acercó a mi rostro.

—Con mucho gusto te besaré —susurró. Imité su mueca socarrona—. Es algo que no voy a parar de hacer ahora que he empezado. Tus labios no son adictivos como una droga, sino como una necesidad, como el aire que necesito para respirar.

—Qué poético. —Suspiré muy cerca de sus labios.

—Todo por mi Bizcochito.

15

Era gracioso ver que el cachorro se acurrucaba contra mí o Kem, ya no parecía estar asustado de la gente, por lo menos no de nosotros. El susodicho estaba recostado en la pared del salón cuidando de que el perrito no se golpeara contra nada, aún era muy pequeño y estaba herido.

Un solo pensamiento me atacó al verlo tan frágil: qué mierda de dueños. ¿Cómo podían haberlo abandonado siendo tan chiquitín? La patita iba mejor, gracias a los medicamentos, el cachorro parecía mucho más animado.

Cuando habíamos llegado a casa, obviamente mis padres no estaban, por eso teníamos el perrito suelto. Kem se encargaba de que nada malo le sucediera al cachorro ni al lugar, no quería que mis padres sospecharan algo.

El único gran problema fue que Kem había enviado un mensaje a su hermano, y este, a su vez, a su hermana, y así la cadena fue esparciéndose. En diez minutos, teníamos a nuestros amigos en casa pidiendo conocer al cachorro.

—¿Sabes que ahora tenemos un hijo, verdad, Bizcochito? —susurró Kem mientras los demás babeaban por el perrito.

—Ya quisieras, Kem Woods —respondí. Intenté no sonreír. Me crucé de brazos, era consciente de que todos los ojos en la habitación estaban sobre nosotros—. Ahora debemos discutir el nombre de nuestro pequeño, no es justo que le pusieras Kiwi. No me gusta, es un animal, no una fruta.

Kem parecía entretenido.

—Acepto el reto —dijo observando al cachorro en los brazos de su hermano Kylan, que lo había cargado al ganarse rápidamente su confianza—. ¿Cómo quieres llamarlo?

—Yo opino que debería llamarse Bicho —dijo Henry levantando la mano—. Es original y perfecto para esa bolita de pelo.

Amber arqueó una ceja.

—¿Bicho? —Negó chasqueando la lengua—. Qué mierda de nombre. Yo creo que debería llamarse Max.

Fruncí el ceño.

—¿Max? —repetí—. ¿Como tu exnovio? No, gracias, no quiero que mi pequeño corra con esa suerte.

Amber había tenido un novio llamado así cuando teníamos trece años. Fue su primer novio y terminaron a las dos semanas porque ella quería ir al cine, pero los padres de Max no lo dejaban salir a la calle por la noche. Mi amiga montó una pelea y terminaron en el patio del colegio frente a todo el mundo. Fue una escena que nadie olvidará nunca. Max desapareció del colegio y nadie supo nada de él desde entonces.

Dan intervino sonriendo, como si recordara a Max.

—Sí, no queremos que el cachorro esté traumatizado de por vida. —Juntó las manos y me miró—. Tal vez debería llamarse Peke.

Kem saltó.

—Tal vez no. —Cortó, fulminándolo con la mirada—. Ni siquiera sé por qué estás aquí. ¿Quién te ha invitado?

Abrí la boca, pero Ada se entrometió.

—Yo —dijo, encogiéndose de hombros como si no fuera gran cosa—. Es nuestro amigo desde hace años, ¿por qué excluirlo? Acaba de regresar a la ciudad, además... es el novio de Ruby. Tiene derecho a estar aquí.

Entrecerré los ojos y descrucé los brazos, quería cortarle la cabeza. En serio, esa chica quería ver el mundo arder.

—No es mi novio —informé en voz alta—. Es mi amigo, nada más. No confundas las cosas.

Quería que todos lo supieran, incluso el mismo Dan. No lo miré por miedo a ver el dolor en su expresión. Sabía que él esperaba ser algo más, volver a estar juntos como antes, pero ya no me gustaba de esa forma.

Ada hizo una mueca, fastidiada, pero no respondió. Empezaba a ponerme de los nervios siempre que estaba cerca. Parecía estar muy interesada en Kem, se notaba a leguas que su propósito era estar con él. Pero era una pena para ella, porque él no estaba interesado en Ada en absoluto.

Kem estrechó sus ojos.

—¿Alguien más quiere sugerir un nombre para nuestro pequeño? —preguntó a nadie en particular.

La sala se quedó en completo silencio. Kara levantó el brazo tímidamente.

—Me gusta Cookie. —Sonrió.

Kylan, que seguía sosteniendo al cachorro entre sus brazos, soltó una pequeña carcajada.

—Es muy cliché. —Se burló de su hermana menor—. Mejor Copo.

Amber rio.

—¿Copo? ¿Qué clase de nombre es ese?

Kylan alzó una ceja en su dirección.

—Mucho mejor que Max, por supuesto.

—¡Tonto! —exclamó ella. Parecía molesta, pero un atisbo de sonrisa se le dibujó en la cara cuando miró a Kylan, sonrojada—. No tuve un novio llamado Max.

Dan suspiró.

—¿En serio, Amber? —Me miró divertido—. Dice que no...

Entorné los ojos riendo. Amber me fulminó con la mirada. Iba a decir algo, pero Kem intervino.

—Estamos hablando sobre el nombre de mi cachorro, no de un novio inexistente.

Su mirada estaba fija en Dan, como si quisiera estrangularlo en cualquier momento. Me divirtió su furia. Cada vez que mi ex hablaba conmigo o me echaba un vistazo, Kem lo fulminaba con la mirada, como si no lo soportara.

Era gracioso porque yo me sentía así respecto a Ada. Cualquier mirada o palabra suya hacia Kem me ponía de los nervios. No la soportaba, así que entendía la apatía de Kem hacia Dan. Pero no la compartía, porque a diferencia de Ada, Dan y yo sí habíamos tenido algo, mientras que ellos no.

—Bien. Podríamos ponerle Canela. —Alcé las cejas al oír a Ada. ¿Podríamos? Eso me sonó a ella incluida y yo no estaba de acuerdo.

Me arrepentí de haberla hecho pasar a mi casa cuando llegó con Amber.

—Por si no lo sabías, es macho, no hembra, Ada —dije mirándola como si fuera obvio. Tal vez para ella no lo era, pero ¿no lo sabía a estas alturas después de llevar como diez minutos debatiendo el nombre?—. Así se llamaría una perrita, no mi pequeño. Siguiente.

—Canela también funciona para macho —se mofó.

Me miró como si quisiera arrancarme los ojos. «Adelante, perra. Atrévete», pensé. Era obvia la aversión que nos teníamos. No sabía si alguien más lo notaba, pero apostaba a que sí. El modo en que me escaneaba de la cabeza a los pies con la nariz arrugada debía de ser un indicio. Por mi parte, mis palabras cortantes eran demasiado claras:

—Además, ¿dónde queda la igualdad de género? —añadió.

Sí, quería matarla.

—¿En serio acabas de decir eso? —pregunté exasperada.

No me importaba tratarla mal. Todos en el salón escuchaban con atención nuestro altercado. Estaba a punto de explotar y no iba a ser bonito. Por eso respiré hondo antes de hablar:

—Es un perro, no una persona. Deja las estupideces un momento, por favor.

Ada jadeó incrédula, sus ojos furiosos no me intimidaban ni un poco.

—¿Las estupideces...?

—Ya. Vosotras dos, parad, por favor —dijo Amber alzando las manos.

Me miró con una mueca en la cara, sorprendida por mi altercado con Ada. Me molestaba mucho la presencia de su hermana aquí, nadie la había invitado. Se había colado y estaba a punto de echarla de mi casa, me daban igual las consecuencias.

—Concentrémonos en el nombre del cachorro —insistió mi amiga.

Alcé la mano para pedir hablar. Amber asintió y me dio la palabra.

—Me gustaría llamarlo Milo —anuncié sonriente. Kem me miraba divertido—. ¿Qué? Es un buen nombre para nuestro cachorro —dije haciendo hincapié en el posesivo, solo para fastidiar a Ada.

Kem se acercó a Kylan. Le pidió al cachorro, lo rodeó con los brazos y luego se acercó a mí. Se puso a mi lado, pegado hombro con hombro. Estábamos muy juntos y los presentes no nos quitaban el ojo de encima.

No estaba incómoda, pero sí un poco desconcertada. Creía que Kem quería algo serio conmigo después de las palabras que había dicho antes, pero no me dijo más. No sabía cómo actuar con respecto a él cuando estábamos delante de varias personas. No éramos novios, pero tampoco amigos. Nos encontrábamos en la delgada línea entre esas dos opciones y no había vuelta atrás. Eso era lo que más me temía, aparte de no poder salir ilesa. Eso era más aterrador que cualquier cosa, pues estaba muy segura de que no quería acabar lastimada. Mi corazón hacía poco había sufrido una ruptura y no quería más desilusiones amorosas por el momento.

—¿Estáis listos para esto? —dijo Kem con una sonrisa en la cara.

Intenté no mirarlo con adoración, pero era muy difícil. Era guapísimo y él lo sabía. No estaba enamorada de él, pero si seguíamos en esos tontos coqueteos, pronto lo estaría. Sus ojos bajaron hacia mí y atraparon mi mirada, por unos momentos nos perdimos el uno en el otro, sonriéndonos como bobos, pero él supo cuándo girar el rostro.

—El momento de elegir ha llegado.

Fruncí el ceño.

—¿Harás que voten el nombre del cachorro? —pregunté un tanto indignada—. Eso no es muy justo. Fui yo quien lo encontró. Bueno, y tú, obviamente. Pero ellos no, sin ánimo de ofender. Somos nosotros dos quienes deberíamos elegir.

Henry se llevó una mano al pecho.

—¿Ofenderme? —preguntó dramáticamente—. Me has herido, Ruby. ¿Por qué no quieres incluirnos en tu votación? Creía que éramos colegas.

—Estás aquí por Amber, no porque quieras ser nuestro amigo.

Esta vez Henry parecía lastimado de verdad.

—Ouch, eso sí que duele. —Nos miró a Kem y a mí, luego a Kylan—. Estoy aquí porque también soy su amigo, me caéis todos muy bien.

Amber tenía la cara tensa. Parecía a punto de estallar. El breve acercamiento y coqueteo que hubo entre Henry y ella en su fiesta de cumpleaños había acabado definitivamente. Por lo menos por parte de mi amiga, volvían a ser los mismos de siempre. Él estaba embobado por ella y esta lo evitaba a toda costa.

—Lo importante aquí es que vamos a votar —Kem levantó la voz para que todos lo miráramos. Yo me lo comía con los ojos, esperaba que cambiara de opinión, pero no lo hizo, estaba disfrutando de aquello, en serio—. Debéis levantar la mano cuando diga un nombre. El más votado gana. —Luego me miró y bajó la cabeza para susurrar al oído, enviando escalofríos por todo mi cuerpo—: No vale hacer trampa, Bizcochito.

—Como si pudiera… —murmuré por lo bajo, desviando mi mirada.

Todos en el salón nos observaban. La cara deformada de Dan parecía ser por los celos y el dolor, al igual que la de Ada.

Después de unos minutos, la votación comenzó y se extendió por otros diez minutos. Empezaron a lanzar más nombres cuando alguien no estaba de acuerdo con uno, con lo que se montó un buen alboroto. Intervine porque no estaba de acuerdo con los nombres que mis amigos habían propuesto. Me gustaba Milo y quería que se llamara así. Planeaba usarlo de todos modos en secreto, aunque probablemente no me haría caso. Atendía solo si le llamaba Kiwi y todo por culpa de Kem.

Al final todos se fueron y solo quedamos Kem y yo. Después de una larga discusión, la votación había finalizado con un claro ganador: Kiwi. No estaba emocionada con la idea, pero tuve que aceptarlo a regañadientes.

Al ver que la hora de llegada de mis padres se acercaba, Kem y yo nos metimos en mi habitación. Cerré la puerta con el pestillo por si se daba el caso de que mamá la abriera de improviso, como acostumbraba hacer.

—¿Mañana te veo? —preguntó Kem.

Depositó al cachorro en la camita que le había comprado, junto con los juguetes, la ropa, los accesorios, la comida y las chuches. Le costaron una millonada, pero él pagó sin rechistar.

—Eh, sí, claro —respondí.

El cachorrito se acurrucó en su nueva cama después de dar un par de vueltas persiguiéndose la colita y al instante cerró los párpados, suspirando en el proceso.

Como solo estábamos los dos, se podía palpar la tensión en mi habitación.

Los ojos de Kem bajaron por mi cuerpo y luego subieron. No sabía qué planeaba, pero cuando se acercó a mí con decisión no esperé a que estampara sus labios contra los míos. De la sorpresa, inhalé, él aprovechó ese segundo para meter su lengua en mi boca con una destreza increíble y yo me derretí en sus brazos.

Fui dibujando caricias por su espalda mientras subía poco a

poco. Lo tomé del pelo y pasé los dedos por las hebras de su sedoso pelo. Kem gimió en mi boca cuando sintió un pequeño tirón. Parecía que le gustaba. Sus manos bajaron por mi costado, acariciándome la cintura con delicadeza. Las olas de placer que sentía eran inmensas.

Kem, con destreza, logró retroceder conmigo y chocamos con la pared. No me importó sentir un agudo dolor en la cabeza con tal de seguir besándolo. Me temblaban las piernas, pero el agarre de Kem en mis caderas me estabilizaba. Su cara cayó en mi hombro y fue subiendo poco a poco hasta mi cuello, depositando pequeños besos húmedos hasta llegar a la zona más sensible. Sentí una presión ligera y luego su lengua.

Curvé los dedos de los pies al sentir la descarga eléctrica que mi cuerpo soltó por el inmenso placer.

—Kem… —susurré con voz ahogada.

—Ruby… —Él suspiró mi nombre con el mismo tono de voz.

Cerré los ojos para disfrutar de lo que estaba haciéndome.

Escuché sonidos lejanos, pero mi mente no reaccionó. Ninguno de nosotros lo hizo. No hasta que alguien intentó entrar a mi habitación.

16

—¿Ruby? —La voz de mamá resonó en la habitación.

Abrí los ojos como platos y traté de apartarme, pero Kem me lo impedía, aún me estaba besando el cuello. Lo golpeé con la fuerza suficiente para alejarlo de mí, ya que parecía desorientado por el magreo.

—¿Por qué has cerrado la puerta con el pestillo?

Suspiré, tratando de ralentizar mi respiración agitada.

Kem se alejó, por fin, al darse cuenta de lo que pasaba. Hizo una mueca, pero aun así me sonrió. Depositó un suave beso en mi frente y salió por el balcón hacia su apartamento. Al ver que ya no había peligro, me quité la falda y las sandalias. Arrastré la cama del cachorrito hasta el balcón y cerré la puerta. Luego alcancé las cortinas y las cerré para que mamá no viera a Kiwi a través del cristal.

Rogaba para que no hiciera ruido, hasta el momento era un cachorro silencioso. Ojalá lo siguiera siendo, pensé mientras abría la puerta y dejaba pasar a mi madre. Mostré una sonrisa relajada, tratando de parecer inocente, y esperé que mi respiración agitada se ralentizara para no parecer sospechosa.

Mi mamá estaba con el ceño fruncido, me observaba con desaprobación.

—Te tengo dicho que no eches el seguro a la puerta.

Alcé las cejas.

—Por Dios, mamá, estaba quitándome la ropa. Quería privacidad. —Mamá enarcó una ceja, pero no hizo más observaciones—. Me voy a duchar.

—Está bien, cariño, solo quería saludarte. En un rato, cuando termines, ven al comedor. Voy a preparar algo rápido para la cena.

—Sí, claro.

Sin esperar respuesta, entré al baño de mi habitación y cerré con seguro. Cuando la escuché salir, volví a abrir la puerta del aseo y fui disparada hacia el balcón. El pequeño Kiwi estaba acurrucado en su cama, durmiendo plácidamente.

La brisa cálida de la noche me despeinó el pelo, me miré las piernas desnudas e intenté no taparme. Sabía que desde mi lugar nadie podía verme, a menos que se asomara desde arriba, pero lo dudaba. Con todo el cuidado del mundo, me agaché y tomé la camita del pequeño para ponerla a un lado y la acomodé para que no se viera desde mi cuarto.

Acuclillada junto al perrito, comencé a tararear una canción suave. Sonreí al verlo dormir tan relajado, tan diferente a cuando lo habíamos encontrado.

Me prometí cuidarlo como nadie antes. Era su madre e iba a cuidarlo como sus anteriores dueños no habían hecho. No dejaría que nadie le dañara.

Las semanas pasaron rápidamente.

Entre Kem y yo cuidábamos a Kiwi. Había sanado por completo, su patita ya estaba curada y el doctor le había dado vía libre para correr y jugar.

Mientras iba al colegio, Kem se encargaba de cuidarlo en mi habitación y, al regresar, pasábamos el tiempo juntos hasta la noche, cuando mis padres llegaban. Se había vuelto una rutina y estaba feliz con ella. Me gustaba pasar tiempo con Kem, cuando estábamos solos no se comportaba como un idiota. Me molaba ese lado de él que cuidaba de Kiwi. Le hacía jugar, lo cargaba para dormir, le besaba la cabeza y le acariciaba la panza cada vez que Kiwi se echaba de espaldas. Ese Kem me tenía loca.

Ya casi a fin de mes, después de clase, Amber, Kylan y Dan propusieron ir a la Dolce Casa, la famosa cafetería del mejor pastel de chocolate. No estaba muy animada porque tenía que cuidar a Kiwi. Kem me había dicho el día anterior que tenía algo importante que hacer esa tarde, por lo que no podría quedarse cuidando a nuestro perro. Con ese argumento me excusé con Amber, pero ella alegó que podía llevar al cachorrito, el dueño de la cafetería no tenía ningún problema con las mascotas en su local. No estaba segura de ello, pero terminé aceptando.

Después de clase, nos montamos en el coche de Amber para ir a casa, recoger a Kiwi y llevarlo con nosotros. Henry nos había interceptado en el aparcamiento y se autoinvitó al enterarse de nuestros planes. Íbamos los cinco apiñados en el vehículo. A la dueña no le hacía mucha gracia, pero no había mucho que hacer. Henry era, por así decirlo, parte de nuestra pandilla.

Al llegar casa, me di cuenta de que no había nadie. No se escuchaba ningún sonido. Fui a mi habitación con mis amigos pisándome los talones. La habitación estaba con la puerta abierta y no había rastro ni de Kem ni de Kiwi.

Fruncí el ceño, alarmada.

Kylan y yo lo llamábamos al móvil, pero al parecer no lo tenía encendido.

—Es muy extraño, nunca lo apaga —dijo con el ceño fruncido, preocupado.

Eso me ponía más nerviosa, saber que nunca hacía eso y justamente en ese momento sí.

Decidimos subir al apartamento de los Woods. Lo esperamos en el rellano mientras Kylan entraba y revisaba, pero su hermano no estaba por ningún lado. Intenté no entrar en pánico. Bajamos al aparcamiento y decidimos esperar, imaginando que habría ido a pasear con el pequeño Kiwi por ahí cerca y se habría quedado sin batería. Me aferré a esa idea para no enloquecer.

Después de quince minutos sentados en el coche para no morir de calor en la acera, vimos que una pareja se acercaba al edificio. Un cachorro marrón los seguía mientras movía la cola.

La pareja eran Kem y Ada.

Al instante entré en modo mamá osa y bajé del coche para caminar hacia ellos. Escuché que mis amigos hacían lo mismo. Me planté frente a la pareja, impidiéndoles el paso. Ada chocó con Kem, ya que ella iba detrás de él y pendiente de Kiwi.

Cuando el chico me vio, abrió los ojos sorprendido. Enarqué una ceja e intenté no cruzarme de brazos como si fuera una novia celosa esperando una explicación. Opté por mirarlo como si fuéramos amigos de siempre. Sin montar una escena.

—¿Por qué te has llevado a Kiwi? —pregunté.

Me agaché y el pequeño corrió hacia mí con sus patitas sanas. Empezó a lamerme las manos, moviendo la cola de un lado a otro. Lo tomé y al instante gimoteó, como si me extrañara. Lo abracé con fuerza y vi que Ada hacía una mueca. Le sonreí con alegría.

—¿Qué tal, Ada?

Murmuró algo por lo bajo que no alcancé a oír, pero sí Kem, porque se giró con una expresión de enfado.

—Hemos ido un rato al parque —explicó este.

Se acercó a mí para acariciar a Kiwi. Sus palabras parecían de disculpa, como si tratara de darme una explicación y al mismo tiempo se arrepintiera de su decisión. Sus ojos me siguieron al hablar:

—Quería que Kiwi jugara en el césped, así que lo he sacado, pero Ada ha aparecido antes de que saliera y me ha acompañado.

Asentí, optando por la indiferencia.

—Bien. —Me alejé de Kem hacia mis amigos—. Me alegro de que lo hayas llevado a pasear, pero la próxima vez avísame. Me he asustado al no verlo.

—No volverá a suceder, las próximas veces iremos juntos —dijo Kem, aún sin poder despegar sus ojos de mí.

Ada parecía fastidiada. No sabía si era por mi presencia, la de los demás o por lo que había dicho Kem. Sin decir nada, siguió su camino y entró al edificio.

—Bien, ahora que ya tenemos a Kiwi, vayámonos, chicos —dije mirando a mis amigos.

Dan asintió y se acercó para acariciar a mi pequeño Kiwi, Henry se le unió y me rodeó solo para tocar al perrito.

Kylan se llevó a su hermano mayor a un lado con insistencia, ya que no se quería separar de mí. Intercambiaron un par de palabras antes de que el menor volviera para acercarse a mí.

—Vamos, Ruby —dijo guiándome del brazo hacia el coche de Amber.

Mi amiga tenía a Kiwi en brazos mientras que Dan y Henry la seguían para acariciarlo. Habían logrado quitármelo de los brazos para jugar con él un rato. Kylan me susurró en voz baja:

—Debería haberle dicho a Kem que vendríamos a por Kiwi.

Fruncí el ceño.

—¿Qué?

Kylan suspiró.

—Le dije que iríamos a la cafetería contigo después del colegio, por eso supuso que tenía más tiempo y se lo llevó. Lo siento, tendría que haberlo avisado para que no se lo llevara.

Le sonreí.

—No te preocupes, se suponía que él debería estar aquí cuidando a Kiwi en mi habitación. No tienes la culpa, Ky.

Él asintió, pero aun así su expresión era confusa. Tenía el ceño fruncido y la mirada perdida, como si estuviera concentrado pensando en algo muy importante. Dejamos a Kem atrás y volvimos al coche.

Ninguno lo invitamos a venir, no estaba segura de por qué, pero preferí mantener la distancia en ese momento. Por dentro me comían los celos, pero manejé muy bien mis sentimientos para no dejarme llevar por ellos.

No quería montar una escena ni exigirle nada a Kem. Al fin y al cabo, no éramos nada. Solos nos besábamos de vez en cuando y cuidábamos a Kiwi, pero no pasaba nada más.

Me senté delante, en el asiento del copiloto junto a Amber. Le había ganado el sitio a Dan y le saqué la lengua. Entre risas, me puse el cinturón de seguridad y miré por la ventanilla, donde me encontré con los ojos de Kem. Bajó la cabeza enseguida y entró al edificio.

No se despidió de mí, ni siquiera se giró a echarme un último vistazo.

Una extraña sensación se instaló en mi pecho.

17

Después de merendar y haber pasado un buen momento con mis amigos, decidí ir al apartamento de Kem y hablar con él. Dejé a Kiwi con Amber en casa de Dan y le pedí a Kylan que se quedara un momento con ellos, aunque aceptó a regañadientes. Quería privacidad para hablar con su hermano.

Subí las escaleras hasta el quinto piso y toqué a la puerta. Esta se abrió revelando el rostro de la hermana de los Woods, Kara, que sonrió al verme.

—Ruby —saludó. Se hizo a un lado y dejó la puerta abierta del todo—. Pasa.

Asentí.

—¿Está... ah... Kem? —No sé por qué buscar a su hermano mayor hizo que me pusiera nerviosa.

Su entusiasmo al asentir con vigor me hizo sonreír.

—¡Sí! Está en su habitación. —Señaló detrás de ella.

Sabía a la perfección que la habitación de Kem era la última del pasillo, también era la mía. Todos los apartamentos tenían la misma distribución, por eso su balcón y el mío estaba conectados.

—Gracias, Kara.

Sin más, caminé hacia allí. Toqué la puerta un par de veces con delicadeza, escuché un leve «pase» y la abrí decidida.

Lo primero que vi fue el cuerpo de Kem recostado contra el respaldo de la cama. Estaba desnudo de cintura para arriba, con un ordenador sobre las piernas, mirando la pantalla fijamente. Aproveché que todavía no se había percatado de que era yo para estudiar su ordenada habitación. Al parecer, era más organizado que yo. Todo parecía estar en su sitio, no había ropa en el suelo ni cosas sobre la cama ni libros desordenados sobre el escritorio. Todo estaba donde debía estar.

Lo extraño era que no había decoración en las paredes, no había ni cuadros ni pósteres de su grupo favorito ni ninguna foto personal de él o su familia. Tampoco había trofeos o medallas ni diplomas. Nada. Estaban vacías Lo que hacía que su habitación se viera fría.

—Ruby…

La voz de Kem me hizo girar hacia él. Me miraba sorprendido, parecía confundido con mi presencia, pero feliz de verme ahí. Su sonrisa lo delataba.

—Bizcochito —se corrigió.

Hice una mueca, de repente me sentí incómoda en su presencia. Cerré la puerta detrás de mí, pero me di cuenta de mi error. Estábamos solos en su habitación. Y él estaba sin camiseta. Intenté no bajar la mirada hacia sus abdominales, pero me era imposible, solo traté de no babear.

—He venido para…

Me callé al ver que se levantaba y se acercaba despacio, como si yo fuera su presa y él un depredador. Mi respiración se aceleró cuando quedó frente a mí.

—Ah, para hablar…

Me quedé callada. Kem se echó a reír.

—Te has quedado sin palabras —murmuró.

Se inclinó hacia mí, tomó mi mentón y me besó. Al sentir la calidez de su boca contra la mía, estuve perdida. Ya ni me importó la razón de por qué había ido, solo estaba concentrada en sus labios y cómo los movía contra los míos.

Me aferré a él tocando su cuerpo. Sentía la dureza de los músculos de sus brazos al pasar mis manos sobre ellos. Bajé hasta llegar a su abdomen y toqué sus cincelados abdominales con la punta de los dedos. Una ola de calor me golpeó, sentía mi cuerpo en llamas y mi corazón muy acelerado. Tenía la respiración agitada, como si estuviera corriendo una maratón.

La mente se me nubló en un segundo y lo único en que podía pensar mientras Kem me besaba era lo bien que sabía su boca. A menta y canela, parecía que había masticado un chicle con aquel sabor. Me encantó.

Me cogió de la cintura y me levantó. Rodeé su cuerpo con las piernas y continué besándolo. Disfrutaba como si sus labios fueran una droga para mí.

—¿De verdad has venido para esto? —murmuró contra mis labios, para darme tiempo a recuperarme del beso.

—No —respondí.

Intenté poner mi mente en orden y dejar la excitación a un lado, pero me era imposible. Las fuertes manos de Kem estaban en mi trasero, sosteniéndome para que no me cayera, mientras yo rodeaba sus caderas con mis piernas. Podía sentir lo emocionado que estaba él también con esa postura.

—Pero es tu culpa —lo acusé—, me has distraído.

Kem se encogió de hombros.

—Me alegra haberlo hecho.

Sonrió seductoramente antes de atacar mis labios hinchados de nuevo. Y no se lo impedí.

De un momento a otro, Kem empezó a retroceder conmigo sobre él. No me importó en absoluto porque sus labios aún estaban sobre los míos. Me separé al sentir que caía sobre el colchón. La cara de Kem se cernía sobre mí con una sonrisa de oreja a oreja.

Antes de cualquier otro pensamiento, se subió a la cama y presionó su pecho desnudo contra mi cuerpo. Abrí los ojos alarmada al ver lo lejos que estaba llegando esto.

—Kem… —susurré mirándolo tocar mis brazos.

Sus pupilas estaban fijas en mí. Unos escalofríos me recorrieron al sentir su piel contra la mía cuando me levantó la blusa y su abdomen chocó con el mío. Tuve que cerrar los ojos un momento. No había ido para eso y debía parar. Pero cuando quise decir algo, Kem bajó la mano a mis piernas desnudas y ahí me perdí.

Gemí al sentir sus dedos recorrer mis muslos internos mientras su lengua hacía maravillas en mi boca. No quería reconocer lo bien que se le daba, eso significaba que tenía mucha experiencia y mi mente no quería ir ahí ahora. Tal vez nunca.

—Eres preciosa, Ruby —murmuró contra mi boca mientras me acariciaba.

Sentí de inmediato que me ruborizaba ante la intensidad de su mirada. Sus iris verdes, fijos en los míos, me transmitían tantas cosas… Acerqué mi cara a la suya para darle otro beso, pero la puerta de su habitación se abrió de golpe.

Al instante me bajé la blusa para cubrirme al mismo tiempo que Kem se levantaba. Giré la cabeza y vi a Kylan furioso, mirando a su hermano fijamente, como si no pudiera creer lo que veía. Me acomodé el pelo y logré levantarme. Me sentía incómoda.

¿Por qué había entrado así a la habitación de su hermano? Kylan sabía que yo estaría con Kem, justamente por eso le había pedido que se quedara con Kiwi y Amber.

Traté de no hiperventilar. Estaba segurísima de que iba a desvanecerme en cualquier momento si no me iba ya mismo de allí. El bochorno de la vergüenza que sentía era demasiado como para seguir en la misma habitación que los hermanos Woods.

—Ruby, quisiera hablar con mi hermano a solas, por favor —dijo Kylan sin ni siquiera mirarme.

Sus ojos estaban fijos en Kem, que parecía no tener vergüenza. Se había cruzado de brazos como si estuviera desafiándolo.

—Bizcochito, no necesitas irte. Es él quien debe irse. —Kem quiso ponerse a mi lado, pero yo retrocedí.

No sabía en qué bronca me estaba metiendo, pero sentía que mi lugar no estaba ahí. Aunque no quería dejarlos solos por miedo a que se mataran, sabía que no podía hacer mucho quedándome. Era obvio que necesitaban hablar a solas y sin audiencia, por lo que me dirigí a la salida con la cabeza en alto. Cuando pasé al lado de Kem, me cogió de la mano para impedir que me fuera, pero me solté con rapidez. Salí de ahí sin mirar atrás cerrando la puerta para que ellos no lo hicieran en mi cara.

Kara estaba en el salón viendo una serie en la televisión. Pasé por su lado y murmuré una despedida antes de salir casi corriendo de ahí. Bajé hasta el primer piso para recoger a Kiwi y luego volví a mi apartamento para echarme una siestecita.

Cuando desperté y me levanté de la cama, noté que me había quedado dormida con Kiwi en mi habitación. Inmediatamente, me puse de pie y corrí hacia la puerta para echarle el seguro. Luego, con apuro, saqué la cama de Kiwi al balcón, pero me detuve cuando vi un papel sobre el sillón. Al instante lo tomé y lo abrí. Sonreí al leer la letra de Kem.

> He bajado a verte, pero he visto que estabas dormida. Sueña conmigo, Bizcochito. Y con Kiwi ;)

Sonreí tontamente por sus palabras.

A la mañana siguiente, el día pasó lentamente en el colegio. Era viernes y lo único que yo quería era ir a casa para comer y dormir. Era mi plan para el día, pero se estaba arruinando ya que las horas pasaban muy lentas y lo único que hacía era esquivar a Kylan. No quería verlo después de que nos descubriera a mí y a su hermano en la cama besándonos. Había sido muy bochornoso verlo en el coche de Amber y haber ido juntos al colegio.

Agradecía que Amber y Dan se hubieran pasado todo el camino conversando, así no hubo momentos incómodos entre Kylan y yo. Tampoco hubo miradas embarazosas ya que yo había llegado primero al coche de Amber y me senté delante con los auriculares puestos para no tener que saludarlo. Aunque pude sentir sus ojos taladrándome la nuca. Se me pusieron los pelos de punta.

Al llegar al colegio me despedí vagamente y corrí hacia las puertas de entrada con la excusa de que tenía que recoger algunos libros de la taquilla. No me importó haberles mentido en la cara y corrí como una posesa en el intenso calor de la mañana por todo el aparcamiento.

En el transcurso del día, logré esquivar a Kylan y a todos los demás. Había visto a Henry un par de veces alrededor de Amber, pero ya no podía hacer nada. Tuve que ser mala amiga para librarme de Kylan. Estaba muy avergonzada y, por el momento, no quería enfrentarlo.

Al término de la última clase del día, fui la primera en correr fuera del aula hacia mi taquilla. Con rapidez, guardé mis libros y me fui a paso ligero al aparcamiento. Fruncí el ceño al ver el coche de Kem frente a las puertas de salida. Estaba apoyado en un lado de la puerta, como siempre, con las gafas de sol puestas. Parecía un modelo. Todos lo miraban al pasar. Incluso yo me detuve de repente, haciendo que un chico que venía detrás tropezara conmigo.

Kem pareció verme porque alzó una mano e hizo una seña para que me acercara. Varias chicas que lo miraban fijamente se giraron hacia donde él señalaba y me escanearon de la cabeza a los pies.

Habíamos cruzado unas cuantas palabras por la mañana antes de que me fuera, cuando había bajado a supervisar a Kiwi. No parecía para nada avergonzado de que su hermano nos hubiera pillado en su cama casi desnudos. Ni siquiera habló del tema, sino que se comportó normal, me besó y me deseó buena suerte en clase. Tampoco había querido hablar sobre lo que Kylan le había dicho. Respondió que eran cosas de hermanos y que no era tan importante como para mencionarlo.

—Hola, Bizcochito —murmuró Kem con dulzura cuando llegué hasta él. Depositó un suave beso en mi frente y me hizo sonreír—. He venido a recogerte porque tengo algo para ti.

—¿Dónde has dejado a Kiwi? —pregunté reticente, tratando de disimular la emoción que sentí al escuchar que tenía una sorpresa.

—Está justo aquí.

Señaló el coche. Miré por la ventana y encontré a Kiwi en el asiento del copiloto jugando con su pelota. Abrí la puerta y al instante mi pequeño Kiwi se subió a mi regazo, comenzó a restregarse contra mí moviendo la colita de un lado a otro rápidamente. Me reí por su entusiasmo y lo abracé. Me lo acerqué a la cara y le hablé como si fuera un bebé con un tono chillón que hizo que Kem se riera.

Se sentó al volante, con una caja grande en el regazo, pero no dije nada. Seguí prestando atención a mi pequeño, hasta que me lo quitó.

—¡Oye! —exclamé enfurruñada—. ¡Tú lo has tenido toda la mañana! Deja que me dé la bienvenida.

Kem negó despacio con la cabeza. El pequeño Kiwi cerró los párpados cuando él lo acunó en el brazo.

—Tengo algo que darte —dijo señalando la caja que había despertado mi curiosidad—. Eso es para ti.

Alcé las cejas.

No era mi cumpleaños y no había otro motivo para que me diera un regalo. Me temí que fuera una broma de mal gusto, como a él le gustaba hacer, empezando con el cubo de agua que me había tirado cuando ni siquiera nos conocíamos.

—Adelante. —Me instó él al ver la duda en mis ojos—. Te encantará, lo juro.

Hice una mueca, pero acepté. Con cuidado y tratando de no rozar al pequeño Kiwi, que descansaba cómodamente sobre Kem, cogí la caja que estaba situada al lado de sus piernas y la puse sobre mi regazo. Pesaba y, como no quería abrirla aún, me tomé mi tiempo para levantar la tapa.

Era una caja simple, sin papel de regalo ni lazo, carente de adorno alguno. Cuando vi lo que había dentro, no pude evitar gritar como una desquiciada, me daba igual la gente que había en el aparcamiento.

Era la saga entera del libro que me había arruinado al tirarme el agua. Kem me la regalaba toda, no solo el volumen que había estropeado.

18

Traté de no abalanzarme sobre Kem, pero me fue casi imposible. Nunca nadie me había regalado libros, ni siquiera mi familia, mucho menos mi exnovio. Kem era la primera persona que lo hacía y me sentí muy feliz. Con cuidado de no aplastar a Kiwi, llegué a él por sobre la palanca de cambios del coche y estreché mi cuerpo contra el suyo.

Los pocos libros que poseía los había conseguido al ahorrar el escaso dinero que mis padres me daban como paga. Era una miseria, por lo que necesitaba meses para poder comprarme un solo ejemplar. Y Kem acababa de regalarme cuatro. No solo el primer tomo que había estropeado, sino los demás que aún no había leído, pues todavía estaba ahorrando para poder comprarlos.

—Gracias —susurré cerca de su oído.

Kem se mantuvo en silencio mientras sonreía y me rodeaba el cuerpo con sus brazos, sosteniéndome contra su pecho cálido.

Sentí que algo se movía entre nuestros cuerpos. Me alejé un poco de Kem, aún con los brazos a su alrededor, y vi a Kiwi saltar sobre mí para llegar al asiento de atrás. Como ya no había nadie entre nosotros, aproveché para sentarme sobre su regazo, con las piernas alrededor de sus muslos. La sonrisa pícara que me dio me hizo sonreír.

—Puedo ver lo mucho que te ha gustado mi regalo —dijo bajando las manos a mis caderas y sujetándome.

Me removí un poco, sonriendo.

—Y yo puedo sentir lo mucho que te gusta esta posición —respondí en voz baja.

Al decir eso, me puse roja de inmediato por la vergüenza. Estábamos en el coche, en el aparcamiento de mi colegio, rodeados de todo el mundo. Definitivamente mis hormonas estaban muy alteradas.

Me removí un poco sobre él al sentir que el espacio era reducido y que mi espalda tocaba el volante del coche.

Kem me apretó las caderas.

—Si sigues moviéndote así sufrirás las consecuencias. Te lo advierto —gruñó con la cara cerca de la mía.

Sonreí divertida antes de bajarme de su regazo y volver a mi asiento como si nada hubiera ocurrido, pero el bulto en su entrepierna lo delataba. Me lanzó una mirada mordaz mientras se acomodaba el pantalón.

Me cubrí la boca con la mano para ocultar que me hacía mucha gracia.

—No es divertido, Bizcochito —dijo mientras arrancaba el coche.

Recogí mis libros de la caja y seguí contemplándolos con una gran sonrisa en mi cara, sin hacerle caso. Aún tenían el plástico transparente que los cubría. Eran de tapa dura, algo muy difícil de conseguir. Estaba segura de que le había costado muy caro comprar los cuatro libros.

—¿Cómo los has conseguido? —pregunté cuando ya estábamos saliendo del aparcamiento. Sentí mi móvil vibrar en mi bolsillo, pero lo ignoré. Estaba segura de que eran mis amigos y, por el momento, no quería lidiar con ellos—. Son de tapa dura. ¿Sabes lo difíciles de encontrar y lo caros que son?

Kem sonrió mirándome unos segundos antes de centrar sus ojos al frente mientras giraba en una calle.

—Lo sé. —Se encogió de hombros—. Pero no me ha costado conseguirlos.

Alcé las cejas sorprendida.

—¿Acaso trabajas en una librería o algo así?

Kem apretó los labios tratando de no sonreír. Fruncí el ceño.

—¿Qué? ¿Trabajas en una librería?

Kem se quedó callado aún con esa sonrisita burlona en el rostro. No podía creer que no quería que supiera de qué trabajaba. ¿Acaso era tan difícil decirlo? A veces Kem era un tonto, guardaba aquel secreto con tanta pasión que en ocasiones me sorprendía. ¿Qué había de malo en que dijera su profesión? No tendría que ser un secreto para la persona con la que estás.

Pero nosotros no éramos nada. No aún.

—Bueno, está bien, no me lo digas si no quieres —acepté.

Abrí los libros sin lanzarle una segunda mirada. Rompí el plástico del primero y lo dejé a un lado, abrí las páginas por la mitad y me lo acerqué a la nariz para inhalar el delicioso olor a libro nuevo. Suspiré con los ojos cerrados, disfrutando cada segundo.

—Bizcochito, eso no es raro ni nada. —La voz de Kem interrumpió lo que hacía.

No le hice caso. Las personas que no leían no sabían apreciar el olor de los libros, uno muy peculiar que disfrutaba todo lector cuerdo, por supuesto. No sabía si existían bibliófilos a los que no les gustara el olor. De ser el caso, entonces eran raros. A mi parecer, ni siquiera debían llamarse bibliófilos si no les gustaba el olor.

Al llegar a casa, Kem me ayudó a bajar del coche. Guardé los libros en la caja para que él la llevara mientras yo sostenía a Kiwi. Juntos entramos al vestíbulo y subimos las escaleras en completo silencio. Antes de que pudiéramos llegar al segundo piso, la puerta de un apartamento se abrió. Me detuve ante la voz de Dan, que retumbó en las paredes.

—¡Ruby! —exclamó—. Justo iba a buscarte.

Me pareció muy rara y precisa su intervención, como si hubiera estado tras la puerta esperando mi llegada. Aun así, le sonreí a medias. Me giré hacia Kem con una mirada de disculpas. Dan estaba al pie de las escaleras, escudriñándome.

—Hola, Dan —saludé levantando una mano.

Kiwi se removió en mi brazo, intentando soltarse para bajar. Parecía querer caminar, por lo que me giré hacia Kem y, mientras le entregaba al perro, dije en voz baja:

—Lleva a Kiwi a mi habitación y espérame ahí, por favor. Hablaré unos minutos con Dan.

Kem parecía molesto y muy reacio a dejarme a solas con mi ex. Pero confió en mí, asintió despacio y se acercó para depositar un beso en mi frente, bajo la mirada furiosa de Dan. Lo observaba con desprecio, como si odiara su presencia. Al parecer, ninguno de los dos se soportaba.

No sabía si hacía bien dejando a Kem un momento para conversar a solas con Dan, pero necesitaba cuanto antes hablar con él y dejarle las cosas claras. Kem subió por las escaleras con la caja y el perro, y se giró a verme una última vez.

—Ruby… —comenzó Dan al ver que aún seguía con los ojos a Kem.

—Ya voy —lo interrumpí.

Dan parecía nervioso, me esperaba al pie de la escalera. Bajé con tranquilidad y me preparé mentalmente para lo que estaba a punto de hablar con él.

Dan se acercó a mí y me tomó del brazo. Lo seguí hacia donde me guiaba, que era a su apartamento. Entré nerviosa, pero me di cuenta de que no había nadie. Hasta el momento no me había cruzado con su mamá y lo agradecía.

Me senté en el mismo mueble de la última vez que había estado allí y esperé. Dan se acomodó a mi lado, dejando unos centímetros de espacio entre nosotros. Me observaba con una sonrisa vacilante en la cara.

Quise correr e irme, sabía que la conversación que venía a continuación era sobre nosotros, pero ya no había un nosotros, así que tendría que rechazarlo. Odiaba hacerlo, pero era aún peor darle falsas esperanzas. Estaba interesada en otro y le tenía que decir la verdad.

Todavía no estaba enamorada de Kem, pero sentía cosas por él. Era algo muy fuerte, una atracción, y estaba feliz de que me correspondiera. No quería que fuera rápido, sino paso a paso, aunque eso ya era algo difícil. Con solo ver a Kem, mis hormonas se alocaban. Pero quería aprender de los errores del pasado, en concreto del que estaba sentado a mi lado.

Dan carraspeó y me atrajo al presente. Lo miré de lado esperando a que hablara.

—Creo que tienes una respuesta que darme, Ruby.

Asentí despacio, buscando las palabras para empezar a hablar.

—Sí, tienes razón. Y ya lo he pensado bien, Dan —respondí, poniéndome seria. Dan quiso hablar, pero negué, primero lo haría yo—: Antes de ser novios, fuimos amigos gracias a Amber, aunque no estábamos muy unidos. Ella fue la unión entre los dos, quien nos juntó. No puedo estar más feliz de haberte conocido, Daniel. Eres un buen chico, a pesar de lo que pasó. Tienes un gran corazón y eres muy especial para mí. Jamás olvidaré lo que ocurrió mientras estábamos juntos, lo bueno y lo malo, pues son cosas que me ayudaron a madurar como persona. Ahora sé los errores que tuve y que no debo volver a cometer en una relación. Tú me ayudaste a ser mejor persona, sacaste lo mejor de mí y sé que yo de ti. Me alegraste siempre y fuiste mi ancla cuando más te necesitaba.

La sonrisa de Dan era contagiosa, sus ojos estaban fijos en los míos, atento a lo que le estaba diciendo. Busqué su mano y la estreché para terminar con lo que quería decirle:

—Pero las cosas tienen su fin. Es la ley de la vida y no hay nada que podamos hacer para detener eso. Lo nuestro terminó cuando te fuiste y, no porque te marcharas, sino porque nuestra relación había cambiado. Nunca te dejé de querer, pero sentí que no éramos lo bastante fuertes para soportarlo todo. Te entregué mi cuerpo —dije con la voz ronca. Dan me miraba atento, con expresión triste—, pero no mi corazón. Y ese fue el mayor error de todos.

—Ruby… —intentó hablar, pero negué otra vez.

—Déjame hablar a mí. Tú ya lo hiciste la vez pasada —pedí.

Sentí que las lágrimas se me acumulaban en los ojos, pero no por tristeza, sino porque sabía lo que pasaría luego. Conocía muy bien a Dan y podía anticipar sus acciones:

—Me enamoré de ti, sí —confesé—. Al principio, al menos. Pero ahora sé que no fue un amor tan grande como para soportarlo todo. Te amé mucho, tuvimos momentos increíbles, pero no fue suficiente. Para que una relación funcione, los dos deben entregar todo de sí mismos o, por lo menos, sus corazones. Pero en nuestro caso no fue así. Creo que amarte a tan temprana edad hizo que mi percepción del amor estuviera equivocada. Lo siento, pero lo nuestro no podría volver a suceder. Te quiero, Dan, muchísimo, pero solo como amigos. Sé que será difícil, pero no me gustaría perderte. Ahora, es tu decisión si deseas serlo. Entendería que te negaras.

Dan tragó saliva con dificultad. Parpadeó con fuerza, contenía las lágrimas no derramadas. Alejó su mano de la mía y se levantó. Avanzó un par de pasos dándome la espalda. Cuando habló, su voz sonó ronca y se dio la vuelta para mostrar su cara crispada por el dolor.

—Respeto lo que dices, Ruby. Y quiero que sepas que yo no sentí algo así en nuestra relación. Yo sí te amé, aún lo hago. Por eso no sé si podemos ser amigos, pero por mi parte preferiría eso a perderte por completo. —Me levanté para acércame a él, pero se alejó—. Ahora, si me disculpas, quisiera estar solo.

—Dan…

—No, Ruby —me cortó—. Quiero estar solo. Por favor.

Hice una mueca. No estaba de acuerdo, pero aun así obedecí. Me alejé de ahí y salí de su apartamento cerrando la puerta tras de mí. Solté un suspiro, sentía que se me encogía el corazón.

Me sentía mal por todo lo que le había dicho, pero no podría habérmelo guardado por más tiempo. Dan tenía que saber la verdad sobre mis sentimientos. Dado que había aceptado a Kem, tuve que aceptar también que no quería estar con Dan. Ya no.

Cuando subí a mi apartamento, ya estaba más tranquila. Al entrar en mi habitación, pude ver a Kem recostado en el sillón reclinable de mi balcón, con los ojos cerrados. Entré con cuidado de no hacer ruido, cerré la puerta, me quité los zapatos y me acerqué a él de puntillas. Con una sonrisa en la cara, me senté sobre su regazo con las piernas a un lado de las suyas. Ni siquiera se inmutó con mi peso, sino que sonrió antes de despegar los párpados.

—Sabía que estabas aquí, Bizcochito —dijo enderezándose. Antes de poder hablar, presionó sus labios contra los míos—. Eres muy hermosa.

Sus pupilas brillaron al contemplarme embelesado. Le correspondí al gesto al ver la emoción en su mirada.

—¿Qué? —pregunté al verlo sonreír de oreja a oreja—. ¿A qué se debe ese halago?

—Me gustas, Ruby —dijo y luego hizo una pausa—. Y sé que yo a ti.

Mi corazón empezó a latir con fuerza. Sabía que no tenía sentido negarlo, ya no, pero me sorprendió que me lo dijera de una forma tan directa.

—Eso ya lo sé —respondí. Ladeé la cabeza y lo miré fijamente—. Espera, ¿es por lo de Dan? ¿Acaso estás celoso de él o te sientes amenazado...?

Kem resopló.

—Jesús, claro que no.

—Sí —presioné, sorprendida—. Por eso dices todo eso. Crees que regresaría con él, ¿no? —Fruncí el ceño y me puse hosca de pronto—. ¿En serio crees que después de esto regresaría con él? ¿De verdad piensas eso de mí, Kem?

Intenté levantarme, pero él me lo impidió poniendo sus manos en mis caderas.

—Por Dios, Bizcochito, claro que no. Solo me aseguraba de...

—¡Oh, cállate! —lo corté y presioné mis labios sobre los suyos.

Kem aceptó mi beso con gusto, abrió la boca y me saboreó. Después de unos segundos, me alejé:

—Solo quiero estar contigo. ¿Acaso no te ha quedado claro?

Kem sonrió, por fin no había dudas en su mirada. Me abrazó con fuerza y puso la cabeza sobre mi hombro. Lo estreché al sentir lo vulnerable que se había mostrado de un momento a otro.

—Me ha quedado clarísimo —susurró a su vez contra mi cuello, haciéndome cosquillas en el acto—. Y yo solo quiero estar contigo.

Mi pecho se apretó al oír aquellas palabras que calaron muy profundo en mí. Lo conocía de apenas unas semanas, pero sentía que lo hacía de toda la vida. Y lo peor de todo era que no me asustaba para nada lo rápido que mis sentimientos crecían por él. Aún no estaba enamorada, pero estaba muy cerca de estarlo.

Y aquel pensamiento se asentó en lo profundo de mi corazón. En vez de sentir inquietud o miedo, solo sentí tranquilidad. Una paz que no había sentido en mucho tiempo.

19

Había pasado varios días desde el encuentro con Kem y su momento vulnerable. Después había vuelto a ser el mismo de siempre, con sus ridículos chistes y su crudo humor. Básicamente, el que me había cautivado con su encantadora personalidad.

El viernes por la tarde, fuimos a la fiesta de Zack, un chico del colegio famoso por tener una familia adinerada. Sus padres eran dueños de varias empresas en la ciudad y tenían una casa enorme en la que casi nunca estaban, por suerte o por desgracia. Cada fin de semana viajaban a distintas partes del país, por lo que él se quedaba solo y había decidido hacer una fiesta a lo grande por su cumpleaños.

Nosotros no teníamos mucha relación con Zack, casi nunca intercambiamos palabras en el colegio. Era un chico popular que pasaba mucho tiempo con sus amigos, por lo que no solíamos cruzarnos, hasta que Amber nos dijo que estaba en su clase y nos había invitado a todos al fiestón. También comentó que aceptaba que lleváramos a más gente, así que Kem también decidió ir.

Por el intenso calor del verano, yo llevaba puesto un vestido de tirantes de satén de color azul que resaltaba mis ojos, los hacía más grandes y profundos, y unas sandalias negras de poco tacón. Quería estar bonita y, al mismo tiempo, cómoda. En cambio, Amber estaba ataviada con un vestido muy ajustado color negro y unos taconazos altísimos del mismo color. Su maquillaje era fuerte, a diferencia del mío. Éramos totalmente opuestas.

Kem era el conductor designado para llevarnos a casa de Zack. Íbamos en su coche, yo acomodada a su lado en el asiento del copiloto, Amber y Kylan iban detrás. Por desgracia, Ada también estaba, para variar se había autoinvitado. Pero ni siquiera le hice caso, estaba más allá de mí. Quería divertirme, no amargarme la noche con su molesta presencia.

Al llegar a la casa de Zack, me quedé boquiabierta al ver la cantidad de coches que había en la acera junto al jardín exterior. Se encontraba en una zona privilegiada, en una bonita urbanización cerrada a la que solo podías entrar con permiso del dueño.

Kem me ayudó a bajar de su coche, con cuidado de que el aire caliente de la noche no levantara el corto vestido. Me había recogido el pelo en una coleta. Cada vez que daba un paso, esta rebotaba, igual que los grandes pendientes de aro.

Kem se acercó a mi oído, inclinándose sobre mí. A pesar de llevar tacones, me sacaba una cabeza de altura.

—Estás deslumbrante, Bizcochito. —Su aliento contra mi piel hizo que los vellos se me pusieran de punta por su cercanía.

—Gracias —susurré.

Amber se acercó a nosotros y entrelazó su brazo con el mío.

—Es momento de divertirnos, nena —dijo sonriéndome—. Es hora de conquistar este lugar.

Ya sabía lo que pasaba con Kem y, aunque aún no estaba convencida del todo porque era partidaria de que volviera con Dan, estaba feliz por mí. Decía que era su turno de conquistar al otro hermano Woods.

Mi mejor amiga me sonrió alegre y avanzó hacia la puerta con la cabeza en alto. Miré impresionada la casa por fuera. Las paredes eran de color crema y se alzaban por encima de nosotros. A cada lado, había un amplio jardín con personas que fumaban y bebían de sus vasos rojos. Varios chicos y chicas en ropa de baño conversaban animadamente unos con otros en el jardín interior. Parecía que Zack también tenía piscina.

Kem me tomó del brazo y me guio hacia la entrada cuando Amber me soltó para ir con su hermana. Kylan estaba a mi otro lado, con las manos en los bolsillos. Su rostro dibujaba una mueca de disgusto y lo escrudiñaba todo con ojos críticos. Parecía que no quería estar allí.

Por un momento, las pupilas de Kylan chocaron con las mías, pero después las desvió rápidamente. Era raro, ya que en los últimos días apenas me podía mantener la mirada. No entendía qué había sucedido, pero lo justifiqué imaginando que era porque salía con su hermano.

La música se escuchaba baja, gracias al cielo era un suave murmullo. Se podía conversar sin necesidad de gritar a la otra persona.

Al entrar a la casa, me quedé aún más impresionada al ver la inmensidad del lugar. Nunca había pisado una casa tan moderna y bonita como aquella, así que me quedé absorta mirando a mi alrededor. Kem aún resguardaba mi espalda. Yo estaba quieta mirando frente a mí. Las personas estaban bailando en medio del salón sin importarles nada, por otras esquinas había chicos y chicas jugando a juegos para beber alcohol, incluso había un rincón en que la gente se comía la boca y se frotaba. Había de todo, desde personas con hormonas locas hasta borrachos tambaleándose. La gigante sala estaba llena de adolescentes revoltosos.

Kem eligió un lugar no tan concurrido para quedarnos ahí. Yo no planeaba bailar ni beber, ya lo había hecho en la fiesta de cumpleaños de Amber y había terminado mal. No quería repetir la experiencia.

—¿Necesitas algo, Bizcochito? —preguntó Kem, llamando mi atención.

Aparté los ojos de las personas que jugaban en un extremo y lo miré. Su sonrisa ladeada lo hacía ver muy guapo.

—Eh, nada —respondí con torpeza—. Bueno, no quiero nada que contenga alcohol.

—¿Agua? —ofreció él alzando una ceja.

—Prefiero una Coca-Cola.

Kem asintió y se alejó seguido por Kylan. Vi a Amber y a Ada con un grupo de chicos conversando en medio del salón. No quise acercarme, por lo que me quedé en mi sitio, observando todo como una tonta.

Minutos después, alguien me tocó el hombro.

Me giré y vi a Henry sonriéndome.

Lo saludé sorprendida de verlo ahí. Era un buen chico. Me daba mucha pena que estuviera pillado por alguien que no le hacía caso. Mi mejor amiga no quería tener nada que ver con él. Era intenso, pero se notaba que la quería de forma inocente y eso es lo que más me gustaba de él. Aunque eso a Amber no le importaba.

Henry llevaba en la mano una lata de cerveza. Sus ojos algo vidriosos delataron que ya estaba algo piripi.

—¿Dónde está mi amor? —preguntó buscando a su alrededor.

Traté de reprimir mi risa al escucharlo.

—Está con Ada por ahí. —Señalé por donde las había visto minutos antes. Henry miró en esa dirección y frunció el ceño.

Me giré a ver, confundida por su reacción.

Me sorprendió ver a Amber bailando con un chico alto a quien nunca había visto en mi vida. En la mano derecha llevaba un vaso rojo de plástico y la otra mano descansaba sobre el pecho del chico. Ada ya no estaba por ahí. De reojo, vi a Henry dejar su lata de cerveza en el suelo y caminar hacia ellos. Intenté detenerlo, pero fue imposible, caminó rápido y me dejó atrás.

Miré sobre mi hombro esperando encontrar a Kem, pero no lo vi por ningún lado. Tampoco a Kylan ni a Ada. Fruncí el ceño. Este lugar era gigante y no podía encontrar a nadie conocido. Todos eran más altos que yo, aunque llevara tacones, y me era imposible buscar entre tanta gente.

Decidí ir donde Henry se había ido, pero cuando me giré para acercarme a ellos, ya no estaban. Ni él ni Amber.

¡Demonios! ¿Tan rápido los había perdido?

Me crucé de brazos frustrada por perder a mis amigos de vista tan fácilmente en esta casa tan grande. Me quedé en mi lugar esperando a que Kem llegara en algún momento.

Recordé tristemente a mi pequeño Kiwi. Amber lo había llevado con Dan para que lo cuidara y, por sorprendente que parezca, había aceptado, así que al menos no tenía que preocuparme por él. Días antes, Amber me había dicho que le había contado que no iría a la fiesta de Zack, por lo que podría ser un buen niñero para Kiwi.

Me reí por dentro al pensar en ello.

—Bizcochito —me susurraron al oído.

Me giré rápidamente y observé a Kem, me sonreía aliviado. Aunque vi que en sus manos no llevaba ninguna bebida.

—¿Y mi refresco? —pregunté con un puchero, en realidad tenía sed.

Kem hizo una mueca.

—Solo había barriles de cerveza.

Arrugué la cara asqueada. No me gustaba la cerveza.

—Está bien, supongo que podemos esperar y buscar un poco de agua en la cocina.

Mientras tanto, me giré esperando encontrar a Amber o Henry, pero no logré ver nada.

Suspiré irritada. Apestaba ser baja.

De tanto buscar por todos lados, mi mirada se encontró con la de Ada a unos pasos cerca de mí. Parecía salir de un lugar a mi izquierda. Desvié enseguida la mirada esperando que no me hubiera notado. Por el rabillo del ojo, seguí sus pasos, detrás de ella caminaba Kylan hacia la salida de la casa.

¿Estarían buscando a Amber también?

Hice una mueca mientras decidía qué hacer a continuación.

—¿Quieres bailar? —preguntó Kem susurrando al oído.

Por primera vez, no quería. Había estado emocionada por venir a la fiesta, pero nada estaba saliendo como pensaba. Mi plan era divertirme con mis amigos y bailotear toda la noche, pero tenía una extraña sensación en el pecho que no me dejaba actuar con normalidad.

—No, no quiero bailar —respondí con un fuerte suspiro—. Estoy buscando a Amber y a Henry. Estaban aquí hace unos minutos y han desaparecido. ¿No los has visto?

Kem sopesaba su respuesta.

—Los he visto un momento, pero luego he ido a la cocina a buscar las bebidas. Cuando he salido ya no estaban, no tengo ni idea de dónde pueden estar —respondió con la mirada fija en algo detrás de mí.

Me giré rápidamente, pero no vi a nadie.

Decidí salir de ahí para poder llamar a Amber. De camino a la puerta, sentí a Kem siguiéndome el paso, pero yo fui más rápida y me escabullí entre la gente. Esa era una de las pocas ventajas de ser pequeña.

Llegué enseguida afuera, al jardín exterior. Saqué el móvil del bolsillo secreto de mi vestido y marqué el número de Amber, pero me mandaba al buzón de voz porque el teléfono estaba apagado.

Una extraña intranquilidad empezó a crecer en mi interior.

—Bizcochito… —dijo Kem llamando mi atención—, ¿qué haces?

Me giré hacia él y señalé el móvil.

—Intentando encontrar a Amber.

Kem señaló algo detrás de mí, en la distancia. Antes de que pudiera decir nada, me giré rápidamente esperando encontrarla. Y en efecto fue así.

Amber estaba a varios metros de mí junto a Henry, parecían estar discutiendo en medio de la acera. Corrí hacia ellos, tratando de no matarme con los tacones.

—¡Chicos! —exclamé mirándolos sorprendida.

Los dos lucían furiosos, tenían la cara roja por estar discutiendo. Al parecer, yo era la que había impedido que se mataran. Sentí el ambiente incómodo, pero por suerte los había encontrado.

—Te estaba llamando, Am.

Mi mejor amiga se acercó a mí y me abrazó. Sentí su aliento a cerveza. Me sorprendí de lo rápido que se había emborrachado. No llevábamos ahí ni quince minutos y ya parecía estar tambaleándose. Sus pasos eran torpes y tenía que agarrarla del brazo para estabilizarla.

—Vámonos, Ruby —dijo con furia caminando hacia la calle—. No quiero estar aquí. Henry es experto en arruinarme las fiestas.

Hice una mueca al ver la cara herida del chico. Intenté decir algo, pero me callé, sabía que no debía hablar de más para no empeorar la situación. No debía meterme en lo que fuera que estuviera ocurriendo entre ellos.

Ayudé a Amber a caminar hacia la calle principal, el coche estaba aparcado en una plaza con una fuente en medio. Kem nos seguía de cerca y Henry caminaba junto a él. No quise avisar a mi amiga para que no se alterara más.

Me mordí la lengua para no preguntarle qué ocurría. Me moría de ganas por saber por qué se peleaban, pero sabía que más adelante ella misma me lo contaría. No quería ser metiche en este momento ni echarle más leña al fuego, cuando era obvio que Amber estaba molesta.

Al llegar a la calle principal, nos quedamos a un lado esperando a que Kem trajera su coche. Parecía que la fiesta se había ido al garete. Por lo menos para nosotros.

—¿En serio te irás así, Amber? —preguntó Henry acercándose a ella.

Mi mejor amiga me soltó el brazo y se enfrentó a él.

—¡Sí! —gritó exaltada, nunca la había visto así de furiosa. Ni siquiera cuando casi chocó el coche. Estaba fuera de sí—. ¡Estoy harta de ti! Todo acerca de ti es repulsivo. Lo poco que me gustaste alguna vez se borró en cuanto volviste a acercarte a mí.

Henry hizo una mueca.

—¿Yo… alguna vez te gusté?

Amber alzó las manos.

—¡Ya no!

Me alejé un par de pasos de ellos al ver que se alejaban hacia la acera que estaba al lado de la salida de coches.

Se quedaron en medio de la calle gritándose y decidí intervenir. Intenté ir hacia ellos, pero en ese instante apareció Kem y aparcó su coche junto a la acera. La pareja discutiendo ni siquiera se percató de ello. Kem se bajó y vino corriendo a mí. Cuando señalé a mi mejor amiga, él negó y me sujetó de la cintura.

—Deja que se griten un poco, les hará bien soltarlo todo.

—¿Quieres que se maten? —pregunté indignada.

—No lo harán, Bizcochito —susurró cerca de mí.

Hice una mueca, pensando todavía en mi mejor amiga y en Henry. Podía escuchar sus gritos puesto que estábamos a unos metros de distancia, pero aun así no podía distinguir lo que se decían. Los dos estaban borrachos.

De repente, escuché el ruido de un coche que venía a gran velocidad. El sonido del frenazo llenó la noche haciendo eco en todos los rincones y acallando las voces de mis amigos. Grité e intenté correr hacia ellos, pero Kem me agarró la mano y tiró de mí para abrazarme con fuerza.

Quise alejarme para ver qué sucedía, pero me fue imposible, Kem me agarraba con fuerza.

Lo único que pude escuchar fue un grito.

20

Me separé de Kem y miré hacia mis amigos. Me aterraba encontrarme una escena trágica con cuerpos ensangrentados. En cambio, solo vi a mi mejor amiga tirada en el suelo con el terror grabado en su cara. El coche había chocado contra la verja del patio de la casa de Zack. Me alejé de Kem para acercarme a mi mejor amiga, pero me sorprendió ver que Henry estaba tirado en el suelo inconsciente. Corrí en su auxilio y le tomé el pulso, agradecí en una oración silenciosa que lo tuviera.

El conductor del coche bajó. Era un hombre joven y no tenía daños visibles. Se llevó el móvil a la oreja para llamar a una ambulancia, deduje al escucharlo dar las indicaciones de dónde estábamos.

Kem se acercó a mí para comprobar cómo estaba a Henry y yo corrí hacia mi mejor amiga. El conductor conversaba con ella y le preguntaba cosas para saber si estaba herida.

Al verme, intentó levantarse con la ayuda del hombre.

—¡Ruby! —lloró desconsolada cuando la abracé—. Oh, Dios mío.

Tenía la mirada fija en Henry. Me pidió que la ayudara a llevarla hasta él. No tenía heridas visibles y parecía estar bien, excepto por que cojeaba al caminar. Se había dado un fuerte golpe cuando cayó al suelo, Henry la había empujado para que se apartara.

—Henry me ha salvado… —murmuró, como si aún no pudiera creérselo. Parecía estar en estado de shock, porque miraba fijamente el cuerpo de nuestro amigo con los ojos vacíos—. Me empujó… Si no lo hubiera hecho, yo…

Asentí, entendía a qué se refería. Si Henry no la hubiera empujado, tal vez no estaría hablándome en ese momento.

Pareció salir de su trance cuando se agachó junto a Henry y le tomó el pulso, mientras apretaba con fuerza su propia mano contra el pecho. Kem me tomó de la cintura por detrás y me atrajo hacia él.

Minutos después, se escucharon las sirenas de la ambulancia y de la policía. Muchas personas habían salido de la casa de Zack para ver qué había ocurrido, pero al escuchar los pitidos de las autoridades, corrieron despavoridos y se perdieron entre el aparcamiento y la casa del cumpleañero.

Cuando llegaron los paramédicos, subieron a Henry con cuidado a la camilla para llevarlo al hospital. Amber insistió en que era una amiga y que tenía que ir con ellos, por lo que acompañó al herido.

Kem y yo nos subimos a su coche. Llamó por teléfono a su hermano para pedirle que saliera y avisara a Ada.

En el camino al hospital, les explicamos con detalle lo que había pasado, aunque no había mucho que contar. Yo había estado de espaldas y no lo había visto. Sin embargo, tanto Kem como yo estábamos impresionados por la valentía de Henry y su lealtad hacia Amber.

Entramos casi corriendo al hospital, estábamos asustados por Henry en realidad. En el camino, yo no había podido evitar pensar en lo peor. Tenía el corazón acelerado y las manos me temblaban, no las podía contener. Habíamos estado literalmente a unos pasos de aquel accidente que pudo haber terminado en tragedia si no hubiera sido por Henry y su valentía.

Kylan se acercó a la recepcionista y preguntó por nuestro amigo. Nos dijeron que lo estaban atendiendo y que luego podríamos pasar a visitarlo.

Era increíble lo rápido que podían cambiar las cosas.

Entendía aquella extraña sensación que había sentido en el pecho minutos atrás. No había sido en vano.

Llamé a mis padres para informarles de lo ocurrido. No tenían ni la menor idea de quién era Henry, pero después de explicarles la situación, la entendieron. Hasta quisieron venir, pero me negué alegando que regresaría luego con Amber y los hermanos Woods.

—¿Quieres algo, un café? —preguntó Kem acariciándome la espalda.

Le fruncí el ceño. No quería ponerme más nerviosa de lo que ya estaba y la cafeína me alteraba.

—No, gracias —respondí tomando la mano que me tendía para apretarla.

Tanto Ada como Kylan vieron aquel gesto, pero no me importó que parecieran molestos. Estaba más pendiente de Amber y Henry que de los otros dos. Que estuvieran celosos era una completa locura dada la situación en la que estábamos.

La sala de espera de Urgencias estaba llena de gente a esas horas de la noche. No había lugar para sentarnos por lo que me apoyé en la pared.

Kylan se acercó a mí y dejó a Ada a un lado. Estaba despeinada y se le había corrido el maquillaje, como si hubiera descontrolado un poco. Como yo no llevaba tantos potingues en la cara, me imaginé que tenía mejor aspecto que ella. Su ropa ajustada y sus tacones altos llamaban la atención en el lugar, la gente la miraba de reojo. El vestido corto apenas le tapaba el trasero y los tacones altos resonaban cada vez que daba un paso. La observé con curiosidad cuando se acercó a nosotros tres con aire aburrido.

—Amber está adentro, ¿verdad? —preguntó cruzándose de brazos, lo que hacía que su escote se expusiera aún más en aquel vestido.

La pregunta no estaba dirigida a nadie en particular dada la mirada hastiada que nos lanzaba a los tres.

—Sí, está acompañando a Henry —respondí con obviedad sin mirarla.

Lo había dicho ya en el coche de Kem de camino aquí, pero ella parecía no haberlo entendido. Yo estaba pendiente de la puerta que daba a Urgencias, en la que solo entraban los pacientes y un familiar. Esperaba a que mi amiga saliera para que nos diera noticias sobre el estado de Henry.

Ada entornó los ojos.

—¿Cuándo nos vamos a casa? —preguntó, se llevó la mano al pelo y cerró los párpados.

De repente, bostezó despacio sin taparse la boca, haciendo un sonido demasiado estridente. Parecía hacerlo solo para molestarnos.

La miré con dureza.

—Puedes esperar en el coche —dije de manera cortante—. Y si no quieres estar aquí, puedes pedir un taxi. Nosotros no nos iremos hasta que sepamos algo de Henry.

Kylan asintió, estaba de acuerdo conmigo.

—Prefiero esperar en el coche. ¿Tus llaves, Kem? —preguntó ella haciendo caso a mi nada sutil manera de alejarla.

Extendió la mano hacia Kem, que se sacó las llaves del bolsillo mirando molesto a Kylan. Luego se volvió hacia Ada, que esperaba observándolo con las cejas alzadas:

—¿Qué, no quieres dármelas? —Rio divertida—. No voy a llevarme tu coche si es lo que piensas.

Kem entornó los ojos. Le lanzó una mirada a Kylan y luego a Ada, hizo un gesto con la mano a la chica para que lo siguiera.

—Ahora vuelvo —dijo.

Se giró y caminó hacia la salida sin esperar a Ada. Ella caminó rápidamente detrás de él hasta alcanzarlo.

Avancé un par de pasos para ir con ellos, pero Kylan me detuvo.

—Amber acaba de salir —anunció.

Señaló las puertas de las que había estado pendiente unos segundos antes. Me giré y me encontré con los ojos marrones de mi mejor amiga. Estaban llorosos, pero ella sonreía con alegría. Llegó hasta nosotros y nos abrazó con fuerza.

—¡Henry está bien! —exclamó aliviada. Se separó un poco, sonriéndonos—. Bueno, no del todo porque se ha roto la pierna izquierda y se la han escayolado, pero la otra está bien. Tiene algunos rasguños y la cabeza vendada por las heridas, pero está fuera de peligro. Menos mal, el coche solo lo rozó por el lado y luego se estrelló en la valla. Está despierto y listo para irse, pero tiene que esperar a su papá que está en camino. —Hizo una mueca—. ¿Queréis pasar a verlo?

Sonreí agradecida de que a Henry no le hubiera pasado nada más grave. Le había salvado la vida a mi mejor amiga y había que darle las gracias. Amber parecía estar feliz con él, como si dos horas antes no se hubieran gritado de todo frente a nosotros.

Kylan me tomó del brazo y me instó a avanzar, pero me quedé parada en el sitio. Quería volver por Kem, estaba tardando más de lo debido en abrirle la puerta del coche a Ada.

—Espera, Kem aún no ha regresado… —dije.

Me solté sutilmente del agarre de Kylan. Él frunció el ceño al escucharme.

—Ya vendrá —respondió, pero al ver mi expresión suspiró—. Iré a por él.

Antes de que pudiera añadir algo más, se alejó. Amber frunció el ceño viéndolo irse.

—¿Qué pasa?

—Nada —respondí sonriéndole para tranquilizarla—. Quédate aquí un momento, enseguida vuelvo, Am.

Miré el pasillo y vi a varias enfermeras pasar, pero ni rastro de Kylan, por lo que caminé hacia la salida, hacia el aparcamiento.

Encontré a los dos hermanos a un lado del coche, conversando. O más bien discutiendo. Ambos estaban exaltados. Me acerqué a ellos, el sonido de mis tacones los alertó de mi llegada. Se giraron a mirarme, me sentí intimidada con sus penetrantes iris verdes.

Ada estaba dentro del coche, con los párpados cerrados como si estuviera durmiendo.

—Amber dice que Henry está bien, podemos pasar a verlo —dije después de carraspear.

Kem se acercó a mí mientras le lanzaba a su hermano una mirada de advertencia. Fruncí el ceño al sentir el ambiente tenso. Les pregunté qué pasaba esperando que alguno de los dos se dignara responderme, pero se quedaron callados mirándose a los ojos.

—Bueno, cuando terminéis de hablar, venid.

Y sin esperar algo más, me alejé de ellos.

El aparcamiento estaba vacío, durante todo el camino de ahí hasta la puerta del hospital mis tacones resonaron sobre la acera rompiendo el silencio.

Amber estaba donde la había dejado, con el móvil en la mano. Al ver mi rostro, me preguntó qué pasaba, pero no le respondí porque ni siquiera yo lo sabía.

Entramos en silencio a la habitación de Henry y me sorprendí de verlo sonriente. Estaba acostado en la camilla del hospital, con la pierna izquierda escayolada y levantada por un cabestrillo que lo sostenía desde el techo. Me miró contento.

—¡Ruby! —exclamó sonriente.

Parecía un poco mareado, pero aun así le devolví la sonrisa, le estaba muy agradecida por lo que había hecho. Henry se merecía el cielo y más. Me acerqué a él y presioné mi mano sobre la suya. Noté que su mirada estaba un poco vidriosa, no sabía si era por el alcohol o la anestesia, o algo más.

—Al parecer mi tiempo aquí no ha terminado. Aún hay más Henry para todos —bromeó.

Sonreí.

—Gracias —dije apretándole la mano.

Él entendió mi agradecimiento, porque cerró los párpados unos segundos y luego volvió a abrirlos. Asintió sin decir nada más. Su sonrisa enorme no se iba y estaba intrigada por ello. Me alejé un poco para que Amber pudiera darle agua de un vaso, lo atendía como si fuera su enfermera personal.

Mientras tanto, le presté atención a su pierna enyesada. Me sorprendí al ver unas letras sobre esta. Entrecerré los ojos intentando leer lo que había escrito ahí.

La letra me resultaba muy familiar.

Gracias, mi héroe ♡

Kem me acompañó a mi apartamento mientras los demás fueron al suyo. Habíamos esperado con Henry en el hospital hasta que su padre llegó preocupado. Amber y yo nos encargamos de explicarle todo lo que había ocurrido. Kem y Kylan regresaron cuando Henry ya se estaba yendo con su papá, por lo que nosotros también decidimos irnos.

En el rellano de mi piso, Kem y yo nos observábamos incómodos. Estudié su perfil y esperé a que hablara, pero él parecía estar perdido en sus pensamientos, así que entré a mi apartamento y le cerré la puerta en las narices sin decir nada.

Mis padres ya estaban durmiendo, era pasada la medianoche del sábado. Caminé de puntillas hasta llegar a mi habitación. Después de todo lo que había pasado, necesitaba con urgencia una buena ducha. En quince minutos salí del baño, con una toalla anudada alrededor de mi cuerpo y otra en mi pelo.

Jadeé al ver a Kem sentado en mi cama, con Kiwi a sus pies jugando con uno de sus peluches.

Llevé una mano a mi pecho por el susto que me había dado. Aunque la toalla me cubría, me sentí expuesta por la manera en la que Kem me observaba. Me alejé hacia el armario y saqué un short y una camiseta ancha para ponerme como pijama, pero al girarme para ir al baño, choqué con el cuerpo de Kem. Su pecho estaba a la altura de mis ojos.

Levanté la mirada molesta.

—Hazte a un lado —dije tratando de calmarme.

—No lo creo, Bizcochito —respondió él con el mismo tono.

Bajó la cara y quedó a solo unos centímetros de distancia—. ¿Por qué estás tan molesta?

Parpadeé indignada.

—¿Encima me lo preguntas? —respondí.

Lo empujé para pasar. Kem se quedó en su lugar sorprendido de mi reacción. Levanté las manos y le dije:

—Por fin he podido quitarme la venda y darme cuenta de lo que sucede contigo.

21

Kem me miraba confuso. Se acercó levantando una mano y me la puso en la mejilla con delicadeza, pero me alejé. Sostenía la toalla firmemente alrededor de mi cuerpo y lo enfrenté, sentía que la adrenalina me recorría el cuerpo.

—Estás jugando. No quieres una relación, eso puedo notarlo y aceptarlo, pero no voy a consentir que juegues conmigo y mis sentimientos. —Presioné un dedo sobre su pecho—. Ni siquiera somos novios, por lo que no tengo nada que reprocharte, pero sí te digo esto: no creas que voy a seguir siendo una marioneta para ti. Se acabó. No voy a estar con alguien que no sabe lo que quiere, porque yo sí lo sé muy bien, pero al parecer tú no. Y no voy a esperarte con los brazos cruzados a que te decidas si quieres estar conmigo o no. Veo que algo pasa entre Ada y tú… o pasó, no lo sé. Pero yo ya no estaré en el medio.

Respiré hondo tratando de calmarme tras haberle puesto los puntos sobre las íes. Con lo del accidente, me había dado cuenta de lo mucho que Henry quería a Amber y ella por fin había aceptado sus sentimientos después de haberlo negado tanto tiempo.

Kem no lo había hecho aún, pero ¿era el momento?

Cada vez que Ada estaba cerca, Kem parecía mirarla. Entonces me molestaba más que nunca, porque era obvio que había habido o había algo entre ellos. No estaba segura de nada y, antes de ser un juguete, prefería apartarme.

Antes de que me rompieran el corazón.

Estaba lista para una relación, había hablado con Dan por eso y le había dicho la verdad de mis sentimientos.

No quería estar en esta situación con Kem. No éramos nada, pero hacíamos de todo. No era nada formal, no éramos novios. Algo así como amigos con derechos.

No quería eso para mí, porque no me gustaba ser la muñeca de nadie.

Kem se sentó en el borde de mi cama y me indicó que me colocara a su lado. Tomó mi mentón entre sus dedos e hizo que mi cara quedara frente a la suya para mirarnos a los ojos.

—Me gustas mucho, Ruby, eso tenlo claro. Te lo he demostrado en estas últimas semanas y te lo he dicho hasta el cansancio. —Sonrió con picardía—. Además, desde que me tiraste agua aquel día, no he podido parar de pensar en ti. Me has cautivado. Desde que te fijaste en mí, me atrapaste, y ahora no quiero ni pienso dejarte ir. —Se detuvo un momento, como si ordenara sus siguientes palabras—. No ha pasado nada entre Ada y yo, quiero que lo sepas. Tuvimos una cita, aquel día en que nos encontraste en aquella cafetería. En realidad, iba a ser el día que nos mudamos, pero alguien apareció en mi puerta y me echó un cubo agua, se me quitaron las ganas de ir... Así que no pasó nada en comparación con lo que sucede entre nosotros. Me gustas muchísimo, Ruby, tanto que podría enamorarme de ti. —Mi corazón comenzó a latir como loco al escucharlo decir esas palabras. Intenté hablar, pero sus siguientes palabras me dejaron paralizada—. ¿Quieres ser mi novia, Bizcochito?

Me quedé muda por la pregunta.

Mi corazón latía rápidamente en mi pecho. Intenté controlar mis emociones pero no podía. Kem estaba muy cerca de mí y me miraba con tal intensidad en sus iris verdes que mis pulsaciones se aceleraron.

—Kem...

—¿Es lo que querías? —preguntó—. Porque yo también lo quiero, quiero estar contigo.

Sentí que me ardían las mejillas.

—No haces esto por lo que te he gritado, ¿verdad? —Alcé una ceja, expectante—. No quiero obligarte a nada.

Kem sonrió irónico.

—No me obligarías a nada que no quisiera, Bizcochito. Quiero esto —aseguró. Se acercó a mí para presionar un beso sobre mis labios, con tanta suavidad que fue más un roce—. Quiero tanto esto y sé que tú también. Acepta ser mi novia.

Asentí sonriendo, pero antes de que sus labios tocaran los míos, lo detuve.

—Con una condición —hablé poniéndole un dedo en los labios para detenerlo.

Kem sonrió contra mi dedo.
—Lo que sea.
Alcé una ceja.
—Quiero saber más de ti. Ni siquiera sé en qué trabajas, solo sé tu nombre y edad. Y... —dije levantando otro dedo—, quiero que aclares las cosas con Ada.
Kem frunció el ceño.
—¿Aclarar?
—No creas que no me he dado cuenta de cómo te mira siempre. No te quita el ojo de encima y siempre intenta estar en los mismos lugares que tú. —Me crucé de brazos con un mohín con reproche—. Cree que todavía tiene alguna oportunidad contigo, debes aclararle que no.
Me miró y se acercó de nuevo, puso su frente contra la mía.
—No me importa si le gusto o no, Bizcochito, solo quiero estar contigo. —Me estrechó en sus brazos—. Pero tienes razón, tengo que explicarle las cosas para que no se haga ilusiones.
—Será lo mejor, no quiero malentendidos —dije satisfecha.
Entré al baño y lo dejé plantado en mi cama. A toda velocidad, me puse un short y la camiseta ancha que había escogido como pijama, y me sequé el pelo. Odiaba dormir con el cabello mojado.
Al salir del baño, vi a Kem jugando con Kiwi en mi cama. Al verme con mi pijama, Kem sonrió y dejó que el perrito trepara por su pecho mientras caía de espaldas a mi cama.
Me encantaba verlos jugar así.
Estaba feliz de estar en la misma página que Kem. Él quería una relación conmigo y yo también. Ya era hora de hacerlo oficial y dejar las cosas claras entre nosotros. Habíamos tonteado un mes, por lo que haber definido nuestra situación me tranquilizó.
Kem llevó a Kiwi a su camita y lo dejó ahí para que durmiera. El pequeño dio varias vueltas para acomodarse y luego se echó, cerró los ojitos de inmediato. Me sorprendía la capacidad de nuestro pequeño para dormir.
—Qué rápido se soba —dijo Kem acariciándolo. Luego se levantó y caminó hacia mí—. Me debes muchos besos.
Fruncí el ceño.
—Ah, ¿sí?
—Sí y no me iré de aquí sin todos ellos. Ahora eres mi novia y puedo besarte tanto como quiera.

Lo miré esperando ver una sonrisa bromista o pícara, pero lo único que vi fue su expresión seria.

—Si quieres que te los dé, haremos un juego. El de las veinte preguntas.

Kem entornó los ojos.

—Si quieres saber algo de mí, no es necesario eso, Bizcochito. Te lo diré todo. Lo prometo.

Me tomó de la mano y me llevó a mi cama. Caminó hacia la puerta de la habitación y se percató de que tuviera seguro. Volvió, pero se iba quitando la ropa en el camino. Abrí los ojos como platos al ver que se quitaba la camiseta, las zapatillas y, al final, el pantalón. Se quedó solo en bóxer.

Lo miré boquiabierta.

—Pero ¡¿qué haces?! —siseé.

Kem me tomó de la mano y se echó sobre mi cama, llevándome con él.

—Voy a dormir con mi novia.

Me separé de él unos centímetros para mirarlo a la cara.

—No, a menos que quieras que mis padres te maten y luego a mí.

—Para eso he echado el pestillo, Bizcochito.

Arrugué la frente.

—Entonces ya tenías planeado aprovecharte de mí —bromeé levantándome de la cama, pero el brazo de Kem me detuvo antes.

—Solo quiero hablar y luego dormir. Si es posible, acurrucados —dijo sonriendo—. Sabrás todo de mí, Bizcochito. Lo he prometido.

Traté de tranquilizar mi acelerado corazón.

Me senté incómodo en la cama y lo miré. Estaba relajado, con la cabeza sobre la almohada y los brazos detrás del cuello, disfrutando de la suavidad del colchón. Lo miré con curiosidad. Mi cama no era tan pequeña, entrábamos los dos, pero aun así estaba nerviosa. Había dormido con un solo chico, Dan.

Con Kem era una situación completamente diferente y estaba mucho más nerviosa.

Me recosté a su lado, nuestros hombros se rozaban. Kem rápidamente se giró haciendo que quedáramos de frente. Nuestros rostros solo estaban a unos centímetros. Sus iris verdes brillaban mientras me observaban, sonreí al sentir el ambiente cargado.

Kem bajó la mano a mi pierna y la colocó sobre su muslo. Gracias al cielo me había depilado para ir a la fiesta de Zack.

Podía sentir los dedos de Kem hacerme cosquillas.

—¿Qué quieres saber, Bizcochito? —preguntó tomando un mechón de mi pelo castaño y enrollándolo en el dedo. Lo miró fijamente al soltarlo.

—Todo.

—Empezaremos por el principio y luego harás preguntas. ¿Te parece?

Asentí, emocionada porque por fin sabría más sobre Kem.

—Bueno. Mi nombre es Kem Woods, tengo diecinueve años y trabajo desde casa, muy pocas veces voy a la oficina —hizo una mueca—. Mis padres trabajan en una empresa de marketing. Los cambiaron de sede y por eso tuvimos que mudarnos, van tres veces a la semana a la oficina y los demás días teletrabajan. Mi antiguo hogar queda a una hora de aquí, pero no lo extraño nada, solo a mis amigos. —Sonrió nostálgico—. Terminé el colegio hace dos años y di cursos en línea para trabajar.

—¿Y qué haces? —pregunté con mucha curiosidad.

Era la pregunta del millón.

Kem arqueó una ceja.

—Trabajo en una editorial. Soy corrector de estilo.

Lo dijo con tanta seriedad que no pude evitar soltar una carcajada. Me doblé de la risa.

Esperé a que empezara a partirse y dijera que era una broma, pero al ver su cara seria me detuve.

—¿En serio? —pregunté con los ojos muy abiertos.

—Sí, Bizcochito —respondió—. Por eso trabajo desde casa. Mi jefa me da manuscritos y yo debo corregirlos desde casa, tengo mi propio horario. Empecé las prácticas hace poco, soy nuevo en esto.

—¡Oh, Dios mío! —exclamé—. En serio trabajas para una editorial. ¿Así conseguiste los libros que me regalaste?

Asintió.

—Y podría conseguirte todos los que quieras. Solo dímelo.

Chillé encantada mientras me tiraba sobre él y lo abrazaba con fuerza. Mi novio trabajaba en una editorial. Quería gritar, pero dudaba que mis padres lo apreciaran. Además, solo quería achucharlo. Me gustaba la sensación de su cuerpo rodeando el mío, hacía que mi corazón latiera como loco.

—Mañana te daré una lista de todos los libros que quiero —dije apartándome.

Sus brazos me soltaron y me aparté. Volvimos a quedar de lado, mirándonos de frente. Mi corazón se aceleró de nuevo cuando presionó una mano en mi pelo y lo acarició con delicadeza, haciéndome masajes muy relajantes.

—Estaré esperando, Bizcochito —respondió.

—¿Y qué más? —presioné deseando que me siguiera contando cosas sobre él—. ¿Tu color favorito? ¿Tu primer beso? ¿Tu primera novia? ¿Tu primera vez? —Me moría de curiosidad por todo, pero traté de disimular con una sonrisa inocente.

—Mi color favorito es el azul. Mi primer beso lo di a los trece años. Mi primera novia fue una chica de mi colegio a los quince años —hizo una breve pausa—, y mi primera vez fue a los diecisiete.

Arqueé la ceja ante esa última información.

—¿Con tu primera novia? —pregunté. No pude mirarlo a los ojos, en vez de eso, me concentré en su pelo.

—Con la segunda.

Asentí sin decir nada. Estaba agradecida por la información que me daba, pero no alegre por lo que decía.

—¿Y tú? —preguntó bajándome el mentón—. Todas esas preguntas también van para ti. Quiero saberlo todo.

—Mi color favorito es el morado. Mi primer beso fue a los quince años y mi primer novio fue Dan, a los dieciséis, y con él perdí… eso —dije apresuradamente.

Lo último lo dije en voz baja, como si alguien más aparte de Kem pudiera escucharlo. Él apretó la mandíbula, parecía extrañamente molesto.

Tiré de él hacia mí, pero perdió el equilibrio y se cayó contra la cama, de espaldas. Subí a su regazo y me senté, Kem inmediatamente sonrió con la nueva posición.

—No te pongas así. Yo no he dicho nada sobre lo tuyo y tú tampoco lo harás sobre lo mío. Ahora somos novios, no debes preocuparte del pasado, solo es eso. Pasado. Vendrán nuevas cosas y las pasaremos juntos, ¿qué mejor que eso? Ahora, a dormir —dije quitándome de encima y echándome a su lado. Lo miré de costado—. Tienes que irte antes de que mis padres se despierten, madrugan incluso los fines de semana. Estás advertido.

—Claro que sí —respondió abrazándome.

Cerré mis ojos para tratar de dormir, pero el calor que desprendía su cuerpo me sofocaba y no podía conciliar el sueño. Me quité las sábanas y traté de poner un poco de espacio entre nosotros. Kem gruñó, pero al final cedió. El calor era insoportable en las noches y sobre todo cuando abrazabas a alguien.

—Hasta mañana, Bizcochito.

Sonreí contra su pecho.

—Hasta mañana, Kem.

Desperté por culpa del intenso calor. Podía sentir mi piel sudada y pegajosa, algo cubría mi cuerpo como si se tratase de alguien. Me alejé aún con el aturdimiento del sueño y me encontré con los iris verdes de Kem, que me miraban con un brillo travieso.

Me mostró una sonrisa radiante que hizo que mi corazón latiera desbocado.

Sentí mi pierna enroscada en la de él y su brazo rodeándome el cuerpo. En algún momento de la noche, nos habíamos acercado el uno al otro y habíamos enredado nuestros cuerpos. Por eso sentía demasiado calor y hasta sudaba.

Levantó una mano para acariciarme la mejilla.

—Despertar a tu lado es lo mejor que pude haber experimentado. —Fue lo primero que salió de la boca de Kem.

Lo observé con la misma expresión que él a mí, con la misma intensidad con la que su mirada traspasaba la mía. Cuando volvió a hablar sentí que me derretía por sus palabras:

—Nada es más hermoso que tú quedándote dormida en mis brazos.

—¿Eso crees?

Sonrió.

—Lo sé. —Me miró, pasando una de sus manos por mis mejillas y acariciando mis labios—. Si seguimos así, podría enamorarme de ti muy rápido. Eres fácil de querer, Bizcochito.

Y con esas palabras empezó mi mañana.

No había nada que pudiera reprocharle, entendía exactamente lo que decía, era lo que también me sucedía con él.

Era fácil de querer y, si no tenía cuidado, me enamoraría de él como una loca.

22

No pude responderle porque escuché a alguien en el pasillo. Le lancé a Kem una mirada de pánico. Los pasos eran pesados y algo lentos, por lo que deduje que era mi padre. Me aferré a las sábanas esperando que no tocara a la puerta. A mi lado escuché un quejido y los ladridos de Kiwi resonaron en la tranquila habitación. Kem reaccionó al instante levantándose y corriendo hacia el perro. Lo levantó en sus brazos y salió con él al balcón para que no los pillara mi padre.

En la puerta de mi habitación sonaron unos fuertes golpes. Me sobresalté.

—¿Ruby? —preguntó papá detrás de la puerta. Su voz sonaba ronca, se acababa de despertar, supuse—. He escuchado ladridos de perro, ¿qué es...?

—¿Papá? —respondí con voz ronca, fingiendo confusión, como si me hubiera despertado—. Debe de ser del vecino.

Hubo una pausa.

—¿Tiene un perro? —Pareció preguntarlo en voz más baja, como si le estuviera interrogando a otra persona—. Bueno sigue descansando, cariño.

Segundos después, lo escuché alejarse por el pasillo de vuelta a su habitación. Solté un profundo suspiro, aliviada por que no hubiera sido mamá. Ella sí habría registrado mi habitación, desde el baño hasta debajo de la cama, y eso habría sido catastrófico. La ropa que Kem se había quitado la noche anterior estaba tirada por el suelo, donde la había dejado caer. Incluso las zapatillas y los calcetines estaban cerca de la puerta.

Me giré y vi a Kem en el balcón junto a Kiwi. Le hice una seña para que entrara de nuevo. Lo acarició y luego lo dejó en su camita. Al parecer, solo había sido un berrinche. Por lo general no me pasaba aquello, pues mis padres se levantaban más temprano que yo para ir a trabajar.

—Creo que quiere pasear —anunció Kem, recogiendo su ropa para ponérsela—. Iré con él al parque. ¿Quieres venir?

Sonreí.

—Sí, vamos.

Antes de que Kem subiera a su habitación, me dio un beso largo y lento, disfrutando de mis labios tanto como yo de los suyos.

Después de haber ido al parque y haber paseado durante horas, regresamos al edificio. Nuestro plan era ir por separado a nuestros apartamentos, nada de escalar por las escaleras de emergencias.

Cuando pasamos el vestíbulo, los padres de Kem bajaban agarrados de la mano. Miré a Kem horrorizada, él hizo una mueca y me pasó la correa de Kiwi.

El matrimonio nos vio juntos y sonrió al reconocerme. Esperaba que fuera por la cena que organizaron mis padres y no por haberme atragantado.

—Hola, Ruby —me saludaron con entusiasmo, luego miraron a Kiwi—. ¿Es tuyo?

—No. —Negué por miedo a que se lo dijeran a mis padres, pues parecían ser amigos. Intenté sonreír entre el nerviosismo—. Es de un amigo.

—Sí —confirmó Kem—. Es de un amigo, mamá. También vive aquí. Solo lo hemos sacado a pasear.

La señora Woods se cruzó de brazos.

—Oh, bueno, pero no dejes que los pelos del perrito se te peguen, cariño, sabes que soy alérgica.

Vi la expresión de Kem y supe leerla bien, parecía querer entornar los ojos, pero por suerte no lo hizo. Sus padres parecían ser muy buenas personas, tal vez un poco pomposas, por eso entendía el comportamiento de Kem. De tal palo tal astilla.

Ese pensamiento me hizo sonreír.

La mamá de mi novio me miró, traté de no mostrarme más nerviosa. Puede que conociera a sus padres, pero no me había presentado como una novia oficial. Era demasiado pronto, pero hasta entonces, quería caerles bien.

—Tenemos que hacer una cena en mi casa con vosotros, Ruby. Tus padres fueron muy amables al invitarnos, ahora es nuestro turno. —Miró a su esposo, que le daba la mano—. Tal vez no ahora, pero pronto. Ya sabes, todavía estamos acostumbrándonos a este lugar. Cuando estemos del todo instalados, os esperaremos en casa. —Su sonrisa se hizo más profunda cuando observó a su hijo y luego a mí—. Me alegra que Kem y tú os llevéis bien.

«Oh, más que bien, señora».

El pensamiento hizo que mis mejillas se calentaran.

Por suerte, Kiwi avanzó tirando de la correa y yo miré en aquella dirección.

—Bueno, no os interrumpimos más —murmuró el señor Woods. Apretó la mano de su esposa, que nos miraba con curiosidad a Kem y a mí—. Nos vemos luego, chicos.

—Adiós. —Se despidió la señora Woods antes de irse con su esposo.

Me quedé en el vestíbulo esperando a que ellos salieran. Kem miró por la puerta y, al ver que ya no estaban sus padres, me atrajo hacia él.

—Les caes muy bien —dijo.

Sus iris verdes examinaron lo míos con detenimiento. No tenía respuesta para aquello, así que decidí permanecer callada mientras asentía. Ellos también me caían muy bien, en realidad, toda su familia lo hacía.

—Espero presentarte pronto como mi novia.

En ese momento, mis mejillas se pusieron rojas y no pude evitar que él lo notara. Su sonrisa creció al mismo tiempo que la mía.

Era un hecho que ese momento llegaría. Y estaba ansiosa por ello.

El lunes por la tarde, caminé por la cafetería buscando a mis amigos. Le había enviado un mensaje a Amber, pero ella había faltado a clases para ir a atender a Henry a su casa. Desde el accidente se habían vuelto inseparables. Había venido en el coche con Kem esperando verla, pero no. Kylan parecía haber venido con su madre y Kara.

Desde el día en el hospital, quería hablar con Ky y preguntarle qué sucedía entre Kem y él. Siempre que coincidíamos, ni siquiera nos miraba. Había una fuerte tensión entre los hermanos. Me moría por saber, pero nunca lograba coincidir con el menor a solas, así que había decidido intentarlo aprovechando que Amber y Henry no estaban.

Me escondí entre dos paredes mientras observaba la cafetería. El lugar estaba abarrotado de estudiantes y eso me impedía fijarme en mi objetivo. Entrecerré los ojos y empecé a buscar. Cinco minutos después aún no lo veía. Me di por vencida al ver que no daba resultados mi intento de acosadora.

Una mano se posó en mi hombro de repente y me hizo saltar en mi lugar. Me giré rápidamente para golpear a quien fuera por el tremendo susto que me había dado, pero me quedé de piedra al ver que era justo la persona a la que llevaba buscando todo el día.

«Qué irónica es la vida. La semana pasada huía de él y ahora lo acecho como una acosadora».

—¿Me buscabas, Ruby? —preguntó cruzándose de brazos. Hice una mueca al darme cuenta de que me había pillado—. ¿Acaso quieres decirme algo?

Sonreí intentando infundirme valor a mí misma. Por Dios, era mi amigo, ¿por qué tenía tanto miedo de hacerle una pregunta?

—Verás… —comencé con un hilo de voz, los nervios me carcomían—, desde hace poco tiempo Kem y tú habéis estado discutiendo y…

—¿Te ha mandado a hablar conmigo? —me cortó. Luego sonrió, negando con la cabeza—. Por supuesto que no, te quiere lejos de mí.

Alcé una ceja, intrigada.

—¿Eso qué significa?

Kylan negó con la cabeza, pero no respondió.

—Ahora eres la novia de mi hermano —dijo con burla—. Diablos, es un idiota con suerte, eh.

Sin más, se dio la vuelta y se alejó. Me quedé quieta sin saber qué hacer.

Segundos después, reaccioné y corrí tras él, pero no lo encontré por ningún lado.

Lo había perdido de vista.

Aquel día, después de clases, Kem y yo decidimos ir a tomar un helado al mismo sitio. Le habíamos pedido a Kara el inmenso favor de que cuidara de Kiwi mientras tanto, aunque no tardamos mucho.

Al entrar a mi apartamento, fui a mi habitación y me cambié.

Al día siguiente teníamos clases y no sabía cómo iba a despertarme. Me moría de sueño por haberme pasado la noche anterior despierta hablando con Kem, solo quería recoger a Kiwi y echarme una siestecita.

Kem había ido a su casa en busca del cachorro. Me senté en la cama a esperarlo, pero el sonido del timbre hizo que me levantara de nuevo. Fui corriendo a la puerta y la abrí, extrañada. Kem siempre utilizaba las escaleras del balcón.

Al abrirla vi que era Kylan.

Sus iris verdes bajaron al suelo como si estuviera un poco avergonzado.

—¿Podemos hablar? —preguntó con voz ronca.

—Eh, sí, claro. —Miré hacia las escaleras, pero aún no había ni rastro de Kem y Kiwi—. ¿Quieres pasar?

Pregunté por mera educación, no esperaba realmente que contestara que sí.

Me hice a un lado y lo dejé pasar, de inmediato se dirigió al sofá y se sentó, como si fuera un invitado más. Cerré la puerta a mis espaldas, confusa.

¿Qué tenía que decirme? Su expresión era muy seria, así que estaba alerta esperando a que hablara.

No lo hizo.

—¿Kylan, qué pasa? —Miré detrás de mí, asustada, a la puerta que había cerrado—. ¿Dónde está Kem?

Tragó saliva.

—He venido a hablar contigo —dijo—. Tengo algo que decirte y no puede esperar.

Lo miré extrañada y nerviosa. Esperé a que hablara, pero solo se quedó ahí, con el suspenso del asunto colgando entre nosotros. Levanté una ceja, deseando que soltara que era una broma y que mi cara era todo un poema, pero no ocurrió así. Por supuesto que no, mi vida era muy tranquila y sin dramas hasta que los hermanos Woods entraron en ella.

—¿Qué tienes que decirme? —insistí, vacilante—. ¿Kylan?

Soltó un suspiro, como si se estuviera armando de valor.

Me miró a los ojos.

—Me gustas, Ruby, muchísimo.

De repente y sin previo aviso, se acercó a mí y me besó.

En. La. Boca.

«Mierda».

Me quedé helada al sentir sus labios sobre los míos. Cerró los párpados y esperó a que reaccionara, pero no lo hice, no podía. Entonces movió la boca, al ver que aún no había respuesta por mi parte, y me mordió el labio inferior. Abrí el pico sorprendida por su reacción y él aprovechó para besarme de lleno.

Me separé de Kylan empujándolo lejos de mí.

Se apartó con la respiración entrecortada. Hice una mueca al ver sus mejillas sonrojadas. Yo también sentía las mías arder, su mirada estaba fija en mis labios.

Me levanté del sofá, de repente necesitaba que hubiera espacio entre nosotros, muchísimo. Lo que acababa de pasar estaba mal, fatal. Mis pensamientos fueron cortados al escuchar de nuevo el timbre de mi casa. Los fuertes golpes en la puerta no se hicieron esperar. Salté asustada al darme cuenta de quién podría ser.

Kylan se levantó y abrió la puerta, como si fuera su casa. En el marco estaba Kem con los brazos cruzados, miró a su hermano y luego a mí. No sé qué me delató, porque al instante golpeó a Kylan.

Me tapé la boca, jadeando.

—Te dije que te alejaras de ella, imbécil —gruñó Kem, su hermano lo retenía como podía—. Me doy la vuelta unos putos segundos y tú te aprovechas. Qué fraternal eres —dijo con ironía.

Kylan lo empujó con fuerza.

—¿Qué hacías tú mientras tanto? —preguntó indignado—. ¡No eres nadie para darme órdenes!

—¡Es mi novia! —gritó Kem con los puños apretados a los lados.

—Entonces, trátala como si lo fuera —murmuró.

Kem lo soltó enseguida. Kylan aprovechó aquello para irse sin mirar atrás.

Kem cerró la puerta tras su hermano y se quedó unos segundos de espaldas a mí, tratando de recuperar la respiración agitada. Luego se giró a mí y sus ojos fueron directos a mis labios, los señaló y yo me llevé la mano a la boca. Corrí a un espejo y me miré. Tenía los labios hinchados del mordisco que Kylan me había dado y había una marca en el inferior.

—Kem…

—No quiero escucharte a menos que me digas que tú no quisiste. Por favor —suplicó.

—¡Por supuesto que no! —exclamé—. Ni siquiera le correspondí, lo empujé. No le devolví el beso y no lo habría hecho aunque estuviera en una situación distinta. Jamás me gustó Kylan. Nunca.

Él parecía satisfecho con eso. Se acercó a mí y me acarició los labios, como si los estuviera limpiando.

—Déjame borrarlo, Ruby —dijo acercándose a mí. Asentí con la cabeza como tonta. Sonrió y me besó en la comisura de los labios—. Solo yo puedo tocarte, Bizcochito. Soy tu novio y tengo el derecho de probar tus labios tantas veces como queramos. Solo yo.

Acerqué mi rostro esperando su beso, pero él se tomó su tiempo. Fue dejando suaves caricias antes de dejarse llevar y estampar sus labios contra los míos. Me tomó sin reparo y borró definitivamente la huella de su hermano. Kem era quien hacía que me temblaran las rodillas con un solo roce. Kem era quien hacía que las mariposas de mi estómago revolotearan con solo una mirada.

Y si eso no era estar enamorada, no sabía lo que era.

«Mierda».

Por fin me había dado cuenta. Por fin mi mente había admitido estar enamorada de él. Mi corazón lo sabía hace tiempo, solo me faltaba saberlo a mí.

Me perdí en ese beso con Kem. Sin pensar en nadie más ni imaginar a alguien más.

—Debes saber que odio pensar en mi hermano contigo de esta forma —dijo Kem a unos centímetros de mis labios, los rozó como si se tratase de una pluma.

Me reí, no pude evitarlo.

—No es divertido. —Frunció el ceño.

—Lo sé, lo siento, tienes razón. Pero hace gracia que te pongas celoso.

Sonreí y levanté una mano para acariciarle la mejilla. Estaba algo rasposa por la barba de un día que tenía, pero para mí así estaba mucho más guapo.

—Tú me pones así, Bizcochito.

Lo besé antes de decir:

—Y solo tú me tienes así de ilusionada.

Le rocé la mejilla, acariciándola con ternura mientras me miraba con un brillo especial en sus pupilas al escucharme.

—Solo tú, Kem.

Al día siguiente, cuando me topé con Kylan en la cafetería del colegio, me sonrojé al mirarlo. Cuando lo veía solo pensaba en el beso y el mordisco que me había dado con tanto ímpetu. No porque me gustara, sino porque era lo más cerca que había estado de mí y me intimidaba. También parecía afectado, pero por otro motivo. Esquivó mi mirada y, al instante, sus mejillas se colorearon de rojo.

Carraspeé antes de hablar.

—Hola —saludé con timidez.

Aún recordaba sus palabras, estas se habían inscrito en la mente como una tonta grabadora.

«Me gustas, Ruby».

Kylan sonrió de lado.

—Hola, Ruby —carraspeó—. ¿Te sientas aquí? —preguntó señalando la mesa que estaba a nuestro lado. Asentí en silencio—. Bien, yo también.

Sonreí incómoda. Las cosas entre nosotros ya no serían igual después de sus palabras y aquel beso. Me senté rígida y puse la bandeja de comida sobre la mesa. Él hizo lo mismo, tomando la silla que había frente a mí. Abrí la cubierta del sándwich y lo mordí, con los ojos en la mesa porque no quería mirarlo.

De repente, me sentía nerviosa y no lo entendía. Solo era Kylan, por Dios.

Kylan, el chico que me había besado la noche anterior y también el hermano de mi novio.

Gran mierda en la que estaba metida, dulce Jesús.

Esperaba que las cosas no fueran así durante más tiempo, apreciaba a Kylan como amigo. Habíamos congeniado muy bien y no quería perderlo. No por un tonto beso ni una absurda ilusión. Era obvio que estaba confundido.

Yo no podía gustarle. No debía gustarle.

Quería arreglar la incomodidad que se había formado entre nosotros, pero no sabía cómo empezar. Me había besado por una razón y no quería herir sus sentimientos.

—Kylan —murmuré su nombre dejando mi sándwich de golpe sobre la bandeja. Tomé un sorbo de zumo y continué. Su mirada estaba en mí, esperando con atención—. ¿Podemos hablar? Sobre lo que pasó anoche.

Sentí que me ardían las mejillas, pero continué. Quería solucionarlo, no quería más momentos incómodos con el hermano de mi novio.

—Ruby…, todo está bien. —Aseguró encogiéndose de hombros—. Lo de anoche fue un error —hizo una mueca—, lo sé. Y lo siento. No debería haberte besado ni haberte dicho nada.

Al ver lo fácil que fue, sonreí aliviada de saber que fue un error y él lo reconocía. Asentí, aceptaba sus disculpas y nos pusimos a hablar sobre el baile de otoño que el colegio iba a montar. Era en tres semanas, pero todo el mundo hablaba de ello.

Amber seguía desaparecida por atender a Henry. No sabía lo que pasaba entre ellos, pero suponía que ya eran novios. Había muchas fotos de ellos en redes sociales y Amber me había contado que ya se habían besado.

Era demasiado obvia su relación y me alegré por los dos. Se merecían un final feliz.

Mientras conversaba con Kylan, me giré a un lado y me fijé en Dan. Caminaba solo hacia una mesa que estaba cerca de la salida, donde varios chicos y chicas lo saludaron alegres cuando se sentó. Me alegraba saber que tenía amigos y ya no nos necesitaba a Amber y a mí. Tal vez sí a ella, pero ya no a mí.

Yo estaba feliz con Kem y esa felicidad no me la quitaba nadie.

23

Normalmente, cada día al despertar encontraba una nota de Kem en mi balcón o un mensaje en mi móvil.

Aquel día fue diferente.

No encontré nada.

Me preparé para ir al colegio y me monté al coche de Amber a la hora establecida. El ambiente en el coche era incómodo. Kylan me miraba, pero no me hablaba. En cambio, Dan me hablaba, pero no me miraba.

Cuando llegamos al colegio y los chicos se adelantaron para ir a clase, Amber se acercó a mí con actitud curiosa. No le había contado lo de Kylan, era un tema que no quería tocar con ella porque no quería romper sus ilusiones al confesarle que era yo la que le gustaba. Prefería mantener la boca cerrada e ignorar lo que había sucedido días antes. Era lo mejor para todos.

—¿No has notado algo raro en Kylan? —me preguntó entrelazando su brazo con el mío. Caminábamos por el aparcamiento y hacia la puerta principal del colegio.

—¿En qué sentido? —Me hice la loca.

—Raro —repitió, luego se explicó con mejor—. Es decir, interactúa menos con nosotras y ahora solo prefiere pasar tiempo con Henry y Dan, como si nosotras nos existiéramos. A ti no te habla y a mí ni siquiera me mira. ¿No es raro?

Intenté no mostrarme nerviosa.

—Sí, pero nosotras no le hemos hecho nada, así que debe de ser cosa suya. —Me encogí de hombros. Al instante cambié de tema, sabía que eso la distraería lo suficiente como para no insistir. Sabía lo intensa que podía ser—. ¿Dónde está Henry? ¿Por fin te ha pedido que seas su novia?

Amber rio, sonrojándose.

—Henry es un gran chico y puede que esté enamorado de mí, pero solo lo veo como un amigo. —Soltó un suspiro—. Al único a quien quiero es a Kylan. Y me mata que no me mire. ¿Acaso le gusta otra chica? Necesito saber quién es esa idiota.

Me quedé helada.

—Creo que estás un poco agresiva, ¿no?

—Es que yo lo vi primero —se quejó.

Hablaba de Kylan como si fuera un objeto y no una persona, lo cual me hizo fruncir el ceño. Amber siempre había sido la consentida de sus padres por ser la menor. Sus caprichos debían cumplirse sí o sí, si no, el mundo explotaría.

—Y si yo lo vi primero —insistió—, debería estar enamorado de mí, no de otra chica.

—Am, en el corazón no se manda. Nadie lo hace.

Fue su turno de fruncirme el ceño.

—¿De qué lado estás, mejor amiga?

Me soltó cuando llegamos a su taquilla y la abrió de golpe. Yo me quedé parada a su lado sin saber cómo manejar el asunto sin molestarla. Amber podía explotar con muy poco y, en este momento, no quería discutir con ella.

—Ayúdame a averiguar quién le gusta, por favor —me pidió—. Es obvio que se siente más cómodo contigo que conmigo. Le caes muy bien a tu cuñado.

Sus palabras me hicieron reír, pero de los nervios. La cosa no iba por ahí. Para nada. Además, estaba justo delante de la persona que le interesaba a Kylan. Era molesto saberlo porque mi amistad con él siempre estaría ensombrecida por esa verdad, pero traté de no mostrarme ansiosa. Si no, Amber me lo terminaría sonsacando sin querer.

—Lo intentaré —fue mi única respuesta.

Luego miré mi móvil al darme cuenta de que seguía sin saber nada de Kem desde la tarde anterior. No me había visitado en el balcón ni tampoco había bajado por la mañana para cuidar a Kiwi. Por suerte, ya se había acostumbrado a estar solo, pero aun así me quedaba preocupada.

Solté un suspiro justo cuando Amber cerraba la puerta de su taquilla.

—¿Qué pasa? —Su sonrisa se hizo grande—. ¿Kem está sexteando contigo, puerca?

Le empujé el hombro.

—Tonta. —Me reí nerviosa—. Claro que no, aún no hemos

llegado a ese punto. Pero eso no es lo importante, sino el que no me haya escrito ni hablado desde ayer por la tarde. No he podido ubicarlo y Kylan no sabe dónde está.

Los ojos de Amber bajaron rápidamente al suelo. Algo cruzó por ellos que pasé desapercibido, pero cuando levantó la mirada estaba cardada de culpa.

—¿Qué? —le increpé al darme cuenta de que ella sabía algo.

—Nada, solo que... —Miró a otro lado en vez de encararme—. Ada no ha pasado la noche en casa. Me escribió ayer diciendo que iría a la fiesta de un amigo de la universidad.

—Ya, ¿y eso qué tiene que ver con Kem? —Apretó los labios. Solté un suspiro, exasperada—. Escúpelo ya, Am.

—Ada me envió una foto anoche.

Rápidamente sacó su móvil y lo desbloqueó, pareció buscar algo antes de girar la pantalla para mostrarme lo que había allí.

Era una imagen un poco borrosa porque había poca luz y era obvio que la hicieron en una fiesta debido a las luces estroboscópicas. Kem salía con una botella de cerveza, bebiendo. Su pose era despreocupada y parecía estar muy cómodo. Tenía los párpados cerrados y la expresión más calmada que había visto en él.

—¿Estuvo con Ada?

Mi pregunta era tan tonta que Amber se quedó callada, con la mirada apenada.

—La imagen no muestra nada —lo defendió—. Solo se le ve con una cerveza, nada más.

—Sí, con Ada. —Entorné los ojos. El timbre para la primera clase sonó, pero ninguna le hizo caso—. Sin ofender, Am, pero tu hermana quiere robarme el novio.

—¡Claro que no! —discutió como si lo que hubiera dicho fuera un disparate.

Ojalá lo fuera, así me evitaría muchos problemas, pero solo era la verdad. Me daba mucha pena que no pudiera verlo porque solo pensaba en que era su hermana y yo su mejor amiga. Más le valdría no apoyar a nadie, estaba entre la espada y la pared. Inconscientemente, tomé el collar de mejores amigas que nunca me quitaba y lo apreté con fuerza mientras la escuchaba.

—Puede que a Ada le gustara cuando lo conoció —la justificaba—, pero lo respeta y sabe que tú eres su novia. Solo salen como amigos, nada más.

Arqueé una ceja.

—¿No es la primera vez que salen?

—Jesús, Ruby, ¿desde cuándo eres tan celosa? No eras así con Dan.

Traté de infundirme paciencia.

—Am, esto no se trata de mi exnovio. Estamos hablando de Kem y Ada. Esto tengo que resolverlo por mi cuenta. Me voy.

Al instante, intenté volver a llamarlo, pero su móvil estaba apagado. Mi mejor amiga miró a ambos lados del pasillo, donde la gente corría a las aulas.

—¿Adónde diablos vas? ¡Tenemos clase!

Me alejé de ella caminando con rapidez por el pasillo mientras vociferaba:

—Hoy yo no. Tengo un asunto urgente que atender.

Media hora más tarde, llegué a casa con algo de esfuerzo y después de haber esperado más de quince minutos en la parada del autobús. Había salido corriendo y sudaba como un caballo por llevar las medias hasta las rodillas y una blusa tan apretada que me quitaba el aliento.

Dejé la mochila sobre la cama y corrí al balcón en busca de Kiwi. Seguía allí, durmiendo plácidamente en su camita. No lo acaricié por temor a despertarlo. Fui directa a las escaleras de emergencia y trepé por ellas.

Aterricé en el balcón de Kem con un ruido sordo que pasó desapercibido, los cláxones de los coches sonaban al pasar y el eco rebotaba en los edificios. Miré las puertas de vidrio y, como no pude ver nada dentro por el reflejo del sol, abrí poco a poco. Me deslicé dentro de la habitación y me sentía como un ninja en una misión secreta.

Miré a todos lados y por fin encontré a Kem. Estaba acostado en la cama, con el brazo sobre la cara y el cuerpo volteado en mi dirección. Me aseguré de que la puerta del dormitorio estuviera cerrada con llave antes de deslizarme en su cama, a su lado.

No se despertó enseguida, sino que se tomó su tiempo antes de parpadear con fuerza y mirar a su alrededor, como si fuera la primera vez que lo hiciera. Cuando sus ojos se clavaron en los míos, pude notar que recuperaba la consciencia poco a poco.

Se aclaró la garganta antes de hablar.

—¿Ruby?

Mi expresión molesta se notaba a leguas, así que no la disimulé para nada. Todo lo contrario, lo miré con una ceja alzada. Se notaba que tenía resaca porque se llevó las manos a la cabeza y dibujó una mueca de desagrado mientras su estómago hacía ruidos raros.

—Por fin te encuentro —dije muy a mi pesar.

Kem parpadeó como si fuera una rata de laboratorio observada por muchos científicos. Me crucé de brazos y seguía hablando para no perder más el tiempo:

—¿Qué ha pasado? ¿Por qué no has contestado a mis mensajes? ¿Porque has salido de fiesta con Ada?

—Yo no... —Frunció el ceño, se detuvo un momento. Cerró los párpados y se tocó la sien por ambos lados—. Es decir sí, fui a la fiesta, pero no recuerdo... Espera, ¿cómo he llegado aquí?

—¿Sigues borracho?

Levanté su mentón para observarlo directamente, pero se alejó ante mi contacto como si quemara. Esa acción me tomó desprevenida, por lo que bajé la mano lentamente hasta dejarla en mi regazo.

Kem soltó un suspiro frustrado y, con los ojos aún cerrados, apretó las manos en puños y se restregó la cara con fuerza.

—Menuda mierda de resaca. —Cuando me miró, su expresión parecía triste—. Bizcochito, no es lo que piensas. Solo fui a esa fiesta un rato y ni siquiera fui con Ada, me la encontré allí. No sabía que iría, la daba un amigo en común que yo conocí de mi otra ciudad y ella, de la universidad. Tomé un par de tragos, pero no recuerdo mucho.

Asentí, con los brazos cruzados como si en realidad lo entendiera.

—Ada te hizo una foto.

—¿De qué hablas? —Su cuerpo se congeló.

—Una foto donde se te ve bebiendo junto a ella. —Respiré hondo—. Sabes lo que siente por ti y que yo le afecto muy poco. Le importa un reverendo pepino que tengas novia. Ada es peligrosa, no deberías fiarte tanto de ella.

Bajó la cabeza sintiéndose regañado.

—No pasó nada —murmuró con un hilo de voz.

—No tiene que pasar algo para que ella crea que tiene una oportunidad contigo. Simplemente la tomará y ya.

Volvió a restregarse la cara y se acostó sobre la almohada a mi lado, extiendo el brazo hasta alcanzarme la mano.

—No me importa nada ni nadie que no seas tú, Ruby. El mundo puede estar quemándose hasta los cimientos, pero yo solo estaré pensando en ti.

Apreté los labios, consciente de lo poderosas que podían ser esas palabras.

—Prométeme que no volverás a acercarte a ella.

—No me acerqué a ella por voluntad propia, lo juro.

—¿Qué pasa si un día voy a una fiesta y me encuentro a Dan? ¿Te gustaría que me emborrachara con él y me hiciera fotos para mandárselas a su hermano y que él te lo muestre a ti? ¿Cómo te lo tomarías?

Kem tenía los labios finamente apretados y la mandíbula dura.

—No me gustaría nada.

—Entonces entiendes cómo me siento.

—Prometo no volver a acercarme a ella. Lo juro, Bizcochito.

Cuando me estrechó, sentí entre sus brazos un fuerte apretón que me dejó sin aire, pero no me importó con tal de sentir su piel alrededor de la mía. Había apagado ese miedo que profesé cuando no respondió a mis llamadas, pero entonces solo quedaba un profundo alivio que terminó por desbordarse cuando juró no volver a acercarse a Ada.

Era obvio que esa chica era una amenaza.

Esperaba poder pelear contra ella, porque no quería que venciera y se interpusiera entre Kem y yo.

No lo permitiría.

24

El mes siguiente pasaron demasiadas cosas.

Amber decidió aceptar de repente ser la novia de Henry. Según me dijo, le había gustado un poco y sus sentimientos crecieron cuando la salvó. No me creía ese cuento, pero se la veía feliz junto a él, así que no mencioné nada del pasado. Parecían haber pasado página y decidí hacer lo mismo. A Henry le habían quitado la escayola y siempre andaba feliz, paseando de la mano de su querida novia.

Al principio creí que esa relación fracasaría por culpa de Amber y sus caprichos, pero a Henry se le daba bien mantenerla contenta y mimada, así que su relación iba viento en popa. Igual que mi relación con Kem. Ada había desaparecido de nuestras vidas gracias a una conversación que tuve con ella sobre respetar novios ajenos. Pareció funcionar porque no volvió a interponerse entre nosotros.

Otra cosa que estaba bien en mi vida era Kylan. Ya no estábamos incómodos por su declaración, las cosas se habían normalizado. Incluso Kem había aceptado nuestra amistad al darse cuenta de que él tampoco interferiría en nuestro noviazgo. Gracias al cielo, habían hecho las paces y volvían a ser los mejores hermanos del mundo.

Kem era mi pareja para el baile de otoño que se celebraba en el colegio. Mis padres todavía no sabían que era mi novio, pero planeaba decírselo muy pronto. Solo sabían que íbamos juntos al baile y les sentó muy bien.

Él vendría a recogerme por la noche y juntos iríamos al colegio. Ya lo teníamos todo planeado. Tres horas antes, empecé a prepararme. Cogí el móvil y puse una canción pop reciente para ducharme a gusto.

Estaba feliz porque tenía una cita con mi novio y me imaginaba una noche perfecta.

Amber me llamó al móvil antes de que tuviera tiempo de desvestirme para entrar a la ducha, ya se me estaba haciendo tarde. Me dijo que subiera a su apartamento porque algo sucedía y no sabía qué hacer. No me dio más detalles y colgó.

Asustada subí a su apartamento y toqué la puerta. Me recibió desesperada, con el pelo mojado y una toalla anudada a su alrededor. Sus ojos marrones me miraron aterrados.

Me preocupé.

—¿Qué pasa? —pregunté mientras entraba.

Amber cerró la puerta detrás de mí.

—Mi hermana no está.

Me encogí de hombros, aquello no me importaba. Ada estaba en mi lista negra.

—¿Y?

—¿Cómo que y? Se ha ido por la mañana y aún no ha regresado. La llamo al móvil, pero está apagado y no sé qué hacer. ¿Y si le ha pasado algo malo? Estos últimos días ha estado deprimida y no ha querido comer. Se pasaba el día encerrada en su habitación y no hablaba con nadie, ni siquiera conmigo —dijo Amber en una rápida verborrea. Se quedó sin respiración al llegar a la última palabra.

Alcé una ceja ante su preocupación innecesaria.

—Eh, tranquila, Amber —dije levantando las manos—. No pienses en cosas malas. Debe de haberse encontrado con un amigo o tal vez se ha ido a algún sitio y se ha quedado sin batería. No te pongas nerviosa, hoy es el baile de otoño y debes estar bien y muy hermosa. Así que no te preocupes. Ahora ve y prepárate. Henry tiene que ver lo ardiente que te ves en ese vestido. —La empujé hacia la habitación.

Ella pensó en mis palabras antes de abrazarme con fuerza.

—Está bien. —Rio—. Tienes razón. No debo ser una tonta. Ya regresará en cualquier momento.

—Así es, no te preocupes tanto, Am. Y ahora me voy porque tengo que prepararme, aún no me he ni duchado.

—Hazlo ya, falta muy poco. —Esta vez fue ella la que me instó a irme y me empujó hacia la puerta—. Largo, tienes que estar regia para Kem.

Me guiñó el ojo mientras daba la vuelta para entrar a su habitación. Yo salí de ahí y me fui a mi apartamento. Mis papás estaban en el trabajo y aún no habrían regresado cuando me fuera. Les prometí hacerme fotos para que no se perdieran nada. Después de ducharme, con la toalla puesta y el pelo chorreando de agua, salí del baño lista para la acción.

Esta vez no me sorprendí al ver a Kem recostado en mi cama, esperándome. Le sonreí con dulzura y me acerqué a él.

—Hola —saludé.

—Hola, Bizcochito —respondió con suavidad dándome un casto beso en los labios.

Me preocupó mucho la tristeza que había en su expresión.

—¿Qué te pasa?

Se quedó un momento callado.

—Hay algo que quiero decirte —murmuró cabizbajo.

—¿Qué? —pregunté.

Me alejé un poco de él para mirarlo a la cara. Kem hizo una mueca y negó con la cabeza. Con cada segundo que pasaba, mi corazón se hacía cada vez más pequeño.

—No voy a poder ir contigo al baile...

En ese instante mi corazón se detuvo.

—¿Qué? —Lo miré aturdida—. ¿Por qué?

Hacía días que habíamos planeado esa noche hasta el más mínimo detalle, ambos habíamos estado emocionados. ¿Por qué me estaba haciendo esto? No lo entendía.

—Mi jefa, Madison, quiere que termine el manuscrito que estoy corrigiendo hoy mismo. Me ha dado hasta medianoche para enviárselo por correo y debo hacerlo. Pero puedo ir más tarde, Bizcochito. Trataré de terminar rápido e iré al baile. No puedo dejarte sola hoy. Además, quiero estar ahí contigo. Haré todo lo posible por ir. Le he pedido a mi hermano que te acompañara, él sabrá cuidar de ti. ¿Te parece bien?

Cerré los ojos un momento y suspiré.

No estaba feliz de ello, pero por lo menos me alegraba saber que en cuanto terminara iría al baile conmigo.

—Vale —murmuré de mala gana.

No estaba molesta, pero tampoco iba a dar saltos de alegría.

—Bizcochito, iré, no te preocupes. No quiero que estés triste.

Levantó una mano y la presionó en mi mejilla, su tacto me calmaba, hasta el punto de que cerré los párpados un momento al sentir su piel contra la mía.

—No estoy preocupada por que no vayas. Sé que irás, porque no puedes mantenerte lejos de mí.

Kem sonrió.

—Eso seguro, nena.

Me acerqué a él en busca de un beso y con gusto me lo dio. Reí entre dientes al sentir un pequeño mordisco en el labio inferior.

Dos horas después, ya estaba casi lista.

Me miré en el espejo y comprobé, por enésima vez, mi atuendo. La semana anterior, mamá y yo habíamos ido de compras para elegir un vestido para el baile, con su aprobación. Había escogido uno negro entallado, largo hasta la rodilla, donde se abría gracias a una abertura que mostraba mi pierna derecha al caminar.

El diseño era hermoso, tenía un pequeño escote que daba alas a la imaginación y el entalle era perfecto, no tuve que hacerle ningún ajuste porque se amoldaba a mi figura. En la espalda tenía un escote pronunciado, dado que los tirantes del vestido se cerraban en la nuca. Me hice una coleta alta para enseñar los hombros y parte de mi espalda descubierta.

Me había puesto unos pendientes pequeños, pero con brillos, a juego con el único brazalete que llevaba. Sonreí a mi reflejo al ver lo hermosa que estaba. Mi maquillaje estaba en su punto y mis labios pintados de rosado suave se veían más voluptuosos. Me encantó.

Kem se había ido después de darme un par de besos más. Estaba algo triste por no ser quien me llevara, pero estaba ansiosa de encontrarlo más tarde. Cuando se lo conté a Amber, sugirió que fuéramos con Henry y ella para no tener que tomar taxis separados. Como yo no tenía coche ni sabía conducir..., teníamos que acompañar a los tortolitos.

Salí de mi habitación cuando sonó el timbre. Una extraña sensación se instaló en mi pecho. Traté de ignorarla y fui a abrir la puerta.

Kylan estaba frente a mí, sorprendentemente guapo y vestido de traje, con una corbata negra muy bien anudada en su cuello. Parecía haberse vestido a juego conmigo. Sus iris verdes me observaron de arriba abajo. Sonreí cuando una expresión de admiración surcó su cara, me miraba sin tapujos y muy asombrado.

—Hola —saludé sujetando el bolsito de mano.

Él asintió y se acercó a mí para depositar un suave beso en mi mejilla. El contacto hizo que los vellos en mi piel se erizaran.

—Estás hermosa, Ojazos —me halagó.

Me escaneó de nuevo de arriba abajo. Me sonrojé por la mirada de aprobación que me lanzó al subir sus ojos a los míos. Cerré la puerta de casa tras de mí y caminé hacia él. Me tendió un brazo y yo lo entrelacé con el mío.

—Hoy será una noche estupenda —dijo.

Sonreí. Estaba de acuerdo con él.

Amber ya nos esperaba al volante del coche para ir a recoger a Henry. Cuando Kylan y yo subimos a la parte trasera, de nuevo aquella mala sensación se me instaló en el pecho. Intenté olvidarme de ello.

Al ser un baile escolar, no había nada de alcohol en las bebidas, así que no fue un sacrificio para mi amiga tener que llevar el coche y conducir.

Por suerte, las cosas entre Kylan y yo estaban mucho mejor. Me alegraba haber superado lo del beso y poder seguir siendo amigos. Me sentía mala amiga por no habérselo contado a Amber, pero no quería ponerla en mi contra porque había estado encaprichada por el menor de los Woods.

Recogimos a Henry y llegamos al colegio con el ánimo por los cielos después de haber puesto música en el camino.

En el aparcamiento ya había varias parejas conversando y muchos grupos de amigos, todos vestidos elegantes: las chicas con sus vestidos largos y los chicos con sus trajes.

La fiesta sería en el gimnasio del colegio por ser un lugar grande, amplio y que se prestaba para hacer este tipo de celebración. Fuimos en esa dirección mientras Amber me contaba que seguía preocupada por su hermana, yo trataba de tranquilizarla cambiando de tema para que pensase en otra cosa. De vez en cuando, Ada solía desaparecer y Amber lo sabía, así que no debería comerse la cabeza pensando tanto en ella. Últimamente, Ada había estado más alejada de todos, sobre todo de Kem, y yo estaba feliz por ello.

Al entrar en el gimnasio del brazo de Kylan, me sorprendió ver todo tan decorado. Había luces doradas y globos de color plateado y dorado que rodeaban todo el complejo, creando un bonito contraste. En la parte delantera había un escenario con equipos de sonido esperando a ser usados. Y encima de todo ello, un cartel colgando del techo nos daba la bienvenida al baile.

¿Quién diría que este era el lugar donde yo sufría para correr y hacer ejercicio?

—¿Estás bien? —me preguntó Kylan agachando la cabeza, aunque no tenía que inclinarse mucho gracias a los tacones altos.

—Sí —le sonreí.

Kylan era un buen acompañante y ya no me sentía incómoda a su lado.

Amber y Henry nos seguían. A petición mía, nos sentamos a una mesa cerca de los bocaditos y las bebidas. Guardamos un asiento más para Kem y puse mi bolso, Amber me imitó. Ella se acomodó al lado de Henry y yo me quedé parada mirando la puerta, esperando ver aparecer a mi novio. Estaba ansiosa de que llegara.

—Ya vendrá, no te preocupes —murmuró Kylan al oído—. Mientras tanto, baila conmigo.

Me tendió una mano y la dejó entre nosotros.

Acepté su invitación.

Amber me miró fijamente antes de girarse hacia Henry, que le decía algo.

Kylan me llevó a la pista de baile, donde ya había varias parejas bailando al ritmo de la música. No era una canción lenta, gracias a Dios, sino algo rápida. Empecé a marcar el ritmo y Kylan me siguió el paso. Bailamos varias canciones más hasta que el pelo se me pegó a la nuca del sudor.

Entonces empezó a sonar una canción lenta. Las luces se oscurecieron y yo traté de no entornar los ojos. La noche todavía no había terminado, pero el momento de las parejas había llegado. Miré a Kylan con una mueca al notar que todas las parejas que nos rodeaban se pegaban para bailar despacio.

—Si quieres, podemos ir a sentarnos… —dijo él, pero yo negué.

—Yo no tengo problema en bailar esta música contigo. —Me encogí de hombros—. ¿Tú sí?

Kylan negó con la cabeza.

Me pegué más a él, como veía hacer a otras parejas, pero no tanto. Había un par de centímetros entre nuestros cuerpos.

La melodía suave convertía el momento en algo más íntimo. Rodeé el cuello de Kylan y sentí sus manos viajar hasta mi cintura.

Me esforcé por no alejarme, la situación se estaba volviendo intensa y no quería que se repitiera la escena del beso. Aunque esto se sentía muy diferente.

Sus manos me quemaban la cintura y las mías le rodeaban el cuello, mi nariz rozaba la suya. Estábamos casi a la misma altura gracias a los infernales tacones que llevaba, pero no podía sentirme más pequeña. Los iris verdes de Kylan me observaban con atención.

Una sonrisa asomó a su cara cuando sentí que se me calentaban las mejillas. Bajé una mano a su pecho y sentí su corazón latir muy fuerte.

La música lenta nos conducía por el lugar, nos balanceábamos al ritmo de la canción, al igual que todos, pero mi cabeza solo pensaba en una cosa.

Las manos de Kylan bajaron un poco más hasta mis caderas y allí se quedaron. Al ver que ya no bajaba más, mi corazón se ralentizó.

Cuando la canción terminó y cambió a otra, me separé de Kylan con la respiración agitada. Eso me había afectado más de lo que pensaba. Además, mis pies pedían a gritos que me sentara. Le pedí volver a la mesa y descansar, pues él parecía que podría bailar toda la noche.

Al llegar a la mesa, vi a Ada al lado de su hermana. Iba vestida con una camiseta ancha y pantalón de licra, tenía el pelo despeinado y el rostro sin maquillaje. Bajo los ojos se le notaban unas bolsas gigantes rojas. Al parecer había llorado mucho, estaba más demacrada.

La miré asustada, no parecía ella en absoluto.

Me senté con cuidado al lado de Amber, Kylan la observaba con gesto adusto.

—¿Qué hace aquí? —preguntó señalándola con la vista fija en Amber, esperando su respuesta.

Ada se encogió en su asiento temblando visiblemente por la dureza en la voz de Kylan. En la mano izquierda llevaba un sobre blanco.

Amber ni siquiera se inmutó por la pregunta de Kylan, estaba más atenta a su hermana. En su cara se veía una expresión de preocupación. Ada se levantó de su asiento y caminó hacia mí. Levanté una ceja al verla.

—Tengo algo que mostrarte —dijo.

Me extendió el sobre blanco. La miré extrañada. Yo no tenía nada que hacer con aquello, pero ella lo movió para que lo cogiera. Lo hice a regañadientes y me pidió que lo abriera.

Fruncí el ceño ante su demanda, pero al ver sus ojos aguarse, le hice caso. Estaba muy intrigada por saber qué rayos contenía aquel sobre. Lo abrí bajo la atenta mirada de todos, en especial de Amber. También parecía muy interesada en saber qué había dentro y por qué su hermana me lo entregaba a mí.

Saqué un par de hojas grapadas.

Parecía un informe médico. Lo leí rápidamente mientras sentía que la vista se me empezaba a nublar. Mierda. Sentí que me mareaba de la impresión, parpadeé con fuerza tratando de no derramar ninguna lágrima. Pasé a la siguiente hoja, que me confirmó lo que mi mente empezó a imaginar.

Las palabras «embarazada» y «cuatro semanas» se mezclaron en mi cabeza formando un eco devastador.

—Es de Kem.

Ahí, en ese momento, el corazón se me contrajo en el pecho y mi mundo entero se derrumbó.

25

Arrugué con fuerza el papel. No quería aceptar aquello, pero al mismo tiempo lo creía. En mis manos tenía la prueba del embarazo de Ada y me había confirmado que era de Kem. No había prueba más acertada que un informe médico, pero en mi retorcida mente se forjó el pensamiento de que tal vez todo era una artimaña. Ada podría haberlo alterado para separarnos a Kem y a mí. Imaginé cualquier cosa para negar la respuesta que tenía entre las manos. Por la cara de Ada, me imaginaba que era verdad.

Me acerqué a ella, con la mirada borrosa por las lágrimas, y le di una bofetada con todas mis fuerzas. Amber y Henry me observaban boquiabiertos por mi arrebato.

Dejé el papel arrugado sobre la mesa y me alejé sin mirar atrás. Kylan me llamaba gritando mi nombre, pero yo no le hice caso. Estaba demasiado devastada como para hablar con él o con quien fuera. Lo único que quería era irme de allí.

¿Adónde? No lo sabía.

Quería correr y desaparecer.

Las lágrimas se deslizaban por mis mejillas, pero me las enjugué con las manos haciendo fuerza. No permitiría que nadie las viera.

Alguien me cogió del brazo por detrás para detenerme.

—Ruby, espera…

Me giré hacia Kylan, enfurecida.

—¿Qué? —espeté.

Las lágrimas volvieron a nublarme la vista. Me tapé la boca para ahogar un sollozo, pero no fue posible. Kylan me observó sollozar frente a él sin reparos y con el corazón roto. Mierda, no quería llorar, pero no podía evitarlo.

Sin decir nada, me acercó a su pecho y me abrazó con fuerza. Alrededor de nosotros la gente seguía bailando, sin prestarnos atención. Unos segundos después, apareció Amber, pero Kylan la despachó y la alejó de mí. Se lo agradecí. Solo quería hacerme una bolita y llorar. Menos mal que era algo fuerte, si no estaría sollozando en el suelo como una bebé.

Kem había traicionado mi confianza de maneras que no era posible perdonar. Me había mentido a la cara tantas veces que yo, como una idiota, me lo había tragado. Lo había creído cuando me había dicho que solo quería estar conmigo y que yo era la única para él.

¿Por qué el amor nos vuelve tan ciegos? ¿Por qué el amor nos hace tan débiles?

Por Dios, iban a tener un hijo. Los papeles de Ada eran del hospital, confirmaban su embarazo de apenas cuatro semanas. En la imagen borrosa de la ecografía vi lo que crecía en su vientre.

«Qué jodida mierda».

Quería arrancarme el pelo y hundirme en mi dolor, pero no iba a permitir que un chico como Kem me destruyera. No le daría ese poder. Mi corazón estaba roto en mil pedazos, pero haría lo que fuera para sanarlo.

Kylan todavía me acariciaba la espalda y me murmuraba cosas al oído en voz baja, pero ya no le prestaba atención. Mis pensamientos solo tenían un protagonista.

Kem era un grandísimo hijo de puta, un mujeriego y un mentiroso. Me había pillado sin reparos de semejante ser humano.

Por fin había abierto los ojos y me había quitado la venda. No todos los chicos que te dicen cosas bonitas son perfectos. No todos los que hacen cosas bonitas por ti es porque están enamorados de ti. Me daba cuenta de eso. Había sido lo bastante tonta como para entregarle mi corazón.

En un momento, estaba con la cara pegada al pecho de Kylan y al siguiente no. Levanté la mirada para ver qué ocurría.

Kem.

Había venido.

Estaba vestido elegantemente, al igual que su hermano, y lo tenía agarrado del cuello. Kylan se soltó enseguida y lo empujó con todas sus fuerzas.

Kem me miró como si lo hubiera traicionado, pero al ver mi rostro, frunció el ceño y avanzó un par de pasos hacia mí.

Al instante, Kylan entró en acción y volvió a apartarlo de mí.

—No te acerques a ella —advirtió con voz dura—. Ni se te ocurra.

La gente que nos rodeaba empezó a alejarse al ver el gran alboroto que se había montado. Gracias a eso, vi la mesa donde estaban mis amigos. Ada y Amber seguían allí, abrazadas.

Yo me alejé de los hermanos Woods y fui a la mesa. Ada quería escaparse, pero la tomé del brazo, aunque me dio asco tocarla, pues solo podía imaginarla con Kem. Todas esas imágenes pasaban por mi mente en bucle. Quería borrarlas de ahí para siempre.

Los chicos me siguieron. Obligué a Ada a sentarse en una silla, tomé los papeles de la mesa y se los tiré a Kem. Me dio igual que se cayeran al suelo y él tuviera que recogerlos. Cuando los sostuvo y los leyó, ni siquiera pudo mirarme a la cara.

—¿No vas a decir nada? —Empujé las palabras fuera de mi boca.

Kem dejó los papeles en la mesa con la cara lívida, había sorpresa y confusión en él. Ada miraba a todas partes menos a mí. Estaba agradecida por el silencio de Amber y Henry.

—Bizcochito...

Creía conocer a Kem, por eso analicé su mirada y sus palabras. Algo no cuadraba.

—Lo sabías, ¿verdad? —Hice la pregunta que más me temía.

Cuando apretó los labios y no respondió, quise llorar.

No esperé más y me aproximé. Sin decirle nada, acerqué mi cara a la suya, estábamos a unos centímetros. Podía sentir su aliento mentolado y ver sus desolados ojos verdes. Ya no sentía nada más que asco hacia él por haberse acostado con Ada. Estaba harta de sus mentiras.

Aparté esas horripilantes imágenes de mi mente y, sin decirle nada, me alejé un poco y le di una fuerte bofetada.

Kem giró la cara y se encogió de dolor. Me había hecho daño en la mano, pero no me arrepentía ni un poco. Es más, me sentí mejor después de soltar mi furia.

Todo el mundo nos observaba. Muchos vitorearon cuando golpeé a Kem, yo también me sentí así de alegre, pero no satisfecha. Kylan, que estaba detrás de mí, me apartó y arremetió contra su hermano. Vi puños ir y venir mientras ellos rodaban en el suelo.

No quería perder más mi tiempo, por lo que salí del gimnasio sin despedirme de nadie. Minutos después, cuando ya estaba cruzando el aparcamiento, Kylan apareció. Tenía rastros de sangre en la boca, la camisa algo arrugada y el pelo revuelto.

Esperaba que Amber también viniera, pero no lo hizo. Al parecer, había escogido estar al lado de su hermana. No la culpaba, era su sangre.

Kylan me llevó a casa en taxi, sumidos ambos en un completo silencio, sin decir nada. De cuando en cuando, yo me secaba las lágrimas que se me derramaban por las mejillas.

Subí a casa y dejé que se fuera a la suya, quería estar sola. Corrí a mi habitación y cerré la puerta. Mis padres no estaban, habían dejado una nota en la nevera avisándome de que iban a cenar y llegarían tarde. Me quité el vestido y tiré los tacones al suelo. Entré al baño y me metí en la ducha.

Por fin, ahí podía desatar mis emociones.

Rompí a llorar sin importarme nada. El agua disimulaba mis lágrimas y pude dejarme llevar. Eso era lo que más necesitaba, abandonarme a mis emociones y soltar todo lo que llevaba dentro. Me dejé llevar por el dolor, por mi corazón roto, y lloré, lloré y lloré como nunca lo había hecho. Mi corazón estaba hecho añicos y esta era la mejor forma de desahogarme. De liberarme del dolor.

Media hora después, salí del cuarto de baño con una toalla anudada a mi alrededor. Decir que ver a Kem apoyado en la pared al lado de mi balcón me sorprendió sería mentira.

Tomé mi ropa vieja y me metí al baño para cambiarme. Al salir, Kem seguía en la misma posición. Me permití observarlo más segundos de los necesarios. Su rostro estaba manchado, su labio partido y ya se le empezaba a formar un moretón en el ojo. Al ver aquello, recordé el buen golpe que le había dado y volvió a dolerme la mano.

Tenía la camisa desabotonada hasta la mitad y la corbata desanudada.

—Ruby… —murmuró.

Hice una mueca al escuchar su voz rota y carente de cualquier emoción.

Le hice una seña para salir al balcón. Me siguió, yo me senté en mi sillón y él solo se quedó parado a mi lado, con la vista fija en mí.

Esperé a que hablara.

—Yo… ni siquiera puedo entenderlo… —negó.

Sus ojos se humedecieron. Intentó parpadear varias veces para alejar las lágrimas, pero solo hizo que se le derramaran y le mojaron las mejillas.

—Perdóname.

—No quiero que me pidas perdón —contesté—. Sino que me digas todo. Absolutamente todo y cómo me engañaste. Quiero saber cuándo empezó y por qué lo hiciste.

Kem negó.

—No lo recuerdo.

No sabía si bromeaba o no, así que lo miré furiosa.

—Ahora menos que nunca debes burlarte de mí. —Lo señalé—. Solo quiero saber algo y no me digas cómo o por qué, eso no me importa. Solo responde sí o no. ¿Te acostaste con Ada?

Se quedó callado un momento.

—No fue como…

—Sí o no —lo corté antes de que siguiera hablando.

Era una respuesta fácil. Solo existían dos opciones. Mi rabia alcanzó su máxima cuota al ver que no podía sincerarse ni cuando más lo necesitaba.

—Responde —rugí.

Me pareció un cobarde por no poder decirlo.

Después de un momento, habló en una voz tan queda que apenas lo oí.

—Sí.

Asentí con la cabeza.

Dolía muchísimo escuchar aquella confesión.

—Quiero saber por qué.

Kem se puso a mi lado.

—¿Por qué? —repitió.

—¿Por qué no me dijiste nada? —El nudo en mi pecho se apretó—. ¿Por qué lo ocultaste? ¿Por qué me mentiste cuando te pregunté sobre tu relación con Ada?

Él negó con la cabeza unos instantes antes de murmurar.

—No quería perderte.

—Ya lo has hecho.

Kem arrugó la cara. Se giró hacia mí y dejó una mano sobre la mía, me miró angustiado.

—No digas eso, Ruby. Podemos dejar todo atrás y…

Casi me reí. Casi.

—Eso no arregla nada, Kem. —Alcé el mentón, tratando de no mostrarme débil ante él—. Ahora quiero estar sola. Vete.

Kem me apretó la mano.

—No quiero irme. Sé que ahora me odias, pero...

—No te odio a ti —me encogí de hombros—, sino a mí misma por dejar que me engañaras.

Al ver lo desinteresada que estaba por todo, los ojos de Kem se aguaron.

—No te des por vencida, Bizcochito. Estaría aliviado si me golpeas o me insultas, pero no digas eso.

Lo miré. Observé sus iris verdes, aquellos que eran mi debilidad, y hablé con toda la calma posible.

—Si alguien tiene la culpa de lo que ha sucedido eres tú. Nunca lo olvides. Ahora vete. Quiero estar sola.

Señalé la entrada de mi habitación mostrándole el camino por el que quería que se fuera. No quería que trepara por mi balcón al suyo, eso sería peor. Quería que se fuera como cualquier persona, por la puerta, y que nunca más volviera a entrar. Eso era una despedida.

Kem se acercó a mí.

—Mírame como solías hacerlo. Solo así sabré que sigues amándome —suplicó, con los ojos llenos de las lágrimas que aún no había derramado.

Me alejé para poner espacio entre nosotros.

—No puedo —susurré con voz queda, casi silenciosa.

Quiso acercarse de nuevo a mí, pero negué con la cabeza.

Él respetó mi silencio y, con un suspiro, se fue sin decir nada más, dejándome sola en el balcón.

Al día siguiente era sábado, el primer día de otoño.

Desperté por el sonido de la lluvia y Kiwi lamiéndome la cara, Kara me lo había traído muy tarde por la noche.

Sentí que los ojos me ardían por la intensidad con la que había llorado hasta quedarme dormida. Aún sentía el corazón roto, pero pasé totalmente de seguir lamentándome. Era un nuevo día y no iba a permitirme estar decaída.

Necesitaba con urgencia hablar con Amber, no sabía si me había ocultado lo de su hermana. Lo dudaba, pero aun así quería aclarar las cosas antes de sacar conclusiones apresuradas.

Cuando subí a su apartamento y toqué la puerta, me abrió. estaba fatal, con el maquillaje corrido y el pelo enmarañado. Me sonrió con tristeza y al instante me abrazó. Me quedé quieta unos segundos.

—Yo no sabía nada, lo juro —murmuró en voz baja muy cerca de mi oído—. Estoy tan avergonzada por eso… Ni siquiera le hablo a mi hermana, en estos momentos la odio por hacerte eso y a él también.

Hice una mueca.

—No importa. Me basta con saber que tú no estabas involucrada.

—¿Quieres entrar a mi cuarto?

Negué con la cabeza. No quería estar en el mismo sitio que su hermana.

—Solo he venido unos minutos, ya me iba. —Me encogí de hombros—. Además, he dejado solo a Kiwi.

—Podemos dejarlo donde Dan —sugirió.

—No lo creo, Am. Ya me voy.

La cara de Amber decayó.

—Estás diferente.

Arrugué la frente, confundida.

—Ni siquiera cuando Dan se fue te pusiste así —aclaró.

—Oh, cállate —dije sonriéndole a pesar de mi tristeza. Al ver su sonrisita me puse seria de nuevo—. En serio, tengo que irme a ver al perro, no sé a qué hora se levantarán mis padres.

Amber asintió, se acercó a mí y me abrazó de nuevo. Luego bajé a mi apartamento rápidamente para no cruzarme con nadie. Cuando cerré la puerta a mis espaldas, escuché que alguien tocaba suavemente.

Fruncí el ceño confundida, quien fuera me había seguido.

Abrí la puerta y me sorprendí al ver a Ada.

Intenté cerrarle la puerta en la cara, pero la detuvo poniendo un pie y la empujó con las manos.

—¿No te cansas de joderme la vida? —pregunté con rabia.

Ella me ignoró, entró, cerró la puerta tras de ella y me miró.

—Tengo algo que decirte.

—¿No fue suficiente con lo de ayer?

Ada negó con la cabeza, su pelo negro y corto se movió con ella.

—Me caes mal… —comenzó.

—Vaya, gracias —respondí con ironía—. Igual que tú a mí.

Ella suspiró.

—Me caes mal, pero quiero que sepas algo. —La malicia en su mirada me hizo querer ser violenta de nuevo—. Kem me dijo que estaba cansado de que no te abrieras para él, así que por eso me buscó. Tú nunca le gustaste, solo fuiste diversión para él.

—Oh, ya cállate —la corté.

Sentí que la furia me recorría. Había leído demasiados libros románticos como para saber que la mala del cuento solo decía idioteces por diversión. No le creí ni una sola palabra, así que la despaché:

—Me importa una mierda lo que haya pasado. Si quieres rememorar tus momentos con Kem, hazlo. A mí no me importa. Además, tú no tienes nada que explicarme, no eres nada mío. Así que vete, Ada.

Se quedó un momento callada. Me observó durante unos segundos que se me hicieron eternos y luego aceptó. Salió de ahí, pero antes de cerrar la puerta volvió a hablar:

—Otra cosa más, Kylan estaba al tanto de todo. —La vi sonreír con malicia al ver mi cara desencajado—. Eso no lo sabías, ¿verdad? Tienes unos amigos fantásticos, Ruby. Has ganado la lotería.

Me acerqué con pasos rápidos a ella, pero cerró la puerta antes de que pudiera llegar. Quería arrancarle los ojos, pero sus palabras me calaron hondo.

Kylan también lo sabía.

26

KEM

Por milésima vez después del baile, intenté recordar algo, lo que fuera, pero mi mente era como un lienzo en blanco. No había nada. No tenía ni una sola pista que me pudiera hacer entender cómo me había despertado unas semanas antes desnudo y en la cama junto a Ada.

Lo único que recordaba era haber aceptado su invitación para acompañarla al cumpleaños de un amigo de la universidad. Al principio, me mostré reacio, pero insistió tanto que terminé aceptando. Le había dicho que solo saldríamos como amigos y me pareció que lo había entendido, así que estaba contento de no perderla. Nunca habíamos cruzado la línea de los besos, pero cuando desperté a su lado, creía que me iba a morir.

Habíamos ido a la casa de la fraternidad de un amigo de Ada llamado David. Ella parecía extremadamente distraída durante la fiesta, solo miraba el móvil y tecleaba. Cuando pasó el tiempo y yo me quería ir, Ada decidió que era momento de socializar. Luego me dio una botella de cerveza y no recordaba nada más.

Solo que desperté desnudo junto a ella. Salté de la cama tan rápido que me mareé.

Si no había nada en mi memoria después de beber, ¿significaba que me habían drogado? No encontraba otra explicación a lo que me había sucedido.

Me sentía culpable por algo que no me sonaba, pero sobre todo por haber aceptado salir con Ada, pues era obvio que quería algo más.

Deseaba retroceder el tiempo y enmendar los errores que había cometido.

Escuché a mi hermana volver a casa, había bajado a llevarle a Kiwi a Ruby cuando volví del baile. Minutos después, alguien llamó al timbre. Kylan estaba en su habitación encerrado y Kara también, así que fui yo a abrir.

Al ver a Ada ahí, apreté la mano en el pomo de la puerta tratando de no cerrarla de golpe.

Verla me producía rabia, dolor y una fuerte sensación de traición. No me dio pena que Ada tuviera ojeras en el rostro y que estuviera más pálida y delgada. Me hizo una señal para entrar y yo acepté, a regañadientes. Cualquier cosa que habláramos debía ser en privado. Cerré la puerta y me giré. Ella se quedó a unos metros de mí con los brazos cruzados. El ambiente entre nosotros era incómodo.

—Me mentiste —susurré con furia. En realidad, había considerado a Ada una amiga, pero me daba cuenta de que nunca había sido sincera conmigo—. Me llevaste a esa fiesta con engaños y me drogaste.

Ada negó con la cabeza, tenía los ojos llenos de lágrimas.

—No fue así… —susurró mientras sollozaba.

No creía en sus lágrimas de cocodrilo porque la víctima ahí era yo.

—Claro que sí. Me diste esa botella de cerveza y no recuerdo más de esa noche. Cuando desperté y te vi en la cama… Ahí supe que me habías engañado. ¿Cómo pudiste drogarme? ¡¿Estás loca?!

Empecé a negar con la cabeza cuando la vi llorar.

—Yo también fui víctima, también me drogaron. No fuiste el único. —Se cubrió la cara con las manos—. No sé quién nos drogó, pero te juro que no fui yo, Kem. Créeme.

La vi tan desesperada, tan falta de fuerzas y tan resignada que la duda en mi mente creció. ¿Y si no fue ella? ¿Y si estaba diciendo la verdad?

Bajó la mirada, avergonzada.

—Lo que sucedió aquella noche fue culpa de la persona que nos drogó. —Hizo una mueca—. Por eso voy a abortar. Estar embarazada es un error. Nunca debió suceder.

Asentí, estaba de acuerdo con sus palabras.

Me había enterado de que estaba de cuatro semanas cuando me interceptó antes de ir al baile de otoño. Me lo había dicho de una forma tan fría y seca que sus palabras me cayeron como un cubo de agua.

A pesar de que ya estaba más tranquilo, sus palabras me afectaban igual que antes. Mi pecho se había apretado al escucharla. Era un tema delicado, no me gustaba opinar porque era cosa de mujeres y lo que hicieran con su cuerpo no era de mi incumbencia. Saber que quería abortar me golpeó como un balonazo en las pelotas. Pero si ella quería hacerlo, yo no era nadie para impedírselo.

Como había dicho, eso era un error.

—¿Estás segura, Ada? —pregunté con voz ronca. Tenía un nudo de emociones contradictorias en la garganta.

Ada negó, se tapó la cara y comenzó a llorar. Mi corazón se apretó todavía más. Ver llorar a alguien me hacía sentir un miserable, especialmente porque no sabía qué hacer para consolarla.

—No sé qué haré… —hipó entre sollozos incontrolables—. Mis padres me matarán.

Me acerqué a ella y le puse una mano en el hombro, tratando de darle mi apoyo.

—Yo te ayudaré en lo que sea que decidas, Ada. A fin de cuentas, los dos somos víctimas. Si quieres dinero, tengo… —Tragué con fuerza—. Estaré contigo. No te dejaré pasar por esto sola. ¿Está bien?

—Gracias. —Enterró la cabeza en mi pecho.

Alcé la mano sin saber dónde ponerla. Esto no era lo que yo deseaba. No era a quien quería y aun así debía apoyarla. Estuvo un buen rato llorando abrazada a mí. Luego se separó y, sin decir nada más, se fue.

Aquella noche no pude dormir. La cara de Ruby me perseguía, llena de lágrimas y odio hacia mí. Ni siquiera pensé en Ada y eso me ponía mucho peor. Estaba volviéndome loco.

Mi mente solo tenía a una persona y esa era mi Bizcochito. Mi Ruby.

Al día siguiente, sentí la lluvia golpear la ventana de mi balcón. Ya era otoño. Hacía frío y me sentía como la mierda.

No había podido dormir en toda la noche con los pensamientos rondándome la cabeza. Por un lado estaba Ruby y, por el otro, Ada y lo que fuera que hubiera pasado aquella noche en la que supuestamente nos drogaron.

Sonó el timbre del apartamento, yo estaba en el salón con el ordenador en el regazo. No podía leer ni un párrafo más del manuscrito que debía corregir. Me levanté desganado a abrir la puerta.

Me sorprendió mucho ver que la persona que estaba frente a mí era Ruby.

Las ganas que tenía por tomarla del rostro y besarla me eran casi imposibles de refrenar, pero la expresión que tenía me hizo retorcer las manos para evitar aquella tentación.

—Quiero hablar con Kylan —demandó sin mirarme a los ojos—. ¿Está?

Apreté las manos al oír aquello. ¿Para qué quería hablar con mi hermano?

«Celoso» era una palabra muy corta para describir lo que sentía cada vez que pensaba en ella con Kylan. Sabía que a mi hermano le gustaba nuestra vecina y no me hacía ninguna gracia.

Pero las últimas semanas había dejado de lado ese instinto celoso para evitar peleas innecesarias. Aunque fuera obvio que Kylan seguía colado por ella.

Intenté hablar con voz neutra.

—Sí, está en su habitación. —Hice una pausa—. ¿Por qué quieres hablar con él?

Ruby alzó la mirada, mostrándome esos hermosos iris azules que yo tanto adoraba.

—¿A ti qué te importa? —contestó seca.

Entró y, sin decir nada más, caminó por el pasillo hacia la habitación que ella pensaba era la de Kylan. No lo pensé dos veces, cerré la puerta del apartamento a mis espaldas y corrí tras ella, pero Ruby ya había abierto.

Lanzó un gritito agudo y yo miré lo que la había hecho chillar así.

Era Kylan, con una simple toalla en el cuerpo que apenas lo cubría.

Cerré la puerta con fuerza y me giré hacia Ruby.

—¿En qué narices estabas pensando abriendo así la puerta? ¿Acaso no te han enseñado a llamar?

Ruby me ignoró, se interpuso entre la puerta y yo y, esta vez, tocó. Segundos después, Kylan abrió, vestido y con las mejillas sonrojadas. Quise arrancarle los ojos cuando los posó en Ruby con la adoración brillando en ellos.

Me miró fastidiado al darse cuenta de que yo no me iba a ir.

—Lárgate —me dijo.

Me crucé de brazos, desafiándolo.

—No me iré a ningún sitio.

Pensé que Ruby se irritaría, pero por el contrario, asintió para demostrar que estaba de acuerdo.

—Kem se queda —aseguró.

Le sonreí a mi hermano con burla. Él entornó los ojos y luego se fijó en Ruby. Nos miraba a los dos de soslayo, con furia contenida, en especial a Kylan.

—He hablado con Ada, o mejor dicho, ella me ha dicho cosas. Me ha contado que tú lo sabías todo —dijo señalando a mi hermano—. ¿Por qué nunca me lo dijiste?

Kylan pasó de estar feliz a pasmado. Yo me quedé de piedra al oírla. ¿Por qué rayos Ada hablaba con Ruby? ¿Acaso quería empeorarlo todo? Mis ganas de matarla aumentaban cada vez más. Se estaba metiendo en un terreno muy peligroso.

Mi hermano no sabía todo lo que había sucedido con Ada. Solo se había enterado de los primeros besos y coqueteos, pero dejé de hablarle de ella cuando me di cuenta de que la que me gustaba era Ruby. Kylan no necesitaba saber todos mis pasos. No era mi niñera.

Estaba claro que Ada mentía, pero ¿por qué? Parecía querer empeorar todo este meollo y llevarlo a un nivel completamente dramático y yo no entendía la razón.

—Él no sabía nada —respondí por mi hermano—. Ada se está inventando cosas.

La mirada que le lancé a Bizcochito era sincera. En ese punto, no quedaba más remedio que decir la verdad, aunque no me creyera.

Ruby nos señaló.

—Vosotros siempre habéis actuado raro cuando ella estaba cerca, no me lo vayáis a negar ahora. No puedo creer que seáis tan caraduras y sigáis mintiendo cuando ya todo ha salido a la luz. —Negó con la cabeza y miró a mi hermano disgustada—. Estoy decepcionada contigo. Creí que eras mi amigo, pero ahora me doy cuenta de que todos sois una panda de hipócritas. Empezando por ti, Kem.

Antes de que alguno de los dos dijera nada, Ruby dio media

vuelta y se marchó tan rápido como había venido. Ninguno tuvo tiempo de aclararle las cosas o de convencerla por lo menos de que decíamos la verdad y Ada no.

¿Qué más mentiras estaría soltando aquella chica? ¿Con qué excusa?

Era ilógico que quisiera hacerle creer a Ruby algo totalmente falso. Deduje que las intenciones de Ada y todo lo que había sucedido no eran simple casualidad.

Tenía que saber qué había pasado aquella noche.

No podía quedarse así.

Iba a averiguarlo y a exponerlo todo, no iba a quedarme de brazos cruzados.

Kylan intentó seguir a Bizcochito, pero lo detuve.

—Ruby no es nada tuyo. Aléjate de ella —dije en voz alta y clara.

Mi hermano menor me miró incrédulo. Lo empujé a su habitación y salí corriendo a buscar a Ruby.

Bajé las escaleras hasta su piso, pero no escuché su puerta cerrarse, así que bajé hasta el vestíbulo. Saludé al conserje y salí a la calle. Sentí algo extraño en el pecho y en la nuca, cerca del nacimiento de mi pelo. Era algo que sentía cada vez que Ruby estaba cerca, como un indicio de su presencia.

Efectivamente estaba ahí, rodeada de coches en el solitario aparcamiento y con la cabeza hacia abajo. Sus hombros se sacudían. Estaba llorando. Se me partió el corazón al verla así porque yo había causado aquello.

Yo era culpable de su sufrimiento y no sabía qué hacer para remediarlo. Me mataba aquello. Solo quería enterrar la cabeza en su cuello y besarla como me gustaba hacerlo. Ese era mi lugar favorito de Bizcochito, aparte de sus ojos y su pelo y sus labios y cada parte de ella.

Las lágrimas no tardaron en nublarme la visión. Caminé hacia ella, mis pasos hacían eco en el gran aparcamiento. ¡Se estremeció al oírlo, pero no se movió. Supuse que sabía que era yo porque no se giró hacia mí.

Me paré tras ella, tan cerca que podía sentir su espalda en mi pecho.

Se estremeció cuando puse una mano en su cintura. Me dejó hacerlo. Por lo que continué y puse la otra al otro lado. Bajé la cabeza y apoyé el mentón en la cima de su pelo, sintiendo su aroma a coco. Inhalé su olor y me perdí en él unos instantes.

Con mucho cuidado, le di la vuelta y la abracé sin decirle nada. Mi corazón latía desbocado, tenía miedo de que ella pudiera escucharlo, pues su oído llegaba a mi pecho. Pero me di cuenta de que no importaba que pudiera sentirlo, solo latía así cuando estaba con ella.

Haber confiado en Ada había sido un error que me pesaría durante el resto de mi vida. Pero no se podía hacer nada, solo esperar que la verdad saliera a la luz. Después de que eso sucediera, planeaba recuperar a mi Bizcochito. Me era imposible imaginar un futuro sin ella a mi lado.

Mi chica se despegó de mí, alzando sus ojos a los míos. Estaban rojos y vidriosos. Mi camiseta estaba mojada de sus lágrimas y eso me hacía sentir peor.

—Ada también me contó que solo fui una diversión para ti, que jamás te gusté... —dijo con voz ronca, echando la cabeza atrás para hablar conmigo.

Apreté los puños furioso. ¿Por qué mierda Ada le había soltado esas tonterías?

—Es mentira —dije enseguida al ver que ella parecía creerla. Intenté tomar su mano, pero me esquivó. Bajé los brazos suspirando—. Te conté la única verdad. Me enamoré de ti, Ruby, de nadie más. Es a ti a quien quiero y me destroza saber que la crees a ella. Yo no...

—¿A quién quieres que crea? —exclamó—. Ada puede ser una arpía, pero es la única que me ha contado la verdad. Si fuera por ti, yo aún no sabría que está embarazada. Apuesto a que me lo hubieras ocultado hasta el final.

—¿De verdad crees eso? —pregunté herido.

Negó y se rio, pero sin humor.

—Ya no sé qué pensar. —Cuando levantó la mirada mi corazón saltó—. Pero seguro que no creeré en ti. Las palabras que me dijiste acerca de tus sentimientos por mí, todas son falsas. Desde que te conocí no has hecho más que mentirme.

Mi corazón dolía por esas palabras, sobre todo al ver la cara asqueada de Ruby. Nunca imaginé que ella pudiera dirigirme esa mirada. Quería que me viera con amor, como antes, y creer que aún me amaba. Pero las esperanzas se estaban escurriendo de mí al notar que ella se alejaba más y más de mí a nivel emocional y sentimental.

—Ruby…

—No digas más, Kem. No importa, al fin de cuentas, nosotros ya no tenemos nada.

Se alejó y su hombro chocó con mi brazo al pasar. Oí sus pasos resonar por todo el aparcamiento, pero no me moví. No fui tras ella, aunque eso me quemara.

Me quedé parado, confuso y agobiado. Sus palabras me habían calado muy hondo. Debería haberme alejado de Ada como Ruby me había pedido, no debería haber confiado en ella.

Su corazón estaba herido. No quería romperlo más.

27

El lunes me levanté de mal humor. No solo estaba furiosa con Kem, sino también dolida. Pero no podía odiarlo. Quería hacerlo y lo intentaba recordando lo que me había hecho, pero me era imposible. Estaba enamorada y de un día para otro ese sentimiento no iba a cambiar, por muy roto que tuviera el corazón. A veces pensaba que todo había sido una pesadilla, pero luego me daba cuenta de que en realidad vivía en una.

Decidí ir por mi lado al colegio, no quería que Amber me llevara. También estaría Kylan y en esos momentos no quería hablar con él ni con nadie. Les pedí a mis padres que me llevaran al colegio, pero por desgracia salían antes para el trabajo y no podían esperarme. Me preguntaron qué pasaba con Amber, pero respondí una mentirijilla: que no iba a clase porque tenía gripe.

Mi otra opción era alguien a quien no quería molestar en estos momentos, pero era mi única salida. Era una estupidez no tener coche y vivir lejos de la parada del bus para el colegio.

Bajé las escaleras del edificio, cuidando de que nadie saliera, y toqué la puerta del primer piso. Varios segundos después, me recibió Dan con el pelo revuelto y en pijama. Se frotó los ojos sorprendido de verme.

—Ruby, ¿qué haces aquí?

Cambié el peso de un pie al otro. De repente, me sentía nerviosa e incómoda. Estaba a punto de pedirle un favor a mi exnovio.

—Hola, Dan —saludé con una sonrisita incómoda. No quise quedarme más tiempo fuera, por lo que fui al grano—. ¿Cómo vas al colegio?

Antes de que se marchara, cuando aún estábamos juntos, nos llevaba su mamá, así que no estaba muy segura de cuál era su transporte desde que había regresado.

—Tengo coche.

Parecía que en esos meses también se había sacado el carnet de conducir.

Sonreí incómoda. Odiaba pedirle favores. Ya era suficiente que aceptara cuidar a Kiwi de vez en cuando.

Hablando de mi pequeño, tenía que dejarlo en mi habitación con agua y comida porque no pensaba dárselo a Kem. Había perdido todos sus derechos como padre desde que me había engañado.

—¿Crees que podrías llevarme? —pregunté de sopetón.

Su cara cambió de aturdido a sorprendido, luego dibujó una sonrisa feliz.

—Eh, sí, claro. Pero… ¿y Amber? —cuestionó confundido.

—Creo que la llevará Henry —mentí con descaro—. No tengo a nadie que me lleve y sé que las cosas entre nosotros ahora son algo incómodas… pero quisiera pedirte ese favor. Solo por hoy, mañana ya veré qué hago —sonreí, sentía cualquier cosa menos felicidad.

Dan no se lo pensó dos veces.

—Por supuesto, Ruby —sonrió—. No te preocupes, yo puedo llevarte siempre que quieras.

Todavía faltaban dos horas para que las clases comenzaran, según me indicó el reloj del salón de Dan. Era consciente de que había bajado muy temprano, pero ya no había remedio. Me había despertado antes para pedirles a mis padres que me llevaran, pero no había salido tan bien como había planeado y me tocaba esperar a que Dan se preparara.

Cuando Dan aparcó el coche, me bajé enseguida. Ya no aguantaba la tensión que se había formado. Era algo triste ver que nuestra amistad se había arruinado tanto, no solo por la relación que habíamos empezado, sino también por la extraña ruptura. No lo culpaba a él, los dos habíamos metido la pata. Sin embargo, podía admitir con certeza que nunca había sentido por Dan lo que sentía por Kem. Lo peor era que al primero le había entregado mi cuerpo y al segundo, mi corazón. Y los dos me trataron como no me merecía.

Le di las gracias a Dan por llevarme. Sin bajarse aún del coche, me sonrió con sinceridad, mostrando sus dientes blancos.

—De nada —respondió—. Nos vemos más tarde.

Me despedí con la mano y caminé hacia las puertas del colegio, vigilando por encima del hombro que no hubiera moros en la costa. Estaba ansiosa y no podía evitarlo. Quería hablar con Amber a solas para poder desahogarme, pero ella era la hermana de mi peor enemiga. Confiaba en ella, pero mis emociones eran un torbellino que me impedían pensar con claridad.

Caminé por los pasillos del colegio abarrotado de jóvenes y me dirigí a mi aula. A primera hora me tocaba Literatura con Kylan.

Ugh. Justo cuando no quería verlo... Sobre todo después de todas las cosas que le había dicho el día anterior delante de su hermano Kem.

Entré al aula con miedo a encontrármelo, pero gracias al cielo todavía no había llegado. Escogí un asiento rodeado de personas para que no se pudiera sentar a mi lado ni detrás de mí, y cogí mi móvil para distraerme y no vigilar la puerta.

Varios minutos después, la campana sonó, dando inicio así a la primera clase. Observé con atención que algunos alumnos entraban justo después que la profesora, uno de ellos era Kylan. Desvié la mirada en el último segundo, pero él me pilló. Al ver que no había asiento cerca de mí, se aproximó a una chica que estaba detrás de mí y le pidió que se moviera. No escuché su conversación porque yo seguía atenta al móvil, o eso pretendía.

La profesora empezó la clase hablando del último capítulo que deberíamos haber leído del libro que estábamos trabajando. Intenté con todas mis fuerzas prestarle atención, pero el incesante toque de Kylan en mi hombro me desconcentraba. De pronto, me habló al oído y me puso los pelos de punta.

—Quiero hablar contigo, Ruby —dijo en voz muy baja—. Después de clase.

Ni siquiera lo miré, sino que despegué la espalda del respaldo y puse los codos en la mesa. No quería hablar con él ni con nadie. Quería mi soledad y mi tiempo para pensar bien las cosas, tenía mucho en la cabeza con lo que lidiar. Mi exnovio me había engañado en mis narices con la hermana de mi mejor amiga, que encima esperaba un hijo suyo.

Qué infierno.

Al terminar la clase, fui la primera en salir corriendo del aula con mi bolso al hombro. Ni siquiera me importó cargar con los libros a la siguiente clase, no podía detenerme ni un segundo para guardarlos en la taquilla, Kylan o Amber podrían interceptarme.

Después de tercera hora, en vez de dirigirme a la cafetería para comer algo, decidí ir al aparcamiento. No tenía más amigos aquí. Conocía a gente, pero no éramos lo suficiente cercanos para pasar tiempo juntos. Además, en esos momentos prefería mi soledad. Fui al patio trasero, desde ahí se podía acceder al aparcamiento por un angosto pasaje y me senté en un escalón delante de los coches.

No me pasaron desapercibidos los pasos que venían hacia mí. Cuando levanté la mirada me fijé en Kylan, tenía las manos metidas en los bolsillos. Se quedó unos segundos callado, luego habló, con la vista fija en mí.

—¿Te acuerdas de la vez que te dije que tenía que decirte algo y terminamos besándonos?

Alcé una ceja.

—Tú me besaste.

Kylan sonrió.

—Tecnicismos —se encogió de hombros—. Me gusta recordarlo de esa manera.

Me quedé callada porque no sabía por qué había sacado el tema.

Él se agacho y se sentó a mi lado. Me observaba de reojo.

—En verdad, te iba a decir algo, pero terminé demostrándotelo.

Fruncí el ceño confundida por sus palabras.

—¿No ibas a hablarme de tu hermano y Ada? —pregunté.

—No. Te iba a contar lo que sentía por ti.

Al oírlo, mi corazón empezó a latir rápidamente en mi pecho. Me levanté de donde estaba sentada porque no sabía qué otra cosa hacer. Ya imaginaba por dónde iba esa conversación.

—Kylan… —vacilé—, no…

—Espera —me cortó.

Se levantó despacio y vino a mí. Yo no podía quedarme quieta, esa situación me superaba. Sus ojos verdes me observaron con determinación.

—Mi hermano lo arruinó contigo y sé que no tengo por qué decirte esto ahora, pero me gustas. —Intenté hablar, pero negó con la cabeza—. No digas nada. No quiero oír tu respuesta. Sé que estás enamorada de mi hermano y que tienes el corazón roto ahora mismo, pero espero ser yo quien una las piezas.

Los latidos se me aceleraron, me alejé de él como si quemara. Sus palabras hacían mella en mi frágil alma. No sentía nada por él. Me gustaba como chico, sí, pero estaba enamorada de su hermano. Jamás podría abrirle a Kylan mi corazón, si es que en un futuro se arreglara.

No solo por ser el hermano de Kem, sino porque ya no cometería el mismo error.

—¿Estabas esperando que ocurriera todo eso para decírmelo? —pregunté.

La cara de Kylan se sonrojó.

—No, Ruby. Me hice a un lado cuando mi hermano te consiguió, pero ahora que ya no estás con él, no podía ocultarlo más. Tenía que decírtelo.

Me quedé muda, no tenía una respuesta para él. Las cosas ya estaban tensas entre nosotros y la situación había empeorado con todo ese tema. El ambiente cargado lo demostraba.

—Lo siento, Kylan, pero nunca estaré lista para empezar algo contigo —murmuré antes de alejarme de él y entrar al colegio.

No me giré en ningún momento.

28

Después de clase, corrí como una posesa al aparcamiento para escapar de mis amigos. Por suerte, Dan me esperaba dentro del coche, escuchando la radio por los altavoces y con el móvil en la mano. Me sonrió cuando me acomodé en el asiento de copiloto.

Era raro pasar tiempo con él a solas después de lo que había pasado entre nosotros. Pensándolo mejor, extrañaba mucho su amistad. Puede que hubiéramos terminado en malos términos, pero él siempre me había parecido un buen chico. Era divertido, leal con sus amigos y siempre estaba dispuesto a ayudar.

Por eso me animé a intentar ser su amiga otra vez. O por lo menos a no ignorarlo de manera incómoda como había hecho por la mañana de camino al colegio.

—¿Y qué tal el día? —pregunté tras salir del aparcamiento.

Dan desvió la vista del frente para mirarme de reojo unos segundos. Una sonrisa divertida surcó sus labios.

—Bien —fue lo único que dijo.

Apreté los labios al darme cuenta de que la conversación moriría ahí. Asentí sin mucho entusiasmo y después desvié la mirada hacia la ventanilla, tratando de escapar del aire de incomodidad que se formaría en unos segundos. Pero no pasó, sino que Dan continuó hablando atento a la carretera:

—¿Y tú cómo estás?

—Bien —respondí enseguida.

En realidad, no quise darle muchas vueltas a la pregunta. Dan hizo un sonido de negación con su garganta que me hizo mirarlo con los ojos muy abiertos y preguntarle qué pasaba.

—Nada, es solo que… —Se encogió de hombros y me miró unos segundos cuando se detuvo en el semáforo en rojo. Su expresión parecía culpable y triste—. Amber me lo ha contado todo.

Traté de no mostrar mi molestia, pero por dentro estaba furiosa con mi supuesta amiga. No tenía derecho a hablar de mis cosas.

Se suponía que mi vida era solo mía y que solo yo podía decidir a quién contársela y a quién no. Obviamente, yo no había querido que Dan se enterara de lo que había pasado con Kem y Ada. Sentía que eso era algo personal y Amber no tenía por qué contárselo a mi exnovio, incluso si resultara ser su mejor amigo.

—¿Qué te ha contado? —pregunté con miedo.

—Lo de Kem... —Lo vi apretar las manos en el volante—, con Ada. No puedo creer que te engañara, Ruby. Lo siento, pero desde que lo vi supe que era un imbécil. Debí advertirte sobre él, pero no quise intervenir. No te merecía. Ese hijo de puta no es digno de ti. —Me miró por un segundo, mostrando la furia en su gesto—. Si quieres, puedo hablar con él. Le diré todas las verdades a la cara y luego lo moleré a golpes por haberte sido infiel.

Cerré los ojos un momento al escucharlo. Sus palabras solo me recordaban todo lo que había vivido durante el fin de semana y me estaba matando. Traté de parpadear rápidamente para alejar las lágrimas.

—No te molestes. —Intenté sonreír—. Ya no quiero pensar en eso.

—Pero se lo merece, Ruby. Se ha ganado un par de golpes después de haberte hecho eso.

En vez de llorar, me reí intentando camuflar el dolor.

—No sabía que eras de los que pegan.

—Por ti lo haría.

Casi me sonrojé por su comentario. Lo hubiera hecho si me hubiera mirado mientras lo decía. Me centré en observar por la ventanilla tratando de ignorar la tensión palpable, pero volvió a hablar:

—Yo nunca te hubiera lastimado así.

Me miré las manos sobre el regazo. No tenía una respuesta para él, así que no dije nada, solo le dediqué una sonrisita que seguro que no me llegó a los ojos. Luego me mantuve en silencio lo que quedó de viaje hasta casa.

Sus últimas palabras habían quedado suspendidas en el aire.

En cuanto aparcó, me bajé y tomé mi bolso. Dan, como un caballero, esperó a que me bajara para cerrar la puerta detrás de mí y me acompañó por las escaleras hasta mi piso.

—Me preguntaba si querrías salir conmigo el viernes. —Levantó las manos y sonrió en un gesto inocente—. Como amigos, claro.

Hice una mueca, ya lamentaba lo que iba a decir a continuación, pero estaba decidida a no aceptar por lástima ni por venganza. No quería convertirme en una mala persona por culpa de mis acciones. Tenía que ser clara y directa, no quería darle falsas esperanzas.

—No creo que pueda salir contigo, Dan. —Jugué con las manos nerviosa—. Prefiero dejar las cosas así. Salir contigo solo empeoraría todo. Lo entiendes, ¿verdad?

Al principio Dan se mostró reacio, pero luego asintió y por último sonrió.

—Está bien. Pero no me daré por vencido contigo, Ruby.

Antes de que pudiera decir algo más, me besó la mejilla y bajó las escaleras.

Entré a mi apartamento con un suspiro saliendo de mis labios.

¿Por qué no podía haberme enamorado en realidad de Dan? Era un buen chico y, como había dicho, él nunca me hubiera lastimado así.

Con el corazón apretado y el estómago hecho un nudo, entré en mi habitación y casi me caigo de cara cuando vi a Kem jugando con Kiwi en el balcón. Me acerqué a ellos y tomé al perrito entre mis brazos. Al instante, me lamió la cara mientras movía la colita de un lado a otro.

Mientras tanto, Kem no me quitaba el ojo de encima.

—¿Qué haces aquí?

—¿Podemos hablar?

Arqueé una ceja.

—¿Y ahora qué quieres? —pregunté irritada.

No sabía qué más quería Kem, ¿acaso torturarme? Ya había sido suficiente con su engaño.

—Solo hablar. El otro día te fuiste molesta y no quiero que…

—No me interesa, Kem. Ahora todo lo que tiene que ver contigo no me importa y ya va siendo hora de que te lo grabes. —Suspiré—. Lo nuestro ya terminó, ni siquiera somos amigos. Deja de buscarme y, sobre todo, deja de colarte en mi balcón. No es justo que sigas viniendo. Y si quieres ver a Kiwi, mándame un mensaje o manda a uno de tus hermanos para que te lo lleve, pero yo no quiero volver a verte.

El rostro de Kem se arrugó de dolor al oírme. Mis palabras no eran nada en comparación con lo que él me había hecho, así que no entendía su expresión. Sin decir nada más, señalé las escaleras de emergencia para que se fuera y me llevé a Kiwi dentro de la habitación. Cerré las puertas de cristal y dejé a Kem fuera y solo.

Pasé la tarde haciendo los deberes del colegio mientras esperaba a que mis padres llegaran. Amber me envió un mensaje avisándome de que bajaría a mi casa en un rato. Cinco minutos más tarde, el sonido del timbre resonó en el apartamento.

Dejé las cosas sobre mi escritorio y fui a abrirle la puerta a mi amiga, que me sonrió incómoda.

—¿Cómo estás, Ruby? —preguntó al entrar, cerré la puerta detrás de ella y caminó conmigo a mi habitación.

Kiwi corrió hacia nosotras y ella lo cargó unos momentos mientras esperaba mi respuesta.

—Bien. —Me encogí de hombros, aunque sentía un hueco en el estómago. Odiaba esa pregunta, además, me lanzó una mirada de incredulidad—. En serio, nada del otro mundo, mi novio me ha engañado. Hay muchos imbéciles así, no es para tanto.

Era obvio que no estaba bien y me enfurecía que aun así me preguntaran cómo estaba.

Amber hizo una mueca y dejó a Kiwi en el suelo.

—Hay algo que debo decirte. —Me lanzó una mirada de tristeza—. Mis padres ya se han enterado de lo de Ada. Estaba muy mal y ya ni comía. Notaron lo desanimada que estaba, así que quisieron llevarla al hospital pensando que estaba enferma, pero Ada no quiso y tuve que confesarlo.

—Eso a mí no me afecta.

Mi mejor amiga me lanzó una mirada exasperante.

—Mis padres han hablado con Kem —dijo, eso despertó mi curiosidad—. Ada ha tomado la decisión de quedarse con el bebé. Al principio quiso abortar, pero luego cambió de parecer. Por eso fueron a hablar con él y mis padres… —Negó, casi riéndose, pero yo no le veía la gracia—. Querían casarlos a la fuerza, como si estuviéramos en el siglo XX. Pero Kem se negó en redondo, para molestia de mis padres que no quieren a una hija madre soltera. Ada sí parecía querer, pero Kem se puso como loco.

Uf. Escuchar todo aquello me sorprendió y me dolió a partes iguales. Iban a tener un hijo, iban a ser una familia. Mi corazón tartamudeó del dolor al imaginármelo.

—¿Así que se quedará al bebé?

Amber asintió.

—Sí, ha decidido tenerlo. Ya empieza a salirle el lado maternal.

Ajá.

—Ya no quiero hablar de esto, Amber.

—Lo odio —murmuró de pronto—. Odio a Kem, ese hijo de puta ha dejado embarazada a mi hermana mientras tonteaba contigo. En serio, ¿qué clase de tipo es? En cuanto lo vea de nuevo, lo golpearé.

No pude evitar sonreír.

—Hazlo, por favor.

Reímos divertidas.

No podía pensar en Amber golpeando a alguien, imaginármelo era muy gracioso.

—¿Cómo te va con Henry? —pregunté cuando nos cansamos de reír.

Su sonrisa se iluminó al oír el nombre de su novio. Se la veía muy contenta, al parecer su odio se convirtió en amor. Recordé el famoso refrán que decía «del odio al amor hay un solo paso». Eso definía por completo su comienzo.

—Nos va de maravilla. Henry es un gran chico. —Sonrió alegre—. Es amable, caballeroso, divertido y, sobre todo, tierno conmigo. Y, por supuesto, me mima en todo.

Cogí una almohada de la cama y me la puse detrás para tumbarme.

—Me alegro, Amber. De verdad que sí. Se nota que Henry es buen chico.

Asintió para darme la razón.

—Lo quiero.

—Bien. Se nota que él a ti también.

—Y también me lo demuestra. —Sonrió pícara.

Le tiré la almohada a la cara riéndome.

Cuando Amber se fue, llegaron mis padres. Mamá empezó a hacer la cena mientras yo corría a esconder a Kiwi, que cada vez estaba más grande y tenía el pelo más largo. Debía llevarlo pronto al veterinario, pero no me alcanzaba el dinero. Tenía poco ahorrado de la paga de mis padres y me lo estaba gastando en su comida. Quizá necesitaba con urgencia un trabajo.

En la cena, cuando se lo comenté a mis padres, ellos se miraron unos segundos antes de negarse en redondo. No querían que trabajara por miedo a que descuidara mis estudios. Insistí varias veces, pero no cedieron. Me dijeron que podía trabajar cuando el año escolar terminara, pero no mientras tanto. Decidí no discutirles. Ya vería la forma de conseguir dinero trabajando sin que ellos se enterasen.

Debía tomar medidas extremas para este caso extremo.

Porque por ningún motivo le pediría a Kem dinero prestado para Kiwi.

Al día siguiente, al regresar del colegio con Dan, pasamos por la cafetería Dolce Casa. Justo había un anuncio que decía que se necesitaban camareras con o sin experiencia. Le di las gracias al cielo, sabía que era una oportunidad para mí de ganar dinero. ¡Estaba tan emocionada! Era como si Dios me estuviera mandando una ayudita.

Al llegar a casa, le pedí a Dan que cuidara de Kiwi mientras yo iba a la cafetería para solicitar el puesto. Iba a desobedecer a mis padres, pero por una buena causa.

Por la noche, regresé a casa con una gran sonrisa en la cara por haber obtenido el trabajo. El horario no era tan malo como había pensado, sino que se acomodaba perfectamente a mis necesidades. Después de clase, iría allí directamente para empezar a trabajar y saldría a las siete de la tarde, justo la hora en que mis padres salían del trabajo. Tenía media hora para llegar a casa, suficiente para llegar con tiempo. Todo iba según lo planeado y estaba feliz. Aparte de ganar dinero, sería una gran distracción.

Al día siguiente fue mi primer día de trabajo.

Mi jefa, Mandy, era una señora mayor con los ojos más dulces que había visto. Siempre pedía que la tutearan, decía que la hacía sentir más joven. Su esposo y ella eran los dueños de aquella cafetería. Les estaba muy agradecida por la oportunidad, dado que era una chica sin experiencia.

Viendo el lugar recordé la vez cuando mis amigos y yo vinimos por primera vez y encontramos a Kem junto a Ada. Qué tonta fui al no unir las piezas entonces. Había estado tan cegada que no había visto los pequeños detalles tan importantes que había tenido delante de las narices.

Mandy me recibió y me llevó a su oficina, donde me dio el

uniforme de las camareras. Consistía en un vestido corto color azul muy bonito con rayas blancas y botones desde arriba hasta abajo. La tela me llegaba casi a la mitad del muslo, por lo que me horroricé.

—No te preocupes, Ruby —dijo Mandy con una sonrisa ladeada—. Es parte del uniforme, pero si deseas una talla más...

Hice una mueca.

—No. —Negué con la cabeza disgustada con estar disconforme en mi primer día de trabajo—. Esto está bien.

Ella asintió y me mostró lo que debía hacer. Estuve una hora con ella escuchándola hablar sobre cómo debía hacer las cosas y los pedidos. Ese primer día sería de entrenamiento, por lo que solo me encargué de tres mesas. Lo normal eran siete, pero al ser mi primer día, debía ir despacio.

Una hora después, todo iba muy bien. Los clientes estaban felices con mi atención y yo me alegré por ello.

¡Era mi primer trabajo! Estaba muy contenta de haberlo conseguido.

Débora, una de las camareras a la que todos llamaban Debie, me llamó. Era un par de años mayor que yo y trabajaba para poder pagar el piso donde vivía. Su sonrisa se hizo pícara mientras miraba al frente y me decía:

—Tienes clientes.

Cogí la carta del menú y fui a la mesa. Me detuve al ver que eran mis amigos, Amber, Henry, Kylan y una chica nueva. Me quedé de piedra al observarlos.

La chica me resultaba familiar, era obvio que iba a nuestro colegio.

Quise dar media vuelta, pero Kylan giró la cabeza y se fijó en mí.

Ups, era demasiado tarde para correr, ¿no?

29

No. Decidí que aún no era tarde para correr. Me di media vuelta ante la mirada atónita de Kylan y caminé con precisión hacia la cocina. Debie me esperaba muy sonriente. Alzó las cejas, interesada en que hablara.

—¿Y?

La miré confundida, con el corazón latiéndome desbocado.

—¿Cómo que y? —Me llevé una mano al pecho intentando calmarme.

Seguro que Kylan pensaba que era una tarada. Gracias al cielo, no le había hecho caso a mi instinto de correr, eso sí hubiera confirmado mi poca cordura.

Debie me lanzó una mirada confundida.

—Los chicos… —Movió las cejas de arriba abajo con picardía—. Me fijé en que uno de ellos se te quedó mirando, ¿por qué has vuelto corriendo? ¿Te da vergüenza?

Sí, un poco sí que me daba mostrarme con este uniforme que apenas cubría las piernas ante mis amigos. Ellos, por supuesto, no sabían que trabajaba aquí. Aunque seguro que Kylan ya les estaba informando de ello.

Como pude, me recompuse y tomé los menús que había tirado sobre la mesa al entrar despavorida. Me dirigí hacia donde debía ir sin responderle a Debie, pero lanzándole una mala mirada.

Tenía que ser profesional si quería ganar dinero. Y, sobre todo, no tenía por qué avergonzarme, eran mis amigos, por Dios.

Respiré hondo. Debie levantó los dos dedos pulgares para darme ánimos. Al pasar por su lado me dio un golpe en el trasero. La miré mal por la confianza que no le había dado.

Al salir de la cocina, divisé la mesa donde estaban mis amigos y la chica que no reconocía.

Me acerqué rápida y me obligué a sonreír.

—¡Hola, chicos! —dije entusiasmada.

Me fijé en que tenían la boca abierta por verme delante de ellos con el uniforme de camarera. Al parecer, Kylan no les había contado que me había visto unos minutos antes. Lo miré con una ceja alzada, pero luego lo esquivé.

Amber fue la primera en reaccionar.

—¡Oh, Dios mío! —gritó, haciendo que Henry a su lado se tapara los oídos—. ¡Estás trabajando aquí! ¿Desde cuándo?

La chica que estaba al lado de Kylan nos observaba con curiosidad. Yo me encogí de hombros como si no fuera gran cosa.

—Hoy es mi primer día.

Amber se levantó y corrió a abrazarme. Cuando se alejó, me hizo darme una vuelta entera para mostrarle mi uniforme, que se levantó al vuelo. La mirada que me lanzaron todos me hizo sonrojarme.

Amber silbó mirándome las piernas.

—Qué sexi, chica —murmuró con una sonrisa—. Yo también quiero trabajar aquí solo para llevar este uniforme.

Por suerte para ella, sus padres eran más flexibles con el dinero. A ella le daban su buena cantidad de paga diaria y también mensual, suficiente como para ahorrarla. No como mis padres, que me tenían censurado el dinero desde que comenzaron las clases porque, según ellos, debían ahorrar para mi educación universitaria en cuanto terminara el colegio. Faltaba poco para ello así que desde ya estaba corta de dinero.

Intenté no fijarme en Kylan, pero era muy difícil, podía sentir sus ojos en mi cara. Miré a la chica sentada al lado de él y le sonreí.

—Hola, soy Ruby.

La chica, muy bonita con su pelo negro lacio y unos iris marrones, me miró.

—Yo soy Jessica.

Asentí y luego me fijé en Henry. Su pie ya no estaba escayolado ni tampoco usaba muletas, pero aun así debía cuidar su pierna.

—¿Qué se siente al poder caminar de nuevo?

Henry alzó una ceja, divertido con mi pregunta.

—Lo mismo que caminar como siempre. —Se encogió de hombros sin dejar de sonreírme—. Pero estoy feliz de poder andar con mi amada a todas partes.

Tomó la mano de Amber, que estaba a su lado, y la hizo sentarse en su regazo. Con eso, ella se inclinó a él y lo besó rodeándole el cuello con los brazos.

Despegué la mirada de los amados tortolitos, parecían estar en su mundo, y me fijé en Kylan. Él parecía ajeno a Amber y Henry, no me quitaba el ojo de encima. Dejé los menús delante de cada uno sobre la mesa. Luego saqué mi libretita del bolsillo del vestido junto al lapicero que tenía detrás de la oreja.

—¿Qué desean tomar?

Kylan salió de su ensimismamiento y abrió el menú. Amber y Henry levantaron un dedo cada uno y entre besos lograron murmurar: «pastel de chocolate». Lo anoté y luego miré a los otros dos. Jessica observaba el menú, indecisa. Kylan pidió lo mismo que los tortolitos y se inclinó sobre la chica para ayudarla a tomar una decisión.

No pude evitar suspirar. Se estaban tomando más tiempo del debido y yo tenía que entregar estos pedidos a la cocina.

—Puedo regresar luego —dije llamando su atención. La tal Jessica negó al igual que Kylan.

—Tomaré lo mismo —dijo.

Lo anoté en la libreta.

—¿Eso es todo?

—Por ahora —replicó Kylan mirándome.

Hice una mueca y me alejé de ahí enseguida. Tenía otras dos mesas que atender, no podía quedarme más tiempo.

Después de servir las mesas y repartir el pastel de chocolate a mis amigos, decidí tomarme un descanso en la cocina. Allí había varias camareras como yo esperando sus pedidos. Divisé a Debie conversando con el cocinero, el esposo de Mandy. Su nombre era Percy y parecía tener la misma edad que su mujer.

Cuando me vio, sonrió.

—Hola, Ruby —saludó—, ¿por qué esa cara?

Debie me observó fijamente, luego entrecerró sus ojos.

—¿Es por la mesa ocho?

Sí, por la mesa de mis amigos, por eso tenía esa expresión de molestia en la cara. Llevaban dos horas ahí sentados y no se iban. Lo peor de todo era que, cada vez que pasaba, podía escuchar las carcajadas de Amber y Jessica o a los chicos murmurar. Estaba siendo irracional, pero una parte de mí se sentía celosa y algo indignada.

Habían salido sin mí, sin avisarme. Yo estaba trabajando, pero eso ellos no lo sabían. Ni siquiera se molestaron en mandarme un mensaje.

Decidí confesarme con Debie y Percy. Era mi primer día y acababa de conocerlos, pero me daban mucha confianza.

—Son mis amigos —dije con una mueca.

—Oh, eso es bueno —sonrió Debie—. Tendrás buena propina.

Percy solo rio. Yo intenté no entornar los ojos.

—No. Solo Amber y Henry son mis amigos, los que no se quitan las manos de encima. A la otra chica no la conozco y el otro tipo, Kylan, es el hermano de mi ex.

Debie dibujó una expresión de sorpresa.

—Bueno, eso sí está jodido.

Me pasé las manos por la cara. Si tan solo supieran…

—Él, Kylan, me confesó que le gustaba —dije de corrido.

Por fin podía contárselo a alguien. Ya no aguantaba guardármelo por más tiempo. Debie alzó las manos. Parecía no poder creerlo.

—Espera, ¿estás diciéndome que le gustas al hermano de tu exnovio?

—Sí —me lamenté.

Percy hizo un sonido extraño. Debie y yo nos giramos a verlo, parecía estar cocinando algo al mismo tiempo que me escuchaba.

—Como dice Debie, eso es jodido.

Percy era un hombre de pocas palabras. Lo conocía de hacía unas horas y ya podía darme cuenta de ello. Negué con la cabeza.

—Si supierais toda la historia…

De pronto, mi nueva amiga se inclinó hacia mí sonriente e interesada.

—Cuéntame más.

—Oh, no. —Negué con la cabeza—. Es mi primer día, mañana te contaré con pelos y señales, lo prometo.

Debie parecía querer replicar, pero Percy le lanzó una mirada de advertencia. Yo les sonreí antes de alejarme para comprobar mis mesas. La número ocho, donde mis amigos se carcajeaban tan alto que los escuchaba toda la cafetería, tenía los platos vacíos. Tenía que ir a retirarlos, pero no quería.

Me daba pavor. ¡Por Dios, me estaba convirtiendo en una cobarde!

Me armé de valor como pude y me acerqué. Mis amigos dejaron de reírse cuando me incliné para retirar los platos.

—Disculpa, chica —dijo la tal Jessica levantado un dedo, tenía las uñas pintadas de rojo—. Tráeme un vaso de agua.

Su pedido tan brusco y sin un «por favor» me causó rabia. Entorné los ojos sin poder evitarlo y me llevé los platos a la cocina. Lo dejé todo en el lavaplatos y tomé un vaso. Iba a llenarlo con agua del filtro, pero decidí hacer una pequeña travesura por su falta de tacto.

Abrí el agua del grifo, de la cual no era saludable beber y, con cuidado de que nadie me viera, llené el vaso. Me reí por semejante travesura, pero en mi defensa diré que ella se lo merecía por ser tan descortés conmigo.

Caminé hacia la mesa y, con una sonrisa falsa, dejé el vaso frente a Jessica. Me di la vuelta para irme, pero la mano de alguien me detuvo. Me solté rápidamente al sentir un picor en la piel. Me giré para enfrentar a quien me había tocado y, por supuesto, era Kylan.

—La cuenta, por favor —dijo en tono suave.

Asentí y corrí hacia la caja registradora. Imprimí el recibo y me acerqué de nuevo a ellos. Puse su recibo en una bandejita sobre la mesa bajo la atenta mirada de todos. Henry y Kylan sacaron un billete y lo dejaron sobre el recibo. Lo tomé y fui de nuevo a la caja. Cuando les llevé las vueltas, Amber se acercó a mí.

—Gracias, Ruby. Avísame cuando tengas tiempo para salir. —Empujó mi hombro sonriéndome. Luego se acercó para susurrarme al oído—. Henry y yo solo íbamos a salir con Kylan. Nos dio pena que estuviera de farolillo, así que invitamos a Jessica. Va a nuestra clase.

—No tienes por qué explicármelo, Am —respondí con una sonrisa falsa. Luego me sentí culpable y la abracé—. Nosotras saldremos en otro momento y nos pondremos al día.

Amber me besó la mejilla a modo de adiós. Me alejé para despedirme de Henry y, bajo la atenta mirada de Kylan, caminé de vuelta a la cocina.

Debie me miraba con una mueca en la cara.

—Tienes que contármelo todo.

Estuve de acuerdo.

—¿Tienes tiempo? Esto te llevará un par de horas.

Ella asintió fervientemente.

—Por supuesto. —Sonrió—. Siempre hay tiempo para el chisme.

Esas palabras me hicieron reír.

Ya tenía una nueva amiga y confidente. Por fin alguien a quien contarle mis cosas que no estuviera inmerso en todo el drama que era mi vida.

30

La semana pasó rápida. Durante esos días, me había hecho mucho más cercana a Debie gracias al gran drama de mi vida que le había contado con todo lujo de detalles. Fue una buena oyente y consejera. Incluso la llegué a ver como la hermana mayor que nunca tuve pero siempre quise.

Su sabio consejo fue que olvidara a Kem y me alejara de su vida. Dijo que yo era una chica joven y que tenía mucho por vivir. También que el primer amor no tiene por qué ser el último.

—¿Sabes? —preguntó ella mirándome con una sonrisa brillante mientras salíamos de la cafetería donde trabajábamos—. Tienes diecisiete años, Ruby, y una vida por delante. No debes detenerte por nada del mundo. Si tu novio te engañó, olvídalo. Mándalo a la mierda y sigue viviendo. No te vas a morir por ello. Verás que encontrarás a tu verdadero amor, tu príncipe azul, después de haber besado varios sapos.

Esas palabras habían despertado el sentimiento del coraje en mí y las ganas de querer olvidarlo superaron las de compadecerme cada día. Total, todo estaba hecho ya. Debie me insistía en presentarme a sus amigos y salir, pero tampoco quería más sapos por el momento. Solo pretendía sanar y vivir tranquila. Por lo menos hasta terminar el colegio, luego tenía metas, como ir a la universidad y estudiar Medicina. Querer ser profesional y salir adelante.

El sábado también tenía trabajo y, aunque no me gustara, estaba agradecida. Mis padres también estarían en la oficina y no en casa para supervisarme.

Debía estar en la cafetería desde el mediodía hasta las cinco de la tarde, el mismo horario que Debie. Cada vez estábamos más unidas y era mi única amiga en la cafetería Dolce Casa. Ella llevaba ahí mucho más tiempo que yo, pero me contó que nunca había hecho amigas hasta que llegué yo.

Parecía una chica dulce, pero cuando la llegabas a conocer insultaba más que un camionero. Me gustaba porque me divertía mucho con sus ocurrencias. Por fin podía insultar y hablar mal de Ada con alguien que no fuera su hermana. Debie me entendía más que nadie, pues había pasado una racha parecida a la mía, un exnovio suyo la había engañado. Como decía ella: «Esos hijos de puta están por todos lados».

Al finalizar nuestra jornada de trabajo, Mandy y Percy llamaron a todas las del segundo turno del sábado para hacer una pequeña reunión. Debie y yo nos miramos extrañadas ante eso, pero no pudimos hacer nada más que ir a la oficina como nos habían solicitado.

Dentro se encontraban los dos dueños esperándonos. Éramos un total de siete chicas del segundo turno. Eran casi las cinco y cuarto. Mis padres, cada sábado después del trabajo, solían distraerse por lo que yo tenía el día libre para hacer lo que quisiera sin que sospecharan. Mientras tanto, Dan cuidaba de Kiwi. Le agradecía enormemente su bondad, no podía pensar en otra persona para que lo cuidara que no fuera él.

Kem, por supuesto, no era una opción.

—Chicas, os hemos reunido porque necesitamos ideas —empezó diciendo Mandy mirándonos. Se encontraba detrás del escritorio, sentada al lado de su esposo—. Las ventas han bajado después de un mes de abrir y ya no hay la misma clientela como al principio, cuando inauguramos. Lo comenté con Percy y decidimos contároslo para que nos ayudéis. Sois jóvenes y nos podéis ayudar a innovar el lugar, así que os haré una pregunta: ¿qué creéis que le falta a la cafetería?

Todas se miraron estupefactas, yo le lancé un vistazo a Debie. Estaba tan confundida como yo por aquello. Sí, la clientela había bajado, lo habíamos notado, pero aun así había trabajo y estaba agradecida por eso. Además, ¿qué teníamos nosotras que comentar? ¿Acaso no tenían un administrador o alguien de marketing para que los ayudase en casos como ese?

—Todo está perfecto, Mandy. La cafetería es perfecta —dijo una chica levantando la mano.

Su nombre era Alexa, nunca había entablado una conversación con ella, pero parecía ser la consentida de Mandy. Era una chica zalamera con los jefes y llevaba trabajando ahí desde el principio.

Mandy suspiró, negando.

—La clientela ha disminuido visiblemente —replicó, con una mueca de tristeza en el rostro—. Quiero que nos ayudéis pensando en algo que pueda volver a llamar a los clientes. No sé, ofertas, regalos, más platos en el menú, etcétera.

El despacho se quedó en silencio, al parecer nadie quería dar su opinión.

Debie me dio un codazo y le lancé una mirada confusa. «¿Qué mierda?», murmuró sin vocalizar, solo moviendo los labios despacio para que la entendiera. Me reí en voz baja por eso.

—Mandy —dijo otra chica llamando su atención—, tal vez agregar más cosas al menú es buena idea. No solo cosas dulces, también hamburguesas, ensaladas y comidas. Ya sabes, para que puedan venir a cualquiera hora del día.

—No es mala idea —opinó Percy escribiendo frenéticamente en una libreta. Cuando terminó, alzó la mirada—. ¿Qué más, chicas? Vamos, lluvia de ideas.

Debie alzó la mano.

—Tal vez podríamos poner una banda para que toque música los fines de semana.

Todas las chicas la miraron con recelo. Mandy puso cara pensativa.

Aquella idea de Debie me dio a mí otra mejor. Levanté la mano para pedir hablar, Percy asintió dándome la palabra.

—Tal vez podríamos hacer un karaoke. —Me encogí de hombros mirando a mis jefes—. A los jóvenes les gusta cantar y salir con amigos. Y agregar licor al menú por las noches.

Debie a mi lado aplaudió encantada con la idea.

—¡Por supuesto! —gritó, me abrazó de lado poniendo su brazo en mi hombro y apretándome contra ella—. ¡Eso sí sería genial, Mandy!

Nuestra jefa me miró unos segundos, que se me hicieron eternamente largos, antes de asentir despacio.

—Creo que tienes razón, Ruby —estuvo de acuerdo y todas aplaudieron contentas con la idea del karaoke—. Serían noches de karaoke, ya puedo imaginármelo… —dijo ella soñadora mirando a su esposo, que asentía con la cabeza.

Así pues, mi plan se llevó a cabo en tan solo una semana, el tiempo que se tardó en organizarlo todo: desde los micrófonos, pantallas, cables, luces y hasta parlantes. Al siguiente sábado, ya teníamos un karaoke instalado en la cafetería. La clientela aumentó y nosotras estuvimos más ajetreadas que nunca, cosa que también se tradujo en más propinas en nuestros bolsillos.

Había hablado con Mandy y Percy para alargar mi jornada del sábado, al igual que Debie. Necesitábamos el dinero de verdad y las noches del karaoke eran las más lucrativas.

Mi idea hizo despegar la popularidad de la cafetería, ya no solo eran conocidos por la tarta de chocolate, sino también por ser el único karaoke de la urbanización. El karaoke era todas las noches a partir de las ocho, pero yo solo iba los sábados, igual que la mayoría de la clientela. Se llenaba tanto el local que todas las camareras estábamos atareadas hasta altas horas. Como solo había trabajado dos semanas, mis padres no sospechaban nada todavía y podía estar tranquila.

Debie me encontró en la cocina y corrió hacia mí. Se tapaba los oídos con las manos por culpa del ruido del chico que cantaba en el pequeño escenario situado al fondo del local. En serio, ¿quién lo había animado a cantar, un sordo?

—¡Esto es horrible! —exclamó mi compañera horrorizada—. Solo deben subir a cantar personas que lo hagan bien, no aficionados borrachos.

Asentí.

—No sé por qué se me ocurrió darle esta idea a Mandy. —Me reí—. Por lo menos tenemos dinero de más.

Moví las cejas al ver la sonrisa de Debie.

—Ah, eso sí es lo mejor —declaró presionando una mano en el bolsillo del vestido donde guardábamos las propinas.

Después de varios minutos esperando a que Percy terminara de preparar los platos, una chica estaba cantando una canción que conocía muy bien, por lo que empecé a cantarla mientras comprobaba los pedidos. La cocina se quedó en silencio.

Segundos después, alcé la vista y me callé de golpe al ver las miradas sorprendidas de Percy y Debie.

Esta última parpadeó varias veces antes de hablar.

—Guau, mierda, Ruby, cantas muy bien —me halagó sorprendida y no añadió nada más.

Por primera vez, la vi tartamudear sin saber qué más decir. Por lo general, Debie era una chica que siempre tenía algo que decir. Nunca se quedaba callada, pero esta vez se había quedado sin palabras. Percy también pareció anonadado.

¿Por qué se sorprendían tanto?

—Cantas muy bien, chica. —Percy, por otro lado, era un hombre de pocas palabras.

—Eh, gracias. —Me ruboricé ante ellos por sus halagos.

Tomé el pedido que ya estaba listo y llevé los dos platos de hamburguesas con patatas fritas a la mesa correspondiente. No quería hablar más del tema de cantar con Debie o Percy. Me daba mucha vergüenza. Era una afición muy personal, un secreto que me gustaba guardar.

Cuando me di la vuelta para atender mis mesas, la puerta de la cafetería se abrió. Miré con interés hacia allí, pero me quedé colgada al ver entrar a Kylan con Jessica, Henry y Amber los seguían abrazados. Le di un codazo a Debie para que mirase en esa dirección, ella abrió los ojos como platos.

—Qué descaro. —Negó con la cabeza—. Creo que ahora tienen su propio grupito de amigos.

Gracias a Dios se sentaron en una mesa que no era mía, sino de Alexa. Caminé a la cocina y seguí con lo mío varios minutos más. Los clientes siguieron subiendo al estrado para cantar algo, muchos de ellos estaban borrachos y no tenían pudor de hacerlo fatal delante de desconocidos.

Incluso Kylan y Jessica salieron a cantar. Me sorprendí de aquello, mi vecino no lo hacían tan mal como yo pensaba. Los observaba por el hueco de la puerta de la cocina. La voz ronca de Kylan resonó en todo el lugar, junto a la melódica y suave de la chica. No le di importancia a lo romántica que era la letra, sino a la combinación de sus voces. Cantaban muy bien y lo sabían, el público aplaudía al ritmo de la canción.

—El chico canta bien —opinó Debie deteniéndose a mi lado y observándolos—, apuesto a que la canción es para ti.

Entorné los ojos.

—No empieces, Debie.

A mi compañera le encantaba fastidiarme. De verdad, se comportaba como si fuera mi hermana mayor al hacer todas las bromas y comentarios para molestarme. Dejó de prestarle atención a la pareja del escenario y giró la cabeza en la otra dirección, segundos después silbó.

—Vaya, un chico guapo en tu mesa. ¿Por qué siempre te tocan los buenorros? —La observé cruzarse de brazos haciendo un puchero—. Aunque tiene novia, así que es solo para mirar.

Me reí divertida, negando con la cabeza.

Me giré hacia donde apuntaba y me quedé de piedra. No era cualquier pareja, eran Kem y Ada. Parecían muy sorprendidos de ver a Kylan en el escenario cantando con una chica.

Seguro que mi cara de estupefacción superaba la de ellos, porque no podía creer aquello.

31

Mi corazón empezó una carrera en mi pecho, latía con fuerza mientras observaba a Kem y Ada. No estaban sonriendo, sino mirando con asombro a Kylan y la chica con la que cantaba. No les despegaron la mirada, al igual que yo de ellos. Lo peor de todo era que estaban sentados a mi mesa. Le pedí a Debie que atendiera por mí y ella lo hizo encantada.

—Yo tengo todo controlado —dijo guiñándome un ojo y salió para atenderlos.

Volví a observarlos por la ventanilla de la puerta de la cocina y vi que mi amiga les dejaba los menús. Los estudiaron un rato y pidieron algo, Debie lo anotó en su libreta y se alejó para volver a la cocina.

Cuando entró, su cara lo decía todo. Estaba en shock.

—¡Vaya! —exclamó tocándose el pecho a la altura del corazón—. Nunca he sentido tanta tensión en mi vida.

Me acerqué para pedirle detalles. Debie parpadeó.

—En serio, demasiada tensión. Él parecía molesto y ella también. No se han dicho nada en todo el rato que he estado ahí. Ni siquiera se han mirado.

Me encogí de hombros. Yo también tenía todo el cuerpo rígido. Quería correr a la esquina de la cocina y hacerme una bolita, pero el deber me llamaba. Tenía varias mesas que atender y no podía quedarme ahí encerrada para siempre.

—Necesito que me cubras —le rogué a Debie—. Literalmente hablando, eh.

—Por supuesto, Ruby.

Durante los próximos minutos, con la ayuda de Debie, pude pasar desapercibida en la cafetería sin que ni Kem ni mis amigos me notaran. Evité pasar por su mesa a toda costa y llevaba la carta de menú en la cara para tapármela cada vez que pasaba por su campo de visión. Debie también me cubría a veces para que no fuera tan obvia. Aunque por supuesto, la mala suerte me acompañaba a todas partes.

Me dirigí a una mesa donde un hombre alzaba la mano para que lo atendieran, no era mi mesa, pero como nadie le hacía caso, decidí ayudar. Me estaba acercando cuando alguien chocó conmigo y me hizo tropezar. Al sentir que una mano tocaba mi muñeca para estabilizarme, un escalofrío me recorrió el cuerpo.

—¿Ruby? —preguntó Kem sorprendido.

Alcé la cara mientras me alejaba de su toque. Parecía muy impresionado, bajó la mirada a mi uniforme. Sus ojos se quedaron más tiempo de lo debido en mis piernas. Carraspeé, disgustada por su mirada. Antes me derretiría cuando me contemplaba, pero ya no. Me di la vuelta para irme, pero él me detuvo sujetándome por el brazo.

—Espera, ¿qué haces así vestida? ¿Por qué estás aquí?

Debie vino a rescatarme. Lo alejó de mí y se interpuso entre los dos.

—Atrás, imbécil —murmuró en voz baja, para que lo escucháramos solo nosotros y no llamar la atención. Kem la miró sorprendido—. Si vuelves a acertarte a ella, te golpearé. Ya sé cómo tratar a los de tu calaña.

No pude evitar reírme por las ocurrencias de Debie, le apreté el hombro agradecida por su intervención.

—Será mejor que te vayas, Kem. —Alcé la voz para que me escuchara, parecía abatido—. Ada te está esperando.

Kem negó con la cabeza.

—Sus padres me han pedido que la sacara de casa porque estaba muy deprimida... —Hizo una mueca—. Tuve que hacerlo...

—A nadie le importa, idiota. Guárdate tus palabras —dijo Debie con indiferencia—. Adiós, mierdecilla.

Me tomó de la mano y me alejó de ahí. Me llevó a la cocina y me tendió un vaso. Con la adrenalina corriéndome las venas, lo agarré y lo olí antes de beber. Era alcohol, pero no me importó. Si me lo daba era para calmarme los nervios.

Funcionó segundos después, cuando sentí el ardor en mi estómago. Me reí al recordar lo que Debie le había espetado a Kem.

—No puedo creer que le dijeras todo eso —resoplé divertida—. Eres mi heroína.

Ella se encogió de hombros.

—Tienes que tratar a los hombres como ellos a ti. Si se comportó como una mierda, tienes que hacer lo mismo. —La mirada en la cara de Debie cambió al escuchar a la chica que empezó a cantar. Parecía que tenía una idea—. Dame tu móvil.

—¿Qué?

Debie extendió la mano.

—Por favor —suplicó parpadeando, como si eso fuera a hacerme cambiar de opinión. Aunque sí fue así, porque me saqué el móvil del sostén y se lo entregué. Ese era el mejor escondite. Empezó a tocar la pantalla varias veces hasta que levantó la mirada:

—¿Confías en mí?

—Eh, sí —titubeé.

Tenía miedo de lo que fuera a hacer a continuación. La mayoría de las personas cometían una locura después de hacer esa pregunta.

—Entonces, ven.

Me tomó de la mano y me llevó hasta el estrado. Quise matarla cuando vi que le hacía bajarse a la chica que estaba allí y luego conectó mi móvil al cable del televisor.

¡Quería que cantara! ¡Delante de todos!

¡Qué gran amiga!

¿Acaso esa era la forma en que me ayudaría a no ser el centro de atención?

Vi que todos en la cafetería nos observaban, el pánico creció en mí. Ni siquiera pude fijarme dónde estaban mis amigos o Kem, pues las luces me cegaban. Debie me entregó el micrófono, pero yo no lo quise aceptar. Era una locura, ¡jamás había cantado delante de nadie! Y pretendía que lo hiciera con Kem, Ada, Kylan y Amber entre el público.

—Vamos, Ruby. Tienes una hermosa voz, cantas increíble —me apremió Debie, mientras yo miraba al frente aterrada—. Usa este talento para decir lo que sientes. Desfógate, mujer.

Vi en la pantalla el nombre de la canción que Debie había elegido. Era una de mis favoritas últimamente gracias a la letra, parecía que mi amiga había elegido de una lista de reproducción que había descargado en Spotify. En serio, esta mujer era increíble. La canción describía totalmente cómo me sentía.

Mi mano derecha, que sostenía el micrófono, empezó a temblar por los nervios. Debie a un lado me miraba sonriente, como dándome ánimos. No necesitaba ver la pantalla para leer la letra, me la sabía de memoria.

La canción era «Sorry not sorry», de Demi Lovato.

Cuando los primeros acordes sonaron, me preparé mentalmente para cantar. Yo podía hacerlo. Iba a demostrarle a Kem lo que se había perdido y, de paso, le dedicaba la canción sin decir nada.

La cafetería estaba en silencio, a excepción de la música que empezaba a sonar.

Suspiré antes de cantar la letra, con el corazón desbocado.

«Payback is a bad bitch and baby, I'm the baddest...»

Poco a poco me iba soltando más mientras la gente me gritaba, silbaba y aplaudía.

Hice una mueca graciosa, me divertía el significado de la canción. El chupito que me había tomado me estaba desinhibiendo. Le estaba agradecida a Debie por aquello, incluso por sus gritos de aliento. La tenía a solo unos metros y podía verla saltando al ritmo de la canción y gritándome lo bien que cantaba.

Cuando llegué al estribillo, el público empezó a corearme.

Seguí cantando la letra con la que tanto me identificaba en este momento hasta terminar. Cuando acabó la canción, hice una reverencia muy divertida mientras todos en la cafetería aplaudían con entusiasmo.

Sonreí, jamás habría creído ser tan buena y al parecer sí les había gustado. Bajé del estrado, pero todos abuchearon pidiendo a gritos otra canción más, no podía hacerlo otra vez. Incluso Percy y Mandy se habían asomado para escucharme.

Debie me alcanzó una botella de agua mientras sonreía, me entregó el móvil y juntas nos escapamos a la cocina. Todos querían hablar conmigo para felicitarme, pero los esquivé para llegar a la zona segura solo para empleados. Dentro me esperaban Mandy y Percy sonrientes, me aplaudieron fuertemente en cuanto entré.

—Vaya, ¡eso ha sido increíble, Ruby! —me felicitó Mandy abrazándome.

No podía creer que lo hubiera hecho tan bien. Percy también corrió a abrazarme. Los tres nos quedamos unos momentos así antes de alejarnos. Mandy me tomó de la mejilla, enternecida conmigo:

—Cantas muy bien.

Le di las gracias. No podía creer que hubiera hecho algo como eso frente a tantas personas.

La adrenalina aún me corría por las venas después de haber cantado con tanto sentimiento sobre ese escenario delante de tanta gente, incluyendo al hermano de mi ex, mi ex y su nueva novia.

32

Decidí no salir de la cocina por miedo a encontrarme con ellos. Debie aceptó apoyarme en eso y nos intercambiamos las mesas. Estaba agradecida por su ayuda. En pocas semanas, se había convertido en una buena amiga para mí, incluso más que Amber. Era mi confidente, sabía todo el asunto de Kem y Ada. Si no la hubiera tenido, me habría vuelto loca al no poder descargarme con alguien.

Odiaba a Kem tanto como a Ada. No era fácil para mí verlos en la cafetería como si fueran una pareja teniendo una cita. Nosotros nunca habíamos tenido una. Los paseos a tomar helados después de mis clases no contaban.

Kem y yo siempre pasábamos el rato en mi casa o en la suya, hablando o viendo alguna película en el televisor mientras Kiwi se recostaba entre nosotros. Era un pasatiempo divertido al principio, pero con el tiempo se volvió rutinario. No salíamos de casa, pero Kem nunca se quejó.

Tal vez en secreto se aburría y quería salir, como hacía entonces con Ada.

No podía culparlo, a mí me encantaba estar en casa, leyendo o viendo una peli. Amber siempre lo había encontrado aburrido, pero para mí era increíble y en su momento me había parecido genial que Kem me acompañara. Tal vez no fue suficiente, pero no estaba triste por aquellas cosas. Comenzaba a resignarme por todo lo que había pasado y veía las cosas de diferente manera.

No me iba a morir por haber sido engañada por mi novio. Debía continuar y no con su hermano, estaba claro. No quería nada con Kylan ni con esa familia. Debía cerrar ese capítulo en mi vida, pero por desgracia vivían un piso encima de mí, Kylan iba a mi colegio y teníamos los mismos amigos. Era muy difícil cortar todo lazo con ellos.

Estaba ansiosa por que el año terminara. Faltaba un semestre y un mes de vacaciones para aquello, pero yo soñaba con terminar ya mismo el colegio. Quería irme de esta ciudad para estudiar mi carrera, lejos de los dramas y de mis vecinos.

Ese había sido mi plan desde que me había decidido por la carrera de Medicina. Era un sueño que a veces me parecía muy lejano y, conforme pasaban los días, se iba volviendo poco atractivo.

Caminé hacia la salida de la cocina y me dirigí a la taquilla donde guardaba mis cosas. Solo entraba personal autorizado, por lo que no temí encontrarme con nadie indeseado. No era la hora de irme, pero quise hacerlo. Le diría a Percy que no me encontraba bien y me daría permiso para marcharme. Abrí la taquilla y saqué la mochila donde guardaba la ropa. Antes de cerrar la puerta, sentí una mano en mi hombro que me hizo gritar del susto.

—Chisss —susurró. Era la voz que tanto temía y la que me ponía los nervios de punta—. Soy yo.

Kem.

Me zafé de su agarré dando un paso al lado. Lo miré consternada al verlo ahí, frente a mí.

—¿Cómo has entrado?

Miré la puerta donde se leía SOLO PERSONAL AUTORIZADO y fruncí el ceño, como si la culpa la tuviera la puerta. Pero es que no quería mirarlo. Miré a todos lados menos a él. O por lo menos eso intenté, pero me fue imposible. Si estaba aquí era por algo, ¿no? Quería saber qué pretendía.

Kem se metió las manos en los bolsillos.

—No sabía que tenías una voz tan preciosa.

Intenté no entornar los ojos. No sabía muchas cosas de mí porque nunca se había interesado. Ese pensamiento me caló profundo, así que fui sincera en mi respuesta.

—Nunca te importó saber más sobre mí. Estabas demasiado ocupado acostándote con Ada.

Cerró los párpados con dolor, un suspiro salió de sus labios.

—No fue así, Ruby. —Negó, tratando de explicar algo que era inexplicable para mí—. Nunca toqué a Ada mientras estaba contigo, lo juro.

Arqueé una ceja mostrándole una sonrisa lobuna.

—Ah, ¿sí? Entonces ¿cómo se quedó embarazada de ti?

Parecía frustrado, pero no respondió a mi pregunta. Me alejé.

No quería seguir allí ni un minuto más, pero el sonido de su voz me detuvo.

—Ada va a quedarse al bebé. —Me giré y lo miré impávida—. Ha decidido que sí quiere tenerlo y por eso estoy aquí. Debo hacerme cargo de todo y además...

—Me he cansado de decirte que no es asunto mío —hablé por encima de él para cortarle sus palabras—, ya nada que tenga que ver contigo me importa. Si no lo he dejado claro antes, lo hago ahora. ¿Es que no te hartas? Deja de buscarme para darme explicaciones. Lo que hagas con tu vida o con Ada ya no me incumbe, Kem.

Esta vez caminé más rápido y salí de ahí. En el pasillo estaba Ada, con los brazos cruzados y mirándome con ira. Ni siquiera le di un segundo vistazo mientras me alejaba. Cuando divisé a Debie, corrí a ella y le pedí que hablara con Percy por mí. Luego salí de la cafetería con el uniforme puesto y la mochila al hombro. Ni siquiera me detuve a ver a mis amigos o a cambiarme.

Quería salir de ahí pronto.

Cada vez que Kem se acercaba a hablar conmigo, me sentía enjaulada. Una sensación horrible me recorría el pecho. El dolor de ser engañada aún persistía en mí, sobre todo cuando los veía juntos.

Como si se regocijaran de mi sufrimiento.

Al legar al edificio donde vivía, me dirigí al apartamento de Dan para recoger a Kiwi. Se había convertido en un apoyo para cuidar de mi cachorro cuando yo trabajaba y también para llevarme al colegio, ya que Amber no lo hacía. No porque la chica no quisiera hacerlo, sino porque yo no tenía ánimos para ir con ellos.

Cada vez me sentía más distante de todos. No solo había perdido a Kem, sino que empezaba también a perder a Amber y a Kylan.

Cuando subí a mi apartamento, estaba a oscuras porque mis padres no estaban. Dejé a Kiwi en la habitación y me duché después de un arduo día en la cafetería. No podía creer que me hubiera atrevido a cantar delante de tanta gente. Debie me había atrapado en el momento oportuno para llevar a cabo su plan de desahogarme con música.

Aunque me había divertido hacerlo, tenía ciertas dudas sobre cómo habrían reaccionado mis amigos. Kem había intentado mencionar mi voz y yo lo había despachado. Era divertido ver lo desesperado que estaba por hablar conmigo mientras yo lo ignoraba, lo mismo que hacía él con Ada.

Supongo que esas cosas tampoco las noté en su momento.

Debie caminaba mucho más rápido que yo.

Intentaba seguirle el paso, pero ella parecía correr y mis cortas piernas no me ayudaban. Las botas con tacones altos que me había puesto tampoco eran una ventaja.

Mi nueva amiga tenía un plan que seguir y lo estaba haciendo.

Después del turno, Debie me envió un mensaje diciendo que era sábado y debíamos ir a algún lugar en vez de estar sentadas en casa sin hacer nada. Cuando terminó en la cafetería, se pasó por mi casa para prepararnos.

Quería que conociera a sus amigos y que pasáramos una bonita noche en alguna discoteca cerca a la plaza de la ciudad. Ni ella ni yo teníamos coche, pero sí dinero para el taxi.

No estaba de ánimos para salir, por lo que Debie tuvo que llevarme a rastras frente a mi armario y escoger la ropa por mí.

Me recogí el pelo en una cola alta para que los grandes pendientes de aro que llevaba destacaran. Mi falda corta y la blusa de tirantes me daba algo de frío, pues ya estábamos en otoño, pero me daba igual. Debie estaba muy emocionada de que por fin conociera a sus amigos y compañeros de piso.

Yo me preguntaba cómo hacía para vivir con dos chicos. A mí me resultaría imposible. Lo peor era que me había comentado que necesitaban a alguien más que se mudara con ellos. Me lo contó para que yo lo hiciera, pero ni loca. No cuando apenas me alcanzaba el sueldo para cuidar de Kiwi y darme algunos caprichos. Debie decía que era una experiencia linda independizarse, pero a mí no me gustaba la idea de vivir con otras personas.

Debie se detuvo a un par de metros de la puerta de la disco y se giró a verme. Yo aún caminaba rápidamente para alcanzarla.

—Guau, creí que nunca llegarías —dijo mirándome.

Jadeé por el esfuerzo. El taxi nos había dejado a dos manzanas debido al tráfico del sábado noche.

Debie no hizo caso de la fila de gente que esperaba para entrar al local, sino que se acercó al tipo que cuidaba la entrada. Le dijo algo al oído, este asintió y luego nos abrió la puerta. Nos dejó pasar bajo el abucheo de la gente que esperaba en la larga fila.

Dentro de la disco, la música sonaba a todo volumen. Seguí a Debie mientras miraba a mi alrededor. Personalmente, odiaba frecuentar estos lugares, pero este no era tan malo como creía. La música era rock de los ochenta y sonaba a todo volumen por los altavoces y las luces estroboscópicas se movían al mismo ritmo.

Me incliné hacia Debie para que me oyera por encima de la música.

—¿Qué le has dicho al segurata de la entrada para que nos dejara pasar?

Debie se encogió de hombros.

—Soy amiga de los chicos que tocan aquí.

Alcé las cejas sorprendida. Esa era información nueva.

—¿Tus amigos tocan en una banda?

Debie asintió firmemente con una sonrisa de alegría en el rostro.

—Sí, esos imbéciles tienen una banda. Y tocan aquí los fines de semana. Son muy buenos, en su mayoría hacen *covers*, pero están empezando a hacer sus propias canciones.

—¡Eso es increíble!

Nunca había conocido a unos músicos y estaba a punto de hacerlo. Me removí en mi lugar emocionada por ello y por verlos tocar en vivo. Se parecería mucho a un concierto, estaba alegre porque nunca había ido a uno.

No había mucha gente entre el público, pero suponía que la larga fila estaría a punto de entrar y eso haría que el lugar estuviese repleto.

—Ven. —Debie me tomó de la mano—. Deben de estar en el camerino.

Me llevó con ella por un pasillo al fondo de la disco. Había varias puertas donde se indicaba que solo entraba personal autorizado. Nos detuvimos frente a una y, sin golpear ni nada, la abrió.

Escuché el grito de alguien y murmullos de varios chicos. Debie se rio mientras cerraba la puerta a su espalda.

—¡Hola! —gritó.

Su aparición hizo que todo el mundo se callara y se girara a vernos. Cuatro pares de ojos nos observaban. Me quedé inmóvil sin saber qué hacer a continuación.

Un chico esbelto y muy guapo, de iris oscuros y pelo castaño, se levantó de su asiento.

—Mirad quién está aquí… —dijo el chico agitando las manos hacia Debie, que lo miraba divertida—. Débora… espera, ¿quién es esta? —Me señaló pasando la vista de una a otra.

Mi amiga entornó los ojos, pero seguía sonriendo.

—¡Es Ruby!

Todos se quedaron quietos unos segundos antes de vitorear alegres, como si yo fuera la reina o alguna famosa por el estilo.

—¡Ha llegado nuestra vocalista! —gritó otro chico, agitando unas baquetas.

Yo me quedé muda.

¿Vocalista?

Miré a Debie buscando alguna explicación, pero su mirada huyó de la mía. No dije nada delante de sus amigos, pero le di un codazo esperando a que me explicara.

No lo hizo.

—¡¿Debie!? —exclamé su nombre por encima de la bulla, pero me detuve al ver que los cuatro chicos vinieron hacia mí y me abrazaron con fuerza.

Entre murmullos, me felicitaron por lo bien que cantaba. Dijeron que estaban muy felices de tenerme esa noche como reemplazo del vocalista que había renunciado un par de días antes.

Después del improvisado abrazo, Debie por fin me miró con una disculpa en el gesto.

Poco a poco, fui uniendo los retazos de información hasta comprender en lo que me había metido. Seguro que el plan de Debie desde el principio había sido grabar con el móvil mi loca actuación en el karaoke de la cafetería y mostrárselo a sus amigos, que daba la casualidad de que no tenían vocalista para la banda. Luego vino a mi casa con excusas falsas y me hizo ponerme una ropa tan apretada y pequeña que no podía ni respirar.

Así había logrado engañarme para que fuera la vocalista en la banda de sus amigos.

En serio, ¿en qué me había metido?

33

Estaba sudando más de lo normal de los nervios que sentía. Una cosa era cantar en un karaoke y otra muy diferente, con una banda con músicos profesionales. Toda mi vida había cantado como hobby, jamás me había atrevido a tanto. Pero a decir verdad, estaba más emocionada que asustada por esta nueva experiencia. Aunque una parte de mí estaba molesta con mi amiga por semejante emboscada épica.

Debie me presentó a sus cuatro amigos: Ben, Lucas, Allan y Mark. Todos se mostraron contentos de saber que yo iba a colaborar con ellos. Lo que no sabían era que iba a matar a Debie. Después de la presentación, cogí a mi supuesta amiga del brazo y la saqué de la habitación para que me diera la explicación que tanto necesitaba.

Su sonrisa inocente hizo que mi ira aumentara.

—¿Qué rayos, Debie? —exclamé fuera de mí—. ¡No entiendo nada! ¿Por qué has hecho eso? ¿Por qué me has traído engañada?

Hizo una mueca antes de hablar, se tomó su tiempo para decir sus siguientes palabras:

—Ruby, sé que hice mal al no decirte nada, pero necesitabas esta distracción y ellos te necesitaban a ti. —Sonrió, aunque yo no le devolví el gesto—. Todos ganamos. No cantarás gratis, para empezar. Les pagan y tú recibirás tu parte, ¿ves? ¡Todos felices!

Quiso alejarse para entrar de nuevo en el camerino, pero la tomé del brazo antes de que lo hiciera.

—No tan rápido, Debs. ¿Por qué no me has dicho nada? —Negué con la cabeza—. Yo como tonta creyendo que solo me presentarías a tus amigos.

—Te los he presentado, ¿no? —dijo sonriéndome. Al ver lo furiosa que estaba yo, se explicó mejor, con una mueca en la cara—. Si te lo hubiera dicho, no hubieras aceptado.

—¡Pues obvio! —Alcé las manos—. Si ha sido por lo de hoy en el karaoke, no creas que lo disfruté al máximo. O sea sí, pero me da mucha vergüenza cantar delante de muchas personas. ¡Y estoy a punto de hacer lo mismo! —Trataba de calmarme, pero era difícil—. Nunca me había expuesto así y ahora va a ser la segunda vez en el día que lo haga. ¡Ni quiera sé si canto tan bien como decís! Nunca he ido a una escuela de música, por Dios, ¿en qué me estoy metiendo?

Debie me tomó de los hombros para que la mirara a los ojos.

—Escucha, Ruby, no debes tener dudas en nada de lo que hagas. Tú, amiga mía, tienes talento para cantar. Deja a un lado los miedos y las inseguridades, y ve a por ello. ¡Lo haces muy bien! ¿Por qué dudar de ti? Confía en ti misma y todo fluirá.

La observé, no estaba convencida del todo. Solo estaba un cuarenta por ciento entusiasmada por ese nuevo reto, el otro sesenta estaba aterrada de hacer el ridículo frente a toda la gente que estaba esperando fuera. Debie parecía aferrada a crearme seguridad y siguió con su diatriba:

—No dejes que el miedo apague una parte importante de ti. Lo que haces es magnífico y todo el mundo debería escuchar cómo cantas. Aun si tú misma no lo crees.

Era más fácil decirlo que hacerlo.

Estaba aterrada, pero en el fondo de mi corazón se encendió una chispa de emoción por volver a cantar. Nunca me había sentido tan bien como cuando había cantado en el escenario de la cafetería. Sí, me moría de vergüenza, pero eso no disminuyó mi amor por haberlo hecho. No solo por cantar, sino también la adrenalina que eso conllevaba.

Tomé la decisión de unirme al grupo antes de empujar a Debie de vuelta al camerino.

—Bien, Debs. Lo haré. —Levanté un dedo—. Pero si me abuchean, es tu culpa.

—No te van a abuchear, cariño, te van a amar.

Luego soltó un chillido que casi me dejó sorda, pero su sonrisa y la mía no tenían fin.

Por fin había algo que comenzaba a llenar el vacío que alguien me había dejado sin darme cuenta.

—No sé si sabes esto, pero el anterior vocalista, Jake, calentaba su voz antes de cada presentación… —dijo Allan intentando apremiarme con la mirada.

Todos estaban atentos a mí. Estiraban los músculos y hacían ejercicios como si fueran a salir a pelear y no a cantar, mientras que yo estaba sentada junto a Debie conversando.

—Creo que es suficiente calentamiento el que estoy haciendo, ¿no te parece? —pregunté retóricamente, señalándonos a Debie y a mí—. Mis cuerdas vocales están muy bien, gracias.

Allan entornó los ojos.

—No se trata de que estén bien. Es solo cuestión de practicar la voz, calentarla —explicó con una sonrisita de autosuficiencia—. Vamos a practicar un poco antes de salir al escenario.

Tomó una guitarra acústica y se sentó en el sillón con la guitarra en su regazo. Tocó un par de acordes antes de hablar.

—Tocaremos *covers*, por lo que no tendrás que aprenderte nuevas canciones. ¿Te sabes las canciones de Ed Sheeran o Shawn Mendes? Quiero practicar una canción romántica.

Arqueé una ceja,

—Soy más una chica de James Arthur.

—Bien. —Sonrió con mi elección.

Sus dedos empezaron a moverse haciendo que el salón se impregnara del sonido de la melodía que tocaba. Sí me la sabía, era «Naked».

Allan empezó a cantar mirándome con atención para que yo hiciera lo mismo. Todos me observaban expectantes. Me sentí presionada, pero cuando comencé a cantar, parecieron sorprenderse. Estaban felices de escucharme.

Debie incluso alzó los dos pulgares mientras Allan y yo cantábamos. Su voz ronca y la mía suave hacían un lindo contraste.

Los vellos de mi cuerpo se erizaron conforme avanzaba con la mirada puesta en Allan. Sentí una conexión con él aunque no lo conociera. Que cantara conmigo me ayudaba a no ser tan tímida como en un principio me había sentido.

Al terminar la canción, todos nos aplaudieron. Debie silbó de alegría y me abrazó de lado.

—Ha sido increíble —dije sin aliento y a nadie en particular, pero con la mirada en Allan, que asintió para demostrar que estaba de acuerdo conmigo.

Ben me pasó una lista de las canciones que tocaríamos luego en el escenario. Gracias a Dios me las conocía todas. Intenté repasarlas en mi mente para no confundirme. Tenía miedo, nunca había practicado con nadie y mucho menos con una banda. Sentía de nuevo la presión.

Supongo que Allan se dio cuenta, porque se acercó a mí tras dejar la guitarra a un lado.

—Oye, no te pongas así —dijo con una mueca—. Sé que es difícil. La primera vez que salí a un escenario casi me hice pis encima.

Arqueé una ceja, divertida por la anécdota.

—¿Y cómo hiciste para acostumbrarte?

Él se encogió de hombros.

—Desde ese día, cada vez que salía al escenario, me imaginaba a todo el público en ropa interior.

No pude evitar estallar en carcajadas. Allan se puso serio al mirarme.

—¿Qué?

—No puedo creerlo, ¿en serio?

Allan asintió.

—Eso sí funciona, créeme. Hazlo y te saldrá muy bien.

Negué con una sonrisa divertida en la cara.

—No voy a imaginarme a nadie en ropa interior. —Me estremecí de solo pensarlo—. Eso sería... muy raro.

Mark se giró a vernos.

—¿También te imaginas así a Lucas? —preguntó Mark con picardía.

Allan lo ignoró, pero el aludido se levantó al escuchar su nombre y nos observó con el ceño fruncido.

—¿Qué?

—¡Allan te imagina desnudo! —gritó Mark.

Debie y yo nos tapamos los oídos. Lucas agarró sus banquetas de batería y le empezó a dar golpes en el trasero a Mark.

Miré a Debie con el ceño fruncido, pero ella ignoraba a todos, estaba concentrada en su móvil. Le di un codazo para llamar su atención. Debie levantó la mirada hacia Mark y Lucas y luego se volvió hacia mí impávida.

—Estoy acostumbrada. Vivo con ese par de tortolitos, he visto y oído cosas peores. —Se acercó a mi oído para que nadie me escuchara—. Creo que están enamorados.

Arqueé una ceja.

No quería ni saber qué cosas peores había visto u oído. Así que me quedé callada observando a Mark y Lucas pelearse mientras los demás los miraban divertidos.

Menos Allan.

Allan me miraba a mí.

34

El domingo me desperté con una sonrisa feliz en la cara. No literalmente, pero lo primero que hice al abrir los ojos fue sonreír al recordar el concierto de la noche anterior. Después del trabajo en la cafetería, había ensayo de la banda en casa de Ben. Estaba feliz porque me lo había pasado genial. Nunca había sentido tanta emoción al hacer algo. Cantar me estaba dando la alegría que había perdido. Amaba no solo subirme a un escenario, sino también lo que sentía al hacerlo: la adrenalina que me recorría el cuerpo, la vibración de todos al cantar junto a mí y, por supuesto, la música que llenaba mi ser.

Debie y los chicos estaban felices de saber que iba a participar en su banda. ¡Sería la nueva integrante de Errands! Aún no podía creer que pertenecía a un grupo y fuera la vocalista principal.

Hace unos meses ni lo hubiera imaginado.

Los ensayos eran entre semana, después de la jornada en la cafetería. Acordamos que Allan nos recogería a Debie y a mí con su coche cuando terminase nuestro turno para ir a la casa de Ben. Después del ensayo de la banda, me llevaría a mi casa.

Aún no sabía qué les diría a mis padres, pero algo se me ocurriría. No podía depender de ellos para siempre. El próximo año me iría a la universidad y me quedaban algunos meses viviendo con mis padres.

El lunes, después de clases, Dan me llevó a Dolce Casa. Aunque nos estábamos frecuentando más que nunca. Pero eso no significaba nada, seguíamos siendo buenos amigos. Nada más.

—¿Te recojo luego? —preguntó justo cuando me bajaba de su coche.

—No, regresaré con Debie.

Era una excusa patética, pero tenía que darla. Aún no le había dicho nada sobre la banda. En realidad, nadie lo sabía, solo Debie.

—Está bien. —Sonrió y me deseó un buen día en el trabajo.

Me alejé corriendo. Sospechaba que sus sentimientos por mí no habían cambiado, seguía queriéndome y una parte de él aún creía que volveríamos. Tenía que cambiar de transporte antes de seguir ilusionándolo.

Caminé rápidamente hacia la cafetería con la mochila en la espalda. Al entrar a la cocina con mi uniforme puesto, vi a Debie esperando los platos para su mesa.

—Hola, señorita vocalista —dijo canturreando.

—Hola, Debs. —Sonreí entusiasmada—. ¿Qué tal tu día?

Ella trató de no entornar los ojos ante mis palabras. Hacía cinco minutos nos habíamos estado quejando por mensajes de lo aburrida que había sido nuestra mañana: ella trabajando aquí y yo en clases. Ya ni siquiera hablaba con nadie. Mis amigos tenían su grupo, al cual yo ni me acercaba. Parecían darme su espacio y no los culpaba después de haber hecho semejante locura el sábado cantando en el karaoke delante de todos.

Al parecer, Amber estaba más interesada en Henry y en Kylan que en mí. Cuando nos cruzamos por la mañana en la cafetería del instituto ni siquiera me dijo nada, pasó por mi lado como si yo fuera una extraña más.

Sí, yo fui la que se alejó de ellos, pero ¿ni un hola podía decirme? Me quedé con la palabra en la boca, ni siquiera escuchó mi saludo, por lo que me di media vuelta y decidí no comer allí. No me apetecía estar en ese lugar ni un minuto más.

—Yo creo que tu amiga Amber está molesta, ¿sabes? —dijo Debie sacándome de mis pensamientos—. Le duele que no le hables.

Hice una mueca.

—No sé, desde lo de su hermana todo es más complicado.

Debie se encogió de hombros.

—Pues habla con ella, lo mejor será que aclaréis las cosas. Sois amigas, no vais a tirar por la borda años de amistad debido a la cagada de su hermana y tu exnovio, ¿verdad?

Asentí, Debie tenía razón. Además, no quería estar en malos términos con Amber. La extrañaba. Echaba de menos a mi mejor amiga y sus locuras.

Después de una tarde ajetreada, me tomé un descanso y esperé a que Debie terminara. Allan me había enviado un mensaje para avisarnos de que ya estaba fuera. Cuando mi compañera acabó, los tres partimos a casa de Ben, que estaba a una media hora.

Al llegar, todos nos esperaban ya ahí. Apagué el móvil por miedo a que mis padres llamasen y me concentré en ensayar y cantar con la banda mientras Debie nos observaba y grababa algunos vídeos.

El sábado no había sido un completo desastre como yo había esperado al principio de la noche. Los chicos dijeron que la actuación había estado bien, pero no siempre podía salir así, tenía que ensayar con ellos para que todo fuera más que perfecto.

No me di cuenta de que la hora se pasó enseguida hasta que decidimos hacer un descanso y yo comprobé el móvil. Vi varias llamadas perdidas de mamá. Al instante, me entró el miedo. Iba a morir al llegar a casa.

Me despedí de todos con prisas y tomé a Allan del cuello de la camisa para que me llevara a casa, como había prometido.

En el camino, apagué mi móvil de nuevo. Un plan en mi cabeza se estaba formando para cuando llegara a casa. Me despedí rápido de Allan y corrí para entrar al edificio. Subí las escaleras a toda velocidad y aterrada. Era más de medianoche, las 00:18 según mi reloj de pulsera. Si mis padres estaban despiertos todavía, significaba que mi muerte estaba cerca.

Escuché pasos detrás de mí, pero no les hice caso.

Abrí la puerta del apartamento con la llave. La luz del salón estaba encendida y me sorprendí de encontrar allí a Amber y a Kylan conversando con mis padres.

Al escucharme llegar, todos se giraron hacia mí. La puerta del apartamento se abrió más, por el rabillo del ojo vi a Allan pararse a mi lado con actitud protectora. Su pinta de rockero hizo que mis padres se horrorizaran.

En cambio, Amber y Kylan no solo parecían horrorizados, sino también confundidos. Mamá escaneó a Allan de la cabeza a los pies sin disimulo alguno, luego me miró molesta. Se levantó del sillón y todos la siguieron. Se acercó a mí y, por su expresión, supe que de ese día no pasaba.

Su pelo estaba peinado hacia atrás y llevaba su ropa de oficina.

—¿Por qué llegas tan tarde, señorita? ¡Creía que te había pasado algo! —exclamó con voz dura. Sabía que era una pregunta retórica, por lo que no respondí. Estaba más apenada de ver a Kylan junto a Amber. ¿Qué rayos hacían aquí?—. He llamado a tus amigos pensando que estarías con ellos, pero al parecer estabas con alguien más. —Miró detrás de mí a Allan.

Cerré los ojos con fuerza. No sabía por qué Allan me había seguido, pero había sido un error. Que mis padres me vieran llegar con un chico a semejante hora era muy mala señal.

—¿Y quién eres tú? —preguntó mi padre con voz autoritaria.

Miró a Allan y se acercó a nosotros. El chico no se amilanó ni un poco, sino que levantó una mano en dirección a papá para que se la estrechara.

—Soy Allan, un amigo de Ruby…

Al parecer, él no sentía la tensión que había en el ambiente, porque no hizo nada más. Cuando vio que mi padre no iba a estrecharle la mano, se la metió en el bolsillo.

—Bueno, señores —dijo Allan mirando a mis padres—, dejo a Ruby con ustedes. Yo me retiro, es muy tarde. Mucho gusto en conocerlos.

Se fijó en mí, levantó una mano, la sacudió en despedida y se fue por donde había venido.

Mis padres lo observaron irse hasta que cerró la puerta tras él. No sabía por qué Amber y Kylan seguían aquí. Traté de ignorar sus profundas miradas, pero me era imposible. Miré a mamá suplicante y le hice un gesto. Gracias a Dios, mamá pareció entender.

—Disculpad, chicos, por llamaros a estas horas —les dijo a mis supuestos amigos—. Ruby ya ha llegado, así que es hora de que os vayáis a vuestras casas, mañana hay clase. Muchas gracias por la ayuda.

Amber fue la primera en retirarse, no sin antes despedirse de mis padres y pasar por mi lado sin pronunciar ni una sola palabra. Quise alcanzarla para hablar, pero sabía que ya habría tiempo luego. En ese momento, estaba más centrada en mis padres que en ella. Kylan también se retiró sin decir nada. Cuando la puerta se cerró tras ellos, mamá se giró hacia mí.

—¿Quién era ese chico, Ruby?

Parpadeé, aterrada de quedarme a solas con mis padres.

—Un amigo.

—¿Dónde lo conociste? —preguntó papá tranquilo, parándose al lado de mamá.

—En la escuela.

—¡No nos mientas! —rugió papá mirándonos con furia. Abrí los ojos sorprendida—. ¡Ya sabemos todo lo que ocurre, Ruby! Tu amiga Amber nos ha contado que estás trabajando en una cafetería cerca de aquí después del colegio. Ahí conociste a ese chico, ¿no?

Mi corazón empezó a latir a toda velocidad. ¿Cómo?

Mi mejor amiga les había contado a mis padres lo de mi trabajo. Iba a matarla en cuanto la viera. ¿Qué clase de amiga era?

—¿Cuándo os ha dicho eso?

—Hace unos minutos. Y ese chico de arriba nos lo confirmó.

—¿Quién?

—Kylan.

Sentí como si me hubieran clavado un puñal por la espalda.

¡No podía creerlo! ¿Por qué le tenían que contar a mis padres cosas como esta? Era un secreto mío, no de ellos. ¿Qué clase de amigos eran? Amber sabía perfectamente que mis padres desaprobaban que yo trabajara. El año anterior, cuando Dan se había ido, las dos quisimos trabajar en el verano para poder distraerme, pero mis padres me lo prohibieron. Amber lo sabía perfectamente.

Vaya mierda de amiga.

—Contesta, Ruby, ¿quién es el chico que ha venido contigo? —Volvió a preguntar papá, pero esta vez menos calmado.

—Es un amigo de Debie. Ella trabaja conmigo en la cafetería —dije sintiendo cómo una lágrima se me deslizaba por la mejilla. No quería llorar, pero lo estaba haciendo.

Ya sabía lo que se venía a continuación.

—Pues ya no trabajarás más ahí. ¡¿Me has escuchado?! —preguntó papá señalándome con furia—. Renunciarás a ese puesto y, a partir de hora, vendrás a casa inmediatamente después de clase. Y no saldrás a ningún lado.

—Pero, papá…

—¡Nada de peros! —gritó mamá fuera de sí, interrumpiéndome—. No solo sabemos lo del trabajo, sino también lo de la mascota que recogiste de la calle.

Esta vez abrí los ojos como platos.

—¿Qué? —pregunté como tonta—. ¿Quién ha dicho eso?

—Amber y Kylan. Pero se han llevado al cachorro, así que no importa.

Mamá hizo un gesto desdeñoso. Se dio media vuelta sin decir nada más y se alejó en dirección a su habitación.

—Estás castigada, Ruby —informó papá, que también dio media vuelta y se fue detrás de mamá.

Yo corrí a mi habitación y vi que era cierto: Kiwi no estaba por ningún lado. Busqué frenéticamente en todas partes, pero tampoco vi su cama ni sus juguetes.

Pero sabía dónde estaba.

Le eché llave a la puerta de mi habitación y fui hacia el balcón. Como había visto hacer tantas veces a Kem, trepé a las escaleras de emergencias y subí a su balcón.

El infeliz de Kylan iba a escucharme.

35

Observé la habitación de Kem con premura. La luz no estaba prendida, vi que solo su lámpara de noche estaba encendida. Decidí seguir adelante, no me importaban las consecuencias. Caminé rápidamente y vi a Kem sentado en su escritorio mirando una caja y sacando algo de ella. Toqué la puerta de su balcón con fuerza, no me importaba que estuviera abierta, quería que él me viera.

Kem dio un salto y luego se giró. Cuando su mirada se posó en mí, abrió mucho los ojos, sorprendido de verme ahí. Dejó la caja, se acercó y abrió la puerta de su balcón del todo.

—¿Ruby?

—Sí, soy yo. No soy un fantasma, no me mires así. Solo quiero hablar con tu hermano.

Estaba furiosa, pero por una vez no con él. Kem frunció el ceño.

—¿Qué ha pasado?

Arqueé las cejas, indignada.

—¿Que qué ha pasado? —imité su pregunta con un tono seco—. ¿Encima me lo preguntas?

Kem se encogió de hombros, pero no lo dejé hablar.

—Ha pasado que tu hermano Kylan, junto a mi supuesta mejor amiga, han hablado con mis padres acerca de Kiwi y no sé dónde rayos está. Lo he dejado por la tarde con Dan, pero sé que Kylan lo tiene.

Mi voz había sonado frenética, pero es que así me sentía. Kem frunció el ceño con enojo, parecía que no podía creer lo que escuchaba de mí.

—Ese imbécil, lo voy a matar… —dijo en voz muy baja.

Parecía no estar enterado de lo que había sucedido. Se acercó a mí, me tomó del brazo y me llevó fuera de su habitación, hasta la de Kylan. Abrió la puerta sin molestarse en tocar y vimos al hermano menor jugando con Kiwi sobre la cama. Al instante, el perrito bajó y corrió hacia nosotros, moviendo la cola con rapidez. Kem lo recogió y lo acarició antes de entregármelo. Lo apretujé contra mí cerrando los ojos.

Creía que iba a perderlo por culpa de Amber y Kylan. En serio, quería golpearlo, pero al tener a mi pequeño en brazos, no pude hacer más. Solo dejé que Kem le dijera algunas palabras fuertes mientras yo me alejaba e iba al cuarto de Kem.

Esperé por él mientras acariciaba a Kiwi. Minutos después vino con el semblante serio antes de hacer una mueca al mirarme.

—Siento lo que hizo Kylan...

—No importa —lo corté, dejando a Kiwi en el suelo para que corriera por toda la habitación. Sus energías estaban al cien por ciento después de vernos—. Luego hablaré con Amber y con él.

Kem negó.

—No hace falta. Ya he puesto a Kylan en su lugar.

Asentí. Lo que fuera que significara no era suficiente para mí, pero decidí quedarme callada.

—Escucha, Kem —empecé—, sé que no me debes ningún favor ni yo a ti. Pero quiero pedirte algo.

Kem asintió, mirándome con atención. Por un segundo, me transporté a cuando estábamos juntos, pero negué con la cabeza para despejar los recuerdos que hacían que me doliera el corazón.

Esta vez no se trataba de nosotros, era algo más.

—Me gustaría que cuidaras a Kiwi como antes, que lo tuvieras aquí. Dan se ha estado encargando, pero al parecer hoy se lo ha dado a Kylan sin siquiera preguntármelo y yo no puedo confiarle al cachorro a nadie más que a ti. —Kem no dijo nada, decidió escucharme hablar—. Mira, estoy castigada y sé que mis padres son muy pesados. Buscarán mis cosas ahora que saben que trabajo, harán todo lo posible por controlarme...

—No te preocupes, Bizcoch... —carraspeó cabizbajo—. Ruby. Yo cuidaré de Kiwi. No tienes por qué inquietarte, es nuestro cachorro.

Hice una mueca.

El corazón empezó a dolerme de nuevo. La felicidad máxima que había sentido por la tarde había quedado eclipsada no solo por la furia hacia mis supuestos amigos, sino también por la melancolía y el dolor que mi alma sentía. Al ver a Kem, podía darme cuenta de que aún no lo había superado. Las lágrimas comenzaron a bajar por mis mejillas, sin apartar los ojos de él. Empecé a llorar como un bebé.

Ahí, en medio de la habitación de Kem, con Kiwi revoloteando por todos los rincones y moviendo la cola de un lado a otro. En dos zancadas, Kem cruzó la habitación y me estrechó entre sus brazos.

Quise alejarlo de mí, pero su agarre era fuerte y me lo impedía. Por un momento, me permití ser débil y dejé de luchar. Me aferré a él, a la única persona que me había hecho daño y por quien mi corazón sufría.

—Chisss, Ruby —dijo él pasándome una mano por el pelo—. Lo siento tanto. Perdóname.

Ni siquiera respondí. No podía controlar las lágrimas, como si nunca hubiera llorado por él, por nosotros. Mis sentimientos estaban a flor de piel y parecía que no podía parar. No solo lamentaba haberlo perdido a él, sino que también sentía cólera y frustración hacia Amber y la amistad que se había arruinado por Ada.

No pensé más y me dejé llevar por los sentimientos. Me apreté con fuerza a Kem. Él no se quejó, me dejó abrazarlo el tiempo suficiente para calmarme. Me separé unos centímetros, pero Kem me mantuvo aferrada a él, sin soltarme la cintura. Sus ojos verdes estaban llorosos, igual que los míos, y me miraban directamente.

—Sé que la he cagado —comenzó con la voz rota—, pero yo te quiero, Ruby. Me he enamorado como un idiota de ti.

Intenté separarme, pero Kem era más fuerte.

—Tú no me amas —respondí—, no me quisiste cuando te acostaste con Ada y menos ahora que espera un hijo tuyo. No me quisiste cuando te ibas con ella y luego venías conmigo. —Me sequé con furia las lágrimas que caían como cascadas de mis mejillas—. No me quisiste cuando no me dijiste la verdad y preferiste quedarte callado. Solo querías usarme, así que no me digas que estás enamorado de mí porque no te creo.

Kem acercó su rostro al mío, reflejando todas sus emociones.

—No tienes ni la más remota idea de lo que me haces sentir. —Sus iris verdes me traspasaban con la mirada, haciendo que mi corazón corriera aceleradamente—. Estás loca si crees que no te quiero, porque sí es así, Ruby. Te amo.

—No, quien te quiere de verdad no te engaña. Y tú me engañaste.

Negó con la cabeza, parecía que no iba a ceder.

—No fue así, Ruby, jamás te engañé. Todo fue un truco de Ada para separarnos. Tal vez no me creas ahora, pero prometo que todo saldrá a la luz pronto y verás que nada es lo que parece. Lo juro, Bizcochito.

Ese fue mi momento de debilidad, porque cuando Kem bajó su cara a la mía, no hice nada para detenerlo.

36

Con mucha delicadeza, Kem posó sus labios en los míos.

Ni siquiera moví la boca al compás de la suya. Solo me quedé quieta como una estatua recibiendo su beso. Pero no era uno cualquiera, sino uno cargado de mucho dolor. Parecía un beso de despedida. Cuando abrí la boca para aceptarlo, sentí algo mojado y salado en mis labios. Eran lágrimas y no eran mías. Kem estaba llorando mientras me besaba y eso me conmovió.

Cerré los ojos y me dejé llevar.

No pensé en nada. Solo moví los labios contra los suyos y me olvidé del mundo. En estos momentos, solo quería volver el tiempo atrás. No podía negar que aún estaba enamorada de él. Eso no podría cambiar de la noche a la mañana.

Un instante después, me separé de Kem para tomar aire, pero él unió nuestras frentes, no me dejó ir más lejos.

—Te extraño tanto, Ruby… —murmuró tocando mis mejillas con delicadeza, como si fueran a romperse bajo su tacto—. Me gustaría intentarlo de nuevo, que me dieras una segunda oportunidad. Sé que hice algo imperdonable, pero te quiero y haré lo que sea para que lo nuestro vuelva a funcionar.

Cerré los párpados para no tener que mirar sus iris verdes, eran mi debilidad.

—Lo nuestro no tiene solución, Kem. Tú serás padre y yo no interferiré entre vosotros. Ada siempre será parte de tu vida y no creo que pueda soportarlo.

—Podemos intentarlo —suplicó al ver que me rendía—. Ir poco a poco. Sé que aún no me has perdonado, pero en un futuro podrías hacerlo. Volveré a enamorarte, Ruby, porque no puedo ni imaginar una vida sin ti. Eres mi todo y haré lo que sea para que vuelvas a quererme.

Esta vez me alejé de él, había malinterpretado totalmente mi beso.

—Kem…, lo nuestro nunca podrá ser. —Su cara decayó, pero me infundí fuerzas para seguir adelante. Él me había hecho más daño a mí, no podía ceder—. Ha sido un error. No quiero que lo malinterpretes. Ha sido… un beso de despedida.

Hice una mueca cuando se le nubló la vista. No podría aguantar más verlo llorar. Me zafé de su agarre y caminé hacia el balcón. Iba a bajar por el mismo lugar por el que había subido, no había otra opción.

Antes de que pudiera poner otra pierna adelante para seguir, una mano en mi hombro me detuvo. Me giré y vi a Kem con las mejillas mojadas por las lágrimas que caían de sus ojos rojos.

—Sé que no lo merezco y que el daño que te he hecho es irreparable, pero te quiero, Ruby. Y eso no es mentira, sé que lo sabes. La cagué porque soy un idiota que no te supo valorar y respetar como mujer. Pero ahora que no te tengo es… como si me desgarraran el alma. —Hizo una pausa observando mi cara—. Dame una oportunidad, por favor. Te amo.

Esas últimas dos palabras fueron las que se grabaron en mi mente cuando Kem dejó de hablar.

—No.

—Te amo, Ruby —volvió a repetirlo con voz rota.

Yo negué con la cabeza.

—También te amo, Kem —respondí—, pero me quiero más a mí.

Esta vez cuando me alejé no me detuvo.

Cuando abrí la puerta del balcón para entrar a mi habitación, no me importó hacer ruido. Estaba más afectada por todo lo que había dicho Kem que por el castigo que mis padres me habían impuesto o la traición de Amber y Kylan.

Me metí al baño para quitarme el maquillaje corrido y para darme una ducha que en realidad necesitaba. En casos de dolor, siempre necesitaba una para desahogarme sin que se me escuchara. Era más de medianoche y al día siguiente tendría clase, pero me importaban más mis sentimientos. Cuando me metí debajo del grifo, no salí en mucho tiempo.

Esa noche no dormí muy bien.

Al día siguiente, quise hablar con Amber, pero entonces parecía ser ella quien se escondía de mí. Incluso Kylan se ocultaba, porque no pude encontrarlos por ningún lado a la hora del almuerzo. Recorrí toda la cafetería del colegio y, cuando vi una mata de pelo castaño, supe de inmediato que era Henry. Corrí hacia él con el bolso golpeándome al costado. Le toqué el hombro para llamar su atención, ya que estaba de espaldas a mí y con la cabeza hacia abajo.

—¡Ruby! —exclamó sonriéndome cuando se giró. En sus manos tenía el móvil. Cuando me vio, se lo guardó en su bolsillo trasero—. ¿Qué pasa, tía? No te he visto en días.

Me encogí de hombros.

—Soy buena escondiéndome. —Sonreí con autosuficiencia.

Henry me miró preocupado.

—Sé lo que has estado pasando y me entristece mucho ver que te has alejado del grupo.

Sacudí la cabeza. Henry era muy buena persona, me partía el alma haberme alejado también de él.

—No es solo por eso, sino que ayer me enteré de que… —Mi voz se fue silenciando cuando me di cuenta de que no podía contarle lo que había hecho su novia.

No quería hacer lo mismo que ella, inmiscuirse en asuntos que no le correspondían siendo chismosa y malográndolo todo. Tal vez se lo merecía, pero prefería encararla a vengarme.

Henry me miró confundido.

—¿Ayer qué?

Me golpeé la cabeza mentalmente.

—Nada, olvídalo. —Sonreí como si nada—. ¿Has visto a Amber?

Henry hizo una mueca.

—Mi amor no ha venido. Justo estaba hablando con ella. —Sacó el móvil y lo levantó—. Creo que tiene un resfriado o algo así.

Suspiré.

Levanté la vista y pude ver el cielo gris con nubes negras. Al parecer iba a llover.

Recordé el día anterior, Amber estaba perfectamente bien cuando se presentó en mi casa para contarles todos mis secretos a mis padres.

—Oh, bueno —murmuré incómoda—. ¿Y Kylan?

—Estaba en su taquilla guardando unos libros…

—Bien —lo corté para que no se explayara, necesitaba alcanzarlo antes de que se fuera—. Nos vemos luego, Henry. Adiós.

Me fui rápidamente de ahí hacia las taquillas. La de Kylan estaba cerca de la mía, no en el mismo lugar, pero sí en el mismo pasillo, y allí lo encontré.

Estaba de espaldas acomodando unos libros. Su alta figura me sorprendió. De espaldas y con el pelo ondeado, se parecía un poco a Kem. Sin embargo, Kylan no era tan musculoso ni alto como él, a pesar de que eran hermanos, eran muy diferentes.

Me acerqué sin preámbulos hacia él. Con un movimiento, golpeé con delicadeza la taquilla de al lado para sobresaltarlo. Cuando giró la cabeza a un lado, me fulminó con la mirada hasta que se dio cuenta de que era yo.

Entrecerró los ojos al verme.

Me crucé de brazos y me apoyé en la taquilla de al lado. Su gesto no me intimidaba, por mucho que lo intentara evitar.

—¿Te das cuenta de que anoche estuviste en mi casa hablando de Kiwi y de mí? —pregunté con voz neutra—. No entiendo por qué rayos lo hiciste, Kylan. Confiaba en ti.

El susodicho pasó de estar molesto a mostrarse arrepentido.

—Sé que no debimos hablar de tu trabajo ni de Kiwi, pero necesitabas esa llamada de atención para que te dieras cuenta de que lo estás haciendo todo mal, Ruby. —Hizo una mueca, como si no supiera cómo explicarse. Se quedó callado unos segundos, como para encontrar las palabras adecuadas—: Desde que descubriste lo de Kem, te has apartado de tus amigos, como si nosotros fuésemos los culpables. Y después de verte cantando sobre el escenario… Sabíamos que estabas dolida, pero te alejaste y fue como si pagaras con nosotros lo que mi hermano y Ada te hicieron. Debiste buscar ayuda en nosotros, tus amigos, y no encerrarte en tu caparazón y evadir tus problemas.

Apreté las manos en puños al escucharlo. ¿Evadir mis problemas? Caray, qué mal estaba este chico.

—¿Yo evito los problemas? —Me señalé con la burla impregnada en mi voz—. Todo lo contrario, Kylan. Lo he encarado. Trabajar fue una forma de hacerlo, necesitaba dinero para mantener a Kiwi, y entonces conocí a una amiga que me ha ayudado a superar todo lo de Kem. Si me alejé de vosotros fue porque no encontraba ganas de estar rodeada de gente, pero cuando comencé a trabajar, me pude dar cuenta de que aquello me ayudaba a olvidar lo que había pasado. Perdón por ser egoísta y no pensar en vosotros.

Lo había dicho con sarcasmo, pero esas palabras eran ciertas.

El rostro de Kylan decayó.

—Perdón, no sabía lo de Kiwi. Creía que mi hermano te ayudaba.

Alcé las cejas.

—Después de lo que pasó, no quise que lo hiciera.

—Juro que no fue mi intención causarte problemas con tus padres. Lo siento mucho, Ruby.

Hice una mueca cuando escuché esas palabras, porque no iban a solucionar mis problemas.

—Ya da igual, no hay marcha atrás.

El ambiente no era precisamente agradable, pero me alegraba haber conversado con él. Solo faltaba Amber, y con ella sería una conversación mucho más larga.

Kylan volvió a hablar:

—Mira, Ruby, sé que las cosas entre nosotros no son igual que antes, pero quiero que sepas que mis sentimientos por ti no han cambiado a pesar de todo.

De nuevo, me invadió esa sensación de opresión en el pecho que aparecía cada vez que Kylan hablaba de aquello. Era difícil mantener una amistad con alguien que no te veía como amiga, sino como algo más. Por eso me había alejado de él, y porque era aún más incómodo y complicado que fuera el hermano de mi exnovio.

—No necesitas responder a eso, Ruby. Solo quería que lo supieras —continuó él al ver que yo no contestaba.

A pesar de aquello, decidí retirarme. Ya había hablado con él. Tras despedirme con un gesto de la mano, me alejé de ahí justo cuando la campana del colegio indicaba el término del almuerzo. Corrí hacia la siguiente clase. No quería quedarme ahí durante más tiempo.

Empezaba a ser demasiado buena huyendo.

Cuando las clases finalizaron, lo único que me quedaba era ir a casa. No quería desobedecer a mis padres y estar castigada hasta los treinta años. Pero cuando salí de la puerta del colegio, me sorprendió ver el coche de Kem aparcado a un lado. Él estaba apoyado sobre el coche de brazos cruzados y con una chaqueta negra que resaltaba sus iris verdes. Cuando se conectaron con los míos, una chispa de emoción me recorrió el cuerpo, sobre todo cuando se separó del coche y empezó a caminar hacia mí, con paso seguro y determinación.

«Dios mío».

Fueron las únicas palabras que pude pensar. Cuando Kem se paró delante de mí y mi mente quedó en blanco.

37

Intenté no ponerme nerviosa por la cercanía de Kem, pero me fue imposible. Su alta estatura, que se cernía sobre mí, hacía que los vellos de mi cuerpo se erizaran. Eso pasaba cuando estaba a solas con él. Agarré con más fuerza de la necesaria el bolso en mi hombro mientras trataba de calmarme e infundirme aliento por dentro. «No te pongas nerviosa, Ruby. Es solo Kem. Nadie más», me dije. Pero aquello no ayudó, así que tuve que hacerle frente como pude.

Como había dicho Kylan, sin esconderme y plantándole cara a mis problemas. Y uno de ellos era Kem.

—¿Qué haces aquí? —pregunté con voz dura y, para mayor efecto, me crucé de brazos.

Su mirada me traspasó, pero no me dejé intimidar.

—Estoy aquí por ti, Ruby. —Sacó del bolsillo del pantalón el móvil y lo levantó—. Tus padres me han pedido que te recogiera y te llevara a casa enseguida. Soy algo así como tu niñero. —Sonrió con ironía.

Negué con la cabeza.

Eso era imposible.

Mis padres jamás mandarían a Kem.

Sí, estaba castigada y todo eso. Al despertarme, ya habían salido a trabajar, por lo que no pude hablarles acerca de mi castigo. En secreto, pensaba desobedecerlos yendo a trabajar después de clase, pero lo pensé mejor y decidí hacerles caso por una vez. Solo iría a la cafetería para renunciar. No podía dejar de aparecer así como así ni tampoco dejarles un mensaje con Debie. Mandy y Percy habían sido muy buenos al contratarme, aun cuando no tenía el permiso de mis padres. Estaría agradecida con ellos por la oportunidad que me habían dado.

Ya nada podía hacer si mis padres lo habían descubierto. Para ellos trabajar mientras estaba en el colegio era un sacrilegio, decían que era más importante que yo me concentrara en mis estudios sin distracciones. Era una idea tonta que yo no compartía, pero tenía que acatar mientras viviera con ellos, por más molesto que eso me resultase.

Estaba contando los meses que me quedaban para irme de casa. Ya quería ser independiente y poder trabajar sin que nadie me lo impidiera.

—Mis padres jamás…

—Aquí está —me cortó Kem tendiéndome su móvil.

Miré la pantalla por pura curiosidad y, efectivamente, vi un mensaje de mi mamá pidiéndole que me recogiera del colegio y me cuidara.

¿Desde cuándo mamá tenía el número de Kem y le pedía favores?

—No puedo creerlo —murmuré bajo mi aliento—. Eh, alto ahí. El mensaje de mi mamá dice que me eches un ojo, no que estés pegado a mí como un chicle.

Lo vi encogerse de hombros.

—Prefiero vigilarte de cerca.

Por una vez, decidí ser sensata y no discutir con él. No cuando tenía algo en mente.

—Bien. Pero antes de ir a casa, me gustaría que me llevaras a la cafetería. Necesito hablar con mis jefes, por favor —dije resignada.

Kem me miró reacio por un momento, pero luego asintió. Intentó coger mi bolso de mi hombro para tomarlo y cargarlo por mí, aunque yo me negué. Podía cargarlo yo sola.

—Yo lo llevo, no pesa.

Él pareció querer refutarme, pero se lo pensó dos veces antes de asentir y guiarme hacia su coche. Con su ayuda, me metí y en completo silencio partimos a la cafetería. En el camino, le envié un mensaje a Debie contándole un breve resumen de cómo había ido mi día. Le dije que cuando llegase se lo explicaría con muchos más detalles.

Diez minutos después, Kem aparcó frente a Dolce Casa y se bajó del coche para ayudarme. Fue todo un caballero.

—¿Quieres que entre contigo?

Negué.

—Hablaré con mi amiga y mis jefes, puedes esperarme en el coche.

Kem sonrió.

—Como si eso fuera a pasar. —Sin previo aviso, me tomó de la mano y me llevó a rastras con él hacia la cafetería.

Me abrió la puerta sin soltarme la mano y miró a todos lados. Yo intenté zafarme de él, pero me detuve cuando comenzó a caminar por el pasillo hacia la cocina. El cartel de SOLO PERSONAL AUTORIZADO no fue impedimento para que Kem abriera la puerta y entrara conmigo detrás. Ahí se encontraba Debie sentada en una silla mirando el móvil y con el uniforme puesto.

Al parecer, a esta hora de la tarde no había tanta clientela.

Cuando Kem empezó a caminar hacia ella, no pude evitar soltar un gritito para que me soltase. Podía sentir mi mano apretada por su agarre. No me hacía daño, pero no me gustaba que me arrastrasen por todos lados como a una niñita.

—¡Déjame! —Mi grito fue suficiente para que él se detuviera, aunque sin soltar mi mano, y para que Debie levantara la mirada del teléfono.

—¡Ruby! —Se levantó de inmediato al verme junto a Kem, agarrados de la mano. Al ver mi cara, se giró hacia el chico y lo fulminó—. ¡Oye, suelta a mi amiga!

Kem ni siquiera la miró, sino que giró la cabeza hacia mí.

Yo hice una mueca con la boca, sin saber cómo comenzar aquello.

—Verás, Debie… —comencé diciendo, pero la mano de Kem en la mía me distraía. Lo miré con el ceño fruncido—. ¿Puedes soltarme la mano, por favor?

Mi voz dura hizo que Kem me soltara al instante. Aun así, no se separó de mí ni un centímetro.

Su presencia parecía llenarlo todo. Incluyéndome a mí.

Me acerqué a Debie y la llevé al pasillo de fuera para tener más privacidad. Kem nos siguió, por supuesto, pero tuve más libertad de contarle lo sucedido que estando en la cocina con los ruidos que me impedían hablar.

Cuando finalicé mi relato y le expliqué por qué no podía seguir trabajando, la mirada de Debie era de pura rabia.

—¡Esa tal Amber! —Arrugó el ceño y alzó las manos como si quisiera golpear algo—. Debo decir que cuando la vi no me cayó nada bien, pero como era tu amiga, no pude decir nada malo de ella. Siempre me ha parecido una perra. Y ese Kylan, decía que sentía algo por ti y que estaba enamorado y ha salido más imbécil que este. —Señaló a Kem, que abrió mucho los ojos al escuchar lo de su hermano. Debie pareció darse cuenta de su error—. Bueno, a decir verdad, este de aquí fue más imbécil. O sea, embarazó a tu enemiga a tus espaldas y…

Alcé las cejas al darme cuenta de que intentaba distraer a Kem de lo que había dicho de Kylan, pero no le funcionó porque Kem se giró hacia mí.

—¿A qué se refiere con lo de Kylan? —Frunció el ceño—. ¿Qué te dijo ese idiota?

La furia podía verse en toda su cara, aunque parecía contenerse por cómo apretaba las manos.

Yo me encogí de hombros como si no fuera nada.

—Debie está exagerando —dije con una sonrisa incómoda—. Tu hermano habló conmigo…

Kem se cruzó de brazos.

—¿De qué?

—No tengo que darte ninguna explicación —afirmé enderezándome. No podía creer que me las estuviera pidiendo—. ¿Puedes esperarme en el coche? Debo hablar con mis jefes.

Kem se mostró reacio a hacerlo, pero cuando le lancé una mirada mordaz, aceptó. Se inclinó sobre mí y depositó un beso en mi cabeza. Me alejé de él al mismo tiempo que él se daba la vuelta y se alejaba.

Debie me miraba con cariño.

—Ay. Qué tierno —suspiró. Entrecerré los ojos, molesta por lo que había dicho—. No, perdón, es un imbécil. Tiene la culpa de todo, por arruinarlo y por ser un dulce… —Se golpeó la frente, mirándome con pena—. Ay, lo siento, Ruby. No estoy cambiando de bando, simplemente puedo darme cuenta de que babea por ti.

—¿En serio, Debie?

Alzó las manos.

—No es mi culpa.

—Mejor llévame donde Percy y Mandy. Debo renunciar y despedirme de ellos.

Debie asintió, aceptó acompañarme y no dijo nada más sobre Kem.

Después de mi renuncia y la pequeña despedida con mis jefes y mi amiga, salí de la cafetería con los ojos húmedos y un pequeño sobre blanco. Dentro había un cheque con mi paga por las últimas semanas de trabajo.

Entré al coche de Kem y, sin mirarlo, me dejé caer en el asiento. No dijo nada, sino que arrancó su coche y partió hacia casa. Al llegar, la idea con la que había venido se asentó más fuerte en mi mente. Cogí mis cosas, bajé del coche y caminé hasta la escalera del edificio para subir, con Kem pisándome los talones. No me detuve en mi piso, sino que llegué hasta el sexto. El de Amber.

Kem aún no se separaba de mí.

—¿Por qué vienes aquí? —preguntó mirando la puerta del apartamento.

Arqueé una ceja.

—¿Qué pasa? —Me crucé de brazos divertida por su nerviosismo—. ¿No era aquí donde pasabas la mayoría de los días junto a Ada?

Mis palabras no le hicieron ni pizca de gracia. Me miró, atónito.

—Claro que no.

—Solo vengo a hablar con Amber —lo corté—, tengo un asunto que resolver con ella.

Kem se metió las manos en los bolsillos delanteros del pantalón.

—¿Quieres que te deje a solas?

Sonreí.

—No, no es necesario —respondí.

Levanté una mano y toqué el timbre. Segundos después se escucharon pasos y la puerta se abrió.

Me quedé quieta al ver que no era Amber la que nos había abierto, sino Ada.

38

Observé la cara de Ada ensombrecerse cuando nos encontró allí. De soslayo, pude fijarme también en la reacción de Kem: tenía una mueca en el rostro que disimuló llevándose una mano a los labios.

Carraspeé tratando de disipar el incómodo ambiente.

—¿Está Amber? —pregunté sin titubear, alzando la cara.

Estar en presencia de los dos me traía imágenes de ellos juntos que no quería ni concebir. Bajé la mirada hacia su panza con curiosidad, pero seguía plana.

Volví a subir a su rostro, con una mueca incómoda.

Ella me devolvía la mirada, sus ojos no se despegaron de mí en ningún momento. Pensé que iba a ignorarme y a concentrarse en Kem, pero hizo como si él no estuviera.

—Está en su habitación —respondió sujetando la puerta.

Normalmente, me dejaba pasar, pero esta vez se me quedó mirando, esperando una respuesta por mi parte. Traté de no ponerme de los nervios. No la soportaba.

—¿Puedes llamarla? —pregunté adoptando un tono de voz algo amistoso.

Ada alzó una ceja y asintió, no sin antes abrir la puerta del todo para dejarnos pasar. Aunque cuando puse un pie en la casa, me di cuenta de que Kem se quedó fuera. Le fruncí el ceño y le pregunté si no iba a pasar.

Kem miró a Ada y luego a mí. Negó con la cabeza a nadie en particular, pero entró. Se cernió detrás de mí como si fuera mi protector. Me giré haciéndome la loca, como si no me diera cuenta.

Ada me hizo caso y fue por el pasillo en busca de Amber. Kem y yo nos quedamos torpemente en medio del gran salón sin saber qué hacer a continuación. Segundos después, escuché unos pasos. Vi que Amber aparecía con Ada detrás. Su mirada fue a mí y luego a Kem.

Sonrió irónicamente, pero no dijo nada, en vez de eso se me quedó mirando. Observé con detalle que no parecía resfriada ni mucho menos enferma. Estaba perfectamente. Le había mentido a Henry.

Me dolía pensar que esa chica que estaba frente a mí era la misma que antes decía ser mi mejor amiga.

—Veo que tus padres te lo han dicho —comenzó a hablar ella—, si no, no estarías aquí.

Traté con todas mis fuerzas de no reaccionar mal. Ada aún seguía detrás de Amber, como si fuera su protectora, al igual que Kem era el mío. Me puso la mano en el hombro, aunque no sé si para darme apoyo o para impedir que me abalanzara sobre Amber.

—Sí —asentí con toda la paciencia del mundo—. Me lo dijeron anoche. Te he buscado en el colegio, pero no estabas. Solo pude hablar con Kylan y ahora vengo a hablar contigo.

Amber se cruzó de brazos.

—Si estás aquí para gritarme…

—No estoy aquí para eso —la corté.

Asintió despacio y descruzó los brazos, esperando a que hablara. Me sentía un poco avergonzada porque Kem y Ada aún seguían aquí, escuchando todo. Aun así, hablé:

—Solo quiero preguntarte algo: ¿por qué?

Amber frunció el ceño al escuchar mi pregunta, parecía confundida.

—¿Por qué le dijiste eso a mis padres? —aclaré con voz ronca por las emociones que se arremolinaban en mi pecho—. ¿Por qué les contaste lo de mi trabajo o de Kiwi? Creí que eras mi mejor amiga. Eso no lo hacen las mejores amigas.

Amber abrió mucho los ojos.

—¿Me estás hablando de mejores amigas precisamente tú, Ruby? —Me señaló con la burla impregnada en su voz—. Tú que te alejaste desde que te enteraste de lo de mi hermana con Kem. Tú que no quisiste estar con nosotros, tus amigos, en el colegio y te escondías. Tú que te alejaste de nosotros por algo que no habíamos hecho. Así que, no sé quién de nosotras falló, porque tú fuiste la que comenzó todo. Todo esto es por ti.

Kem me apretó el hombro.

Estaba indignada.

—Amber…, estaba mal, por Dios. Acababa de pasar lo de

Kem y quise alejarme de todo y de todos. ¿Con qué ganas iba a estar con mis amigos si lo único que quería era llorar? Tal vez fui una descuidada con vosotros, pero nunca os fallé como amiga. Así que no te hagas la víctima y responde de una vez por qué hablaste con mis padres.

Ada se puso al lado de su hermana y, al ver que esta se demoraba en responder, decidió abrir la boca:

—Mi hermana también estaba afectada. No solo sufriste tú, Ruby. Todos aquí lo hemos pasado mal.

Alcé las manos.

Por Dios.

No tenía palabras para aquello.

—Ni siquiera sé qué haces tú aquí —dije mirándola confundida—. Esta es una conversación entre Amber y yo. No te metas, por favor.

—Esta es mi casa —respondió Ada cruzándose de brazos—. Y Amber es mi hermana, la defenderé todo lo que quiera.

Traté de no entornar los ojos. De verdad, no entendía por qué se había fijado Kem en Ada. Era bonita, sí, pero también era una persona imposible de tratar.

Decidí ignorarla y mirar a Amber. Estaba callada y con los brazos cruzados, con expresión aburrida. Cuando su mirada chocó con la mía, sonrió y miró a mi espalda.

—No sé qué haces con Kem —dijo con el ceño fruncido, pero sin perder la sonrisa—. Es el chico que te engañó con mi hermana. Van a tener un bebé y ahora mismo no pintas nada en ese cuadro.

Sus palabras me dolieron más que cualquier puñal que me clavaran en la espalda. ¿Qué rayos le pasaba a esa chica? Se parecía a mi mejor amiga, pero no tenía nada que ver con la que yo conocía. Esta era otra víbora igual o peor que su hermana.

Ya no había nada que hacer aquí. Había venido por las puras y a gastar saliva, porque esa chica no era mi mejor amiga. Ni siquiera la reconocía. ¿En qué momento había cambiado tanto?

Negué con la cabeza.

Antes de que pueda hacer otro movimiento, Kem se plantó frente a mí como si fuera mi escudo personal.

—Lo que siento por ti y por tu hermana es lo mismo: tristeza. Porque las dos sois un par víboras que solo sabéis decir cosas malas de las personas —dijo, luego señaló a Amber—. Y lo que siento por Ruby va más allá del amor, haría cualquier cosa por ella y eso os incluye a vosotras. No me importa nada, solo ella, así que tened cuidado la próxima vez de cómo le vais a hablar o a tratar.

Mi corazón se hinchó al oír esas palabras provenientes de Kem. En momentos como este, solo quería abrazarlo y llenarlo de besos. Pero me contuve. Simplemente le apreté la mano que sujetaba la mía y tiré de él hacia la puerta. Miré por última vez a las hermanas y vi sus rostros atónitos.

—Para que lo sepas, Amber —dije por última vez mirándola—: eres una pésima persona. Creía conocerte. Ahora ya ni sé quién eres.

Dicho eso y con un nudo en el corazón, me levanté el pelo y me quité el collar de amistad que nos había comprado por su cumpleaños.

Se lo dejé en la mano y me giré antes de ver su reacción.

No podía mirarla.

Me alejé junto a Kem, escaleras abajo, a mi casa.

39

Cuando entramos a mi apartamento, lo primero que hice fue abrazar a Kem. No solo estaba agradecida por defenderme, sino que también necesitaba un abrazo. Lo que había dicho me había llegado al corazón.

—Gracias —dije cuando Kem rodeó mi cuerpo con sus brazos.

Él asintió, enterró la cabeza en mi cuello e inspiró. Intenté no reírme por las cosquillas que su aliento me causaba. Segundos después, nos separamos. Kem no dijo nada y yo tampoco.

No necesitamos palabras para este momento.

Dejé mi bolso en el comedor y me acerqué a la cocina. No había almorzado por hablar con Kylan y me moría de hambre.

Kem se apoyó en la encimera de la cocina y me vio moverme por todo el lugar en busca de los ingredientes para hacer algo rápido de comer. Cuando cogí las verduras y empecé a cortarlas con el cuchillo, sentí que su mirada me quemaba. Levanté la vista, Kem estaba sonriéndome como si supiera algo que yo no. Dejé el cuchillo a un lado y lo observé.

—¿Qué? —pregunté al ver que no decía nada. Su sonrisa se ensanchó al escucharme.

—Nada, solo estaba pensando.

Entrecerré los ojos.

—¿Pensando en qué?

Kem se relamió los labios antes de responder:

—Solo pensaba en lo preciosa que estás.

Me sentí como una tonta cuando mis mejillas ardieron. Bajé la mirada a las verduras y me quedé mirándolas durante varios segundos, sin moverme en absoluto.

—Lo siento, Ruby —dijo él unos segundos después.

Levanté la cabeza con el ceño fruncido, confundida por sus disculpas.

—¿Por qué?

—No quería hacerte sentir incómoda.

No pude evitar sonreír.

—No me sentí incómoda, solo que… no sé cómo manejar esta situación.

Kem asintió.

—Lo sé. —Hizo una mueca—. Yo tampoco.

Después de eso, el ambiente se volvió más cómodo. Creí que sería al contrario, pero me sentía bien cerca de él, por extraño que parezca.

Bajo su atenta mirada, corté las verduras y las cociné. La conversación fluyó acerca del colegio y su trabajo. No tocamos ningún tema incómodo para que el ambiente no decayera y nos fue bien durante todo el tiempo que estuve cocinando con su ayuda.

Media hora después, el almuerzo estaba listo y Kem parecía estar hambriento. Nos sentamos en el comedor y comimos. Después de eso, se ofreció voluntario para lavar los platos y yo accedí. Era un trato justo. Yo había cocinado y a él le tocaba limpiarlos, aunque decidí ayudarlo a secarlos.

Se remangó la chaqueta y se acercó al fregadero para empezar con su tarea.

—El almuerzo estaba delicioso —comentó mientras enjuagaba los platos.

Sonreí, agradecida por el cumplido.

—Gracias, mamá me enseñó a cocinar.

—Pues es una estupenda cocinera, al igual que tú —me halagó, mirándome durante unos segundos. Luego se centró en lo que estaba haciendo—. Lo que pasó hoy arriba…

—¿Sí? —pregunté, atenta al vaso que estaba secando para no tener que verlo a él.

—Lo que dije, fue en serio, Ruby. No dejaré que nadie te haga daño.

Esta vez sonreí, pero con ironía.

—Entonces creo que deberías golpearte a ti mismo.

Él se quedó callado unos segundos, temí haberlo ofendido. Levanté la mirada rápidamente y vi su cara seria. Hice una mueca al darme cuenta de que había arruinado el momento que estábamos compartiendo.

—Kem…

No me dejó terminar, porque de un momento a otro cogió espuma del fregadero y me la tiró en la ropa.

Tuve un *déjà vu*. De cómo nos habíamos conocido.

Yo tampoco me corté, me acerqué a él, cogí el detergente líquido y lo esparcí por toda su chaqueta.

—Ups —dije riéndome al ver su cara anonadada.

Kem me quitó el envase de las manos y me echó jabón por la cabeza. Cerré los ojos por precaución y grité al sentir que el líquido caía por todo mi cuerpo. No pude evitar abalanzarme contra él para quitarle la botella, pero me resbalé en el charco de agua que se había formado en el suelo. Kem me sujetó del brazo para que no me cayera, pero aun así no pudimos evitar resbalarnos. Nos derrumbamos en el suelo de culo. Abrí los párpados y vi que a nuestro alrededor había burbujas flotando por doquier.

Miré el rostro de Kem y no pude contener la carcajada. Él me secundó, riéndose fuerte conmigo. Me sujeté el estómago cuando la risa no cesaba y empezaba a dolerme la tripa.

No podíamos parar, continuamos riéndonos hasta que nos saltaron las lágrimas.

—Ay, no... puedo —jadeé en busca de aire.

Las carcajadas me impedían respirar con normalidad. Intenté inhalar y exhalar varias veces pero no funcionó. Miré a Kem y él estaba en la misma situación, jadeando de la risa.

—Haz que... pare —dije.

El estómago me dolía. En un momento, Kem captó lo que había dicho y se acercó a mí. Cuando vi sus intenciones de besarme, me alejé y la alegría murió de mis labios.

—¿Qué haces? —pregunté con voz ronca y con la cara de Kem a unos centímetros de mí.

Kem hizo una mueca.

—Has dicho que lo parara y lo he hecho. —Se encogió de hombros.

Su cara estaba seria, ya no quedaba ni pizca de la diversión de hacía unos minutos atrás.

—Eh, gracias —respondí, en realidad me alegraba de que la risa hubiera cesado, pero no estaba tan contenta con el método que había utilizado.

Kem me tendió su mano y, los dos agarrados, pudimos levantarnos sin dificultad. Bajé la mirada a mi ropa y me di cuenta de que estaba empapada. No solo la camiseta, sino también el pantalón, las zapatillas y todo el pelo. Me sentía pegajosa y era una sensación muy incómoda. Kem estaba igual que yo. Le di la mano y lo guie hacia el baño del pasillo. Tomé unas toallas y se las tendí.

Kem procedió a limpiarse y a secarse todo lo que pudo.

—Eh, iré a mi habitación —le informé antes de salir rápidamente de ahí y caminar hacia mi cuarto. Me temblaban las piernas mientras iba por el pasillo.

Kem aún hacía que mi corazón temblara.

Decidí darme una ducha para sacarme la pegajosidad del cuerpo. Una vez que estuve cambiada y lista, salí en busca de Kem con el pelo mojado, pero peinado, y con ropa de estar por casa.

Me fijé en él, estaba terminando de limpiar el desastre que habíamos montado en la cocina. Tenía un trapo en mano y estaba secando el suelo mojado.

—No es necesario que lo hagas —dije acercándome por detrás de él.

Kem se quedó quieto unos momentos antes de girarse y sonreírme.

—Tus papás vendrán en cualquier momento y les prometí cuidarte.

—Exactamente —señalé—. Cuidarme, no limpiar. Deja, yo te ayudo.

Le quité el trapo de la mano y terminé con el trabajo que había empezado, todo bajo su atenta mirada. Esta vez no me dejé intimidar y continué hasta dejarlo todo como estaba antes del desastre.

Dejé el trapo en su sitio, en el cuarto de lavandería al lado de la cocina, y volví a reunirme con Kem. Era cierto que mis padres regresarían en cualquier momento.

—¿Quieres ver una película? —preguntó.

Me sorprendió aquello.

—¿Una película? —repetí atónita—. ¿Ahora?

Él se encogió de hombros, visiblemente avergonzado.

—Sí. —Se llevó una mano detrás de la cabeza, señal de su vergüenza. Lo miré divertida—. Mientras llegan tus padres.

—Está bien —acepté.

No tenía deberes y ¿qué mejor manera para matar el tiempo que ver una película? Así no habría momentos tensos ni silencios incómodos.

Encendí la televisión y abrí la aplicación de *streaming*. Le di el control remoto a él para que eligiera lo que quisiera. Si yo decidía, terminaríamos viendo una comedia romántica de las que a mí me gustaban. Lo que me sorprendió fue que Kem fuera directo a ese género.

—¿Qué? —preguntó él al sentir mi mirada en él—. ¿Acaso un chico no puede ver esa clase de películas?

Por su tono de voz, supe que estaba bromeando, pero aun así le respondí:

—Yo no he dicho nada.

Dejé que él eligiera la película en completo silencio. Al final se decidió por *El diario de Noah*. Intenté no entornar los ojos ante su elección. No es que no me gustara la peli, pero es que la había visto tantas veces que ya hasta me sabía de memoria los diálogos.

La película comenzó y no pude evitar deslizarme en el sillón para estar más cómoda. Kem, a mi lado, puso su brazo detrás de mí con disimulo. De soslayo, vi su sonrisa, aunque su mirada estuviera puesta en la pantalla del televisor.

En un momento dado, a mitad de la peli, decidí cerrar los párpados unos segundos y así fue como caí dormida.

Al despertar, no me sorprendió ver que estaba recostada en el pecho de Kem. La película estaba en pausa, solo se oía el silencio y una respiración suave.

Cuando levanté la vista, Kem estaba con la cabeza inclinada hacia atrás, durmiendo plácidamente y con un brazo sobre mí.

Miré la hora en el reloj de pared y casi se me salieron los ojos de las órbitas. En cualquier momento mis padres podrían abrir la puerta.

—Kem —susurré su nombre muy cerca de él para despertarlo—. Kem…

Él murmuró algo ininteligible y reforzó su agarre en mí. Con delicadeza, aparté su brazo y lo puse sobre su regazo. Me levanté y encendí las luces del salón. El lugar se iluminó al instante, pero aun así Kem permaneció profundamente dormido.

Fui a mi habitación y cogí una manta, lo tapé y en ese instante la puerta del apartamento se abrió.

Me paré recta, me alejé de Kem y apagué el televisor. Corrí hacia mis padres y los saludé. Mamá y papá me abrazaron antes de ver a Kem en el sofá durmiendo.

—Estábamos viendo una película —dije a modo de explicación.

Ellos asintieron, como si fuera algo normal que un chico durmiera en nuestro salón.

—¿Te has portado bien? —preguntó papá dejando su maletín en la silla del comedor.

—¿Por qué no se lo preguntáis a él? —Señalé a Kem, que ni se movía—. Dado que tengo niñero, debería contároslo él, ¿no?

Mamá, que se dirigía a la cocina, se giró y se cruzó de brazos.

—Cuida tu tono, señorita —dijo alzando la voz—. Le pedimos que te cuidara porque ya no podemos confiar en ti. Haces cosas a nuestras espaldas y no podemos controlarte porque trabajamos, así que atente a las consecuencias de tus actos.

Apreté los labios ante su amonestación. Sí, tenían razón, pero poner a Kem a vigilarme era algo obsesivo. Podía cuidarme sola.

Escuché un carraspeó.

—Buenas noches, señora Graham —dijo Kem con voz ronca por la siesta—. Ruby se ha portado muy bien.

Mamá me lanzó una mirada antes de sonreírle dulcemente a Kem.

—Me alegro, Kem. Muchísimas gracias por cuidarla.

Kem se levantó del sillón, dobló la manta y saludó a mis padres.

—Creo que es hora de irme —dijo él después de mirarse la muñeca, donde no llevaba ningún reloj—. Mis padres deben de estar esperándome.

—Salúdalos de mi parte —respondió mamá.

Ambos le estrecharon la mano a modo de despedida. Papá entonces se fue a su despacho, siempre iba ahí después de llegar a casa, y mamá me pidió que acompañara a Kem a la salida.

Forcé una sonrisa antes de caminar con Kem siguiéndome los talones hasta la puerta del apartamento.

Lo acompañé hasta el rellano y dejé la puerta entreabierta.

—He dejado mi chaqueta en tu lavandería —dijo en medio del silencio. Asentí, observándolo solo con su camiseta blanca—. Nos vemos luego, Ruby. Adiós.

Asentí, pero él ya estaba yéndose.

Me quedé unos segundos parada, antes de darme cuenta de que parecía una tonta y volví a entrar. Cerré la puerta detrás de mí y me apoyé contra ella. Me acordé de lo que había dicho y luego corrí hacia el cuarto de lavandería. Vi que su chaqueta estaba dentro de la secadora, por lo que la saqué y por puro placer la acerqué a mí para olerla.

Olía a Kem y a detergente, pero lo más importante era que su olor no se iba. Así que ese día me puse su chaqueta negra y dormí con ella toda la noche.

Hice lo mismo todos los días después de aquella noche, porque no volví a verlo en toda la semana.

Hasta el sábado.

40

Después de negociar mucho con mis padres y de prometerles que me portaría bien, conseguí que decidieran que no necesitaba niñero. Después de ese día en que Kem me había cuidado, estuve sola.

Aquel sábado por la tarde, mis padres no estaban en casa, como cada fin de semana. Estaba en mi habitación, vestida con la chaqueta de Kem que nunca me había reclamado y un pantalón de licra mientras leía un libro, recostada en la cama.

Un golpe seco me sobresaltó. Dejé a un lado la lectura cuando ese ruido extraño sonó de nuevo. Me levanté de la cama y fui hacia el balcón. Me sorprendió ver a Kem, con una sonrisa socarrona en la cara y con el pelo despeinado, como si se hubiera pasado las manos por él a cada rato.

Me quedé dentro, en mi habitación, y por las puertas corredizas de vidrio del balcón pude verlo. Me miraba fijamente, observándome con su chaqueta puesta. Di un paso y luego otro. Avancé poco a poco hacia él, crucé la puerta del balcón y la cerré detrás de mí.

En cuanto me acerqué a él, sentí un olor a licor demasiado fuerte. Me alejé un par de pasos con el ceño fruncido y me llevé una mano a la nariz para taparme.

—Puaj, Kem —dije mirándolo con una ceja alzada—. ¿Cuánto has bebido?

Nunca lo había visto borracho hasta ese día. Lo estudié de la cabeza a los pies. Su ropa estaba arrugada, como si hubiera dormido con ella. No llevaba zapatos, solo los calcetines. Tenía los ojos dilatados, era una señal de que estaba muy ebrio, demasiado.

—No mucho —respondió con voz ronca y cantarina. Se tambaleó hacia los lados al acercarse más a mí. Bajó la cabeza e inhaló mi cuello—. Hummm, hueles delicioso y llevas puesta mi chaqueta, Bizcochito. —Rio como si hubiera dicho algo muy gracioso—. Me encanta llamarte así, Bizcochito, ese apodo te queda taaan bien.

Me alejé de Kem todavía con el ceño fruncido.

—Estás muy borracho —afirmé decepcionada. No podía creer que me viniera a visitar de esa forma—. Tienes que irte, Kem.

Negó repetidas veces.

—No quiero. —Hizo un puchero sacando su labio inferior, luego sonrió como si nada—. No sin mi Bizcochito.

—No soy tuya.

—Lo eres, pequeña. —Levantó la mano para acariciarme la mejilla, con mucha suavidad la posó en mí—. Eres el amor de mi vida, ¿aún no lo entiendes?

Quise reírme por aquella declaración, pero me había quedado sin palabras. Tardé unos segundos en reaccionar.

—Bien, es hora de que te vayas. —Bajé la cabeza y, con esa acción, su mano se deslizó fuera de mi mejilla.

Ignoré totalmente lo que había dicho. Según el refrán, «los niños y los borrachos dicen la verdad», pero él era un mentiroso. No estábamos en buenos términos, así que ¿qué más podía decirle?

Tomé su brazo y lo llevé hacia la escalerilla de emergencia que había a un lado de la pared para que subiera a su habitación. Antes de poder ayudarlo a colocar un pie en el primer escalón, se plantó con fuerza en medio de mi balcón y no pude moverlo más.

—Ya te he dicho que no me voy, Bizcochito.

Suspiré con fuerza.

—No hagas esto más difícil, Kem.

—¿Yo? —preguntó incrédulo, presionando un dedo en su pecho—. Tú eres la que hace esto más difícil. No quieres estar conmigo. Te amo, solo a ti. —Se tropezó y se balanceó de un lado a otro, lo que no ayudaba a que aquellas palabras fueran para nada románticas—. Ni siquiera sé por qué estuve con Ada.

Entorné los ojos, pero él continuó:

—Desde que me dejaste, soy un miserable. Solo debes mirarme para darte cuenta. —Volvió a reír—. Nunca creí que una chica podría ponerme así. ¿Sabes? Me encantaba estar con chicas, estuve con muchas, no como novios, pero sí tenía rollos con varias. Y creo que este es mi karma. Estoy pagando todo lo que hice mal. —Sacudió la cabeza—. Pero el mayor error que cometí fue dejar que Ada se interpusiera entre nosotros. No debí tomar esa botella de cerveza que me ofreció. Sabía que algo estaba mal desde el principio.

Le puse la mano en el brazo cuando pensé que se iba a echar a llorar, pero al contrario, se echó a reír, como si le hubieran contado el chiste más gracioso del mundo. Sus carcajadas subieron de intensidad y tuvo que inclinarse hacia delante para sostenerse el estómago.

Segundos después, se calmó y se limpió las lágrimas que había derramado de tanto reírse.

—Soy un idiota, ¿verdad?

Me encogí de hombros.

—Eso se puede corregir. —Sonreí de lado al ver aparecer su vulnerabilidad. Tenía una expresión melancólica y sabía que estaba intoxicado de alcohol, pero una parte de mí quería ayudarlo—. Ven conmigo.

—Eso quería oír, Bizcochito —murmuró con la voz ronca y desencajada por el alcohol.

Le di la mano y tiré de él hacia la escalera de emergencia. Con mucho cuidado, lo ayudé a subir y luego lo seguí. En varios minutos y con mucho esfuerzo, estuvimos arriba. Kem parecía ir muy lento y siempre se detenía en un escalón para mirar hacia abajo para ver si lo seguía.

Cuando trepamos a su balcón, Kem se tambaleó, pero lo sujeté por el costado para que se apoyara en mí. Rodeó mi hombro con su brazo y me atrajo hacia él, se inclinó e inhaló de nuevo mi cuello. Dios, ¿qué obsesión tenía con ese punto?

Lo golpeé sin mucha fuerza en el brazo para alejarlo, pero su equilibrio era malo, así que cayó hacia un lado y me llevó con él. Yo acabé sobre él, por lo que no me golpeé, pero me preocupó que Kem se hubiera hecho daño.

Sin embargo, comenzó a reírse como un loco, conmigo sobre él. Mi espalda chocaba con su pecho.

En un movimiento brusco, me dio la vuelta para estar frente a frente. Lo miré como si se hubiera vuelto loco.

—¿Qué te pasa? —pregunté, irritada.

Pero aquello no duró mucho, porque su risa me dio ganas de reír y, cuando empecé, no pude parar. Kem me observaba embobado mientras yo estallaba en carcajadas.

—Eres preciosa cuando te ríes, Bizcochito.

Resoplé, aún partiéndome. No pude aguantar más y presioné mi frente en su pecho para reírme más a gusto sin su intenso escrutinio.

Cuando estuve más calmada, me levanté sin mirarlo a los ojos y lo ayudé a levantarse del suelo. Era difícil, ya que pesaba mucho, pero logré hacerlo cuando él cooperó. Lo llevé hasta su cama y lo ayudé a recostarse.

La puerta de su habitación estaba abierta, así que me acerqué para cerrarla, pero el ruido de algo dentro del piso llamó mi atención. Me giré para ver a Kem, estaba con la cabeza recostada contra la pared y los brazos detrás en la nuca. Lo dejé ahí para ir hacia el ruido que había oído.

Caminé por el pasillo y vi la puerta de la habitación de Kylan abierta. Dentro sonaba música a un volumen moderado. Era triste y la melodía me era muy conocida. Asomé la cabeza y vi a Kiwi en la cama de Kylan durmiendo plácidamente.

Traté de hacer el menor ruido posible para alejarme, pero un paso en falso fue suficiente para hacer ruido.

Al instante, Kylan abrió los párpados y se giró hacia mí. Su reacción fue extraña. Sonrió irónicamente. No le extrañó que estuviera en su habitación, como si fuera normal para él.

—Eres tú, Ruby —habló con voz ronca y pronunciando mal las palabras.

Al instante me di cuenta de que él también estaba borracho. Se levantó con dificultad y se acercó a mí, tambaleante. Me fijé en que, debajo de su ojo derecho, su piel estaba tornándose morada. Al parecer, alguien le había dado un puñetazo. Dibujé una mueca, impresionada al verlo de esa manera. Él sonrió ante mi reacción y se señaló la mejilla:

—¿Esto? Me lo hizo Kem. Al parecer no le gusta saber que estoy enamorado de ti.

Hice una mueca al escucharlo.

—No importa. Le dije que no estás interesada en mí, porque ya estás enamorada de alguien más. De él.

En ese instante, Kiwi abrió los ojos y se percató de que yo estaba ahí. Bajó de la cama corriendo mientras sacudía la cola de un lado a otro con rapidez. Me agaché hacia mi pequeño para no hacerle frente a Kylan.

—Te extraña y yo también. —Suspiró al ver la mirada que le lanzaba—. Es la verdad, Ruby.

Dejé a Kiwi en el suelo y tomé a Kylan del brazo. Lo llevé al baño que había en el pasillo, igual que en mi apartamento.

Prendí la luz y lo hice sentarse sobre la tapa cerrada del inodoro.

—Quédate aquí, Ky.

Kylan sonrió.

—¿Ya estamos en confianza? Eso me gusta, nena.

Me costó no entornar los ojos. Los hermanos Woods eran difíciles de tratar cuando estaban borrachos.

Me alejé de él, se quedó con una gran sonrisa en el rostro. Caminé hacia la cocina y abrí la nevera, cogí hielo y un paño que había sobre la cocina. Envolví el hielo ahí y lo llevé de vuelta al baño.

Kylan seguía sonriendo.

—Ten. —Le tendí el paño con hielo—. Presiónalo durante varios minutos.

Kylan cogió el paño de mi mano, pero también me tomó de la muñeca y me acercó a él para ponerme entre sus piernas abiertas.

—Estás aquí por mi hermano, ¿verdad?

No respondí. Él negó con la cabeza repetidas veces.

—Por supuesto que sí. —Se contestó él mismo—. Claro que él fue a verte. Incluso llevas puesta su ropa. ¿Después de todo lo que ha hecho piensas volver con él?

Fruncí el ceño.

—No sé por qué preguntas eso.

Intenté alejarme, pero Kylan me rodeó la cintura con sus brazos y dejó el hielo sobre la encimera del lavabo a nuestro lado.

—Espera, Ruby —dijo mirándome desesperado—. Sé que lo amas y él a ti, y que no tengo derecho a decirte esto, pero necesito hacerlo: no vuelvas con él. No es digno de ti. Necesitas a alguien que te ame del todo, que te dé todo su amor. Si sigues con él, nunca lo tendrás. Tendrías que compartirlo con su hijo o hija, y te dejará de lado. Tú no te mereces eso.

Mil emociones me llegaron al corazón. Con mucho cuidado, me alejé de él y me planté a un par de metros sin tocarnos.

—Eso no lo decides tú, Kylan. Pero te diré algo: si regresara con Kem, jamás competiría con el amor de su hijo. ¿Y sabes por qué? Porque eso no se hace. Cuando uno ama completamente no comparte, sino que ama también. Querría a su hijo porque sería suyo y porque lo amo. Jamás sería un obstáculo entre nosotros.

Kylan se quedó sin palabras. Bajó la cabeza y alcanzó el paño con hielo, lo presionó de nuevo contra su ojo.

Lo dejé ahí, sin decir nada más.

Al salir del baño, choqué con Kem. En silencio, pasé por su lado y me dirigí a su habitación. Parecía que aún no se le había pasado la borrachera, sus movimientos seguían siendo torpes. Kiwi entró detrás de mí y Kem lo siguió, cerró la puerta con seguro y se apoyó contra esta.

Su mirada parecía traspasarme, no sabía si estaba molesto o triste.

—Os he escuchado.

41

—Sé que no debí espiaros —empezó a decir Kem—, pero he salido de la habitación buscándote y he oído murmullos en el baño. Cuando me he acercado, he escuchado todo lo que te ha dicho y todo lo que le has respondido.

No sabía qué responder a eso.

—¿Es verdad? —preguntó él, de pronto parecía vulnerable—. Lo que has dicho acerca de mí y mi… mi hijo.

Me encogí de hombros, dispuesta a ser sincera.

—Sí.

Con mi respuesta, Kem parecía esperanzado.

—¿Hay alguna posibilidad entre nosotros?

Negué, al ver que su cara decaía.

—No lo sé —respondí—. Intento alejarme de ti, pero veo que es imposible.

Sin decir más, me acerqué a él para tomarlo del codo y llevarlo a su cama. Lo senté y lo miré desde mi altura, sonriéndole con ternura.

—Debes descansar.

Kem negó.

—No quiero. Cuando despierte, ya no estarás.

Me reí.

—Por supuesto, no vivo aquí —respondí como si fuera obvio. Lo observé hacer pucheros, pero negué con la cabeza—. A dormir, Kem.

Parecía un niño pequeño teniendo una rabieta, con la cara abatida y la boca fruncida. No le hice caso, lo obligué a echarse sobre la cama y lo arropé con una manta.

Cerró los párpados y no los volvió a abrir.

Salí de su habitación y caminé por el pasillo de puntillas. Temía que alguien me viera, pero al parecer solo los hermanos estaban en casa, no había rastro ni de sus padres ni de su hermana menor.

Me llevé una gran sorpresa al ver el comedor lleno de botellas de licor, varias estaban desperdigadas sobre la mesa. Corrí hacia allí y las llevé a la cocina para tirarlas en bolsas negras de basura. No eran muchas, pero sí suficientes para emborrachar a dos chicos.

Cuando el comedor estuvo ordenado, volví a la habitación de Kem para bajar a la mía. Eran casi las siete de la tarde y mis padres aún no habrían llegado, pero lo harían en cualquier momento.

Pero cuando vi a Kem sobre la cama y con la cara pacífica, no pude marcharme. Me acerqué a su cama y me eché a su lado. Me quité las zapatillas para meterme debajo de la manta que lo cubría. Kem abrió los ojos ante el movimiento de la cama, cuando me vio, sonrió como un tonto.

—No te has ido.

Negué con la cabeza.

—Me quedo.

Kem sonrió satisfecho. Sin decir nada más, rodeó mi cintura y me atrajo hacia él hasta que mi cabeza tocó su pecho.

—Gracias, Bizcochito.

No dije nada, no hacía falta.

Desperté cuando empecé a sentir demasiado calor. Abrí los ojos y miré alrededor. La habitación estaba a oscuras y no se podía ver casi nada, excepto por la luz de la calle que entraba del balcón. A mi lado, Kem yacía dormido con un férreo agarre sobre mi cintura. La manta estaba tirada a los pies de la cama y el calor era por Kem, que tenía las piernas entrelazadas en las mías y me abrazaba. Estábamos enredados por todas partes.

Con mucho cuidado y sin querer despertarlo, le aparté los brazos, pero me detuve cuando él se quejó, aún con los párpados cerrados.

—No —dijo abrazándome más fuerte.

—Kem…, tengo que irme a casa —susurré tratando de alejarlo, pero él se aferraba cada vez más fuerte, me sentía prisionera—. Oye, en serio, es casi medianoche ya.

Pero Kem no cedió. De pronto, me miró directamente.

—No te vayas, Bizcochito, por favor —suplicó sin soltarme—. Solo por esta noche, quédate conmigo. Solo por hoy.

No le respondí, en vez de eso cerré los ojos. Pude sentir el cuerpo de Kem aferrado al mío, suspiró de alivio.

—Bizcochito…

—Si no duermes… —empecé a decir en una amenaza vacía mientras lo miraba, pero él presionó un dedo en mis labios para callarme.

—Gracias, Bizcochito —murmuró en voz muy baja.

Podía sentir su cuerpo alineado junto al mío. Me quedé quieta sin hacer nada y disfrutando de esto, pues sabía que sería la última vez.

Traté de ignorar su cercanía para poder dormir. Suponía que mis padres ya estaban en casa, pero no me preocupaba, había cerrado con pestillo la puerta de mi habitación.

Así que me dejé llevar por el sueño, con Kem a mi lado.

Abrí los ojos de repente al sentir demasiada luz. Tardé varios segundos en darme cuenta de que no estaba en mi cama, sino en la de Kem, junto a él, envueltos en un fuerte agarre.

Lo observé unos segundos antes de levantarme sin hacer ruido. Miré el móvil para ver la hora. Eran las 6.45 am.

Me calcé y me agaché para acariciar a Kiwi y despedirme de él. No sabía cuándo volvería a verlo.

Había tomado una decisión.

Me acerqué sin hacer ruido al escritorio de Kem, al lado de su cama. Cogí una libreta y un lapicero. Sobre la hoja escribí unas breves palabras, después dejé la nota en el lado vacío de la cama, donde yo había dormido.

> «Me desperté antes y no quise interrumpir tu sueño. Solo quería decirte que anoche fue nuestra última noche juntos. Te deseo lo mejor, Kem».

Y me alejé de él.

Esa había sido nuestra última noche juntos.

No había vuelta atrás.

O eso creía.

42

La relación con mis padres estaba yendo muy bien debido a que ya no trabajaba. Para ellos, haberlo hecho a sus espaldas había sido una ofensa tremenda, pero ya no me tenían tan vigilada. Me dejaban salir por las tardes sin supervisión, lo cual era bueno para poder salir con Debie.

Aquel sábado por la tarde, cuando regresé de haber estado en el centro comercial con mi amiga, mis padres estaban en su habitación preparándose como si fueran a salir. Eso me hizo tomar el móvil para avisarle a Debie de que podría pasar más tiempo con ella.

—¿Vais a salir? —pregunté escondiendo mi felicidad.

Podría reunirme con los chicos de la banda para tocar esa noche. Me había negado porque no sabía con qué excusa podría salir, pero si mis padres se iban, ya no necesitaba ninguna.

Mi mamá, ataviada con un pantalón de vestir y una blusa color melón, me miró con el ceño fruncido.

—¿Por qué no estás lista? —Su pregunta me sobresaltó.

—¿Qué?

Mamá miró a papá con el ceño fruncido.

—¿Le contaste a Ruby lo de la cena de hoy?

El rostro avergonzado de papá lo dijo todo. Se había olvidado de informarme.

—¿Qué cena? —pregunté con mucha curiosidad.

—La cena en casa de los Woods. —Las palabras de mi mamá hicieron eco en mi mente al escuchar el apellido de Kem—. Miranda nos ha invitado. Ve a prepararte, Ruby. Nos quedan quince minutos.

Parpadeé varias veces al escucharla.

—¿Yo? —Me señalé el pecho, sentía que el alma abandonaba mi cuerpo.

No podría aguantar una cena con los Woods. Es decir, ¿toda

una noche hablando y comiendo bajo la mirada atenta de Kem y Kylan? Imposible. La tensión que sentiría sería demasiado fuerte. Me entrarían ganas de huir. Lo sabía, estaba segura de eso.

—Sí, tú también irás. Ve a prepararte rápido, que la hora nos gana.

La mirada que me lanzó mi mamá fue suficiente para no querer discutir con ella. Parecía molesta y nadie quiere meterse con una madre en ese estado.

Con pasos pesados, fui a mi habitación y tomé un pantalón oscuro junto a una blusa y unas botas con tacones altos. Me vestí a toda prisa y me dejé el pelo suelto, como estaba. Si me ponía a arreglármelo, tardaría más de lo deseado. Me eché perfume y me coloqué un poco de rubor y labial rosado. Me miré al espejo una última vez tratando de infundirme aliento a mí misma para poder soportar la cena entera sin imprevistos.

Mis padres ya me esperaban en el salón cuando salí. No me puse el abrigo porque solo subiríamos un piso y sabía que en el corto tramo por las escaleras no me moriría de hipotermia ni nada parecido.

Sin embargo, empecé a temblar cuando mamá tocó el timbre con una bonita sonrisa en la cara. Intenté imitarla, pero seguro que me salió una mueca para nada agradable. En ese momento, la puerta se abrió. Apareció la madre de Kem, estaba espectacular con un vestido elegante y corto, y con botas altas. Nos sonrió como si nos esperara desde hacía mucho.

—Hola, Carla —saludó ella a mi mamá y le dio un beso en la mejilla. Luego le dio la mano a mi papá y los hizo pasar antes de mirarme a mí—. Hola, Ruby, pasa. Dentro están los chicos esperándote.

Apreté los labios después de dedicarle una sonrisa forzada. Por suerte, no notó mi malestar. Se giró y condujo a mis padres hacia el comedor, donde ya su familia, Kem y Kylan, estaban sentados juntos.

Mis padres se sentaron frente a ellos y yo me senté frente a Kara, que me dedicó una sonrisa agradable.

Yo, en cambio, no podía mostrar felicidad. Mi cuerpo entero estaba entumecido. Aún no había mirado a Kem ni a Kylan a la cara, temía reaccionar ante ellos de una forma que no quería. Mis mejillas, de por sí rosadas por el rubor, estaban coloradas. Podía sentir la calidez al tocarlas con las palmas de la mano.

—He preparado algo delicioso de cenar —anunció Miranda. Les sonrió a mis padres y luego a mí, como si buscara nuestra aprobación—. Mis chicos me han ayudado. Kem es un experto en hacer arroz, y Ky en cortar las verduras. Kara ha hecho la ensalada, así que ha sido un trabajo en equipo.

No tuve más remedio que alzar la mirada y posarla en ellos. Kylan parecía avergonzado por lo que su mamá había dicho; en cambio, Kem parecía disfrutar del halago. Se mostró orgulloso con su sonrisa socarrona, que se borró cuando se topó con mis ojos. Inmediatamente, bajé la mirada para evitar cualquier conexión con él.

—Kara, ayúdame a pasar los platos, por favor.

A mi lado, mamá me miró con presión, supongo que para que me levantara y fuera voluntaria para ayudar a la señora Woods. Pero no podía moverme, mi cuerpo entero estaba entumecido por la incomodidad.

—Ruby también puede ayudarte —dijo mi madre.

La miré como si se hubiera vuelto loca. Para mi tranquilidad, la señora Woods respondió:

—No te preocupes, Carla, vosotros sois los invitados.

Por suerte, mi mamá no insistió. Le dediqué una sonrisa aliviada a la señora Woods por no forzarme a pasar los platos. Seguramente se me habrían caído de los nervios o habría terminado derramando el contenido de la comida sobre alguien, porque cuando estaba incómoda me volvía torpe.

Kara pasó los platos a cada uno con la ayuda de su mamá hasta que la mesa estuvo servida por completo. Hicimos la oración de agradecimiento por la comida y luego procedimos a comer. El asado de carnero y el arroz estaban buenísimos, al igual que la ensalada. Pero le faltaba un poco de sal a la carne, así que miré la mesa para buscarla.

Hice una mueca de desagrado al encontrarla entre Kylan y Kem.

Por suerte, no estábamos en silencio, lo que significaba que había menos incomodidad. Pero la habría en cuanto hablara con cualquiera de los hermanos Woods. Por eso decidí llamar la atención de la menor.

—Kara, ¿podrías pasarme la sal, por favor?

En ese instante, Kem y Kylan intentaron agarrar el bote de sal al mismo tiempo. Como no pudieron, ambos se miraron fijamente durante unos segundos.

Kara se rio antes de tomar la sal y pasármela con una sonrisa socarrona.

Era la única que se lo estaba pasando bien.

Cogí la sal y, sin mirar a nadie la eché sobre la comida. Luego empecé a comer sin despegar la mirada del plato. Estaba tan avergonzada que no se me ocurrió levantar la cabeza.

No hasta que me llamaron la atención.

—Ruby. —Era mi padre, me lanzó una mirada cargada de significado y luego señaló con el mentón al padre de Kem—. Te están haciendo una pregunta.

Todos en la mesa me miraban con curiosidad. Al parecer estaban tratando de hablar conmigo y yo estaba tan centrada en no mirar a nadie que no me di cuenta.

—¿Ya estás postulándote para estudiar Medicina? —Fue la pregunta del señor Woods.

No supe qué responder. No había buscado información de la universidad a la que quería entrar ni tampoco había empezado a estudiar para el examen. No sé qué había pasado en las últimas semanas, pero cantar había acaparado toda mi atención. No solo era una hermosa afición en la que por fin podía hacer frente a mucha gente, sino que no tenía ganas de hacer nada más.

Por mucho que mis padres me insistieran en que estudiara Medicina, era algo que no iba a hacer.

Pero al ver los rostros curiosos y esperanzados de mis padres, no tuve valor para decir la verdad. Mucho menos frente a todo el público que tenía. Me limité a sonreír a medias y negué con la cabeza.

—Aún no.

Kem seguro que notó mi incomodidad, porque habló antes de que su padre tuviera el tiempo de hacerlo.

—La semana pasada mis jefes me pidieron que fuera a la oficina —anunció—. Creo que mi trabajo ya no será remoto, sino presencial.

Eso fue suficiente para que todos en la mesa centraran su atención en Kem, especialmente sus padres, que parecían contentos. Yo lo miré agradecida, él solo me sonrió de lado y volvió a sumergirse en el tema cuando su familia pidió más detalles.

La cena transcurrió sin ningún otro incidente incómodo y yo pude comer sin tener que hablar de mí o mis intereses. Fue un alivio, el simple hecho de hacer contacto visual con Kem o Kylan me ponía los nervios de punta.

Al despedirnos de todos, mis padres se acercaron al matrimonio y se despidieron estrechándose la mano. Yo me quedé a un lado esperando para despedirme también de ellos, pero no conté con que me había quedado sola y eso fue algo que Kem aprovechó.

Se acercó a mí, con las manos metidas en los bolsillos de los pantalones, y me sonrió con timidez.

—Gracias por haber venido.

—No hay de qué —murmuré por lo bajo, viendo de soslayo que mis padres continuaban hablando.

¿Tanto se demoraban?

—Quería saber si esta noche puedo bajar a tu habitación y hablar contigo…

Sacudí la cabeza. Kem calló de golpe.

—No, Kem. —La esperanza en sus iris verdes se apagó al escucharme—. No hay nada de que hablar.

Él asintió, aceptando mis palabras, pero con la cara abatida.

Cuando me alejé, no volví a mirar atrás.

43

Tengo un recuerdo borroso de las siguientes semanas.

Me dediqué a solo ir a estudiar y a aburrirme en casa todo el día, ya que el tiempo pasaba muy lento y no tenía nada que hacer. Gracias a mi buena amiga Debie, pude superar los momentos de hastío.

Decidió pedir un cambio de horario en la cafetería para tener tiempo libre a la misma hora y lo logró. Era una muy buena amiga, cada día después del colegio me recogía e íbamos a mi casa caminando y conversando de la vida.

Ella estaba enterada de todas mis cosas al igual que yo de las suyas. Por desgracia, se tenía que ir de mi casa antes de que mis padres regresaran y no teníamos mucho tiempo para babear acerca de los actores de las series que veíamos.

Podía decir que Debie se había convertido en mi mejor amiga. Ni siquiera tuve que pensar en Kem, en Ada o en su bebé. Con el simple hecho de pasar tiempo con ella, se me pasaban los problemas. Debie me había animado a continuar con la banda, pero por desgracia yo no quería arriesgarme a más. No podía dejar que me castigaran de nuevo.

En el colegio, cada vez que me topaba con Amber en clase, ella tenía la mala costumbre de mirarme y entornar los ojos, como si no me soportara. En serio, tenía muchas ganas de darle una bofetada para que los pusiera en blanco de verdad, pero me contenía.

Ya no tenía amigos en el colegio. Kylan estaba ausente, lejos de Amber y de mí. Henry, por supuesto, seguía a Amber a todas partes. Incluso frecuentaba a los populares del colegio, se habían convertido en la pareja del momento. Por no hablar de mí, que no conocía ni a la tercera parte del colegio. Pasaba el tiempo más sola que una parca, pero me alegraba de haber sacado las amistades falsas de mi vida.

Los días siguieron transcurriendo sin ningún otro altercado.

Después de haber tomado la decisión de alejarme de Kem, estaba más en paz. Me sentía libre.

Sí, en parte me dolía. Pero sabía que la vida era una montaña rusa de emociones en la que no podías detenerte. Solo quedaba aprender a dirigirla como tú querías y disfrutar de cada momento, de cada segundo, porque la vida había que vivirla y no dudar.

Mi meta era aquella. No podía rendirme y estar llorando por los rincones por un amor perdido ni por una gran amistad terminada. Cuando Dan me dejó, lo pasé mal, pero aprendí a sobrellevarlo. Y sabía que pasaría lo mismo con Kem. Llegaría a olvidarlo, a superarlo y a rehacer mi vida. Lo mismo con Amber.

A quien no podía superar era a mi Kiwi, me dolió muchísimo dejarlo con Kem. Esperaba fervientemente que pudiera darle mucho amor y cuidado, que estuviera bien y feliz al lado de su nueva familia. Aunque me partía el corazón no haberlo visto en semanas.

Aquel viernes por la noche, Debie no quería desaprovechar el tiempo. Había planeado que fuéramos a la cafetería Dolce Casa, pues por fin había logrado convencer a Percy y Mandy para que la banda de sus amigos tocase allí cada fin de semana. Era otra forma de atraer clientes y, de paso, su fama aumentaba. Ni que decir tiene que mis padres no lo aceptarían, así que pensaba mentir. ¿Qué más podía hacer? Era una gran noche para la banda y no podía faltar.

En mi habitación, Debie estaba buscando ropa en mi armario. Le había afirmado mil veces que no iba a actuar con sus amigos, pero ella me ignoraba.

—Tienes que verte caliente —murmuró inspeccionando las prendas. Sacó un vestido floreado y frunció el ceño como si aquello le diera asco—. ¡Por Dios! ¿Qué es esto? —Lo sacudió mirándolo por todos lados—. Queremos que te veas sexi, no como una princesita. ¿No tienes vestidos ajustados o ropa decente para ir a un club?

Arqueé mis cejas.

—Iremos a Dolce Casa, no a un concierto de rock. —Me levanté de la cama, donde estaba recostada viendo a Debie maldecir mi ropa y me acerqué a ella con la intención de detenerla—. No me vestiré como una cualquiera si es lo que estás pensando.

Debie se llevó una mano al pecho dejando el vestido floreado caer sobre mi cama.

—¿Crees que yo te vestiría como una furcia? —preguntó con incredulidad marcando su voz. Negó con la cabeza—. Ay, mi niña, no me conoces aún. ¡Te verás como una absoluta estrella de rock, nena!

Arrugué el ceño.

—Ya te he dicho que no voy a cantar.

Debie entornó los ojos.

—Bla, bla, bla —murmuró—. No importa si no cantas, tienes que estar presentable.

—¿A quién voy a ver, al presidente? —pregunté con sarcasmo.

Una sonrisa se dibujó en su cara.

—Para los admiradores secretos.

Me reí.

—Debie, detente.

Ella me ignoró, se giró para seguir buscando en mis cajones como si fuera su armario.

—Mira, tía, tienes que estar guapísima. ¿Me oyes? Mark y Lucas están fastidiando a Allan contigo. Al parecer le gustas.

Alcé las cejas.

—¿Perdón? —Me crucé de brazos—. No estoy tratando de conseguir novio, Debie.

En el tiempo que lo conocía, Allan me parecía un gran chico, pero solo lo veía como un amigo. Nada más. Odiaba que los demás intentaran emparejarme con él de cualquier manera.

Ella suspiró antes de darse la vuelta y encararme.

—No te digo que tengas novio, Ruby. Solo opino que debes salir más, conocer gente y divertirte. No permitas que lo que te ha pasado influya en tu vida social. ¿Por qué no te das una oportunidad a ti misma y te relacionas con otras personas? —Se señaló—. Míranos a nosotras. Nos conocimos de casualidad y ahora somos mejores amigas. Esto es lo que necesitas, ampliar tus horizontes y conocer gente nueva que te ayude a superar a la vieja.

Me reí, aunque sonara extraño, estaba de acuerdo con ella y sus sabias palabras. Aunque eso de conocer gente nueva me aterraba, porque yo no era así. No era sociable, mi vida antes de todo el caos de Kem era leer libros y ser feliz en mi habitación.

Extrañaba mucho aquello.

Me moría por encerrarme y perderme entre las páginas de mis libros, pero sabía que no era lo correcto. Tampoco quería ser asocial y no tener amigos. Debie era mi única amiga y estaba agradecida por eso.

Pero tenía razón. No podía meterme en mi caparazón por siempre.

Suspiré.

—Bien. —Sonreí, Debie ya estaba dando saltitos—. Iré, me divertiré esta noche y haré muchos amigos. —Ver la cara de Debie me hacía gracia—. Pero con la condición de que no me obligues a cantar.

Ella entornó los ojos, sonriente y con un semblante de determinación.

—No será necesario.

Antes de que mis padres llegasen, Debie se retiró a su casa para prepararse. Tenía la tarde libre en la cafetería. Solo iríamos para disfrutar de la noche y gozar de la banda. Ya me había seleccionado la ropa de manera exclusiva. Habíamos acordado un plan: cuando mis padres vinieran, yo les pediría permiso para salir con Amber, como si todo estuviera bien entre nosotras. No creía que se fueran a negar.

Me bañé y, justo cuando salía de la ducha, los escuché llegar. Salí al pasillo para recibirlos. Con una sonrisa y varias súplicas de mi parte, aceptaron que saliera con la condición de que regresara acompañada. Mi límite era hasta las dos de la madrugada, así que tenía varias horas por delante.

Me cambié y me preparé con la ropa que Debie había elegido. Incluso me maquillé, aunque no tan bien como veía en los tutoriales de YouTube, pero era algo. Pensé en pedirle a mi amiga que me enseñara, era una experta.

Cuando estuve lista, con una falda de cuero corta y negra, algo ajustada y con medias negras hasta los muslos dejando ver parte de mis piernas, le envié un mensaje a Debie avisándole de que estaba a punto de salir. Su plan era recogerme en mi apartamento para ir juntas a la cafetería. Las botas altas me llegaban a los muslos y el tacón alto que llevaba me apretaba un poco los pies, pero amaba mis botas nuevas. Mi look no era rockero, pero se asemejaba. El top corto de lentejuelas que llevaba bajo mi chaqueta de cuero ayudaba con el estilo.

Cuando Debie me escribió diciéndome que estaba subiendo las escaleras a mi apartamento, decidí salir de la habitación. Mis padres, gracias a Dios, parecían estar en su dormitorio y sin ánimos de salir. Murmuré un breve «adiós» fuera de su puerta sin esperar una respuesta y salí rápidamente de ahí.

Debie estaba frente a mí con una sonrisa feliz en la cara. Su ropa era un sencillo vestido negro, muy corto, acompañado de mayas negras y botines rojos.

Estaba guapísima.

—¡Estás preciosa, Ruby! —exclamó examinándome de arriba abajo varias veces.

—Tú también, Debie. —Sonreí mirando su rostro maquillado muy bonito. Hice puchero—. ¿Has traído maquillaje? Quiero que me pongas guapa, yo soy un desastre.

Debie levantó un bolsito.

—Aquí está la fuente de poder. —Lo sacudió haciendo que sonara—. En el taxi te maquillo. Vamos, nos está esperando.

Bajamos las escaleras. El lugar estaba muy silencioso y vacío, por lo que en las paredes retumbaba el sonido de nuestros tacones al bajar. Cuando llegamos al primer piso, al vestíbulo, me quedé helada.

A varios metros de mí estaban Kem, Ada, Amber, Henry, Kylan, Kara y Jessica.

Dios mío.

Debie, a mi lado, me agarró el brazo con fuerza.

—No te detengas, Ruby —me susurró al oído.

Pero era imposible. Nuestros pasos los habían alertado, así que todos los presentes giraron a vernos.

Hice una mueca, aterrada con tantos pares de ojos sobre mí, analizándome. Yo solo quería correr y hacerme una bolita.

El lugar estaba tan silencioso que podía escuchar una mosca volar o un alfiler caer. Pero la gota que colmó el vaso fue cuando la puerta del único apartamento de ese rellano se abrió y reveló a Dan. Mi exnovio le sonrió a Amber. Cuando se dio cuenta del ambiente tenso, se giró hacia las escaleras, donde yo estaba. Se quedó quieto observando mi ropa con detenimiento. Como si nunca me hubiera visto así vestida.

Mierda.

¿Por qué tenía la peor suerte del mundo? ¿Por qué?

44

El retumbar de mi corazón era lo único que podía escuchar en medio del caos que tenía frente a mí. A pesar de la circunstancias, quería reír. Era muy cómica la forma en que mi vida se desarrollaba, empezando por los encuentros fortuitos y terminando por los malos ratos de mi vida.

Esta era una de las tantas formas en las que el destino quería burlarse de mí.

Mi sino era siempre ese: mostrar mi malísima suerte.

Gracias a Dios, tenía a Debie conmigo. Si no, hubiera estado en el suelo, echa un charco de vergüenza y consternación, queriéndome hacer una bolita en un rincón sin mirar a nadie.

No podía entender por qué todos me contemplaban como si fuera un fantasma. Sí, Debie había hecho un trabajo increíble con mi ropa, pero ¿qué? ¿Acaso tenía seis brazos? Todos me miraban igual, como si fuera un bicho raro.

Lo primero que hice fue prestar atención a quien no debía: Kem.

Era innegable la atracción que seguía existiendo entre nosotros. Aunque no lo quisiera, mis ojos siempre se dirigían a él, por más resistencia que yo pusiera. En su mirada vi emociones que no quise notar en ese momento, por lo que aparté la vista. Verlo después de varias semanas hacía mella en mi maltratado corazón.

Sus iris verdes siempre habían sido mi mayor debilidad y justo en ese momento no quería lidiar con ellos. Me centré en otra persona, la que estaba a su lado y sujetaba su brazo. Su hermana Kara siempre había sido una chica genial. Era la única que me sonreía abiertamente como si fuera mi amiga.

Kylan a su lado tenía la cara desencajada, como su hermano, que tenía la misma expresión de asombro absoluto. Amber parecía haber tragado algo agrio, porque su rostro estaba fruncido en una mueca. Henry a su lado me sonreía. Jessica, al lado de Kylan, parecía desdeñosa y me miraba por encima del hombro. El gesto de Ada, como siempre, era aburrido.

El agarre de Debie en mi brazo se apretó.

—Vámonos, Ruby.

No necesitó decirlo dos veces. Levanté la cabeza me retiré el pelo hacia atrás y salí de ahí sin dirigirme a ninguno.

Nadie iba a arruinar mi noche. Nadie.

Cuando Debie y yo nos metimos en el taxi que nos esperaba, ella suspiró dándose aire.

—Uf, demasiada tensión allí dentro.

Mientras el coche avanzaba, decidí ignorar lo que había sucedido minutos atrás.

—¿Me puedes maquillar? —le pregunté a mi mejor amiga batiendo las pestañas.

Ella rio.

—Pero si te pinto mal, no te quejes, eh —dijo cuando pasamos por un bache y el coche saltó—. No será mi culpa.

Después de cinco minutos, el taxi se detuvo frente a Dolce Casa. Me miré por última vez en el espejo del coche y sonreí satisfecha con las dotes de maquillaje de mi amiga. Debie había hecho un gran trabajo en el reducido espacio del coche y con la poca luz que había. Era una experta total. Después de eso, sí que parecía una auténtica chica de rock.

Al bajar del coche, vi una furgoneta grande en el aparcamiento que reconocí enseguida. Era de Allan. Todos los chicos estaban descargando las cosas. Debie y yo nos apresuramos hacia ellos después de haberle pagado al taxista. Sus amigos nos esperaban con sonrisas en sus rostros. Parecían muy entusiasmados de vernos.

—¡Eh, chicas! —gritó Lucas corriendo a abrazarnos.

Miré sobre su hombro a Allan, que nos observaba de la cabeza a los pies, a Debie y luego a mí. Ben y Mark también se acercaron a abrazarnos y, sobre todo a mí, porque no los veía hace semanas.

—¿Por qué has desaparecido, pequeña? —preguntó Allan acercándose a nosotras, pero la pregunta iba dirigida a mí.

Caminaba con paso seguro y lento, como si tuviera todo el tiempo del mundo.

Arqueé una ceja ante su apodo. No lo odiaba, pero tampoco estaba muy contenta con él. Me lo había puesto porque me sacaba más de una cabeza. Parecía como si yo fuera su bastón cada vez que estábamos al lado.

Lucas, Mark y Ben me prestaron atención, esperando una respuesta mía.

—Mis padres me castigaron. —Suspiré mirando a Debie—. Mis supuestos amigos me delataron diciéndoles a mis padres que trabajaba, cuando ellos me habían prohibido estrictamente que no lo hiciera.

Allan hizo una mueca, parecía disgustado.

—Qué mierda de amigos.

Los chicos lo apoyaron.

—Lo sé. —Sonreí—. Me di cuenta tarde.

Allan me dedicó una sonrisa y levantó la mano para que chocara con la mía.

—Bravo, pequeña. Como debe ser, una buena patada en el culo se merecen tus supuestos amigos.

Debie rio.

—Secundo eso. Hoy, antes de venir, estaban todos reunidos en el vestíbulo de su edificio —contó ella con una mueca en la cara—. Parecían ir de fiesta por la ropa que vestían.

Mark sonrió.

—Pues declaro que esta noche será tu noche, pequeña —dijo adoptando el mismo apodo que Allan me había puesto.

Ni siquiera traté de cambiarlo. Era baja, incluso con las botas altas que llevaba, y no podía mentir sobre ello.

Lucas le pasó a Mark un brazo sobre los hombros y le despeinó el pelo, sonriéndome.

—Secundo eso.

Todos gritaron repitiendo lo que había dicho Mark en un principio. Y yo también planeaba que esa noche iba a ser sobre mí. No quería pensar en los demás, quería ser egoísta. Me lo merecía después de toda la mierda que había pasado. Así que, con las mismas energías, Debie, sus amigos y yo, entramos a la cafetería listos para una noche llena de emoción.

Una hora más tarde, los chicos ya habían montado sus instrumentos en el escenario. Debie y yo estábamos en primera fila viéndolos calentar para su actuación. Debía decir que la adrenalina antes de salir al escenario era increíble y verlos en movimiento hacía que me retorciera de ganas de querer cantar. Debie empujó una bebida hacia mí, en la pequeña mesa donde estábamos sentadas, y me sonrió con un brillo peculiar en sus ojos.

—¿Emocionada? —preguntó al ver que movía las uñas contra la mesa en un tic de lo ansiosa que estaba.

Agarré la bebida que me tendía y la tomé, escapando de su mirada escrutadora.

—Un poco —respondí después de probar el licor, que tenía un sabor dulzón delicioso. Tomé todo el contenido en pocos segundos y le sonreí—. Vale, sí, estoy muy emocionada.

Debie asintió.

—Yo también —dijo mirando hacia el improvisado escenario.

El local estaba a rebosar de gente. Casi parecía un club en vez de una cafetería. Todos miraban ansiosos a la banda mientras charlaban con sus amigos o familiares. Muchas de las personas presentes parecían rondar mi edad, eran jóvenes con sus grupos de amigos.

Observé con apreciación a la banda, viéndolos interactuar y conversar mientras tocaban sus instrumentos. Los cuatro se agruparon y se acercaron a nuestra mesa con una sonrisa enorme.

—Necesito que me eches una mano, pequeña —me dijo Allan. Sonrió con suficiencia—. Mejor dicho: necesito tu voz. Todos la necesitamos.

Me quedé quieta mirándolo incrédula.

—¿Mi voz? —Repetí como tonta—. Creí que ya lo teníais cubierto con la tuya.

Allan negó, los chicos lo imitaron.

—Necesitamos un vocalista, ¿recuerdas? —dijo Ben haciendo una mueca—. No podemos tocar sin una.

Abrí los ojos, alarmada.

—¿Y cómo pensabais hacerlo hoy?

Lucas sonrió.

—Contigo obviamente, pequeña. Eres nuestra cantante.

Al instante, me giré hacia Debie.

—¡Lo prometiste! —exclamé.

Luego negué con la cabeza, sonriendo. Mi amiga me conocía mejor que cualquier otra persona, sabía que amaba cantar y que nunca podría rechazar una invitación como la de Allan. La mirada de Debie era inocente.

—Dije que no sería necesario convencerte. —Levantó un

dedo, señalándome—. Mírate, te mueres por cantar con ellos. Hazlo.

Era verdad. Me moría de ganas.

Así que no lo pensé dos veces, me levanté y me acomodé mi falda corta. Los chicos me abrazaron y me llevaron con ellos hacia el escenario sin esperar más.

Debie me gritó para darme ánimos.

Desde el escenario, se podía ver toda la cafetería. Había mucha gente, pero por sorprendente que pueda parecer, no estaba asustada o avergonzada. Todo lo contrario, estaba emocionada por volver a cantar. Sí, me aterraba hacerlo frente a muchas personas, pero era un sentimiento más de emoción que de miedo.

Allan me pasó la lista de canciones que tocaríamos. Eran las mismas del concierto anterior y habíamos ensayado en casa de Ben después del colegio. Gracias a Dios, recordaba perfectamente cada estrofa y cada intro. Le sonreí a Allan, para hacerle saber que recordaba aquellas canciones sin ningún problema. Respondió a mi gesto y tomó dos micrófonos, me tendió uno y se quedó con el otro.

Miró a los chicos, que ya estaban en sus puestos, y luego miró al frente, hacia toda la gente de la cafetería. Su rostro adoptó una sonrisa juvenil, no pude evitar alegrarme al verlo. Estaba tan lleno de energía que era contagioso.

—¡Buenas noches, gentes! —habló por el micrófono, ganándose la atención de todos los presentes cuando su voz resonó en el local—. Esta noche mi banda y yo tenemos el placer de tocar para vosotros. Y… con una invitada especial: ¡nuestra pequeña, Ruby!

Me sorprendió que la gente empezara a aplaudir. Vi a Debie en primera fila gritar y vitorear mi nombre como loca. Incluso varias personas la secundaron. Como había trabajado allí, conocía a todas las camareras y a los dueños de esta cafetería.

Allan continuó. Observé con disimulo su pantalón negro rasgado, a media cadera, mostrando un poco su bóxer con la marca.

Apreté los labios y desvié la mirada.

—¡Esta noche será grandiosa! —exclamó por los altavoces y la gente gritó de emoción.

Antes de decir nada más, Lucas tocó los palillos y la música empezó. Apreté el micrófono esperando que llegara mi parte mientras Allan cantaba. Se acercó a mí mientras lo hacía y me quedé quieta cuando levantó una mano y la presionó en mi mejilla. No me quitaba los ojos de encima mientras su suave voz resonaba en el local.

Obviamente, estaba dando un buen espectáculo, pero yo no sabía qué hacer. Nunca había actuado así conmigo y mucho menos en un escenario frente a muchas personas. Sí, Allan era un coqueto en todos los sentidos de la palabra, pero jamás se había pasado de la raya conmigo hasta ese momento.

Solo me quedé quieta mirándolo hasta que llegó mi parte. Mi voz resonó en el lugar.

Conforme la canción avanzaba, fui soltándome poco a poco. Hablaba de amor, corazones rotos y almas gemelas, así que decidí actuar como él aprovechando que estaba cerca de mí. Quería darle un poco de sazón.

Tomé su mano y entrelacé nuestros dedos. A pesar del acercamiento, a pesar de estar tocando a otro chico, no sentí nada. Ninguna chispa de emoción, ninguna sensación de mariposas en el estómago.

Allan me sonrió y siguió cantando hasta que me uní a él y segundos después la canción terminó.

Los aplausos y gritos del público no se hicieron esperar. El lugar retumbó a causa de la conmoción de la gente y lo feliz que parecían con nuestra primera canción. Allan depositó un beso en mi mejilla y se ganó más gritos de la gente.

Yo me incliné para hacerle una breve reverencia al público y, cuando levanté la cabeza, me fijé en Debie, sentada en primera fila.

Grave error.

Me llevé el susto de mi vida al ver a todos mis amigos allí. Bueno, a todos mis antiguos amigos mirándome con caras de absoluta sorpresa.

Eran los únicos sentados en primera fila que parecían no disfrutar de nuestra presentación, podía darme cuenta por sus caras largas. Parecían disgustados.

No pude hacer nada, Allan me tomó de la cintura y me acercó a él, dando inicio así a la segunda canción.

45

Con mucho esfuerzo, alejé la vista de todos ellos y me concentré en cantar. Era muy difícil hacerlo sabiendo que todos estaban ahí, en primera fila, viéndome. Pero logré que mi voz no decayese ni titubeara. De hecho, sonó muy bien. Me di unas palmaditas mentales en la espalda por aquello. No dejaría que esas personas arruinaran mi noche.

No quería darle vueltas al asunto, ya no era plan de seguir en lo mismo. Pretendía ser libre. Y sí, por desgracia, sabía que tarde o temprano iba a enfrentarme a ellos, así que no debería ser un problema para mí. En vez de dejarles ver mi debilidad, decidí hacerles ver mi fortaleza. Canté como nunca una canción que irónicamente hablaba de las falsas personas y cómo te apuñalaban por la espalda. Aproveché para ver sus rostros mientras cantaba mi parte, deseaba hacerles saber aquello que no podía decirles con palabras.

Allan me soltó la cintura para alejarse un poco. Estaba acalorada por el esfuerzo y la adrenalina. No tenía nada que ver con lo cerca que habíamos estado.

La canción terminó y todos gritaron emocionados. Me alejé de él para tomar agua de una botella que estaba en el suelo a un lado de la batería. Lucas me guiñó el ojo mientras tomaba también otra botella. Tomé de golpe el agua sin querer girarme a la audiencia.

Mi corazón latía a mil por hora y sabía que era por la adrenalina de haber cantado frente a ellos.

Allan habló por el micrófono diciéndoles a todos que tomaríamos una breve pausa y luego regresó conmigo, que aún estaba de espaldas, sonriéndole brevemente a Lucas.

—¿Qué pasa, pequeña? —preguntó Allan tomando la botella de agua que Lucas le pasaba, al mismo tiempo que Ben y Mark se unían a nosotros.

Lo miré sin entender.

—¿Cómo que qué pasa? —Fruncí el ceño—. No me pasa nada.

Mark rio, como si supiera que estaba mintiendo. Todos me observaban incrédulos.

—¿En serio? —preguntó Allan con una ceja alzada—. Se nota a kilómetros lo incómoda que estás.

Apreté los labios al ser descubierta. Sí, estaba a disgusto. Podía sentir en este instante que el cuello me ardía por las miradas que seguro que me estaban lanzando. ¿Por qué tenían que venir a esta cafetería? ¿Por qué esa noche? Estaba harta de toparme con ellos por todos lados. Así jamás podría superarlos o, para tal caso, ignorarlos. No cuando me los encontraba hasta en la sopa.

Al ver la mirada de los chicos, sentí que podía ser sincera. En el poco tiempo que los conocía, me habían demostrado lo buenas personas que eran.

—Han venido mis examigos y, para colmo, todos están en primera fila —dije soltando un suspiro. Todos giraron al instante hacia el público—. ¡Disimulad, tontos!

Giraron las cabezas hacia mí con unas sonrisas lobunas. Allan pasó su brazo por mi hombro y se acercó a mi oído.

—¿Confías en mí? —susurró.

Me estremecí al sentir escalofríos por mi cuerpo. Cuando alguien te decía esas palabras, era porque algo muy malo iba a pasar a continuación. Y no quería asentir, pero aun así lo hice.

—Bien, pequeña.

—No hagas que me arrepienta.

Los chicos se miraron entre ellos antes de volver a sus puestos. Allan me tomó de la mano y depositó un beso en el dorso.

—Que empiece el espectáculo.

Alcé una ceja ante su elección de palabras.

—¿Espectáculo? —me burlé—. Esto no es un teatro.

—Sí lo es. Para ellos, al menos.

No entendí sus palabras y no me dio tiempo a preguntar. Tomó su micrófono y se dirigió al público de nuevo. No tuve más remedio que seguirlo y tomar el que me tendía para seguir con el concierto.

Puse todo mi esfuerzo para no mirar a la primera fila.

Mientras Allan y yo cantábamos sobre el escenario, mi mente fue alejando pensamientos sobre ellos al fondo de mi mente. No quería complicaciones y, por supuesto, no quería notarlos. Dejé que mis ojos vagaran hacia el fondo de la cafetería e incluso a veces solo miraba a Allan para evitar la tentación y no pecar. En mis planes estaba ignorarlos y eso me propuse hacer.

La noche pasó mientras mis nuevos amigos y yo lo dábamos todo en el escenario. Por los aplausos y gritos de todos, podía darme cuenta de que estábamos haciéndolo muy bien. Sonábamos genial. Cuando la última canción llegó, yo ya estaba sudando a mares. Me quité la cazadora de cuero, mostrando mi top de lentejuelas corto y apretado, con un escote pronunciado. Todos los presentes me silbaron. Las mejillas ya me ardían por el calor, pero con esto me sonrojé aún más.

Sonreí mientras veía a Allan cantar su parte. Cuando vino la mía, él se acercó a mí. Los dos terminamos la letra y toda la cafetería se volvió loca gritando y silbando. Ben se acercó con su guitarra, Mark con la suya, Lucas con sus baquetas de batería y los cinco nos inclinamos haciendo una reverencia mientras nos aplaudían con fuerza.

Cuando bajamos del pequeño estrado y nos dirigimos a un lado donde Debie nos esperaba, sentí que Allan se inclinaba hacia mí.

—Ha llegado la hora, pequeña.

Fruncí el ceño echando la cabeza atrás para preguntarle a qué se refería, pero me quedé muda cuando pasó un brazo por mi cintura desnuda y me pegó a él.

Abrí mucho los ojos.

—¿Qué haces? —siseé.

—Te ayudo.

No pregunté a qué se refería porque Debie llegó saltando y sonriendo con alegría.

—¡Increíble, chicos! —gritó abrazándonos a todos al mismo tiempo—. ¡Habéis estado perfectos!

Todos sonreímos agradecidos. Allan aún tenía su mano en mi cintura y me hacía sentir incómoda. Estaba sudando horrores por las horas de canto en el escenario y no podía soportar su mano en mi piel, emanaba calor y me ponía muy nerviosa.

—Allan… —susurré pero me vi interrumpida por los chicos, que se abrazaban entre ellos.

Ni siquiera parpadearon cuando vieron que Allan me tenía agarrada de la cintura, tampoco Debie. Solo nos sonreía como si supiera algo que yo no.

Mi amiga miró por encima de mi hombro y abrió mucho los ojos, luego los entrecerró como si estuviera furiosa.

—¿Qué diablos...? —exclamó y luego apretó los labios.

Me giré hacia donde fuera que estuviera mirando y me tensé cuando vi al grupo de mis examigos caminar hacia nosotros.

Demonios. Mierda. Rayos. Joder con todos.

Me giré hacia Allan con la mirada aterrada. Él me sonrió para infundirme valor y me apretó contra su pecho. Sentí que alguien me tocaba el hombro y al instante me giré. Allan y los demás chicos también lo hicieron. Debie incluso se puso a mi izquierda, como si se enfrentara a quienes antes solían ser mis amigos.

Los seis estaban frente a mí: los dos hermanos Woods, las dos hermanas brujas, mi exnovio Dan y Henry.

Qué incómodo era aquello. Lo único que quería era que la tierra me tragase. No sabía quién me había tocado el hombro, porque nadie parecía tener la valentía de hablar. Yo tampoco, por lo que me crucé de brazos. Aunque fue mala idea, porque mi top se subió e hizo que el escote aumentara llamando la atención de todos.

Bajé los brazos al instante.

Me fijé en Amber, estaba frente a mí. Parecía furiosa y fue la primera en hablar.

—No sabía que tus padres te habían dado permiso de nuevo para tocar con ellos. —Miró la mano de Allan en mi cintura—. ¿Acaso ya no estás castigada por lo de la vez pasada?

Jadeé indignada. ¿Cómo se atrevía?

—Ah. —Asentí lentamente hacia ella—. ¿Te refieres a la vez que Kylan y tú fuisteis donde mis padres como unos chismosos y les contasteis lo de mi trabajo y lo de Kiwi? Sí, me acuerdo perfectamente de aquella vez que me delatasteis.

Allan a mi lado habló:

—Qué mierda de amigos tienes, pequeña.

Kylan y Amber nos miraron incrédulos. Kem apretó los puños a su lado, parecía furioso con la cercanía de Allan.

Sonreí.

—No eran mis amigos —dije poniendo mi mano sobre la suya en mi cintura—. Eran personas resentidas conmigo que me apuñalaron por la espalda.

Amber abrió la boca, pero levanté una mano para cortarla.

—Pero les estoy bastante agradecida —sonreí genuinamente—. Si nunca hubierais hecho aquello, yo no me hubiera dado cuenta de la mierda que sois como amigos y como personas.

Amber abrió la boca, sorprendida por mis palabras.

Kylan dio un paso adelante, parecía dolido.

—Yo jamás lo hice con la intención de lastimarte, Ruby. Lo hice para que te dieras cuenta, para que abrieras los ojos y vieras que estabas alejándote de nosotros.

Allan rio y Kylan le lanzó una mirada asesina.

—¿Y necesitabas lastimarla para eso? —preguntó Allan fulminando a Kylan—. Podrías haber hablado con ella y solucionarlo. No andar de jodido chismoso con sus padres y delatarla. Eso os convierte en unos imbéciles a ti y a esa. —Señaló a Amber, que no podía salir de su estupefacción.

Kylan iba a replicar, así que lo detuve.

—No importa. —Me encogí de hombros—. Lo importante es que me pude dar cuenta de que sois unos traidores. Gracias a Dios ya no os tengo como amigos, sois de lo peor. Y por eso seguís quedando entre vosotros, porque entre traidores os entendéis.

Quise darme la vuelta, pero Kem avanzó un par de pasos y se colocó frente a mí.

—¿Estás con él, Ruby? —Señaló a Allan, que parecía tener pegamento en la mano, pues no me soltaba la cintura. Es más, sus dedos se aferraron a mí cuando Kem lo miró furioso.

—No.

—Sí —respondió Allan al mismo tiempo—. Estamos saliendo.

Fruncí el ceño.

Kem retrocedió como si lo hubieran golpeado. Me miró unos segundos y luego negó con la cabeza.

Me giré a ver a Allan, pero él solo le sonreía a Kem.

—Es algo reciente, por eso estamos yendo poco a poco, y porque sé lo que le hiciste. Y déjame decirte algo, yo sí la cuidaré. Yo sí la valoraré, porque se lo merece y porque es ella. Es la chica más increíble que he conocido y no me imagino perderla para siempre.

Ah, caramba. ¿Qué se suponía que tenía que hacer yo? Cuando Allan dijo esas palabras, me derretí, aunque supiera que todo era un teatro para Kem. Sentí que me ardían las mejillas mientras lo miraba. Él parecía herido, con una mueca en la cara y los ojos aguados.

Todos nuestros amigos nos miraban sin saber qué hacer.

—Sé que no la supe valorar —murmuró Kem por lo bajo, pero aun así lo escuché—. Y ese fue mi mayor error. Pero la amo. —Me miró a la cara—. Te amo, Ruby. Y por eso te mereces a alguien que te valore como yo no lo supe hacer. A alguien que te ame completamente y no tenga ojos para nadie más. Perdóname, Bizcochito. Por favor. Puedo vivir sabiendo que tienes a alguien más, pero no podré vivir sabiendo que aún me odias y que no me perdonarás.

Cerré los párpados para escapar de sus iris verdes. ¿Era necesario hacer esto frente a nuestros amigos, en una cafetería donde escuchábamos los murmullos de todos los presentes y teníamos a varias personas cerca? Cuando los abrí, me alejé de Allan y me planté frente a Kem para hablarle en voz baja.

—Yo ya te perdoné, Kem. Hace mucho tiempo que lo hice. Solo que… entre nosotros no podrá haber nada ya.

Él hizo una mueca. Levantó una mano para posarla en mi mejilla, pero me alejé de su toque.

—Bizcochito…

Apreté las manos.

—No me llames así, Kem. No es justo.

Sin mirar a nadie más, me di la vuelta y me alejé. Sentí la mirada de todos en mí. Subí al escenario con el corazón latiéndome a mil por hora, tomé un micrófono y lo encendí.

—Hola a todos —dije. Mi voz ronca resonó en todo el local—. Sé que la banda y yo ya hemos terminado el concierto, pero me gustaría cantar una última canción. A capela, porque ellos no lo saben y es una canción que no está en el repertorio.

Todo el grupo, de mis nuevos amigos y de los demás estaban en sus mismos sitios, mirándome con absoluta sorpresa.

—Es una canción de Pink —dije al micrófono—. «Just give me a reason». Espero que les guste.

Y empecé a cantar. Con los párpados cerrados, dejándome llevar por el momento y los sentimientos encontrados. Con el corazón hecho un puño.

—«Desde el principio fuiste un ladrón, robaste mi corazón…».

La cafetería estaba en silencio, mi voz era lo único que se escuchaba. Lo único que quería era desfogarme. Y me daba cuenta de que con la música podía hacerlo. Especialmente con esta canción, que hablaba de una pareja que sentía que perdía el amor, pero a pesar de eso, no querían separarse. La canción hablaba de que aún había esperanza para ellos y que podían aprender a volver a enamorarse.

Abrí los ojos al escuchar la voz de Allan cantar:

—«Siento no haberte entendido».

Me sorprendió muchísimo que se situara a mi lado para cantar, pero no lo pensé mucho, continué mi estrofa sin perder mi mirada de la suya. Le sonreí agradecida por este apoyo.

Los chicos de la banda se subieron, tomaron sus instrumentos y empezaron a tocar. Al parecer, sí se sabían las notas de la canción.

Con una mirada les hice saber lo agradecida que estaba por apoyarme en este momento, cuando más necesitaba desfogarme frente a la fuente de mi tristeza.

Me acerqué a Allan para cantar la siguiente estrofa juntos. Me tomó de la mano y la unió a la suya.

Cantamos el estribillo cogidos de la mano, con la ayuda de los chicos que seguían tocando. Estaba tan metida en la letra y en los sentimientos que desprendía que en la última parte mis ojos se nublaron y una lágrima cayó cuando canté lo último.

—«No estamos rotos, sino torcidos, y podemos aprender a amar de nuevo».

46

Cuando la canción finalizó, se escuchó un silencio absoluto. Segundos después, la cafetería estalló en aplausos y gritos ensordecedores. El público estaba entusiasmado con la canción que Allan y yo habíamos interpretado. Lo miré agradecida y le apreté la mano, marcando un «gracias» con los labios que no llegué a pronunciar.

Bajamos hacia Debie. Estaba sola y con una sonrisa satisfecha en el rostro, como si fuera una mamá orgullosa. Los otros se habían marchado. Mi nueva mejor amiga en el mundo vio mi cara, hizo una mueca y me abrió los brazos para recibirme. Me estrechó con fuerza y yo me aferré a ella.

—Eres increíble, Ruby —me susurró al oído y me hizo sonreír.

Me alejé de ella con una sonrisita.

—Creo que es hora de emborracharnos.

Debie alzó los brazos.

—¡Creía que nunca lo dirías!

Los seis nos sentamos en una mesa apartada de todos. Debie, Allan y yo a un lado, Mark, Lucas y Ben al otro.

Una camarera vino para anotar nuestros pedidos. Todos elegimos cervezas y, cuando nos las trajo, dijo que Percy y Mandy nos invitaban. Así que no fuimos tontos y pedimos varias rondas más, excepto Allan, que era el conductor designado de esta noche y no podía tomar alcohol por ello.

Mientras tomaba de mi botella de cerveza, levanté la vista. Un par de iris verdes me observaban desde lejos. Era Kem, estaba en un extremo de la cafetería, cerca de la puerta, sentado con los demás y mirándome como un halcón. También tenía una botella de cerveza entre las manos y la bebía de forma rápida, sin despegar sus ojos de los míos. Ada, a su lado, se la quitó, pero él se la arrebató con el ceño fruncido. Parecía borracho, por los movimientos torpes que hacía.

Alejé mi mirada de ahí y me concentré en mi nuevos amigos, en la conversación que Debie mantenía con los chicos. Aun así, la sensación de ser observaba no desapareció. Sabía muy bien que era Kem, pero no volví a buscarlo con la mirada. Ya no más.

Una hora después, decidimos partir a nuestras casas. El plan era que ellos me llevaran a la mía de camino. Mi edificio estaba cerca de la cafetería, por lo que no tendrían que desviarse.

Me puse en pie y me coloqué la cazadora de cuero antes de salir de la cafetería del brazo de Debie. Los chicos desmontaron los instrumentos y los llevaron a la furgoneta de Allan mientras Debie y yo nos quedamos a un lado de la calle conversando.

El domingo planeábamos ir al centro comercial para tener un día de chicas. Nos lo merecíamos.

Los tacones ya me estaban matando los pies. Ya me quería ir, pero aún faltaba que los chicos acomodasen todo. La noche de otoño era muy fría y mi condenada chaqueta de cuero no abrigaba nada.

Solté un vaho de aire mientras castañeaba abrazándome a mí misma.

Escuché que la puerta de la cafetería se abría y había una conmoción. No levanté la mirada porque estaba más concentrada en darme calor que en cualquier otra cosa.

—¡Ruby! —escuché mi nombre de una voz que conocía muy bien.

Me quedé helada cuando mis ojos vieron a Kem borracho tambalearse hacia mí. Detrás lo seguían Kylan y las dos hermanas brujas. Los demás ya no estaban, Henry, Dan y Jessica parecían haberse ido hacía rato. Miré a Debie sin saber qué hacer. Kem borracho no era bueno. Por lo menos no en ese momento.

—¡Ruby! —repitió.

Cuando se plantó frente a mí, Debie intentó empujarlo lejos, pero la detuve.

—Está pedo, Debs.

—¿Quién está borracho? —preguntó Kem arrastrando las palabras. Me miró de cerca y se señaló—. Yo no.

Entorné los ojos.

—Como sea.

—Bizcochito —dijo él haciendo puchero—, la canción que has cantado… No puedo… no quiero dejarte.

—Kem, hemos tenido esta conversación millones de veces —dije apretando los dientes.

Sabía que estaba borracho y yo no me podía contener. Quería abofetearlo para que entendiera la situación.

—Tú no lo comprendes. No puedo superarte. No quiero hacerlo, porque no puedo estar sin ti.

Contenía las lágrimas y temía que en cualquier momento se pusiera a llorar.

—Kem, detente —dijo Kylan sujetándolo del brazo. Kem se zafó de su hermano.

—Estás haciendo el ridículo, Kem —mencionó Amber mirándome mal, como si yo tuviera la culpa.

Él la ignoró.

—No puedo estar sin ti, Bizcochito —murmuró Kem compungido, completamente destrozado—. No sé cómo estar sin ti. Te amo tanto que duele. Yo también sufro lo que tú, más aún sabiendo que soy el causante de tu angustia. Tal vez no te merezco, pero sé una cosa: te amo. Y eso nunca nadie lo va a cambiar. Ni siquiera Ada. O tu novio. Esa tontería que dije antes acerca de que te mereces a alguien mejor es una mierda. No te mereces a alguien mejor, porque yo ya te amo completamente.

Mi corazón no podía con tanto.

—Kem...

—No me dejes —suplicó.

Al ver que no decía nada, cayó de rodillas frente a mí. Ada, a su lado, totalmente sorprendida, intentó levantarlo, pero él negó y se tapó la cara con las manos.

Sus hombros temblaban, por eso me di cuenta de que estaba llorando.

Caray, Kem había bebido demasiado.

—Levántate —le pidió Ada acercándose a él. Se puso una mano sobre la tripa y se agachó junto a él—. No puedes estar rogándole a nadie. Ahora tenemos un hijo que cuidar...

—¡Pero no lo quiero! —gritó Kem levantando el rostro lleno de lágrimas hacia Ada—. Nunca quise estar contigo, no cuando conocí a Ruby y me enamoré de ella. Fui un estúpido al confiar en ti. Me odio tanto por eso... Nada de esto estaría pasando si no hubiera estado contigo. No quiero ese bebé ni te quiero a ti.

Ada se veía herida por aquello, sus ojos se llenaron de lágrimas que enseguida se limpió. Sin decir nada, se dio media vuelta y se alejó tan rápido como pudo. Amber miró con rabia a Kem y corrió tras su hermana. Todo quedó en un incómodo silencio. Incluso Kem estaba callado.

Miré a Debie sin saber qué hacer a continuación. Todo esto me sobrepasaba. Y no ayudaba que todos me escudriñaran.

—Kem —susurré inclinándome hacia él—. Levántate. Mañana te arrepentirás de esto. Estás borracho.

Él negó.

—Soy un idiota —dijo con la voz ronca.

Intenté sonreír.

—Pero eso ya lo sabíamos —bromeé esperando sacarle una sonrisa, pero ni por asomo movió la cara.

Kylan me miró, su boca fruncida dibujaba una mueca.

—Lo siento, Ruby.

No respondí. En vez de eso, miré a Amber.

—Deberíais iros.

Alguien me puso una mano en el hombro. Giré un poco la cabeza y vi a Allan, que se cernía detrás de mí mirando a Kem.

—Deberías irte, hombre. Escucha a Ruby.

Kem lo miró furioso, pero gracias al cielo se mantuvo callado. Con la ayuda de Ada y Kylan, se puso en pie. Los dos lo sujetaban del brazo para mantenerlo erguido.

—Antes de que me vaya, Bizcochito —dijo con voz ronca y los ojos un poco hinchados—, quiero que sepas que estoy muy arrepentido. Por todo. Pero sobre todo por hacerte daño. Eres el amor de mi vida y lo último que quiero es que me odies.

Apreté los labios sin decir nada. Kem observó mi rostro unos segundos más antes de darse la vuelta. Amber lo siguió y Kylan también, no sin antes lanzarme una última mirada para luego darse la vuelta con su hermano e irse.

47

Desperté con dolor de cabeza y la garganta seca. Me levanté de la cama y me recosté contra el respaldo mirando a mi alrededor con los ojos entrecerrados por la luz que entraba del balcón. Tomé la botella de agua de la mesita de noche y le di varios sorbos, sentí un alivio instantáneo en mi garganta.

El viernes había sido una locura. Primero, Debie y yo nos habíamos encontrado a mis examigos en el vestíbulo, luego canté con la banda y, por último, Kem había venido a suplicarme borracho. Sin contar todos los sentimientos que se arremolinaron en mi corazón por cada suceso. No sabía cómo había soportado tanto.

Cuando había llegado a casa de madrugada, mis padres ya estaban durmiendo y tuve que caminar de puntillas para no despertarlos. Me habían dado una hora límite para llegar a casa y no la había cumplido. Sin embargo, no me esperaban en la puerta como creía que pasaría, sino que dormían como troncos. Al día siguiente, ni siquiera me preguntaron nada. Parecían haberse creído mi mentira. Tampoco se dieron cuenta de la hora en que llegué ni el estado en que me encontraba. Se fueron al trabajo por la mañana y por la noche salieron a algún lugar donde siempre iban como pareja.

Yo me quedé en casa viendo series todo el día y haciendo los deberes del colegio.

Los domingos, mis padres aprovecharon para dormir hasta muy tarde. Yo había quedado con Debie a mediodía, así que me levanté con rapidez y corrí a ducharme al ver que se acercaba la hora de irme.

Más de media hora después, salí de mi apartamento y cerré la puerta con cuidado para que mis padres no se despertaran.

Debie me esperaba fuera del edificio con una gran sonrisa.

—Escapándote otra vez, eh —dijo ella con sorna—. Eso de juntarte conmigo está afectándote.

Reí por sus palabras. Debie era muy ocurrente.

—Si sigo así, terminaré en problemas —comenté divertida esperando que a Debie también le hiciera gracia, pero se puso seria de repente.

—No, en serio te puedes meter en un lío —dijo ella agitando los brazos, como siempre hacía cuando hablaba enfáticamente de un tema serio—. No puedes escaparte así, tía. ¿Quieres que te castiguen de nuevo?

Miré a Debie como si se hubiera vuelto loca.

—Tranquila, Debs. Mis padres están durmiendo. —Me encogí de hombros—. Les he dejado una nota diciendo que saldría con Amber. No dirán nada, te lo aseguro.

Debie apretó los labios, parecía desconcertada.

—Ruby…

Alcé la mano para cortarle.

—Tranquila, Debie. Te prometí que saldríamos para tener un día de chicas y así será.

Estaba decidida a quedar más con mi mejor amiga. Tenía tanta razón en lo de que debía vivir la vida como en realidad tenía que ser. No podía seguir lamentándome por lo que había ocurrido. Que mis padres fueran un tanto controladores no ayudaba mucho. Por eso planeaba escabullirme y hacer cosas de adolescentes por el simple placer de hacerlas. Nunca había hecho esto y la idea me emocionaba como nunca.

—¡Vamos! —exclamé.

La tomé del brazo y la arrastré para ir al centro comercial como habíamos acordado la noche del viernes. Fuimos directas a una heladería cercana para darnos el capricho, pues se nos había antojado. No importaba que hiciera frío. Ella pidió uno de mango y yo pedí de Oreo. Amaba el helado de oreo por los trozos de la galleta en mi helado. Era delicioso.

Fuimos caminando por el centro comercial con nuestros helados mientras conversábamos acerca de Ben y ella. Debie estaba pillándose por él y este parecía corresponder los sentimientos de mi amiga, pero ninguno se atrevía a dar el primer paso.

—¿Y tú? —preguntó Debie mirando su cucurucho, pero la pregunta iba dirigida a mí—. ¿Cómo estás después del caos del viernes?

Al instante, me acordé de Kem borracho diciendo todas esas

cosas. Aun no podía creer lo que había pasado. Era de locos. Mi corazón procesaba todo aquello con dolor.

—No sé. —Me encogí de hombros. Para evitar la mirada de Debie, me centré en caminar mientras comía—. Ahora todo lo que tiene que ver con Kem trato de almacenarlo en el fondo de mi mente. No quiero pensar en él.

Miré a Debie, que asintió con una sonrisita.

—Estoy orgullosa, Ruby.

Sonreí.

—Gracias. Aprendí de la mejor.

—¿Sigues enamorada de él?

Su pregunta me hizo dudar. Pues sí, todavía lo estaba. Y lo amaba. Eso no había cambiado a pesar de todo lo que había ocurrido. Pero ya no quería estar con él. ¿Se entendía la diferencia? Uno puede amar y estar enamorado de alguien sin querer estar con esa persona. Eso me pasaba con Kem, porque estaba decepcionada. Mi confianza en él había quedado totalmente destruida.

—Sí —afirmé sin dejar de probar mi helado—. Aún lo estoy.

—¿Pero...? —preguntó Debie alargando la última vocal.

—Pero no quiero estar con él. —Suspiré—. Y como le dije ayer, ya lo perdoné. Quien debería perdonarse es él mismo, si no, va a culparse toda la vida.

—Así es, pequeña Ruby. —Sonrió ella alegre—. Veo que has aprendido mucho de mí. Me encanta saber que he compartido mi sabiduría.

Le di un codazo riéndome.

Después de eso, pasamos la tarde yendo de un lado a otro viendo ropa en las tiendas. Cuando terminamos, ya era hora de almorzar. Como estábamos empalagadas del helado, decidimos comer algo ligero.

Cuando llegué a casa, me preocupé al ver que tenía más de diez llamadas perdidas de mi mamá. Al parecer, había silenciado el móvil y me había olvidado por completo de subir el volumen. Abrí la puerta del apartamento y me sorprendió ver a Amber ahí.

Dios mío.

Un fuerte *déjà vu* me inundó.

Esta vez estaba sola, sentada en el sofá con mi mamá, que la abrazaba. Cerré la puerta detrás de mí con más fuerza de la necesaria y las alerté a ambas de mi presencia. Las dos se giraron hacia mí.

Miré sorprendida la cara de Amber, surcada en lágrimas y con los ojos rojos.

A pesar de que haya sido una perra total conmigo, aún había una parte de mí que la extrañaba y que aún la quería. Así que verla de esa manera me puso mal.

Amber caminó hacia mí y me abrazó con fuerza.

Me quedé sorprendida y no correspondí a su abrazo.

—¿Amber? —pregunté.

Mi mamá estaba cerca, con las manos en la boca y conteniendo las lágrimas. La miré asustada:

—¿Qué ha pasado, mamá?

Ella negó con la cabeza. Amber empezó a sollozar con fuerza.

Estaban asustándome.

—¿Amber?

Ella se alejó un poco de mí para mirarme a la cara.

—Es mi hermana —susurró con voz ronca. Sus ojos rojos por el llanto me devolvieron la mirada—. Ella... ha... abortado.

48

KEM

El domingo me desperté de la siesta con un extraño mensaje en el móvil. Siempre lo guardaba bajo la almohada al dormir, y esa tarde lo primero que hice fue revisarlo. Cuando lo desbloqueé, me llevé una gran sorpresa al ver un mensaje de Ada.

No la había visto desde el viernes por la noche, cuando le había gritado todas esas cosas feas que en realidad no había querido decirle.

Ada: Lo siento tanto.

Me había enviado esas tres simples palabras. Respondí frunciendo el ceño porque no entendía nada.

Yo: ¿Por qué?

Esperé unos segundos, pero no hubo respuesta, por lo que me encogí de hombros mentalmente y dejé mi móvil a un lado. No entendía de qué se disculpaba. Si había alguien que tenía que pedir perdón era yo por todas las cosas hirientes que le había soltado. Había sido un jodido imbécil por decirle todo aquello. Haber estado borracho no era justificación.

Habíamos ido todos a la cafetería Dolce Casa el viernes por la noche porque los padres de Amber y Ada siempre trataban de empujar a esta hacia mí. Sobre todo su padre, que presionaba al mío para que hiciéramos cosas de pareja desde que se habían enterado de lo del embarazo:

«Kem, el señor Peters me ha dicho que lleves a Ada a comer».

«Kem, el señor Peters quiere que lleves a Ada a la tienda».

«Kem, el señor Peters me ha dicho que Ada quiere salir contigo».

Ya estaba harto de que mis padres siempre me dijeran eso. El señor Peters quería que yo siempre estuviera disponible para Ada y la llevara adonde quisiera. No soportaba estar cerca de ella, pero tenía que hacerlo. Tenía una responsabilidad y no podía escaquearme. Debía enfrentar los hechos, aunque eso incluyera llevarla a todas partes. Así que el viernes, cuando Ada decidió ir a la cafetería Dolce Casa, no pude negarme. Pero sí avisé a mis hermanos para ir porque no podría soportar estar a solas con ella.

Necesitaba gente a nuestro alrededor para no centrarme en ella. No soportaba estar en su presencia. No desde lo que había ocurrido.

Me sorprendió ver a Ruby cantando con esa banda y verla cariñosa con ese chico de pantalones caídos. No me gustó, lo confieso. Mi corazón latió mil veces más rápido y también me dolió.

Estaba preciosa, esa ropa ajustada en los lugares correctos hizo que mi mente corriera en varios escenarios. No pude quitarle los ojos de encima en toda la noche. Aunque cada vez que aquel chico con pinta de rockero la tocaba, un instinto mío pedía a gritos arrancarle el brazo para que no pudiera ponerle un solo dedo encima.

Pero lo que más me dolió fue pensar en ella saliendo con él. Quería cortarme un brazo, un pedazo de mí. Porque ella era una parte de mí.

Me levanté de la cama y fui a la ducha, desesperado por despejarme la cabeza. No quería volver a lo mismo. Tenía que aprender a estar sin mi Bizcochito.

Tenía que superar lo que había hecho, aprender a vivir con las consecuencias y dejar que ella fuera feliz. Era lo más importante para mí. La mierda que había dicho cuando estaba borracho no era real. Excepto cuando le dije que la amaba. Por eso debía dejarla ser feliz.

Cuando salí de la ducha y estaba cambiándome la ropa, mi papá tocó la puerta de mi habitación antes de entrar.

—Kem, Ada está mal —dijo con voz temblorosa—. Sus papás la están llevando de emergencia al hospital.

Abrí los ojos como platos. El corazón empezó a latirme desbocado y sentí algo amargo en la boca. Una mala sensación.

—¿Qué le ha pasado?

Papá negó con la cabeza.

—No me lo han dicho. Vamos, tenemos que ir.

Papá salió y dejó la puerta abierta. Me calcé las zapatillas antes de correr detrás de él, ya estaba saliendo del apartamento con Kylan y Kara detrás. Mamá salía de su habitación sujetando el bolso en la mano, me tomó del hombro y me guio fuera.

Nos subimos todos al coche y fuimos al hospital. En todo el camino, nadie dijo nada. Ni siquiera mamá, que siempre parecía tener algo que decir.

Al llegar, todos corrimos hacia Urgencias, donde papá preguntó por Ada, pero no le pudieron dar información porque la estaban atendiendo. Solo nos dijeron que esperáramos en la sala de espera, donde se encontraban sus padres y su hermana.

—¿Qué ha pasado? —le pregunté a la señora Peters.

Tenía los ojos rojos, parecía haber llorado mucho. Negó con la cabeza mientras se tapaba el rostro y sollozaba.

Me giré hacia su padre y esperé una respuesta. El señor me miró con mucho dolor en su expresión.

—Ada... se tomó unas pastillas... que le provocaron un aborto... Ha estado sangrando mucho y por eso la hemos traído.

«No. No, no, no». Me tapé la cara con las manos. Eso no podía estar pasando. Me alejé de sus padres y choqué con mi familia, que estaba detrás de mí escuchando. Tomé asiento para no caerme, sentía que me temblaban las piernas. El corazón me latía desbocado por el susto de la noticia.

Solo quería echarme al suelo y llorar como un niño pequeño. Yo... lo que le había dicho a Ada aquella noche no era cierto. Quería a ese bebé. Ya me había hecho a la idea de tener un pequeño mío y ya no habría. Ya no estaba. Quise golpearme muy fuerte y romperme, era mi culpa. Yo había provocado eso. Yo le había dicho cosas hirientes a Ada que la llevaron a eso. Yo la había herido, igual que a Ruby.

Yo mismo había matado a mi propio hijo. No directamente, pero fue algo así. Yo ayudé. Yo lo rechacé.

Hice todo mal desde el principio.

No pude aguantar las lágrimas que había acumulado en los ojos. Las dejé salir y me rompí yo también en fuertes sollozos. Era mi culpa. Sentí el abrazo de alguien y me aferré a esa persona. Era mi hermana Kara. La abracé con fuerza y lloré.

—Mira quién ha venido —susurró alejándose de mí.

Ni siquiera levanté la mirada. Alguien me abrazó y esta vez enterré la cabeza en su cuello. En el cuello de mi Bizcochito mientras sollozaba. Ya sabía quién era por el aroma de su perfume.

Y solté todas las lágrimas. Lloré mucho abrazado a ella.

49

Estábamos todos en la sala de espera del hospital aguardando alguna noticia de Ada. Incluso estaba mi madre, sentada a mi lado, con la cabeza cabizbaja y la mano apoyada en la mía. Al parecer, estaba enterada de todo. Y cuando digo todo significaba «todo». Sabía lo del triángulo amoroso Kem, Ada y yo. Es por eso por lo que había decidido acompañarme, por la amistad que Amber y yo una vez tuvimos desde muy pequeñas.

Amber se lo había confesado. Le había expuesto mi vida amorosa con múltiples detalles, incluyendo a su hermana. No entendía qué sacaba ella de todo eso. No tenía mi permiso y mucho menos el derecho a hacerlo.

De camino al hospital, mamá me había amonestado por no contarle lo de mi relación con el vecino. Siendo sincera, no tenía ganas de pelearme con ella, así que mantuve la boca cerrada y aguanté sus sermones de madre. Estaba dolida por mi silencio y también por lo que Kem había hecho. No solo mentirme, sino también embarazar a Ada. Esto me pareció graciosísimo porque no solo él tenía la culpa, sino ambos.

Por el rabillo del ojo, noté a mi mamá observando a Kem de soslayo. Estaba sentado frente a nosotras, pero con los codos sobre las piernas y la mirada en el suelo. Parecía muy abatido, todos lo estábamos.

Los padres de Ada estaban al lado de Amber, parados a un extremo. Parecían no querer moverse de ahí. Amber les dijo algo y luego se alejó hacia el pasillo de al lado y desapareció. La familia de Kem también estaba a su lado, sus padres de pie y Kara y Kylan sentados. El ambiente era incómodo, no solo estábamos nosotros, sino muchos familiares más de otros pacientes y el lugar estaba abarrotado.

Mi pie rebotaba arriba y abajo por el nerviosismo que sentía en ese momento. Estaba ansiosa, triste y muy tensa. De solo pensar lo que Ada había hecho, me partía el alma. Solo una pregunta se repetía en mi mente: «¿Por qué?».

Minutos después, un doctor salió llamando a los familiares de la señorita Ada Peters. Kem se levantó de su asiento como un resorte y corrió hacia el doctor, que ya estaba reunido con los padres de Ada. Yo también fui hacia allí seguida de Kylan y Kara.

—... está estable, pero aun así debe permanecer ingresada esta noche para monitorearla. Ya pueden verla. Ha despertado, está un poco débil, pero me ha pedido que solo Kem la vea. ¿Quién...?

—Yo —dijo el aludido levantando una mano—. Yo soy Kem.

La mamá de Ada parecía preocupada.

—Pero ¿luego podré ver a mi hija?

El doctor sonrió.

—Por supuesto, señora. Solo que la paciente desea ver al joven en este momento. Luego puede pasar la familia. —Miró a Kem—. Sígueme.

Lo observé alejarse detrás del doctor. Caminaron por el largo pasillo y doblaron a la derecha perdiéndose de vista.

No pensé mucho. Tan solo me dejé llevar y caminé rápido en la misma dirección que los había visto irse. En una puerta que había al final del pasillo, Kem entró y el doctor volvió sobre sus pasos, cruzó por mi lado sin fijarse en mí. Me acerqué sigilosamente a la puerta por donde había visto a Kem entrar. Estaba entreabierta. Me asomé con cuidado y observé a Ada recostada en una cama, el chico estaba a su lado sin saber qué hacer. Mi corazón se encogió al verlo tan perdido.

Sin duda, estaba espiándolos y sabía que no estaba bien, pero lo necesitaba. Mi corazón morboso me lo pedía. No sabía exactamente qué buscaba, pero quería observarlos a los dos sin nadie a su alrededor.

Desde ahí podía apreciar la expresión de Ada, que estaba ojerosa y demacrada.

—¿Por qué? —fue la pregunta de Kem. Parecía querer arrancarse el pelo por cómo se pasaba las manos en él—. ¿Por qué, Ada?

Los ojos marrones de ella se llenaron de lágrimas. Al instante, empezó a sollozar con fuerza. Aun así, el rostro de Kem no se ablandó. Parecía muy molesto.

—Tú no querías a ese bebé —le respondió ella con voz ronca—. Tú lo dijiste, enfrente de todos, enfrente de Ruby. Dijiste que no me querías a mí ni a ese bebé. Entonces ¿por qué te quejas ahora?

Kem la miró como si se hubiese vuelto loca. Su cara parecía desencajada.

—¿Me estás tomando el pelo? ¿Hiciste eso solo por la mierda que dije cuando estaba borracho?

Ada no respondió, pero su silencio significó mucho para él. Porque, de un momento a otro, se alejó como si le hubiesen golpeado.

—No puedo creerlo —dijo mirando a la nada y negando levemente con la cabeza.

—¿Qué querías que hiciera? —lloró Ada desesperada, abrazándose a sí misma como si se estuviera protegiendo—. Me dejaste claro que no querías nada de mí. Me odias por arruinar tu vida y la de Ruby. ¿Cómo se supone que iba a seguir adelante con ese hijo?

Kem no podía creer lo que salía de la boca de Ada.

—¿Me estás jodiendo? —preguntó con la voz ronca y mirándola fijamente—. Tal vez haya sido un imbécil que al principio no quiso tener a ese bebé. Sé que la he cagado a lo grande. No supe hacer bien las cosas, pero luego sí. Me di cuenta de que la estaba embarrando más. Así que asumí la responsabilidad. Acepté al bebé porque es lo que debía hacer a pesar de que mi corazón me dictara otra cosa. Pero tú, Ada, ¿por qué?

Ada parecía una niña pequeña con los brazos a su alrededor y el rostro rojo de tanto llorar. Se había quedado sin palabras ante Kem, que se acercó a ella de repente. Ada lo miraba con miedo.

—Kem…

—Perdóname —dijo Kem tomándola de las manos y mirándola a los ojos. Mi corazón se apretó al verlo—. Perdóname, Ada, lo único que he hecho es joderte la vida. Y no solo a ti.

Por la voz de Kem supe que estaba llorando. Estaba de espaldas a mí, pero podía ver sus hombros sacudirse levemente. Ada cerró los párpados e inclinó la cabeza hacia él.

—Lo siento tanto… —siguió disculpándose el chico—. Sé que eso no arregla nada, pero quiero que lo tengas presente. Perdóname.

Ada no tenía palabras para aquello. Simplemente rodeó a Kem y lo abrazó con fuerza mientras los dos lloraban. No quería abusar más de su privacidad, pero no podía apartar la mirada. Algo me lo impedía. Nunca los había visto en un gesto tan íntimo, lo que llevó a que mi mente elaborase momentos de ellos juntos.

Imagen tras imagen de lo que probablemente habían hecho en el pasado cruzó por mi cabeza durante varios minutos mientras ellos seguían ahí. Estaba torturándome de nuevo, pero esta vez lo veía desde un enfoque distinto.

Tras varios segundos, se separaron. Kem se limpió las lágrimas con las manos y se alejó un par de pasos de Ada. Ella agachó la cabeza.

—No te culpo por lo que has hecho, Ada. Yo también contribuí...

Ada sacudió la cabeza, mirándolo desde la cama.

—No digas más, Kem. Yo... quiero estar sola, por favor.

Era mi momento para correr.

—Pero antes quiero que sepas algo... —dijo ella.

Me detuve en seco. Ya estaba a punto de darme la vuelta para irme, pero aquello me dejó en el sitio:

—Yo sí me enamoré de ti, Kem.

Eché un vistazo por la puerta y observé a Kem de espaldas.

—Yo...

—No es necesario que digas algo, solo quería que lo supieras.

—Entonces ¿por qué me lo dices ahora? —preguntó él.

Ada se encogió de hombros.

—Tenía una leve esperanza de que me eligieras a mí antes que a ella. Pero ahora solo puedo reafirmar lo que sé: la amas.

—Estoy enamorado de ella, Ada. La quiero mucho, pero también sé que la he cagado y no deseo hacerle más daño.

—¿Vais a volver a estar juntos?

Intenté controlar mi respiración mientras los escuchaba.

Kem negó.

—La amo tanto que debo dejarla ir.

50

Haber oído esas palabras hizo que por fin pudiera verlo todo claro. De verdad se arrepentía, estaba enamorado de mí y me amaba. No era algo que yo me estuviera imaginando o un simple capricho. Kem sentía cosas por mí, así como yo también las sentía por él. Cosas reales que hacían que mi corazón se hinchara con solo mencionar su nombre.

Por desgracia, las cosas no eran fáciles entre nosotros, sino todo lo contrario.

Ese día salí del hospital junto con mi mamá con un pensamiento en mente. Así que, cuando llegué a casa, lo primero que hice fue encerrarme en mi habitación. En el balcón, en concreto, y tomé la caja donde se encontraban los libros que Kem me había regalado unos meses atrás. Los toqué con una sonrisa en la cara. Recordar ese día me ponía agridulce.

Dejé la caja a un lado y me recosté en el asiento de mi balcón. Había dejado a Kem, a su familia y a la de Amber en el hospital después de saber que Ada estaba mucho mejor. No tenía mucho que hacer ahí, así que no le encontraba sentido a quedarme. Cuando Amber intentó hablar conmigo, ni siquiera la miré. No valía la pena después de todo lo que había ocurrido.

Pasaron muchos minutos en los que estuve concentrada en mi móvil hasta que la luz en el piso de arriba se encendió. Con una mueca en el rostro, guardé el móvil en el bolsillo y me armé de valor para lo que tenía que hacer. Decidí usar las escaleras de emergencia para subir por el balcón como solía hacer Kem.

Una vez allí, sana y salva, vi por las ventanas de vidrio que estaba sentado en su cama con la cabeza gacha, mirando algo en su móvil.

Con sigilo, me acerqué y abrí la puerta de su balcón, sin tocar y sin esperar una respuesta.

Kem ni siquiera se movió cuando me planté frente a él.

—Ey —dije observándolo nerviosa—. ¿Podemos hablar?

Despacio, levantó la cabeza para mirarme. Sus ojos estaban llorosos y algo rojos, su semblante serio me sacudió. Estaba muy afectado por lo que había sucedido y lo entendía. Me apenaba mucho su situación y, por mucho que quisiera consolarlo, no podía hacer nada.

—Sé que nos oíste —dijo él con voz ronca. Me sonrió de lado—. Te vi correr para alejarte.

Sentí que me ardían las mejillas. Escuchar conversaciones ajenas no era parte de mí, así que bajé la cabeza para escapar de su mirada.

—Lo siento, no quería espiaros…

Kem se levantó y se paró frente a mí, inclinándose para mirarme.

—No te preocupes, Ruby. No estuvo bien, pero me alegra que escucharas aquello.

Levanté la cabeza frunciendo el ceño.

—¿Por qué?

—Porque no podría decírtelo cara a cara.

Apreté las manos nerviosa, sus iris verdes me traspasaban.

—¿El qué?

—La parte en donde te dejo ir.

—Acerca de eso…

—No —murmuró cortando lo que estaba diciendo—. No quiero repetírtelo. Cuando decidí aquello me mató, pero sé que así debe ser. Así tú podrás seguir con tu vida. Sin mí, pero al fin y al cabo serás feliz.

La determinación en sus palabras me dejó muda. Había venido aquí para hablar de eso y él ya lo había dicho todo. Condensó nuestro futuro en un par de oraciones y el corazón se me rompió aún más. Tal vez era lo correcto, pero no se sentía así.

—¿Y tú? —me atreví a preguntar.

—¿Yo? —Kem se señaló el pecho mientras fruncía el ceño—. ¿Qué hay de mí?

—¿Tu felicidad?

Kem se inclinó hacia mí invadiendo mi espacio, pero no hice nada para retroceder o alejarme.

—Eres tú, Bizcochito. A estas alturas ya deberías saberlo.

Decidí sentarme porque, cuando Kem decía cosas como esas, me temblaban las piernas. Así que, para escapar de su escrutinio y sus ojos verdes, me acomodé en el borde de la cama. Esperé a que él me siguiera para hablar.

—¿Cómo estás? —pregunté mirándolo fijamente.

Quería una respuesta real porque lo conocía y sabía que no estaba bien.

Kem se encogió de hombros.

—Lo estoy llevando.

—Si te soy sincera... después de escucharte con Ada, no creo que estés bien, Kem. ¿Quieres hablar de ello?

No sabía qué estaba haciendo ni por qué quería consolarlo y ser su soporte, pero una necesidad en mí me lo pedía.

—No sé si quiero hablar de eso, Ruby. Y menos contigo.

—¿Menos conmigo? —repetí un tanto dolida.

—No me refiero a eso —respondió pasándose las manos por el pelo—, pero no quiero hablar de Ada contigo. No me siento cómodo.

Me quedé en silencio unos segundos antes de hablar.

—Bueno... imagina que soy tu amiga y me lo cuentas.

—Es difícil imaginarte como una amiga. —Solté un suspiro exasperado que él notó, porque hizo una mueca—. Está bien, te lo diré... Me siento como una mierda.

—Kem...

—No, Ruby. Déjame terminar. Me siento la mierda más grande del mundo. No solo por lo de Ada, sino también por lo que te hice a ti. Todas estas semanas en las que he tratado de seguir adelante han sido lo peor. Nunca en mi vida he estado tan arrepentido de algo como lo estoy ahora.

—Lo que hiciste fue un error —comenté sin saber qué más decir.

—El error más grande que he cometido, porque te perdí.

Asentí.

—¿Sabes algo, Kem? Si las personas no cometieran errores, no serían humanas.

—Bizcochito... —dijo Kem con una sonrisa como si lo que estuviera diciendo fuera un disparate.

—No. Es cierto lo que digo, Kem. Los humanos cometemos errores. Está en nuestra naturaleza, pero también está en cada uno arrepentirse de ello y pedir perdón. Tú ya lo hiciste. Me pediste perdón y te perdoné. Le pediste perdón a Ada y ella te perdonó.

Solo falta que te perdones a ti mismo, si no, nunca vas a avanzar. Te vas a quedar atascado en el error que cometiste y no vas a ver tu vida por delante. —Me acerqué a él y puse mi mano en su suave mejilla y lo miré a la cara para que me entendiera de verdad—: Kem, tienes que perdonarte.

Los ojos de Kem se aguaron, pero aun así no derramó ninguna lágrima.

—¿Cómo me perdono por hacerte daño, Ruby? ¿Cómo? No puedo...

—Chisss. —Sonreí por sus palabras—. Solo tú puedes darte cuenta. Pero lo harás. Y cuando ese momento llegue, podrás ser libre de tus acciones de verdad.

—Bizcochito...

Me acerqué a él y lo besé en la mejilla. Dejé los labios varios segundos sobre su piel antes de alejarme y sonreírle.

—Yo ya te he perdonado, solo faltas tú.

Le apreté la mano esperando que lo entendiera y me fui de ahí, rogando para que pensara en mis palabras de verdad. Kem aún tenía esperanza, si es que se perdonaba y aprendía de sus errores. Porque es de humanos equivocarse muchas veces y aprender de aquello.

51

Creía que mi vida se solucionaría en los próximos meses, pero no fue así.

Si acaso era posible, las cosas empeoraron. Solo un poco.

Para empezar, mi madre no estaba contenta después de haberse enterado de lo mío con Kem. Estaba decepcionada de que no se lo hubiera contado. Yo le había rogado que no le dijera nada a papá. No quería más problemas y sabía que los conseguiría si él se enteraba de eso. Así que quedó como un secreto entre ambas.

Por otro lado, mis notas en el colegio bajaron y estaba desesperada por ponerme a tope con los estudios. Tenía cierta presión de mis padres, que creían que mis planes eran ir a la universidad y estudiar Medicina. Pero ya no era mi sueño. Después de darme cuenta de lo mucho que me gustaba cantar en el escenario con los chicos, había decidido ingresar en Bellas Artes para dedicarme al cien por cien a la música y sacarle provecho a mi talento. Lo malo era que la universidad estaba algo lejos de casa, a media hora de aquí, algo que no entraba en mis planes, y mis padres no sabían nada sobre mi nueva decisión.

Cuando pude recuperar el ritmo en el colegio y no suspender, aproveché para contarles a mis padres de mis nuevos proyectos. Y no me fue muy bien. Papá casi se cayó de la silla al oírme decir que no quería estudiar Medicina, como siempre había deseado. Mamá no fue menos: soltó la cuchara y todo se desparramó en la mesa del comedor. Fue de película.

Ese día tuve una gran reprimenda y una lección de vida de cada uno de mis padres. No querían ni aceptaban mi decisión. No aprobaban que estudiara Música porque, según ellos, era una carrera que no me convenía. Pero por desgracia, yo ya había hecho mis planes y no los cambiaría solo porque mis padres no me apoyaran.

Iba a hacerlo de una forma u otra. Quería cumplir mi sueño y hacer algo que amaba de verdad. Con su apoyo o sin él, iba a lograrlo.

Conforme pasaron las semanas, mis padres parecieron entrar en razón y aceptaron a regañadientes mi decisión. Vieron lo organizada que estaba, les mostré folletos de la universidad y las listas de estudiantes graduados que triunfaban en el mundo de la música.

Debie estudiaba Teatro en esa misma universidad. Las dos habíamos ahorrado una pequeña cantidad de dinero para alquilar una habitación para las dos muy cerca de ahí. No era mucho y faltaba más para conseguirlo, aunque por el momento era suficiente. Mientras me concentraba en graduarme del colegio, ella vería la forma de trabajar para conseguir la fianza del alquiler.

Y en cuanto a Kem…, no volví a tener noticias suyas. Faltaban solo unas semanas para la graduación y me había ido perfectamente bien ignorar a su familia y a Amber. En el colegio estaba tan concentrada en estudiar que, cuando me cruzaba con ellos, los ignoraba tanto como podía. Escuché tantos rumores acerca de Amber, Kylan y Henry que ni siquiera les di importancia.

Por otro lado, extrañaba a Kiwi, pero tenía fe en que Kem estuviera cuidándolo como me lo había prometido. No lo volví a ver. Parecía haber desaparecido, no nos cruzamos de nuevo a pesar de que éramos vecinos y vivíamos en el mismo edifico.

Era como si me estuviera evitando. Pero yo trataba de ignorar ese dolor en el pecho que con el tiempo se hacía cada vez menor y más soportable.

El día de la graduación, Debie y los chicos de la banda decidieron asistir a la ceremonia. Todos habían terminado ya el colegio, por lo tanto, yo era la menor del grupo. Por eso, todos acabaron adoptando el apodo de «pequeña».

Los últimos meses nos habían acercado más como grupo de amigos. Me alegraba tenerlos porque podía darme cuenta de que eran buenos chicos y, sobre todo, eran de confianza y leales. Era una cualidad que había empezado a apreciar más en una persona.

Llegué a la ceremonia con mis padres. Todo estaba montado y listo en el gran auditorio del colegio. Con mi toga puesta y el birrete, esperé en las sillas a que dijeran mi nombre. Cuando me levanté para recibir mi diploma, escuché gritos y aplausos fuertes entre el público.

Sonreí por dentro sabiendo que eran mis amigos.

Me alegraba tenerlos en mi vida.

Recibí mi diploma y sonreí feliz a las cámaras, pues pronto podría cumplir mis sueños.

Cuando todo terminó, mis padres y yo salimos al aparcamiento para hacernos fotos juntos mientras yo seguía con mi toga. Los chicos del grupo se acercaron en el momento exacto que mi madre buscaba a alguien para que nos fotografiara. Debie al instante se percató de ello y tomó el móvil de mi mamá con una sonrisa.

Ya se la había presentado semanas atrás y les había contado que sería mi nueva compañera de cuarto. Mamá se horrorizó al oírme, pues no quería que me mudara. Pero era necesario por dos cosas: quería alejarme de aquel edificio y necesitaba estar cerca de la universidad de nuestros sueños.

Posé para las fotos con mis padres a cada lado mientras Debie sostenía la cámara en varios ángulos según mi mamá le indicaba.

Comenzaba a estar cansada de tantas fotos, por lo que me alejé de mis papás y fui con mis amigos. Faltaban tan solo unas semanas para que me mudase. Ya lo teníamos todo planeado y no podía estar más emocionada.

Por fin sentía que iba en la dirección correcta.

—¿Tienes idea de la cantidad de gente que hay aquí? —preguntó Debie en un murmullo mirando a su alrededor—. Demasiada y aun así me he topado con Kem y toda su familia.

Escuchar su nombre me produjo escalofríos, pero por suerte no tan intensos como antes. Estaba aprendiendo a superarlo.

—Pues sí, su hermano se gradúa. —Traté de no entornar los ojos. Debie lo sabía perfectamente.

—Sí, y también estaba la familia de Amber. Ha sido muy incómodo —dijo ella con una mueca graciosa.

Los chicos, que estaban a un lado, se unieron a nosotras. Ben alcanzó a Debie y se puso a su lado. Alcé una ceja. Entre ellos pasaba algo que iba más allá de la amistad. Todavía no entendía por qué no lo formalizaban.

—Creí que en cualquier momento se lanzarían contra ellos —siguió contando mi amiga—. Los papás de Ada parecían querer pelea con los de Kem.

Ese chisme no me interesaba mucho. Lo que sí me interesaba era el calor horrible que hacía a estas horas de la mañana. Era insoportable. Me quité la toga sin importarme nadie.

—Hace un calor del demonio —dije, sintiéndome más fresca con el vestido corto que llevaba, aunque los tacones altos no ayudaran en nada.

—¿Quieres ir a por unos batidos? —preguntó Allan observándome divertido—. Parece que necesitas refrescarte.

Lucas y Mark no dudaron en reírse de él. Lucas le dijo algo por lo bajo que hizo a Allan darle un golpe en la nuca.

—Claro —acepté. Miré a todos—. Creo que todos necesitamos un batido.

Me alejé de ahí enseguida y fui adonde estaban mis padres, apoyados en el coche con las puertas abiertas. Pero en vez de subirme, dejé la toga en el asiento de atrás y luego me acerqué a ellos, que me sonrieron.

—¿Puedo ir con mis amigos a la cafetería?

Papá miró más allá de mí, desconfiado. En cambio, mamá sonrió.

—Claro que sí, Ruby. Hoy es tu día.

Papá soltó un suspiro, no estaba para nada contento con aquello, pero sabía que era mejor no contradecir a mamá.

—¡Gracias! —exclamé sorprendida.

La abracé fuerte antes de hacer lo mismo con papá. Luego salí corriendo, temía que cambiasen de idea. Mis padres, poco a poco, empezaban a aceptar a mis nuevos amigos y también la carrera que había elegido.

Era como si todo comenzara a encajar en mi vida de forma correcta.

Caminé de vuelta adonde estaban Debie y los demás, pero alguien me interceptó. Miré a Dan, algo conmocionada por su aparición.

—¡Me has asustado! —exclamé con la mano en el pecho. Dan me observó sonriente.

—Lo siento, Ruby. —Me miró apenado—. Solo quería preguntarte algo.

Alcé una ceja.

—Sí, dime, ¿qué pasa?

Dan parecía algo nervioso.

—¿Irás al baile de graduación?

Era algo en lo que no había pensado aún y, visto que no tenía vestido ni pareja, no contaba con ir. Me parecía una pérdida de tiempo cuando ya todo había terminado en esa ceremonia.

—No lo creo —dije con sinceridad. Dan parecía sorprendido—. No tengo vestido y, además..., ya tengo planes.

Vale, eso era falso. Pero dado que no pensaba asistir al baile de graduación, una mentira piadosa no importaba.

—¿Tampoco a la fiesta posterior?

Parpadeé.

—Tampoco.

Dan se veía ligeramente confundido.

—Bueno..., eso era todo —dijo sonriéndome con torpeza—. Pero si te animas, será en casa de Henry. Espero verte ahí. —Me guiñó el ojo—. Felicidades por la graduación. Adiós, cielo.

Me quedé congelada en mi lugar unos segundos pensando en sus palabras.

Tal vez podría ir a la casa de Henry... No. No había forma de que yo fuera. Ya no eran mis amigos y no necesitaba ir a esa fiesta ni siquiera para chismear. No quería tener nada que ver con ellos. En especial con Amber, la persona que más daño me había hecho pensando que era mi amiga.

Me acerqué a los chicos y a Debie, que conversaban sobre lo afortunados que eran de haber terminado el colegio el año pasado. Todos nos subimos al coche de Allan. Como Ben iba adelante, me había sentado junto a Debie. Mark y Lucas, a mi lado, iban conversando en voz baja, así que me giré hacia mi mejor amiga.

—Dan se me ha acercado —comenté como si no fuera gran cosa.

Debie abrió mucho los ojos.

—¿Y qué te ha dicho?

—Me ha invitado a la fiesta de Henry, después del baile de graduación. —Me encogí de hombros—. No iré.

—¿¡Qué!? —exclamó Debie y le lancé una mirada asesina—. No puedes no ir a la fiesta. O sea, a nadie le importa el baile de graduación, pero debes ir a esa fiesta. Es la fiesta de graduación, en mayúsculas. Esa no puedes perdértela ni muerta.

La miré como si se hubiera vuelto loca.

—¿Te das cuenta de que será en la casa del novio de mi némesis?

Mi mejor amiga se rio.

—Mayor razón para ir.

No podía creer lo que oía. Abrí la boca para replicar, pero Debie levantó una mano para detenerme y hablar.

—Mira, sé que no es un gran consejo, pero creo que deberías ir. Te vas a perder tu baile de graduación, no te pierdas la fiesta. ¿Y qué si es en casa de Henry? Podríamos ir juntas y sacudirla hasta los cimientos sin cruzar miradas con esa chica.

No me dejé convencer.

—Debie…

—Míralo de esta manera —me interrumpió de nuevo—. Te irás a otra ciudad, estudiarás en otra universidad y probablemente no los verás de nuevo. Lo cual es bueno. —Se encogió de hombros—. Así que vayamos a esa fiesta y divirtámonos como nunca, ya luego nos largamos de este lugar. Piensa que ya no verás su cara fea de nuevo en los próximos años. Es algo para celebrar, ¿no?

Aún no estaba convencida del todo.

—No sé si es buena idea ir a esa fiesta. En vez de eso, podríamos ir a un club…

—No, señorita. A esa fiesta —dijo decidida. Luego miró al frente y se meció entre los asientos de delante entre Ben y Allan—. ¡Hoy hay fiesta, chicos!

52

Quería matar a Debie. Mientras apretaba el vaso rojo en mi mano pensaba en las muchas maneras en que podía asesinarla sin que nadie encontrase su cuerpo.

A mi alrededor, la gente parecía estar en su mejor momento, o quizá su peor. Todos parecían borrachos y mareados, decían tonterías o hacían locuras. La música estaba a todo volumen, tanto es así que había que gritar para conversar con quien tuvieras al lado. Estaba sola en el centro del gran salón, por lo que no tenía que abrir la boca.

Debie había ido a por más cerveza. No sé dónde rayos estaban los chicos, pero no podían haber ido lejos, se habían marchado segundos después que Debie.

La casa de Henry era gigante. Sabía que era un chico de familia con dinero. Era popular en el colegio y, mirando atrás, no podía entender por qué alguien tan lindo como él se había fijado en Amber. No lo concebía.

Quería matar a Debie por dejarme sola en un lugar lleno de gente del colegio, que no hacía más que bailar, jugar a cosas de borrachos y besarse en una esquina oscura.

Gracias a Dios, la casa era grande y hasta el momento no me había topado con Amber. No quería enfrentarme a ella, así que me bebí de golpe el contenido del vaso rojo y traté de relajarme. El alcohol ayudaba.

Mi vestido corto de color blanco resaltaba un poco entre todo el mar de gente. No por ser corto o extravagante, sino porque el color llamaba la atención al ser de brillos. Era un vestido hasta el muslo que se pegaba a cada curva.

Ya podía sentir el sudor arrastrarse por la base de mi cuello. Si el aire acondicionado estaba encendido, no lo parecía.

Decidí sujetarme el pelo en lo alto de la cabeza para que no estorbara.

Minutos después de quejarme y pensar en lo desastrosa que era la fiesta, un movimiento llamó mi atención.

La puerta de la entrada estaba abierta. Mi corazón se apretó al ver a Kem cruzarla. Iba solo, vestido con una simple camiseta negra y unos vaqueros, que lo hacían ver más delicioso.

Oh, Dios mío. Culpaba totalmente al alcohol por aquel pensamiento.

Tiré el vaso a un lado esperando que Debie llegara pronto con más bebida. Mientras tanto, admiré a Kem. Parecía algo perdido en el lugar. Logré esconderme detrás de un grupo de chicos para que no me viera. En estos meses, Kem parecía haber ganado más músculo. Su impresionante altura lo hacía caminar con determinación entre el mar de gente que lo miraba al pasar con cara embobada.

—¡Ey! —me gritaron al oído y salté.

Cerré los ojos e inspiré para tratar de calmar mi agitado corazón. Me giré y vi a Henry con una sonrisa alegre en su cara:

—¡Has venido, Ruby!

Miré detrás de él esperando ver a Amber, pero menos mal que no fue así. Henry estaba solo y me sonreía con alegría.

—Hola —dije incómoda.

Me alejé del grupo de personas mientras Henry seguía mis pasos. Sus manos estaban ocupadas, llevaba un vaso rojo en cada una. Me tendió uno que acepté con recelo.

—Es cerveza —dijo al verme oler el contenido.

No me malinterpretéis, Henry era buen chico, pero no me fiaba de las bebidas de otros. Él pareció entender mi acción, porque tomó el vaso que yo había agarrado y le dio un sorbo grande antes de devolvérmelo.

—¿Ves? No me estoy desmayando ni nada.

Sonreí.

—Gracias —respondí y le di un buen trago al vaso.

Necesitaba más, no creía poder soportar la fiesta sin más alcohol en mi cuerpo después de haber visto a Kem.

—¿Cómo lo estás pasando?

Miré a mí alrededor antes de posar mis ojos en los suyos.

—Bien.

—Tranquila, Amber está en el patio. —Se encogió de hombros—. Está con Kylan y más personas.

Oír el nombre del hermano de Kem trajo una oleada de calor a mi cuerpo. Y no por las razones correctas. Había algo referente a Kylan que no me terminaba de cuadrar. No desde que se había chivado a mis padres.

—Henry…

—Sé lo que vas a decir, Ruby —dijo él con una sonrisita—. Pero es nuestra última fiesta y quiero pedirte algo.

Alcé las cejas, curiosa.

—¿El qué?

—Que cantes.

Fruncí el ceño.

—¿Perdón?

—Me has oído, Ruby —sonrió—. Y yo a ti. Te he escuchado en la cafetería cuando cantas con tu banda y sé que lo haces fenomenal. Y como siempre quise hacer una fiesta con karaoke… Es el momento adecuado.

Empecé a negar con la cabeza.

—No lo creo, Henry. No delante de todos.

—Oh, vamos, lo has hecho en la cafetería. ¿Qué más te da frente a un montón de gente borracha?

De soslayo, vi a Debie caminar hacia nosotros.

—Hola —saludó al ver a Henry.

Me miró con las cejas alzadas y, al darse cuenta del tenso momento, frunció el ceño, algo desconfiada y preguntó:

—¿Qué está pasando?

—Nad… —empecé a responder, pero Henry me cortó en seco.

—Solo le pedía a Ruby que cantase en el karaoke —dijo mirando a Debie con una sonrisa—. Siempre he querido montar un karaoke en una fiesta y, dado que no sé cantar y ella sí…, pues le he pedido que lo haga.

Pensé que Debie iba a negarse en redondo. Por eso me sorprendió que hiciese todo lo contrario. Abrió los ojos como platos y segundos después asintió con fervor.

—¡Qué increíble idea!

Quería matarla, hacerla pedacitos y dársela a los perros. Qué amiga la mía…

—Debie…

—No, Ruby. No me digas que no lo harás. Por Dios, chica, tú amas cantar. ¿Qué te impide hacerlo ahora?

Señalé detrás de mí, a las personas borrachas de la fiesta. Pero quería señalar solo a Kem, que no sabía dónde se había metido.

—Pues todo eso me impide hacerlo.

Henry se acercó a mí y me rodeó los hombros con su brazo, pegando su cara a la mía.

—Tienes que divertirte, Ruby —me dijo al oído—. Vamos, cantas genial. No significa que lo tengas que hacer toda la noche, basta con una canción y ya. Además, todos querrán unirse también al karaoke, no solo lo harás tú. Solo serás la primera.

—Sin presión.

Debie me miraba esperanzada. Cuando asentí derrotada, ella gritó y me tendió un vaso rojo.

—Lo necesitarás —dijo.

Henry me llevó con él y Debie corrió detrás de nosotros. En el salón, había un televisor gigante en la pared. Henry lo encendió y sacó del cajón del mueble un micrófono que instaló en poco tiempo para la opción de karaoke. Me hizo una seña para que me acercara. Lo hice con Debie pisándome los talones. Comenzaba a marearme y sabía que era efecto del alcohol.

En ese momento, cantar frente a todas estas personas del colegio no me parecía tan mala idea.

—Escoge una canción —dijo Henry.

Varias de las personas que nos rodeaban se nos acercaron al ver mis intenciones. Henry me tendió el micrófono mientras Debie buscaba algo en su teléfono.

Me devané los sesos para pensar en una canción, pero no se me ocurría nada creativo. Debie se inclinó a mí mientras varias personas gritaban canciones que podía elegir. Fruncí el ceño.

—¿Te has vuelto loca? No pienso cantar eso.

El anfitrión se rio al ver nuestro altercado.

—¡Pero es genial! —insistió mi amiga.

—Y divertido —comentó Henry.

Más personas se acercaron al ver que la televisión estaba encendida. No pensaba cantar lo que Debie sugería. Era muy vergonzoso. No para mí, pero igual…

—¿Qué tiene de malo? —Debie se cruzó de brazos—. Es tu último día con todos ellos, aprovéchalo.

Henry frunció el ceño al oírla.

—¿A qué se refiere con eso?

Miré a mí alrededor, ignorándolo.

—Bien, la cantaré. —Debie dio saltitos, feliz por mi decisión. Entrecerré los ojos—. Tienes suerte de que me guste.

Le dije a Henry la canción y la programó para el karaoke. Con el micrófono en mano sentí mi cuerpo temblar, pero no porque estuviera nerviosa.

En la pantalla apareció el título: «We are never ever getting back together» de Taylor Swift y la gente se volvió loca. Empezaron a gritar y a alentarme. Eso me hizo reír y parte de la tensión salió de mi cuerpo.

La canción empezó y canté sin necesidad de ver la letra en la pantalla, pues me la sabía de memoria.

Al llegar al estribillo, ya tenía un público en el salón que cantaba conmigo. Incluso Debie tenía las manos alzadas como si fuera un himno. Me lo estaba pasando muy bien.

Hasta que lo vi. Kem se acercó. Se colocó frente a mí y me observó cantar. Mientras cantaba, no podía apartar los ojos. Me sonreía con cariño, como antes, sin miradas coquetas o desconcertadas, como si quisiera recordar este momento para siempre. Cuando pronuncié la última palabra, todos a mi alrededor gritaron.

Vi que Allan, Mark, Lucas y Ben estaban al lado de Debie. Allan me sonrió mientras los demás me gritaban cosas alentadoras y dijo:

—Ahora me toca a mí también.

Le tendí el micrófono, pero él negó con la cabeza.

—Cantaremos los dos.

Arqueé las cejas. Miré detrás de él y vi a Kem en el mismo lugar, observándonos.

—No creo que sea…

—Sí, lo creo —sonrió.

Se giró hacia los demás y comentaron algo mientras yo me quedaba de pie. Ignoré todo lo que pude a Kem mientras miraba la pantalla esperando la canción que Allan había escogido: «Everything has changed».

¿Qué tenían con Taylor Swift?

Solo había un micrófono y lo sostenía Allan, por lo que me pegué a él y canté el comienzo. Sentí varios pares de ojos sobre nosotros y el que más me quemaba era el de Kem.

Allan me siguió. Quería ser yo quien sostuviera el micrófono, pero cuando intenté quitárselo, presionó su mano sobre la mía. Sentir el contacto de nuestra piel no era tan impactante como esperaba. No saltaron chispas ni sentí mariposas en el estómago. Solo un ácido en la boca del estómago y algo de nerviosismo.

No tuve más remedio que mirar la pantalla para escapar del escrutinio de Allan, pues él conocía la letra a la perfección y no le hacía caso, solo a mí. Yo también me sabía la letra de memoria, pero no quería mirarlo. No quería confundir las cosas.

Estaba borracha y no era una buena combinación cuando estaba despechada, triste, confundida, pero sobre todo demasiado segura de mí misma.

En un momento dado, Allan me pasó la mano por la cintura. Mi error fue levantar la vista y choqué con los ojos de Kem. Me miró por un largo rato en el cual no supe descifrar su mirada. Mientras cantaba, podía darme cuenta de que no parecía molesto con lo cerca que estábamos Allan y yo. Solo parecía… rendido.

Lo vi bajar la mirada, supuse que a la mano de Allan en mi cintura. La canción estaba a punto de terminar y yo ya sentía que el alcohol me nublaba la mente. No pensaba, ni mucho menos era consciente de lo que hacía.

Así que cuando la canción terminó, alcé la cabeza. Junté los labios con los de Allan y me dejé llevar. Su otra mano subió a mi nuca y me pegó a él. Nuestros cuerpos se tocaron.

Cuando nos separamos, podía escuchar a toda la gente volviéndose loca, gritándonos cosas y silbando. Me eché a reír. Allan aún me sostenía por la cintura.

Por mera curiosidad, miré a mi alrededor y me fijé en que Kem no estaba.

No volví a verlo en toda la fiesta.

53

La fiesta fue épica.

Tanto que aún la recordaba después de una semana. Mientras metía la última caja de mis cosas al coche de Allan, rememoraba lo increíble que me lo había pasado en casa de Henry. La fiesta compensaba no haber ido al baile de graduación.

No vi a Amber ni a Kylan en toda la noche. Pude relajarme y disfrutar de mis amigos en el karaoke, cantando como nunca.

Antes de subir al coche de Allan, abracé con fuerza a mis padres.

—Os voy a extrañar —murmuré con voz ronca por las lágrimas no derramadas. Podía sentir a mamá llorando y eso me partía el alma—. Nos veremos pronto, la semana que viene podréis visitarme.

—No quiero que te vayas —lloró mamá—. Voy a extrañarte mucho, cariño.

Sonreí, ya sentía que las lágrimas se me escapaban. No quería alargar la despedida porque también sería dolorosa.

—Hablaremos todos los días —dije para hacerla sentir mejor.

Mamá negó y me aparté para mirarlos.

—Quiero que hagas tus cosas y no pienses mucho en nosotros. —Sonrió—. Pero no hagas desastres, ¿me oyes? Quiero reportes de ti cada semana o cada día. Y, por favor, no te olvides de comer.

Me reí, ya me sentía menos triste.

—Nunca olvidaría eso, mamá.

La abracé una última vez antes de achuchar a papá.

—Pórtate bien, mi niña —dijo al oído mientras me acariciaba el pelo—. Te voy a extrañar mucho.

Me alejé de ellos después de otro fuerte abrazo y entré en el coche de Allan. La parte de atrás estaba repleta de cajas con mis cosas. Debie ya estaba instalada en nuestro nuevo apartamento y solo faltaba yo.

Estaba feliz de comenzar esta nueva etapa en la universidad. Las clases comenzaban en otoño y faltaban tres meses. Tenía tiempo de sobra para disfrutar de unas vacaciones mientras me acomodaba en mi nuevo hogar.

Gracias a mis padres, pudimos conseguir un apartamento más moderno, grande y en el centro. Nos ayudaron a buscar y con la fianza. Ese acto me demostró que en serio me apoyaban y querían lo mejor para mí.

—Ruby —dijo Allan sacándome de mis pensamientos.

Lo miré unos segundos. Podía sentir de nuevo la tensión entre nosotros.

Él arrancó el coche mientras yo miraba al frente.

—Allan. —Sonreí porque no sabía qué otra cosa hacer. Era una sonrisa incómoda.

—¿No crees que debemos hablar?

Sí, teníamos que hablar, pero eso no significaba que quisiera hacerlo justo en ese momento. No cuando faltaba una hora para llegar al apartamento. Lo único que quería era recostarme en el asiento, cerrar los ojos y pretender que estaba durmiendo para no tener una conversación como la que tendríamos ahora.

—Sí —respondí con nerviosismo—. Lo que pasó en la fiesta... estuvo mal, lo sé. —Miré al frente, a la carretera como él lo hacía—. Estaba algo borracha y la canción no ayudó a lo que sentía en ese momento. Además...

Además, Kem estaba ahí y todo se complicó.

Pero no dije eso.

—¿Además qué? —preguntó Allan.

Me giré hacia él y eso no ayudó en nada. Estaba apretando el volante del coche con fuerza, tenía los nudillos blancos. Cuando vio que me quedé callada, negó con la cabeza y añadió:

—No importa. Te entiendo, Ruby. Yo también he hecho cosas que no quería con alcohol en el cuerpo.

Su voz sonaba más ronca de lo habitual y una parte de mí me decía que estaba dolido. Pero me tranquilicé al ver que me sonrió como si no hubiera ocurrido nada y comenzó a contarme una historia de Lucas y Mark.

Después de más de una hora de viaje por culpa del tráfico, llegué a mi nuevo hogar. El apartamento que Debie y yo compartíamos estaba en el sexto piso. Había tres apartamentos por piso y este sí tenía ascensor, pues el edificio tenía veinte pisos. Nadie quería subir vente pisos a pie. Yo no quería subir ni siquiera seis pisos andando.

Ben, Mark y Lucas se sumaron y me ayudaron a cargar las cajas hasta el apartamento, mientras nosotras preparábamos la cena. Nuestro plan era celebrar mi primera noche con algo rico de comer mientras veíamos alguna serie.

Me invadió la melancolía al acomodar mis cosas en mi nueva habitación sin balcón. Siempre recordaría con cariño mi casa. Ahí comenzó mi historia con Kem y, aunque ya hubiera terminado, atesoraría el recuerdo con todos los matices que tenía.

Lo que sí que tenía era una gran ventana al lado de la cama. Era un apartamento amueblado, por lo que no habíamos necesitado comprar nada. Mis padres habían pensado en todo y les estaba muy agradecida.

Alguien tocó a la puerta. A pesar de que estaba abierta, me giré para ver quién estaba ahí. Debie me sonrió como si supiera en qué estaba pensando.

—Aún lo extrañas, ¿no?

No necesitábamos decir su nombre para saber de quién se trataba.

—No es eso. Simplemente voy a extrañar mi antigua habitación.

Debie se acercó y se sentó en la cama. Me miró un largo rato antes de hablar.

—Ya era hora de un cambio, ¿no crees?

Hice una mueca. Tenía razón.

—Sí, pero no es tan fácil como creía.

Debie asintió.

—Lo sé, Ruby. Yo he pasado por lo mismo, pero con el tiempo te acostumbrarás. La vida va de acostumbrarse a ciertas cosas. Somos supervivientes.

Sonreí.

—Todavía no entiendo de dónde viene esa sabiduría tuya.

Debie pareció pensárselo unos segundos.

—De mi mamá. Ella era la sabia en casa.

La mención de su mamá me entristeció, ya extrañaba la mía. Debie pareció notar mi humor decaído.

—Con el tiempo verás que ha sido lo mejor.

Dejé a un lado la caja en la que estaba desempacando y la abracé.

—Tú eres la mejor.

Mi mejor amiga rio en mis brazos.

—Eso no quita que te toque lavar los platos hoy.

Refunfuñé y la solté. Tenía que hacer las cosas simples de la casa si quería vivir sola. En cierto modo, era lo mismo que hacía en casa, solo que estaría sin padres y, lo mejor de todo, que vivía con mi mejor amiga.

—Verás que, cuando entremos a la universidad, todo será diferente. Estudiaremos lo que queramos y seremos felices. Conseguirás un chico bueno y dulce que te ame mucho y podrás olvidarte de Kem.

Me reí.

—Ojalá fuera así de fácil, Debs.

—Será así, créeme. Conseguir novio en la universidad no es tan difícil.

—No me refería a eso. Me refería a que no es tan fácil olvidar a alguien.

Ella asintió.

—Lo sé. Pero tal vez encuentres a alguien que se parezca a Kem físicamente, pero que te ame mucho y sea buen chico.

Suspiré.

—Lo que sea, Debs. —Reí por sus ocurrencias—. Lo único que quiero es estudiar y sacar buenas notas.

—Y olvidarte de Kem.

Inspiré y exhalé varias veces tratando de no exaltarme.

Debie no ayudaba en nada a olvidarme de Kem porque lo mencionaba a cada segundo. Prefería golpearme muy fuerte para morirme de una hemorragia en vez de oírla hablar de chicos y de Kem.

—Cambiemos de tema —sugerí mientras organizaba la ropa.

—Ah, sí —dijo ella sonriente—. ¿Sabías que este complejo de apartamentos está abarrotado de gente de nuestra edad? Es porque es el centro de la ciudad y hay varias universidades por aquí, así como también clubes, restaurantes y discotecas. En otras palabras: ¡más oportunidades para que conozcas a alguien!

—¡No quiero conocer a nadie! —Debie me observó unos segundos demasiado largos—. En serio, Débora. No quiero tener novio. Ni conocer chicos para olvidarme de mi ex.

Debie me miró como si me hubiera crecido otra cabeza. Se llevó la mano al pecho haciendo una mueca.

—No puedo creerlo.

—¿Qué? —pregunté con la voz una octava más alta.

—Has dicho mi nombre. —Entrecerró los ojos.

—¡Oh, cállate! Te llamas así.

Debie se hacía la ofendida por aquello. Al parecer no le gustaba su nombre.

—En serio, no quieres conocer a nadie —susurró mirando al frente sin prestarme atención. No respondí porque no era una pregunta, sino una confirmación. Por fin se había dado cuenta—. Está bien. Nada de chicos, por ahora. ¿Chicas tal vez?

Le lancé un pañuelo a la cara, riéndome y ella siguiéndome a carcajadas muy sonoras.

De repente nuestros amigos aparecieron en la puerta de mi habitación aturdidos. Ben nos miró a Debie y a mí, que no podíamos parar de reír.

—¿Qué está pasando?

—¡Ruby se hará lesbiana! —contestó Debie entre risas, causándome más carcajadas bajo las miradas confusas de nuestros amigos.

54

Ni siquiera podría contar la cantidad de cosas que me habían pasado en los últimos tres meses. Para empezar, las clases eran geniales y Debie y yo habíamos hecho amigos el primer día, todo iba de maravilla y según lo planeado.

En la semana de entrega de trabajos, yo estaba más que ensimismada en uno de canto con una compañera que consistía en escribir una canción. Algo para nada fácil, ya que no sabía componer música, pero mi compañera sí, así que no estaba tan jodida como había pensado en un principio.

Después de presentarlo, había quedado en ir a casa de mis padres. Me habían llamado para que fuera a verlos, era la quinta vez que me lo pedían y ya no podía darles más largas. Venían a verme todo el tiempo, pero hacía mucho que yo no iba a casa. No quería volver a un lugar que ya no sentía como mi hogar. Todo estaba impregnado de buenos y malos recuerdos, en especial la traición de mi supuesta mejor amiga y también la de mi exnovio. Creo que eso era lo que más me dolía.

Debie y yo habíamos comprado un coche entre las dos para poder movernos. Era de segunda mano, pero nos venía bien para ir a la universidad y hacer la compra cada semana. Lo había aprendido a conducir gracias a Ben. Era un buen maestro y muy paciente con Debie y conmigo, a diferencia de Allan, que se burlaba, o Mark y Lucas, que nos gritaban cuando acelerábamos en vez de detenernos.

Tomé el coche prestado para ir a la casa de mis padres. Debie podía ir en bus a la universidad. Planeaba quedarme allí para almorzar y luego regresar no muy tarde, porque odiaba conducir de noche en la carretera.

Cuando aparqué, los ojos me traicionaron y se desviaron por toda la calle buscando un coche en particular. No lo divisé y una profunda decepción me atravesó. Ignoré aquella punzada y me obligué a caminar hacia el vestíbulo.

Estar aquí después de varios meses me traía muchos recuerdos que había tratado de empujar al fondo de mi mente. No podía negar que esos recuerdos ya no eran tan dolorosos como antes. La frase cliché de que «el tiempo lo cura todo» era muy cierta.

Cuando entré al vestíbulo, una pareja estaba de espaldas besándose en los sillones que parecían haber colocado en mi ausencia. Seis meses eran suficientes para cambiar un lugar.

Iba a subir por la escalera, pero algo me llamó la atención. La pareja se separó unos centímetros y yo me fijé un poco más en ellos sin mucho disimulo.

Se me cayó la mandíbula cuando me fijé en que eran Amber y Kylan, mirándose a la cara a tan solo unos centímetros de distancia. Parecían unos tortolitos, no se fijaban en nada más de lo que había a su alrededor. ¡Dios mío! ¿Qué estaba ocurriendo?

Tenía muchísimas ganas de interrumpirlos y de sacudirlos para preguntarles qué les sucedía, pero no lo hice. En su lugar, corrí escaleras arriba hasta llegar al apartamento de mis padres. El corazón me latía desbocado, pero no por el esfuerzo, sino por haber visto a Amber con Kylan.

Es decir, ¿qué estaba pasando?

Fue como si hubiera entrado en un universo paralelo.

Toqué el timbre y esperé a que mis padres me abrieran. Los pensamientos se me arremolinan como una tormenta en la cabeza.

Cuando la puerta se abrió y entré, mi mente no dejaba de pensar. Ni siquiera se detuvo durante el almuerzo ni en el camino de vuelta a mi apartamento.

Llegué al complejo una hora y media después. Aparqué el coche en nuestra plaza de garaje y bajé. Tomé el envase donde mamá había guardado una tarta de chocolate para Debie y caminé por el aparcamiento hacia el vestíbulo para subir por el ascensor.

Me quedé esperando mientras observaba por las puertas de vidrio a la calle, un camión de mudanza que acababa de detenerse junto a la acera.

Un *déjà vu* aterrizó en mi mente.

En ese momento, el ascensor se abrió y escuché unos ladridos. Un perro corrió hasta mí impidiéndome el paso y empezó a saltar y restregarse contra mí.

Me agaché sorprendida.

Estaba más grande, sí, pero jamás olvidaría a Kiwi. Era mi pequeño. Una madre jamás podría olvidar a su bebé.

Pero aquello era imposible.

¿Por qué estaba aquí? ¿Cómo?

Miré a todas partes esperando ver a Kem. Y vaya si fue así.

Apareció en la puerta del edifico y entró, con la respiración agitada y con gotitas de sudor por la cara. Llevaba en las manos una caja donde se leía que su contenido era frágil. Lo inspeccioné de arriba abajo. Su apariencia era la misma, lo único diferente era su pelo, estaba unos centímetros más corto.

Era un nuevo peinado y le quedaba más que bien.

Sus ojos verdes recorrieron el lugar antes de fijarse en mí.

Literalmente, me caí de culo al verlo a metros de mí. Dejé caer también la tarta para Debie y me lastimé el trasero. Pero nada de eso importaba, porque Kem estaba frente a mí.

Ahí, en una ciudad a media hora de mi antiguo hogar.

No podía mentir y decir que aún no sentía nada al verlo.

Mi corazón bombeaba con más fuerza, mi respiración era rápida y mi cuerpo temblaba. Era como si tuviera un ataque de pánico, pero sin la sensación de morir, sino todo lo contrario, mi cuerpo había despertado a la vida. Como si antes hubiera estado dormido.

—¿Ruby? —preguntó él con una gran expresión de sorpresa al verme tirada en el suelo con Kiwi lamiéndome el rostro—. ¿Eres tú de verdad, Bizcochito?

Se acercó despacio, como si yo fuera un espejismo en el desierto y él estuviera muy asustado de moverse por si no era real. Dejó la caja a un lado en el suelo. Luego se plantó frente a mí y levantó una mano. Con mucho cuidado, la tomé para que me ayudara a reincorporarme. Temía que las temblorosas piernas me fallaran de nuevo. Kem me alcanzó la bolsa donde estaba la tarta y me la tendió.

No parecía salir de su asombro.

—¿Qué haces aquí? —Fue lo primero que solté.

Lo miré de la cabeza a los pies, sintiendo una corriente de escalofríos. De repente, me sentí nerviosa de estar a su alrededor después de tanto tiempo.

—¿Qué hago yo aquí? —repitió confundido y a la vez sorprendido. Se veía tan aturdido que me pareció gracioso—. ¿Qué haces tú aquí? Yo vivo aquí. Bueno, viviré aquí. Me estoy mudando. —Señaló detrás de él al camión de mudanza en la acera.

«No. No. No».

—¿Tú, mudándote? —Eso no podía ser. No justo ahí donde yo vivía tranquila y feliz—. Yo vivo aquí, pero tú... No puede ser. No. —Negué de nuevo.

Kem sonrió y se encogió de hombros.

—Necesitaba independizarme y alejarme de ahí. Sobre todo después de lo que pasó.

Los pensamientos en mi cabeza corrían a toda velocidad. Tenía tantas preguntas que no sabía por dónde comenzar.

—No lo entiendo —dije, me sentía tonta.

—Bueno..., siempre he querido independizarme. Y vi la oportunidad perfecta cuando la editorial en donde trabajo abrió una sede aquí. Me apunté y al instante hicieron el traslado, ya no más trabajo en casa. Ahora tendré que ir a la oficina. Así que..., aquí estoy.

Negué con la cabeza.

—¿Por qué aquí?

Kem soltó un suspiro, su cara decayendo.

—Este es el único lugar donde pude encontrar un buen alquiler y que esté lo suficiente lejos de donde vivía. No quiero volver ahí nunca más, no después de descubrir la verdad.

Iba a responderle, pero apareció una señora con su esposo. Presionaron el botón del ascensor y esperaron a nuestro lado mirándonos con curiosidad.

—Creo que necesitamos hablar de esto en otro lado —dije mirando a Kem significativamente. No quería chismosos alrededor para las preguntas que tenía.

—Claro. —Alzó las cejas sorprendido de mi propuesta. Me miró unos segundos y señaló a Kiwi, que estaba sentado a mi lado con la lengua fuera mirándonos—. Cuida a Kiwi un momento. Hablaré con los de la mudanza.

Sin esperar respuesta, corrió fuera del edificio. Por fin el ascensor se abrió y la pareja curiosa entró, dejándonos solos a Kiwi y a mí. Unos segundos después, Kem volvió corriendo.

—Ahora sí. Vamos.

Lo miré con sospecha.

—¿Qué has hecho?

Kem me sonrió.

—Les he dicho a los chicos de la mudanza que esperaran. Iban a subir mis cosas, pero es más importante hablar contigo. Tengo mucho que contarte.

Eso sí me picó la curiosidad.

Cuando las puertas del ascensor se cerraron con Kiwi a nuestro lado, Kem presionó el botón número siete.

—No me jodas.

—¿Qué? —Kem me miró divertido.

¿Había dicho eso en voz alta? Al parecer, sí.

El ascensor comenzó a subir.

—¿Vives en el séptimo piso? —pregunté rogando que lo negara. Cuando asintió, maldije en voz alta y Kem alzó una ceja mirándome confundido—. Yo vivo en el sexto piso.

Kem bajó la cabeza, riéndose.

—Es el destino.

¿Destino? ¿Casualidad? ¿Karma? ¿Dios?

No lo sabía.

—Ni que lo jures —respondí con ironía y resoplando.

Cuando el ascensor se detuvo en su piso y se abrieron las puertas, fui la primera en salir. Todavía me afectaba estar en un espacio reducido con Kem.

Caminó hasta la última puerta del amplio pasillo, se sacó una llave del bolsillo trasero de su pantalón y abrió la puerta. Kiwi entró disparado y fue directo a su camita, lo único que había en el solitario y vacío apartamento.

Kem me hizo una seña para entrar y lo hice, mirando a mi alrededor.

El amplio apartamento era idéntico al mío, aun así me sentía como una extraña.

—Perdona si no tengo muebles para sentarnos. Acabo de comprarlos y están abajo esperando.

Lo miré, de pronto la duda me brotó. ¿Era bueno estar aquí?

Mi cuerpo decía que sí, mi corazón también, pero mi cabeza era otro asunto.

—Esta conversación puede esperar.

Kem negó con fervor.

—No. No puede, Bizcochito. Es importante. —Cerró los ojos un momento—. Si no me hubiera topado contigo hoy, te habría buscado y habría movido mar y tierra hasta encontrarte.

Mi corazón latió deprisa con esas palabras.

—Puedes dejar eso allí —dijo Kem mirando mi bolsa de tarta y señalando la isla de la cocina. Asentí y caminé hasta ahí para hacerlo.

Varios centímetros nos separaban, pero aun así su mirada me quemaba con fiereza.

El lugar se sumió en el silencio mientras yo escapaba de su escrutinio. El apartamento parecía muy grande, ya que era solo para él y no lo compartía como yo. Podía afirmar sin duda que quedaba exactamente por encima del nuestro.

Qué irónico.

—¿Por qué te fuiste? —preguntó.

Aparté la mirada del suelo. Kem estaba cerca de mí, no lo había oído moverse. Quise retroceder, pero me clavé la isla en la espalda. Sus iris verdes no se quitaron de los míos, su intensidad me hizo estremecer.

—Quería cambiar de ambiente. Lo necesitaba —respondí con sinceridad.

—Pero no te despediste.

No era una pregunta, así que no respondí.

—¿Estás con él? —preguntó.

Sabía que con «él» se refería a Allan.

—No —susurré.

Me avergonzaba recordar haber besado a Allan frente a Kem. Fue un impulso del momento para hacerle sufrir. Sí, fui una estúpida, y me arrepentía mucho de aquello. Esa era la oportunidad perfecta para decir la verdad.

—Pero lo besaste. —Negó con la cabeza—. Perdóname, Ruby. Joder, fui un estúpido.

Fruncí el ceño ante sus palabras.

—¿De qué hablas?

—Por no haber peleado por ti lo suficiente. Por haberte dejado ir sin pelear.

Traté de no sonreír al escucharlo.

—Necesitábamos tiempo. Tú necesitabas tiempo.

Kem quiso hablar, pero fui más rápida en disparar mi siguiente pregunta.

—¿Puedo preguntarte algo? —Lo miré parpadeando. Kem asintió—. ¿Acaso Kylan y Amber están juntos?

Esa era una duda que tenía y nadie podría resolvérmela, salvo el hermano del susodicho. Kem hizo una mueca.

—Sí. Lo hicieron oficial unos días después de la fiesta de Henry. —Carraspeó—. Al parecer, estuvieron juntos antes. Henry se enteró y la dejó, fue un desastre. Pero ahora Kylan y ella están juntos y parecen felices.

Por la cara que puso, supe que esa idea no le gustaba. A mí tampoco, pero entre traidores se entendían.

—Pobre Henry. —Hice una mueca, sentía pena por él. Era un gran chico y no se merecía lo que Amber le había hecho—. Esa tonta tuvo el descaro de engañarlo.

—No fue la única. —Las palabras de Kem me alertaron.

—¿A qué te refieres?

Negó.

—Parece ser que el engaño viene de familia.

—Habla ya —murmuré impaciente.

Kem parecía estar ordenando sus pensamientos antes de hablar.

—El día que ingresaron a Ada en el hospital, sus padres se acercaron para hablar conmigo. —Abrí la boca para decir algo, pero no me dejó hablar—. Escúchame, porque lo que voy a decir es importante. —Tomó aire antes de continuar—: Sus padres me confesaron con tristeza que descubrieron que Ada nunca había estado embarazada gracias al médico que la atendió. Ruby, todo fue una mentira. Cuando la confrontaron, ella simplemente lloró y se excusó diciendo que estaba enamorada de mí. —Hizo una mueca mostrando lo mucho que esto le afectaba. Yo estaba en shock—. Ada lo planeó todo. El día que decidí ir con ella a la fiesta de su amigo de la universidad, me drogó. Por eso no recuerdo nada desde que tomé de la botella de cerveza que ella me dio. Su plan era dormirme para que, al despertarme, me pensase que nos habíamos acostado. —Lo vi apretar los puños con fuerza—. Te juro que tenía muchísimas ganas de matarla, pero pude refrenarme. La enfrenté, al principio lo negó, pero cuando le dije que sus padres me lo habían contado, lo confesó. Lo que hizo estuvo tan mal en mil maneras diferentes que deberían encerrarla en un manicomio. No sé más porque no he vuelto a hablar con sus padres.

—Kem… Guau…, yo no… no puedo creerlo. Es decir…, ¿cómo? ¿Por qué?

—Ada quería separarnos.

Eso sonaba muy de telenovela mexicana.

Me quedé varios minutos en silencio procesando todo lo que había oído. Parecían disparates, pero al mismo tiempo podría creer la locura que había cometido Ada.

Es decir, todo mi sufrimiento, todo mi dolor y todo lo que había experimentado había sido en vano. Nada de lo que yo creí había sido cierto, ni una sola de las cosas malas que creí que Kem hizo fue real.

Todo fue una vil mentira de Ada.

—¿No vas a decir nada, Bizcochito?

Casi me reí. Todo esto me parecía demasiado surreal.

—Ya entiendo por qué querías mudarte. —Lo miré a los ojos, me sentía una estúpida por haberlo hecho rogar y sufrir por algo que nunca hizo—. Lo siento.

—Ruby, no…

—Sí, debo pedirte disculpas por todo lo que te dije e hice. No tenía derecho a decírtelo porque nunca me engañaste.

—No lo sabías.

—Debí buscar la verdad y no hacerle caso a Ada. Estaba tan cegada en mi dolor que fui una egoísta y no pensé en nosotros, en nuestro amor.

Kem esbozó una sonrisita.

—Ahora eres tú quien debe perdonarse a sí misma, porque en primer lugar tú nunca hiciste nada malo. Estabas en todo tu derecho de expresar tu dolor y alejarme, jamás te culparía por ello.

—¿Te perdonaste tú?

—Sí, Bizcochito. —Kem me agarró la mano, me quedé helada en el sitio. No hice nada para detenerlo ni alejarme, sino que sentí esa sensación de placer en todo el cuerpo. Con solo un toque suyo, me convertía en papilla—. Estos meses separados han sido mi infierno. Era el karma o alguna mierda que me devolvía todo lo malo que hice en el pasado. No sabía dónde estabas o adónde te habías ido. Nadie sabía nada. Te busqué, Ruby. Lo juro. Pero tus padres no quisieron darme la dirección y eso fue una señal para mí de que ya no me querías en tu vida. —Tomó aire unos segundos—. Así que decidí irme de ahí. Tu recuerdo me perseguía y me dolía seguir en ese lugar donde te conocí, sin ti. Así que cuando te he visto aquí, no podía creerlo. No sé si es el destino o Dios, pero les agradezco mucho a ambos que te hayan puesto en mi camino. Porque sé que lo nuestro es real y no importa la mierda que nos haya pasado, cada día de mi vida voy a compensarte y a amarte mucho. Borraré cada herida en ti hasta que solo quede mi amor. Lo haré, Bizcochito, porque te amo. No sabes cuánto te quiero. Juro que no dejaré que nadie más se interponga entre nosotros. De ahora en adelante, somos tú y yo contra el mundo.

Las lágrimas se acumularon en mis ojos. Empecé a llorar sin poder contenerme. Esto era lo que me había perdido durante tantos meses. Pero no importaba porque estaba segura de algo. Lo amaba. Mucho. Y borraría cada recuerdo malo para que solo quedaran los buenos.

—Así que… es todo o nada, ¿qué eliges, amor? —preguntó.

Mi corazón se detuvo por un momento.

—Lo quiero todo —susurré a unos centímetros de él.

Kem también tenía el rostro lleno de lágrimas, se las secó antes de acercar su cara a la mía y pegar su frente contra la mía. Y solo para estar seguros, lo repetí contra sus labios:

—Lo quiero todo.

EPÍLOGO

Seis meses después

Estaba nerviosa.

Nerviosa no.

Estaba muy nerviosa.

Era mi presentación en un pequeño concierto en la universidad. Era mi última nota para acabar el semestre. Y no estaba nerviosa solo por eso, sino porque había invitado a mis padres y a Kem a la función. Iba a cantar solo yo sobre el escenario, esta vez no estaría con mis amigos de la banda ni acompañada de nada. Solo sería yo y una amiga que tocaría el piano.

Kem me llevaría a la universidad. Como era el último concierto, todo sería elegante. Me había comprado un vestido solo para esta ocasión, largo y de color rojo, que combinaba con mi labial y las sandalias con tacones del mismo color. La temperatura alta ayudaba, aunque no mucho, porque ya sentía que estaba sudando mientras daba los últimos retoques a mi maquillaje.

Debie me observaba desde la cama, recostada en la pared con una sonrisita que no ayudaba a mis nervios.

—¿Qué? —pregunté al verla por el espejo.

—Estás hermosa, ¿por qué te miras tanto?

Dejé la brocha en el tocador y me levanté de la silla para girarme a mirarla.

—Estoy nerviosa —solté mientras jugaba con mis manos.

Debie se levantó de la cama, su vestido color melón se levantó un poco. Caminó hacia mí y me puso las manos en los hombros.

—No lo estés, porque cantas genial y hoy vas a deslumbrar a todos.

El timbre del apartamento sonó. Debie y yo intercambiamos una mirada antes de correr hacia la entrada. Nuestros tacones resonaron en el suelo de madera. Nos paramos frente a la puerta antes de que yo extendiera la mano y la abriera. Sabía quién era.

Kem.

Mi respiración se atascó al verlo frente a mí, con una gran sonrisa en el rostro. Estaba vestido con un esmoquin color negro y corbata del mismo color. Cuando sus iris verdes me recorrieron de arriba abajo, sentí que me ardían las mejillas. Hacían juego con el vestido. Por lo menos ya no necesitaría rubor.

—Hola, tú —dije al ver que se había quedado mudo.

Kem ya no sonreía. Desde que me había echado un vistazo para nada disimulado, su boca estaba ligeramente abierta.

—Guau, estás... preciosa. —Volvió a mirarme de arriba abajo y luego se fijó en mi cara—. Estás guapísima, muy muy hermosa.

Miré sus ojos verdes y me sentí agradecida.

Una risa rompió la burbuja en la que estábamos.

—Por Dios, parad ya de comeros con la mirada —dijo Debie, saliendo de detrás de la puerta. Miró a Kem y levantó una mano para saludarlo—. Hola, Kem. Pasa. No te quedes ahí todo imbécil mirando a tu Bizcochito.

Kem pasó por alto su insulto y entró al apartamento.

No pude resistirme más y lo alcancé. Me incliné hacia él y parecía tener el mismo propósito, porque me rodeó la cintura para pegarme a él y a nuestros labios.

—¡Ugh! —La voz de Debie sonó alta y clara—. Los besos para después, aquí no se hacen bebés.

Me reí. Kem sonrió a unos centímetros de mí.

Debie, sin querer, había creado una rima.

—Tenéis que iros ya —dijo ella mirando el móvil.

Era cierto, yo tenía que ser la primera en llegar. Debía practicar algunas cosas y calentar la voz antes del pequeño concierto. Yo era la última que actuaba y eso solo aumentaba la presión de hacerlo bien.

El cierre siempre era lo más memorable. Éramos varios los estudiantes que nos presentábamos para cantar, pero aun así todos teníamos que llegar temprano y yo ya iba tarde.

Cogí mi bolsito de la encimera y volví con Kem. Tomé su brazo antes de despedirme de Debie con un beso en la mejilla. Ella iría después, cuando el concierto fuera a comenzar, al igual que mis padres y nuestros amigos.

Kem y yo bajamos al aparcamiento y nos dirigimos a su coche. Me abrió la puerta y me ayudó a subir. Le sonreí antes de que cerrara mi puerta y subiera al coche.

—Estás muy hermosa, amor —dijo con una sonrisa tonta en el rostro. Al parecer estaba así de embobado. Me acerqué y deposité un beso en su mejilla. Cuando me alejé, Kem hacía un puchero—. ¿No en la boca?

Me reí.

—Arruinaré mi labial —dije señalándome. Kem se miró en el espejo retrovisor. Una huella de mis labios color rojo estaba sobre él. Me encogí de hombros cuando me lanzó una mirada—. Te lo he dicho, no quieres eso en tus labios.

—No me importaría, Bizcochito.

Arrancó el coche sin ni siquiera limpiarse la mancha de la mejilla.

—¿No piensas limpiarte? —preguntó mientras salíamos del aparcamiento del edificio.

—No. —Fue lo único que respondió.

Después de varios minutos y un corto camino a la universidad, habíamos llegado. Kem me ayudó a bajar del coche. El vestido largo no ayudaba para nada a mis nervios, sino que los aumentaba. Temía que caminara con estos tacones altos y me matara. O peor, me cayera del escenario frente a todos.

—Eh, Bizcochito... —dijo Kem tomándome de la mano para ir hacia el teatro de la universidad, donde se realizaría el concierto de fin de semestre—. ¿Aún no me vas a decir qué canción has elegido?

Aquello me distrajo de mis nervios.

Me había preparado para este concierto durante semanas y jamás le había dicho a Kem qué canción era. Lo sabían todos mis amigos menos él. Quería que fuera una sorpresa y planeaba que no lo supiera hasta que llegara el momento de cantarla.

—No —respondí con voz cantarina. Kem me miró sorprendido—. Es que es una sorpresa. —Me encogí de hombros.

—Me muero por verte cantar —admitió conforme llegábamos al lugar. Me apretó la mano y la besó—. Te acompañaré hasta tu lugar.

Negué.

—Iré sola.

No quería que entrara conmigo entre bastidores porque se enteraría de mi canción y la sorpresa se arruinaría.

—En ese caso…, ahora vengo —dijo besando mi frente.

Mi corazón se detuvo.

—¿Adónde vas?

—He olvidado mi móvil en el coche —dijo mirando más allá de mí. Fruncí el ceño. Aquello no sonaba para nada creíble.

Kem no esperó una respuesta, me besó de nuevo en la frente y me deseó buena suerte en un susurro, antes de darse la vuelta e irse.

Sentí que se me aplastaba el corazón. Tenía los nervios por las nubes. No quería pensar mal. La ansiedad me estaba jugando una mala pasada. Traté de tranquilizarme mientras le daba la vuelta al teatro y entraba por atrás, hacia los camerinos. Ahí estaba mi profesora de canto y técnica vocal. Su vestido era negro y tenía brillos por doquier. Le sonreí distraída al ver que venía hacia mí.

—¡Ahí estás, Ruby! —dijo sin saludarme—. Llegas tarde, jovencita.

Murmuré una disculpa y la seguí hacia el gran camerino donde esperaban todos los estudiantes. Me senté en una silla y escuché las indicaciones de la profesora mientras mi mente corría a toda velocidad con pensamientos a los cuales no quería llegar.

Dos horas después, el concierto estaba a punto de finalizar. Le había enviado miles de mensajes a Kem, pero no había respondido ninguno.

Vale. Estaba exagerando.

Le había enviado solo cinco mensajes para no parecer desesperada.

Estaba asustada porque, cuando había salido al escenario para cotillear quiénes habían llegado, él no estaba.

Mi acto ya estaba a punto de empezar y no había señales de Kem. También había llamado a Debie, pero ella tampoco había respondido.

Me repetía a mí misma que seguro que no podían contestar el teléfono porque lo tenían silenciado, como se esperaba en un teatro. Me lo repetí varias veces, frente al espejo, mientras me retocaba el maquillaje por segunda vez en la noche.

Mi profesora apareció en la puerta del camerino lleno de gente y dijo mi nombre:

—Ruby Graham, tu turno.

Me levanté de un salto y salí, varios compañeros me desearon suerte antes de caminar hacia la parte de atrás del escenario. El penúltimo alumno estaba cantando. La profesora me dio unas últimas indicaciones antes de abrazarme con fuerza.

—¡Lo harás increíble, Ruby! —me dijo al oído.

Observé a mi amiga del piano, Ally, caminar hacia mí. Me despegué de la profesora antes de que corriera hacia Ally y la abrazara de la misma forma.

Tomé el micrófono que un chico me tendió y esperé a que los aplausos cesaran para salir al escenario cuando me presentaron.

El teatro estaba en silencio mientras caminaba al centro del escenario. Mi corazón comenzó a latir desbocado al observar a mi alrededor. No podía ver casi nada por las luces cegadoras que me apuntaban a la cara.

Ally caminó hacia el piano y se sentó. Esperaba mi señal para empezar. Presioné el botón para encender el micrófono y miré al frente. Había hecho eso mismo muchas veces, pero se sentía diferente. Y en cierta forma lo era.

—Buenas noches a todos... —empecé a hablar por el micrófono.

No era parte de lo que había ensayado, pero lo creía necesario. No estaba planeado y eso me gustaba. Mi voz se podía oír en todo el teatro:

—Esta noche interpretaré una canción de amor que quiero dedicarle a alguien. Sé que pasamos momentos malísimos, pero el amor prevaleció. Y eso es lo más importante. —Me aclaré la garganta—. Esta canción es para ti. Te amo.

Asentí hacia Ally y el sonido del piano resonó en el teatro con los primeros acordes de «Make you feel my love». Todos los sonidos de júbilo y emoción del público se acallaron.

Elegí esa canción porque hablaba de que cuando somos más vulnerables, los sentimientos más profundos florecen.

Canté la canción con el corazón en la mano. En todo momento sentí los fuertes latidos de mi corazón contra mi pecho.

El estribillo siguió y el piano no dejó de sonar en toda la canción. Mientras los segundos pasaban y yo me dejaba el alma en el escenario, sentí esa emoción como si fuera la primera vez. Amor. Porque esa era la clave de todo.

Cuando la canción de Adele llegó a su fin y canté la última

parte, el teatro se quedó en silencio varios segundos antes de que todos estallaran en aplausos. Sentí un nudo en la garganta mientras escuchaba a mi público aplaudir y silbar.

Sonreí. Se me llenaron los ojos de lágrimas de felicidad. Ally se acercó a mí y juntas hicimos una reverencia cuando todo el público se puso en pie.

El profesor encargado de llevar este concierto apareció y dijo nuestros nombres una última vez antes de que saliéramos. En el camerino, todos se nos acercaron y nos abrazaron con fuerza. Incluso nuestra profesora se nos unió. Nos llenaron de felicitaciones y palabras bonitas sobre la actuación. El llanto me invadió de nuevo al escuchar a mis compañeros.

Alguien me abrazó desde atrás. Me di la vuelta enseguida y miré a Debie, que me sonreía de oreja a oreja.

—¡Oh, Dios mío, Ruby! —gritó abrazándome otra vez—. ¡Qué bien has cantado!

—Gracias —respondí con el mismo entusiasmo—. ¿Dónde está Kem?

Debie entornó los ojos sin perder su expresión y señaló detrás de ella. La gente se apartó, Kem apareció caminando hacia mí con un gran ramo de rosas de varios colores: rojas, moradas, rosas e incluso negras.

Llegó hasta mí y me las tendió.

—Para ti, Bizcochito —dijo con una gran sonrisa.

Las tomé bajó la atenta mirada de todo el mundo. Sentí que el rostro se me calentaba por la atención que estábamos recibiendo de todos. A Kem parecía no importarle. Su gesto no titubeaba.

—Gracias. —Fue lo único que respondí. Estaba sin aliento. Aquel hermoso detalle de él me había dejado muy sorprendida—. ¿Dónde estabas? Te había enviado...

Me calló besando mis labios con suavidad. Cuando se alejó, me sonrió.

—Fui a recoger tus rosas.

Debie se metió.

—Pues sí, tuve que apurar a Ben para ir los tres a la florería, no traían a domicilio. —Entornó los ojos y me hizo reír—. Menos mal que ya tenían listas las rosas negras, eran las más difíciles de conseguir.

—Era una sorpresa —dijo Kem tomándome de la mano.

Mi corazón no podía estar más lleno.

Kem y yo salimos del camerino al notar que todos estaban atentos a nuestra conversación. Salimos del teatro por la puerta trasera y vimos el cielo oscuro y las estrellas brillar sobre nosotros.

—Me ha gustado tu sorpresa —dijo Kem deteniéndose para mirarme de frente—. Tienes una voz preciosa, Ruby.

—Gracias. —Sonreí.

—Lo que has dicho, Bizcochito, en el escenario antes de cantar... Es muy cierto. A pesar de todo lo malo que pasamos, nuestro amor fue más fuerte.

Me besó en los labios como si sellara aquellas palabras, porque eran ciertas.

Nuestro amor fue más fuerte y no importaba lo que viniera luego, porque lo enfrentaríamos.

Juntos. Con amor.

Lo peor ya había pasado.

FIN

Esta obra se terminó de imprimir
en el mes de octubre de 2024,
en los talleres de Litográfica Ingramex S.A. de C.V.
Ciudad de México.